HEYNE <

MONICA BYRNE

DIE BRÜCKE

ROMAN

Aus dem Amerikanischen übersetzt
von Irene Holicki

WILHELM HEYNE VERLAG
MÜNCHEN

Titel der amerikanischen Originalausgabe
THE GIRL IN THE ROAD

MIX
Papier aus verantwortungsvollen Quellen
FSC® C014496

Verlagsgruppe Random House FSC®N001967
Das für dieses Buch verwendete FSC®-zertifizierte Papier
Super Snowbright liefert Hellefoss AS, Hokksund, Norwegen.

Deutsche Erstausgabe 09/2015
Redaktion: Rainer Michael Rahn

Printed in Germany 2015
Umschlaggestaltung: Das Illustrat, München
Satz: Christine Roithner Verlagsservice, Breitenaich
Druck und Bindung: GGP Media GmbH, Pößneck

ISBN 978-3-453-41784-7

www.diezukunft.de

Für meine Mutter und meinen Vater,
die beiden Menschen,
die ich auf dieser Welt am meisten liebe.

ERSTES BUCH

MEENA

DIE DRITTE FLUCHT

In diesem Moment fängt die Welt neu an.

Ich hebe meine Kurta vom Boden auf und schlüpfe wieder hinein. Der blutige Stoff klebt an meiner Haut. Ich bin in einer Seifenoper gelandet. Das kann nicht die Wirklichkeit sein. Ich gehe durch den Flur zurück zur Küche und betaste die Wunden, um zu sehen, wie tief sie sind. Ich bin in Panik. Auf der Suche nach einem Messer zerbreche ich noch mehr Glas. Dabei fällt mir ein, dass mir in Muthashis Klinik schon einmal eine solche Wunde begegnet ist. Damals kam ein kleines Mädchen zu uns, das an einer ungewöhnlichen Stelle, nämlich über dem Solarplexus, in der Vertiefung unter ihren noch unreifen Brüsten, von einer Schlange gebissen worden war. Ich half, Salbe aufzutragen und einen kreuzförmigen weißen Verband anzulegen. Danach sah sie aus wie eine kleine Kreuzritterin.

Ich werde ganz ruhig. Genau das Gleiche ist mir passiert.

Ich weiß nicht, wer mir die Schlange ins Bett gelegt hat. Ich weiß nur, dass ich auf der Stelle von zu Hause fort muss, weil mir hier jemand nach dem Leben trachtet. Es könnte Semena Werk sein. Die Organisation behauptet zwar, lediglich humanitäre und keine terroristischen Ziele zu verfolgen, ich habe jedoch gehört, dass sie auf dem Weg nach Süden ist und in Keralam aktiv werden will. So viel Fantasie entwickelt man dort allerdings für gewöhnlich nicht; eine Schlange im Bett, das ist neu. Und schon ertönt Mohinis Stimme in meinem Kopf. Sie hält mir vor, ich würde bloß wegen meiner Familiengeschichte den Äthiopiern die Schuld geben, obwohl ich noch keinerlei Informationen hätte. Ihre Stimme ist nicht zu überhören. Ich muss mich alle paar Sekunden wieder daran erinnern, dass wir nicht mehr zusammen sind. Wir hatten eine Heldenfahrt als Liebespaar geplant, nach dem Vorbild von Sita und Rama, Beren und Lúthien oder Alexander und Hephaistion. Nun muss ich wohl alleine reisen.

Ehe ich michs versehe, stehe ich an der Küchentheke und greife nach meiner großen Tasche, in der sich mein Sichter, der Mitter und etwas Bargeld befinden. Dann trete ich aus der Tür und gehe um das Pookalam herum, das wir eigenhändig angelegt hatten. Für jeden hohen Festtag pflanzten wir einen neuen Blütenring. Am Ende der Treppe erreiche ich das Eisentor, öffne es und stehe schließlich an der Straße, die vom Monsunregen dampft.

In der Ferne krachen Schüsse.

Mohini sagt: Beruhige dich. Das sind bloß Knallkörper. Irgendwelche Kinder feiern vorzeitig Onam.

Du hast recht, antworte ich. Ich bin außer mir, ich weiß es selbst. Durch meine Adern fließt kein Blut, sondern pures Adrenalin. Ich marschiere los und beobachte die Schwaden, die vom Asphalt aufsteigen; ihre greifbare Realität lässt mich ruhiger werden. Doch als es erneut zu regnen beginnt, flüchte ich in meinen Kopf zurück. Wenn ich allein auf diese Reise gehen will, muss ich mich wieder daran gewöhnen, solo zu sein. Ich habe gern andere Menschen um mich, allerdings nur solche, vor denen ich mich nicht zu rechtfertigen brauche. Ich bin ein schlichtes Gemüt. Tu Gutes, sei gut, und du fühlst dich gut.

Ich lasse die Kathedrale hinter mir zurück, nun ragen zu beiden Seiten der Straße die steinernen Mauern der Altstadt auf. Ich falle in Laufschritt. Meine Tasche hüpft auf meinem Hintern auf und ab. Ich bin völlig durchnässt. Nasser kann ich nicht mehr werden. Zweige von gelber und pinkfarbener Bougainvillea schlagen mir ins Gesicht, und ich hebe den Arm, um mich zu schützen. Noch ein guter Grund, meine Heimat zu verlassen: Hier ist einem ständig irgendwas im Weg. Zum Beispiel die Kletterpflanzen. Und selbst wenn es nicht regnet, ist die Luft im Süden so dick, als würde man Kokosmilch atmen.

Die erste Etappe liegt klar vor mir. Ich muss nach Norden, nach Mumbai, um mich umzuhören, denn dort gibt es eine größere Gemeinde von äthiopischen Migranten. Ich habe vom College her noch Freunde in der Stadt – Mohan aus der Campus Alliance for Women, Ashok aus dem Seminar für indische Literaturen, Deepti vom Rugby. Ich glaube, sie wohnt in einem der noblen Hochhäuser unweit vom Taj, wo man zum Duschen Regenwasser sammelt. Während ich mir vorzustellen versuche, wie Deepti mit ihrem muskulösen Körper nackt unter der Dusche steht, wird mir bewusst, dass ich mich bereits dem Vaddukanatha-Tempel im Stadtzentrum nähere. Die letzten zehn Minuten sind mir einfach abhandengekommen. Ich schweife oft ab, besonders wenn ich in einer Krise stecke.

Als ich die Round East erreiche, die um die Tempelanlage im Zentrum der Stadt führt, werde ich langsamer. Ich umrunde das Herz der Welt. Über mir hängen bunte Tücher zur Feier von Onam, dem Ende des Monsuns. Heute ist Uthradam, ein Tag, an dem man Gemüse kaufen sollte. Ich sehe eine Händlerin, mit der ich erst vor einer Stunde gesprochen habe, und biege ab, bevor sie mich bemerkt. Im Moment sollte ich besser nicht mit anderen Menschen sprechen. Ich weiß, dass ich in einem manischen Zustand bin, doch dieser Zustand hat auch etwas Weihevolles.

Als ich auf die Round South abbiege, kommt mir eine Kinderprozession entgegen, die wie ich dem Regen trotzt. Die Kinder tragen weiße und goldene Gewänder. Mit der Disziplin ist es nicht allzu weit her. Vorneweg gehen ein paar Jungen mit einem Transparent, auf dem steht: DIE GRUNDSCHULE THRISSUR GRÜSST KÖNIG MAHABALI UND ERBITTET SEINEN SEGEN, aber ein paar wilde Mädchen tanzen ständig aus der Reihe, laufen nach vorne, berühren mit der Hand den Boden und flitzen wieder zurück, ein Spiel mit unverständlichen Regeln. Ich muss einen Bogen machen, um ihnen auszuweichen. Eines der Mädchen grüßt mich, und als ich nicht antworte, ruft es mir ein gehässiges »Blackie« hinterher. Reizend. Noch ein Grund, von hier fortzugehen.

Ich komme am Melody Corner vorbei, wo Mohini Gesangs- und Tanzunterricht gibt, und biege nach links in die Kuruppam Road ein. Mein Abstand zum Herzen der Welt wächst. Der Aufmarsch von religiösen Statuen zieht sich bis zur Station Road. Shiva und Jesus verabschieden mich in goldener Pracht.

Ich biege auf den Platz vor dem Bahnhof ein. In meinen Adern scheint immer noch Zitronensaft zu fließen. Die Robo-Rikschas drängen sich mit aufdringlichem Piepsen an mich heran, aber ich winke ab und verlange stattdessen am Schalter eine Fahrkarte nach Mumbai. Da ich jeden Blickkontakt vermeide, fällt es den Leuten seltsamerweise immer schwer, mich zu verstehen. Der Beamte muss nachfragen. Dann hält er mir einen Scanner hin. Ich strecke meinen Mitter aus und ziehe ihn wieder zurück, als hätte ich mir die Finger verbrannt. Wenn ich mit dem Mitter bezahle, könnten mich Semena Werk oder die Polizei oder alle beide aufspüren. Jedenfalls ist das nicht auszuschließen. Und dass ich in einen Zug nach Mumbai gestiegen bin, geht niemanden etwas an.

Der Beamte ist überrascht.

Ich sage: »Verzeihung, ich habe vergessen zu erwähnen, dass ich bar bezahlen möchte.«

Er verdreht die Augen und fächelt sich Luft zu, während ich in meiner Tasche nach den Rupien krame. Ich reiche ihm die Scheine. Sie sind feucht. Er fordert mich auf, in den Retinascanner zu schauen. Auch das hatte ich vergessen – es gibt so viele neue Sicherheitsmaßnahmen. Ich werde nervös, schütze ein Augenleiden vor und entschuldige mich, weil ich so viele Umstände mache. Er holt unter der Theke ein Stempelset hervor und stempelt mir einen Balkencode auf die Hand. Dann schickt er mich weiter. In vierzehn Minuten fährt ein Hochgeschwindigkeitszug ab, eine Magnetschwebebahn. Eine Flucht mit Stil.

Der Bahnsteig ist überdacht, hier bin ich endlich vor dem Regen geschützt. Erst jetzt fällt mir auf, dass ich seit dem Frühstück nichts mehr gegessen habe. Ich gehe zu einer der kleinen Imbissbuden. Über der Öffnung hängen viele Metalllöffel. Ein Mann schaut zu mir heraus. Ich bestelle Idli und Sambar und reiche ihm einen Fünfhundert-Rupien-Schein. Er nimmt ihn mit zwei Fingern wie eine verdorbene Sardine. Dann ruft er einen Jungen und weist ihn an, den Schein in einen besonderen Kasten für Papiergeld zu legen. Ich kann von Glück reden, dass ich überhaupt Bargeld bei mir habe. Gewöhnlich nehme ich nur welches mit, wenn ich bei Sunny, dem Gewürz-Waala, an der Ecke Palace Road und Round East Gewürze kaufen will. Er hat die frischesten Kardamomschoten, denn er pflückt sie selbst im Garten seiner Mutter. Heute war er jedoch nicht da, und deshalb musste ich mich bei einem anderen Händler eindecken. Die sechs Plastiktütchen mit den Gewürzen für das Onam-Essen, das ich nicht mehr kochen werde, liegen immer noch in meiner Tasche.

Ich habe niemanden mehr, für den ich sorgen müsste, und niemanden, der für mich sorgt.

Das Leben geht auch nach einem traumatischen Erlebnis weiter, so viel ist mir klar. Nicht ganz so klar ist, ob sich das Weiterleben auch lohnt.

Von ferne ist ein schriller Pfiff zu hören. Ich schaue nach Süden. Der Zug fährt ein, safrangelb mit einem silbernen Emblem, dem Löwen von Sarnath. Die Scheinwerfer sind im Dreieck angeordnet, und der oberste strahlt mich an wie ein drittes Auge.

Mir bleiben dreißig Sekunden, um diese Geschichte zu beenden.

Alle drängen auf den Bahnsteig, ohne auf den Sicherheitsabstand zu achten. Alle schauen dem Tod ins Auge. Ich schiebe mich nach vorne auf das Gleis zu. Manche sind dem Tod besonders nahe. Ich setze erst den rechten, dann den linken Fuß vor. Dann wiederhole ich die Bewegung. Nun bin ich ihm näher als alle anderen. Ich wiederhole. Ich wiederhole noch einmal. Jetzt stehe ich auf dem Gleisbett. Ich wiederhole. Ich wiederhole noch einmal.

Der Zug wächst auf das Dreifache seiner Größe an.

Mir werden die Knie weich.

Ein Aufschrei aus der Menge. Der Schrei schwillt an, kommt nun aus vielen Kehlen. Ein Wald von Händen packt mich und reißt mich zurück.

Ich schließe die Augen und spüre einen starken Wind. Der Zug ist so nahe, dass er mich fast streift.

Der Traum geht also weiter.

Als ich die Augen öffne, stehe ich einer Schar von Menschen gegenüber, die mich mit großen Augen vorwurfsvoll ansehen. Sie warten auf eine Erklärung von mir. Also sondere ich Lügen ab und hoffe, dass sich meine Retter davon beschwichtigen lassen. »Danke. Ich wollte das Gleis überqueren, aber ich hatte mich verschätzt. Vielen Dank. Ich habe im rechten Auge eine blinde Stelle. Vielen Dank.«

Jetzt bin ich auf dem Bahnsteig so bekannt wie ein bunter Hund. Genau das wollte ich vermeiden. Dummkopf, Chutiya, Dummkopf. Ich darf doch nicht auffallen.

Ich steige in den Zug und setze mich auf meinen Platz. Zurück in den Traum, zurück zur Tagesordnung. Ich beobachte den Parkplatz, um zu sehen, ob Semena Werk vielleicht eine Bombe gelegt oder einen Killer auf mich angesetzt hat; oder ob plötzlich die Polizei angestürmt kommt und ruft: Halt, der Zug darf nicht abfahren! Wir müssen eine gewisse R.G. Meenakshi befragen, die sich auch Meena, Meerama, Mimi, Nini, Kashi oder M. nennt.

Ich sehe keine Polizei. Dafür steht ein Mädchen auf dem Bahnsteig und starrt mich an.

Sie ist keine Inderin, selbst für eine Malayali ist ihre Haut zu dunkel, wahrscheinlich eine afrikanische Migrantin, die sich mit Lumpensammeln oder Rattenfangen durchbringt. Ihr ursprünglich pinkfarbenes Kleid ist zerknittert und voller senfgelber Flecken. Sie trägt ein Kopftuch wie eine Muslima, aber das Kleid reicht ihr bloß bis zur Mitte der Wade, und sie ist barfuß. Ohne Schuhe wird man sie nicht in den Zug lassen. Sie passt in kein bekanntes religiöses oder kulturelles Schema. Vielleicht gehört sie einer neuen Religion an, einer Einwandererreligion. So etwas ist in Indien durchaus keine Seltenheit.

Warum starrt sie mich eigentlich so an? Ich nehme ohnehin nur ungern Blickkontakt auf, also schlage ich die Augen nieder. Doch ich spüre ihren Blick noch immer. Was ist verdammt noch mal bloß los mit ihr? Wobei ich natürlich auch fragen könnte, was verdammt noch mal mit mir los ist, immerhin wollte ich eben noch vor einen Zug laufen.

Ich werde abgelenkt. Zwei Frauen, Mutter und Tochter, nehmen mir gegenüber Platz. Sie tragen die gleichen violetten Saris und sind vollkommen trocken. Die Tochter richtet die Augen auf meinen Kopf und lässt den Blick verschwimmen. Sie will mein Aadhaar auslesen, mein individuelles, in der Cloud gespeichertes Identitätsprofil, um zu sehen, was für ein Mensch ich bin, und mich dementsprechend zu behandeln. Doch mein Aadhaar bleibt gesperrt. In dieser Hinsicht bin ich altmodisch. Ich gebe nicht mehr preis als das, was jeder sehen kann. Dieses Mädchen denkt da ganz anders. Ihr Leben umschwebt ihren Kopf wie ein Armband mit Freundschaftsanhängern: die besten Schulen, Reisen ins Ausland, ein brahmanischer Familienname. Von mir ist sie nicht sonderlich beeindruckt. Nicht nur, weil ich mein Aadhaar nicht zeige, ich bin auch klatschnass, trage Männerkleidung, und

Mohini hat mir mit der scherzhaften Warnung, ich hätte mir die Folgen selbst zuzuschreiben, »afrikanische« Zöpfchen geflochten. Für einen Moment bin ich versucht, nur um ihr eins auszuwischen, mein Aadhaar doch anzuschalten und »versehentlich« zu verraten, dass auch ich Brahmanin bin. Aber ich verkneife es mir. Mohini hat mir auch erklärt, von oben herab behandelt zu werden sei gut für die Seele, es fördere die Empathie und die Charakterbildung.

Die Zugtüren schließen sich zischend, und eine Frauenstimme bittet uns, die Plätze einzunehmen. Ich schalte mein Glotti aus, um mir die gleiche Ansage nicht noch auf Hindi, Tamil, Kannada, Englisch und Mandarin anhören zu müssen. Da ich jetzt weiß, dass der Zug gleich abfährt, wage ich es, aus dem Fenster zu schauen. Doch das bereue ich sofort.

Das barfüßige Mädchen hat sich nicht von der Stelle gerührt. Sie starrt mich immer noch an. Sie ist vielleicht zwölf Jahre alt, hat kindliche Pausbacken und eine Knubbelnase. Das Kleid ist ihr von der Schulter gerutscht. Und sie macht ein so gekränktes Gesicht, als hätte ich sie verraten.

Ich wende mich ab. Ich habe andere Sorgen, als mich um ein psychisch labiles afrikanisches Mädchen zu kümmern.

Ich spüre ein sanftes, elektrisches Summen unter den Füßen und summe leise mit, bis ich den Ton genau treffe und die beiden Laute nicht mehr auseinanderhalten kann. Nach einer Weile schraubt sich das Summen höher, und der Zug hebt sich. Wir schweben auf seidig weichen Schienen aus Luft dahin.

Das barfüßige Mädchen bleibt zurück.

Thrissur, meine Heimatstadt, das Zentrum des Herzens der Welt, zieht an mir vorbei. Die Innenstadt geht über in die Vororte, Reisfelder und Getreideäcker schließen sich an, und schließlich sind wir im Dschungel. Der Zug nimmt Fahrt auf. Ich vergesse, dass ich mich in Acht nehmen muss. Der Alltag kehrt zurück. Vor den Fenstern schwanken die Bananenbäume so gleichmäßig im Wind wie ein Metronom. In Bewegung zu sein empfinde ich stets als beruhigend. Ich bin wie ein Tsunami. Ich muss immer weiter und kann erst anhalten, wenn ich auf eine Küste treffe, wo immer sie auch sein mag.

Gegenüber von mir haben Mutter und Tochter die Köpfe aneinandergelegt und sind eingeschlafen. Das Adrenalin macht Feierabend und lässt mich auf dem Trockenen sitzen. Meine Augenlider werden schwer.

Ich träume von einer Zeit der Wunder, in der die Reise von Keralam nach Mumbai nicht mehr als zwei Stunden dauert. Und als ich erwache, stelle ich fest, dass diese Zeit der Wunder bereits angebrochen ist.

MUMBAI LIVE

Abend in Mumbai. Für dreißig Millionen Menschen gibt es einen Stern am Himmel.

Ich steige mit siebenhundert Mitmenschen aus dem Zug und weiß nicht, wo ich heute Nacht schlafen werde. Dabei will ich mich in Mumbai nur so lange aufhalten, bis ich das Wie und Wohin meiner Reise geplant habe. Wieder kommen mir Mohan, Ashok und Deepti in den Sinn, aber sie würden mich fragen, warum ich in Mumbai bin, und dann müsste ich ihnen von der Schlange erzählen. Das würde zu weiteren Fragen führen, die ich noch nicht beantworten kann.

Im Moment bin ich hungrig, und meine Wunden brennen noch immer, ich muss also zunächst meinen Körper versorgen. Die weiße Box mit meinem Essen ist noch da. Ich setze mich abseits der Menge mit dem Rücken zur Wand auf den Bahnsteig. Mit einer Hand breche ich das Idli in Stücke, die andere stecke ich unter meine Jacke und betaste die Bisse in meiner Haut. Sie schmerzen. Es ist ein greller Schmerz, der prismatisch ausstrahlt und auf eine Infektion schließen lässt. Nach dem Essen muss ich jemanden finden, der mich medizinisch versorgt.

Gerade als ich den letzten Bissen hinunterschlucke, sehe ich das barfüßige Mädchen aus dem Zug steigen.

Zumindest ist das mein erster Eindruck. Sie sieht genauso aus wie jenes Mädchen in Thrissur. Sie trägt immer noch ein Kopftuch, ist immer noch barfuß, und ich kann sie noch immer nicht einordnen. Wie ist sie in den Zug gekommen? Wir hatten sie doch zurückgelassen. Sie kann unmöglich eingestiegen sein, es sei denn, sie wäre getrampt, und später hätte ein Schaffner sie ohne Fahrkarte mitgenommen. Mit diesem Zug können nur wohlhabende Leute fahren. Ist sie mir gefolgt? Ich lasse sie nicht aus den Augen, während ich die flache Hand auf den Betonboden presse, bis es schmerzt. Dann höre ich Mohinis beschwichtigende Stimme: Im manischen Zustand sieht man Verbindungen, wo keine sind. Du bist sonst nicht so. Gewiss, du bist mürrisch und verschlossen, aber nicht paranoid.

Ich setze mich hinter einen Pfeiler, damit mich das Mädchen nur sehen kann, wenn ich es zulasse. Sie mischt sich unter die Menge, geht aber bloß halb so schnell. Nun sieht sie sich um. Die Fäuste hat sie in den Stoff ihres Kleides gekrallt. Wenn ich sie zum ersten Mal sähe, würde ich sie womöglich ansprechen und ihr meine Hilfe anbieten. Mohini würde das auf der Stelle tun. Sie hatte ein Herz für offensichtlich verlorene Seelen.

Das Mädchen verschwindet durch eines der Tore nach draußen. Ich stecke das letzte Stück Idli in den Mund, stehe auf und verlasse den Bahnhof in der entgegengesetzten Richtung.

Vor dem Victoria Terminal herrscht das blanke Chaos. Die D.N. Road ist ein einziger Menschenstrom, der durch Autos, Lastwagen, Busse, Fahrräder, Rikschas und Robo-Rikschas aufgestaut wird. Über mir gleitet eine Stadtbahn auf dem Weg in die Vororte vorbei. Es stinkt nach Öl, nach Rauch und nach Kloake, eine ganz eigene Mischung, die ich in meiner Hippie-Enklave in Keralam vergessen hatte. Die Fußgänger schlängeln sich zwischen den Fahrzeugen und die Tiere zwischen den Fußgängern hindurch. Auch Kühe sind zu sehen. Ich habe gelesen, dass das Fremdenverkehrsamt sie wegen des Lokalkolorits frei herumlaufen lässt.

Auf der anderen Straßenseite beginnt Azad Maidan, der öffentliche Park. An einem Ende findet ein Kricket-Match statt, am anderen Ende eine Demonstration. Soweit ich sehen kann, protestieren äthiopische Hausangestellte. Ich gehe schneller. Diese Äthiopier sind überall, in Keralam wie in Mumbai.

Nicht überall, sagt Mohini. Keineswegs. Da spricht die Angst aus dir. Deine Familiengeschichte.

Eine Schar Kinder kommt auf mich zugelaufen, der Strom teilt sich und fließt hinter mir wieder zusammen. Ich werde ruhiger. Hier kenne ich mich aus. Der Stadtplan erscheint vor meinem inneren Auge, ich weiß, wo ich bin. Ich fühle mich wohl. Ich bin in der manischen Phase meiner Psychose, aber solange sie andauert, geht es mir gut, krank komme ich mir immer erst hinterher vor, und da ich daran ohnehin nichts ändern kann, nehme ich es einfach hin. Ich erinnere mich, dass ich mir in diesem Park mein erstes Exemplar von *Schuld und Sühne* gekauft und gelesen habe, während ich aus einer Tüte aus Zeitungspapier Bhelpuri aß. Ich saß gleich da drüben unter jenem Bodhi-Baum, dem mit der idealen Form. Erleuchtung durch Dostojewski.

In diesem Moment gibt es eine Explosion.

Ich werfe mich zu Boden und lege schützend die Arme über den Kopf.

Onam, sage ich mir, es sind wieder nur die Knallkörper für Onam, selbst hier in Mumbai feiert man das keralitische Fest, wie schön.

Doch dann sehe ich hinter der Grünfläche, wo die Demonstranten standen, einen Kreis aus reglosen Körpern liegen. Es waren also doch keine Knallkörper.

Ich drehe mich um und erblicke auf der anderen Seite das barfüßige Mädchen. Sie sieht mich unverwandt an.

Allmählich wird mir alles klar. Ich flüchte in die entgegengesetzte Richtung, weg von allen anderen, die entweder vor der Explosion davon- oder auf sie zulaufen. Es ist wie bei einem Ballspiel, und ich weiche den Wurfgeschossen aus. Als ich doch mit jemandem zusammenstoße, stürze ich so unglücklich, dass ich mit dem Kopf auf dem Boden aufschlage. Ich stehe wieder auf und laufe weiter.

Ich laufe bis zur Fashion Street und biege dann nach Süden ab. Ich gehe einfach davon aus, dass mich das barfüßige Mädchen auch weiterhin verfolgt. Wenn sie immer noch barfuß ist, riskiert sie verdammt viel, und in meinen Stiefeln bin ich besonders auf dem Steinpflaster schneller. Mit der Zeit verändern sich die Gesichter, an denen ich vorbeikomme. Anfangs sehe ich Leute, die auf die Explosion zulaufen. Dann kommen Leute, die nur den Knall gehört haben und erschrocken sind. Und schließlich Leute, die noch gar nichts von der Explosion wissen und an den Straßenständen prüfend die Mangos in die Hand nehmen, als wäre nichts geschehen.

Allmählich werde ich müde. Ich kann nicht ewig weiterlaufen. Ich komme mir vor wie in einem Film. Was macht eine Actionheldin in meiner Lage? Sie biegt in eine Seitenstraße ein, schlüpft in einen Laden und lässt die Verfolger vorbeilaufen. Genau das tue ich auch. Ich schicke einen stummen Dank an die Filmindustrie, biege scharf ab in eine schmale Gasse, zähle einen, zwei, drei Läden ab und schlüpfe schließlich in den vierten. Es ist eine Apotheke, und damit ist auch mein ursprüngliches Problem gelöst. Hier kann ich medizinische Hilfe bekommen.

Sobald ich von der Tür aus nicht mehr zu sehen bin, beuge ich mich keuchend vornüber. Die Frau hinter dem Ladentisch ruft mir etwas zu. Sie will wissen, ob alles in Ordnung ist. Ich hebe nur die Hand. Sprechen kann ich noch nicht.

»Sie bluten ja«, sagt sie.

Ich schaue an meiner Kurta hinab. Sie hat recht. Die Schlangenbisse sind, wahrscheinlich durch das Laufen, wieder aufgebrochen.

»Kommen Sie vom Azad Maidan? War das ein Terroranschlag?«

Die Nachricht hat also bereits Schlagzeilen in der Cloud gemacht. Ich sage: »Ja.«

»Legen Sie sich hin«, verlangt sie.

Ich gehorche, achte aber darauf, von der Tür her außer Sicht zu bleiben. Während ich zur Decke schaue, höre ich, wie Schubladen aufgezogen werden und Verpackungen rascheln. Ich zähle bis vierzig.

Das Gesicht der Angestellten erscheint über mir. »Diese verdammten Habshee«, sagt sie. »Jetzt wollen sie schon leben wie die Inder.«

Normalerweise würde ich darauf sagen, was Mohini von mir hören möchte: Erstens, dass ich gerne wüsste, von welchen Indern sie spricht. Zweitens, dass »Habshee« eine abfällige Bezeichnung für Menschen mit schwarzer Hautfarbe ist, die sie nicht verwenden sollte. Und drittens, dass Habshee nicht gleichbedeutend ist mit Äthiopier.

Doch im Moment ist es mir egal.

Die Angestellte will meine Kurta hochziehen. Da fällt mir wieder ein, welcher Art die Verletzungen sind, und ich ziehe das Hemd mit einer heftigen Bewegung herunter. Sie sieht mich überrascht an.

»Sie müssen entschuldigen«, sage ich, »aber es sind keine Splitterwunden. Es ist etwas anderes. Ich verbinde mich lieber selbst.«

Sie scheint gekränkt, dennoch überlässt sie mir alles, was sie zusammengetragen hat. Ich will die Schutzfolie von einem Transparentpflaster abziehen, aber meine Hände zittern. Sie beobachtet mich. Dann schnippt sie mit den Fingern.

»Sie sind das! Sie waren doch auf dem IIT-Bombay?«

Ich sehe mir ihr Gesicht noch einmal an. Jetzt erkenne ich sie. Es ist dieselbe Angestellte, die vor neun Jahren hier arbeitete, als ich an der Universität war und Ajanthas wegen in einen Zustand geriet, der sich von meinem jetzigen nicht allzu sehr unterscheidet.

Und mir wird klar, dass ich mit jedem Wort, das ich mit dieser Frau spreche, und mit jeder Minute, die ich noch länger hier verweile, mein Risiko noch vergrößere.

»Ich muss gehen«, sage ich. »Ich kann für die Sachen bezahlen.«

Sie winkt ab. »Wie geht es Ihnen denn inzwischen?«, fragt sie. »Sie waren damals so traurig. Ich konnte Sie nicht vergessen.«

»Mir geht es gut«, antworte ich. Dann fange ich an zu fabulieren, für den Fall, dass hinterher jemand kommt und sich nach mir erkundigt. »Ich wohne in Gandhinagar. Bin nur in die Stadt gekommen, um Verwandte zu besuchen.«

»Zu Onam? Sind Sie denn keine Malayali?«

»Nein«, lüge ich. »Ich bin bloß eine dunkelhäutige Gujarati.«

Das stopft ihr den Mund.

Ich bedanke mich für das Verbandszeug und trete wieder auf die Straße hinaus. Keine Spur von dem barfüßigen Mädchen, ich habe es also abgeschüttelt. Aber wieso habe ich gesagt, dass ich in Gandhinagar wohne? Meine Mutter stammt von dort. Inzwischen ist es ziemlich dunkel geworden. Der Himmel ist violett, und alle Gesichter scheinen zu leuchten.

Ich muss mir einen Platz suchen, wo ich mich verbinden kann, je weiter von der Explosion entfernt, desto besser. Wenn ich in einem Fahrzeug unterwegs bin, kann mich das barfüßige Mädchen nicht verfolgen. Ich stelle mich dem Verkehr entgegen und hebe den Arm, um eine Robo-Rikscha anzuhalten, aber eine mit Fahrer sieht mich zuerst und hält neben mir. Das Kabel schleift auf der Straße, und bevor ich einsteige, hebe ich es auf und stecke es wieder ein. Der Fahrerin nenne ich den ersten Ort, der mir einfällt: das Butterfly, ein singapurischer Club am nördlichen Ende des Marine Drive. Mohini hat mich dorthin mitgenommen, als wir beim letzten Monsun in der Stadt waren. Sie passte perfekt in die Szene, ich dagegen überhaupt nicht, aber das ist jetzt von Vorteil. Selbst wenn mich das barfüßige Mädchen dort aufspürte, würde man es nicht einlassen.

Die Fahrerin lässt den Motor an. Ich sehe ihr Lächeln im Rückspiegel. Sie hat zwei Grübchen in den Wangen, so tief, dass man Kardamomschoten hineinlegen könnte. Sie ist vielleicht fünfzehn.

Als wir beschleunigen, beginnt sie so laut zu reden, dass ich sie trotz des Fahrtwinds verstehen kann. Ich spitze die Ohren, um ihr antworten zu können, bis ich merke, dass sie mit jemandem spricht, der in ihrem Ohr sitzt. Ihre Schwester. Es geht um Hochzeitsvorbereitungen. Der Partyservice kann nicht liefern, sie kennt allerdings jemand anderen, den Bruder eines Freundes, der billig ist, aber nicht so billig, dass die angeheiratete Verwandtschaft Anstoß nehmen könnte.

Dann weichen die Gebäude zurück wie ein Theatervorhang, und vor mir liegt das Meer. An einer roten Ampel halten wir an. Das goldene Licht auf dem schwarzen Wasser ist ein wunderschöner Anblick. Der Wind weht von der Bucht landeinwärts. Hier ist der Geruch des Meeres intensiver als in Keralam, schmutziger und salziger. Dieser Ozean enthält mehr Gewürze.

Die Ampel schaltet auf Grün, und wir biegen auf den Marine Drive ein. Als die Scharen hinter uns zurückbleiben und die Strecke vor uns frei ist, tritt sie das Pedal durch und legt sich in die Kurve. Ich presse die Hand gegen den Seitenholm, um nicht hinausgeschleudert zu werden. Ein fingernageldünner Mond versinkt im Meer. Ich behalte ihn im Blick, so lange wie möglich. Er hat etwas zu bedeuten.

Als wir das Butterfly erreichen, ist es vollends Nacht geworden. Die Rikscha kommt sanft zum Stehen, und die Fahrerin sagt: »Yashna, warten Sie«, dreht sich um und streckt mir ihr Handgelenk entgegen, an dem ein billiger Mitter blinkt.

»Nehmen Sie auch Bargeld?«

Sie wackelt mit dem Kopf und dreht die Hand um.

Ich bezahle und gebe ein großzügiges Trinkgeld. Sie steckt die Scheine in eine Tasche, die auf ihrer Kurta aufgenäht ist. »Danke vielmals!«, sagt sie auf Englisch, ohne sich noch einmal umzusehen. Ich steige aus, und sie tritt das Pedal bis zum Anschlag durch und zischt davon.

Das Butterfly sieht noch genauso aus wie in meiner Erinnerung: eine Praline in Neonfarben. Die Toilette liegt am Ende eines schwarzen Flurs mit pinkfarbenen Leuchtbändern. Ich hole mir einen langen Streifen Toilettenpapier, knülle ihn zusammen, halte ihn unter den Wasserhahn und gehe damit in die Kabine zurück. Dann ziehe ich zum ersten Mal meine Jacke aus und rolle die Kurta bis über meine Brüste hoch. Das Blut ist inzwischen getrocknet, aber der Stoff klebt an der Haut fest, und als ich ihn wegziehe, reißt der Schorf auf. Frisches Blut quillt hervor, die Tropfen rinnen mir über den Bauch. Ich wische sie ab und drücke das nasse Toilettenpapier auf die Wunde. Genauer gesagt, ist es eine ganze Wundenlandschaft, fünf unterschiedlich lange Kratzer, nicht allzu tief, aber auch nicht bloß oberflächlich. Ich weiß nicht, was für eine Schlange das war. Sicherlich keine Kobra, Krait oder Viper, die hätte ich alle erkannt, und außerdem wäre ich dann bereits tot. Diese Schlange glänzte golden wie Bronze. Ich ziehe meinen Sichter heraus und suche nach Bildern, doch kein Tier hat den richtigen Goldton, jedenfalls keines, das in Keralam heimisch wäre. Es könnte eine afrikanische Art sein. Wenn dem so wäre, ließe das gewisse Schlüsse zu.

Ich säubere die Wunden, trage Öl auf und tupfe auch etwas davon auf meinen Hals, weil es nach Pfefferminz riecht, dann drücke ich Transparentpflaster auf die offenen Stellen und klebe die größere weiße Kompresse darüber. Schließlich beuge ich den Oberkörper und strecke ihn wieder, um mich zu vergewissern, dass das Ganze auch hält.

Draußen vor der Kabine schaue ich in den Spiegel. Ich trage

immer noch die Sachen, die ich heute Morgen in unserem Schlafzimmer in Thrissur angezogen hatte. Jetzt möchte ich mein Aussehen verändern.

Ich ziehe die Jacke aus und stopfe sie in meine Handtasche. Die Ärmel meiner Kurta rolle ich bis über die Ellbogen hoch und öffne drei weitere Knöpfe. Mit den Jeans und den Stiefeln ist nicht viel zu machen. Also fange ich an, meine Zöpfe zu lösen. Einfache Verrichtungen wie das Verbinden meiner Wunden und das Hantieren an meinen Haaren geben mir das Gefühl, unbesiegbar zu sein. Seht an das Werk meiner Hände, ihr himmlischen Mächte: Ich kann meinen Körper heilen und verschönern. Jetzt könnte ich sogar etwas trinken gehen.

Ab jetzt gilt eine neue Strategie: Verhalte dich ganz normal.

Als ich den Club betrete, empfängt mich eine Szenerie aus schwarzen Menschensilhouetten vor violettem Licht. Ein Remix aus Meshell Ndegeocello und Bhangra-Musik lässt den Fußboden erzittern. Der Barkeeper sieht mit seinem glatt rasierten schwellenden Bizeps wie ein alter Bollywood-Held aus. Er trägt ein fadenscheiniges T-Shirt mit effektvoll platzierten Löchern an den Nähten, Dalit-Eleganz, nicht authentisch. Sein Blick huscht um meinen Kopf herum und heftet sich wieder auf mein Gesicht, als er nichts sieht.

»Was darf ich dir bringen?«

»Einen Jameson.«

Er betrachtet mich genauer. »Malayali?«, fragt er.

Wie kommst du bloß darauf, Chutiya?

»Nur äußerlich«, antworte ich. »Meine Familie lebt seit dem Raj in Mumbai.« Lügen ist so einfach und dabei so nützlich. Ich weiß nicht, warum ich jemals damit aufgehört habe.

»Ist nicht gerade Onam?«

»Denke schon.«

»Nicht sonderlich traditionsbewusst, wie?«

»Nicht unbedingt.« Dieser verdammte Barkeeper redet mir zu viel. Und ich bin ein schweigsamer Mensch. Reden kostet Energie, und außerdem schaffe ich es nie, richtig auszudrücken, was ich sagen will. Deshalb lasse ich meinen Körper sprechen, wo das möglich ist, aber hier geht das nicht, und deshalb sage ich: »Wir wohnen in Santa Cruz East. Ich war in letzter Zeit nicht oft hier unten. Was geht denn so ab in der Gegend?«

»Oh, Bomben auf dem Azad Maidan, das Übliche.« Er wirkt verärgert und beschäftigt sich angelegentlich mit meinem Drink.

»Wahrscheinlich ein Anschlag von Semena Werk«, sage ich. Böswillige Verdächtigungen, vor denen mich Mohini warnen würde. Aber denk an die Schlange. Denk an das barfüßige Mädchen. Denk an deine Familiengeschichte. »Die können einfach nicht vernünftig sein.«

»Und deshalb werfen sie Bomben auf ihre eigenen Leute?«

»Sie betrachten sie nicht als ihre eigenen Leute. Sie halten sie für Verräter.«

»Das stimmt.« Der Barkeeper schiebt mir das Whiskeyglas zu. Ich nehme einen Schluck, und sobald das Feuer meinen Magen erreicht, löst sich meine Spannung. Mir ist nicht bewusst gewesen, wie sehr dieser Tag aus der Reihe fällt. Jetzt habe ich das Gefühl, dass wieder eine gewisse Ordnung eingekehrt ist.

»Sieht so aus, als hättest du den gebraucht.«

»Richtig.«

»War mir ein Vergnügen.«

Allmählich fühle ich mich wohl hier. Vielleicht ist das das Ende der manischen Phase. Oder der Beginn einer neuen.

»Und was tut sich sonst so in der Innenstadt?«, frage ich.

»Ausländer ziehen scharenweise hierher, besonders wegen des ›Energy Park‹.«

»Was ist das?«

»Das sind die vielen Türme am Ende des Nariman Point, der

Komplex, der aussieht wie das Land Oz. Wenn du noch nicht dort warst, solltest du es dir ansehen. Im HydraCorp-Gebäude gibt es ein neues Museum.«

»Ein Museum wofür?«

»Energie.«

»Das kann vieles bedeuten.« HydraCorp ist einer der größten multinationalen Energiekonzerne. Und der angesagteste von allen, denn sie investieren fünf Prozent aller Gewinne in die Entwicklung ausgefallener neuer Energiequellen. Ich habe von einem Projekt gelesen, bei dem ein Baumwollspinnrad, wie es Gandhi entwickelt hat, mit menschlicher Scheiße betrieben werden soll, und wusste nicht, ob ich lachen oder weinen sollte.

»Hast du schon mal vom Trail gehört?«, fragt er.

Ich zögere. Mohini und ich haben vor einigen Jahren eine Folge von *Extreme Weather!* gesehen, die vom Trail handelte. Der Barkeeper sieht, dass ich weiß, wovon er spricht, und fährt fort: »Im Museum kriegst du zwar bloß die Firmenversion serviert, aber es lohnt sich dennoch, sich das anzusehen.«

Der Whiskey hat mein Gedächtnis wachgerüttelt, die Erinnerung kommt zurück. Damals fand ich den Trail irreal: eine schwimmende Pontonbrücke, vor der Küste von Mumbai vertäut, die das gesamte Arabische Meer überspannt, eher ein Gedicht als ein Werk der Technik. Ich habe Mohini gefragt, ob sie sich vorstellen könne, darauf bis nach Afrika zu wandern. Sie nahm meine Begeisterung gewohnt freundlich auf, gab aber zu bedenken, dass man auf dem Trail nichts als den leeren Himmel und das gesichtslose Meer um sich habe, die perfekte Kulisse, um meinen eigenen Wahn auszuleben.

»Was ist die Firmenversion?«

»Das kann ich dir nicht sagen. Aber wenn du dort bist, sprichst du besser nicht vom ›Trail‹.«

»Warum nicht?«

»Weil der Konzern nicht will, dass Leute hinausschwimmen, um darauf zu laufen.«

Ich bin verblüfft. «Es gibt Menschen, die auf dem Trail laufen?«

»Ich habe gehört, dass ... He, Arjuna!«

Ein zweiter Mann ist an die Bar getreten. Er wirkt gepflegt, sein silbergraues Hemd steht so weit offen, dass sein dichtes, glänzendes Brusthaar zu sehen ist. Er beugt sich an mir vorbei, um den Barkeeper zu küssen, und berührt dabei mein Knie mit seinem Bein. Sofort weicht er zurück und legt Verzeihung heischend die Handflächen aneinander. Und als wir Blickkontakt aufnehmen, wird mir klar, dass ich ihn kenne: Arjuna Swaminathan, zur Hälfte persischer Herkunft. Er war in meinem Nano-Seminar am ITT. Ich erging mich in Fantasien über ihn, anstatt der Vorlesung zuzuhören. Doch im Gegensatz zu der Frau aus der Apotheke erkennt er mich offenbar nicht wieder.

Der Barkeeper sagt: »Arjuna, ich habe soeben ... Wie heißt du eigentlich?«

Ich muss mich vorsehen und greife abermals zu einer Lüge. »Durga.«

»Ich bin Sandeep«, sagt der Barkeeper und stellt Arjuna einen Klaren hin. Der setzt sich neben mich und krempelt die Ärmel auf. Seine Hände sind riesig, seine Finger muskulös. Dicke Adern schlängeln sich über seine Unterarme. »Ich habe Durga soeben vom Trail erzählt. Hat nicht erst letzten Monsun jemand versucht, darauf zu laufen?«

»O ja, das kommt immer wieder vor. Die Leute sind verrückt. Meistens sind es arme Teufel, die irgendwo gehört haben, sie könnten mit Fischfang ihren Lebensunterhalt verdienen. Also schwimmen sie hinaus, und man hört nie wieder von ihnen.«

»Arjuna muss es wissen«, sagt Sandeep zu mir. »Er arbeitet bei HydraCorp.«

»Hast du mit dem Trail zu tun?«

»Nein. Aber ich kann vom Fenster meines Büros aus ein ziemlich großes Stück davon sehen. Dann und wann schwebt ein verschwommener Fleck über dem Meer, das heißt, dass dort jemand kampiert, diese Leute haben nämlich spezielle Rettungsinseln mit Tarnfunktion. Sie laufen nur bei Nacht.«

»Damit sie nicht erwischt werden.«

»Anzunehmen.«

»Und wenn doch, wie werden sie bestraft?«

»Gefängnis, eine Nacht, ein Monat, je nach Laune der Polizei. Die Anklage lautet auf unbefugtes Betreten von Firmengelände. Aber wir haben nicht die Mittel, um den Trail ständig zu überwachen. Wenn du bloß mal erleben willst, wie es ist, kannst du …«

Sandeep schnippt Arjuna mit den Fingern vor dem Gesicht herum. »Erzähl es ihr nicht!«

»Was soll ich ihr nicht erzählen, Chutiya?«

»Ich habe gesagt, sie muss es sich selbst ansehen.«

Sandeep muss andere Gäste bedienen, und Arjuna wendet sich mir zu, in offener Körperhaltung und mit gespreizten Beinen. »Er meint das Museum«, sagt er mit weicher Stimme. »Ich kann dir Freikarten besorgen.«

An keinem anderen Abend könnte er mich beeindrucken. Aber ich finde ihn sexy. Der Ablauf ist immer der gleiche: Jemand passt in dein Beuteschema, du willst mit ihm schlafen, du schläfst mit ihm. Ein klares Machtspiel, eine kalkulierte Anstrengung, die zum Erfolg führt. Er hat nicht nach meinem Aadhaar gefragt. Er hat nicht einmal danach gesucht. Das nimmt mich für ihn ein.

Ich schaue weiter zu Boden. Manchmal kann ich mit anderen nur reden, wenn ich so tue, als führte ich Selbstgespräche. »Würdest du auf dem Trail wandern, wenn du könntest?«

Er schüttelt nach westlicher Art den Kopf. »Nein, ich wüsste nicht, warum. Ich käme mir vor wie die Kids, die auf Zugdächer klettern. Ein Nervenkitzel für alle, die auf so was abfahren, aber meine Sache ist das nicht. Ich bin ganz zufrieden mit meinem Leben.«

Ich sehe, dass das stimmt. Vor mir sitzt ein kleiner Kaiser des Technologiezeitalters, ein unverheirateter Playboy, aufgewachsen in einer Drittkultur, mit einer modernen Wohnung und einigen Dienstboten. Ein Einzelkind. Seine Eltern sind geschieden. Jeden Morgen trainiert er im Fitnessraum im Untergeschoss seines Hochhauses. Im Geiste sehe ich seine beiden Beckenschaufeln vor mir.

»Wer braucht schon einen Nervenkitzel?«, frage ich.

Er lehnt sich lächelnd zurück. »Du erinnerst mich an eine Bekannte von früher«, sagt er. »Ein Mädchen auf dem College. Sie trug immer schwere Stiefel und hatte sogar während des Monsuns einen Schal um den Hals. Und sie schaute niemandem in die Augen. Zur Vorlesung kam sie allein, und sie sprach nie ein Wort.«

Ich denke: Ich habe niemandem in die Augen geschaut, weil der Blickkontakt für den alltäglichen Gebrauch zu intensiv ist, und ich habe nicht gesprochen, weil aus meinem verdammten Mund nie etwas richtig rauskam. Was ich sagen wollte, habe ich mit Sex ausgedrückt.

»Ich habe gehört, sie hat das Studium abgebrochen«, fährt er fort. »Aber ich habe sie nicht vergessen. Leidenschaftlich, aber dabei scheu, wie eine Frau, die im Körper eines Kerls gefangen ist.«

Ich denke: Wie scharfsichtig von dir.

Aber ich spreche es nicht aus. Ich befinde mich in der Durga-Rolle, und deshalb sage ich, was Durga sagen würde: »Wenn sie dir heute begegnen würde, was würdest du tun?«

»Wahrscheinlich … würde ich sie um einen Kuss bitten.«

Jetzt brennt mein ganzer Lendenbereich wie Feuer. Das Gespräch plätschert weiter, doch da das Ende bereits feststeht, schlagen wir nur noch die Zeit tot, und ich plaudere mit Arjuna, während ich im Geiste eines meiner Selbstgespräche führe: Ich brauche ein Bett für die Nacht. Er ist zwar ein Schleimer, aber mein Körper verlangt nach ihm. Ich muss den Geschmack von jemand anderem als Mohini in den Mund bekommen. Meine Reiseplanung kann ich auf später verschieben, oder, noch besser, ich kann diese Episode als Teil davon betrachten. Ich versichere mir selbst, dass es ganz normal ist, wenn ein Tag, an dem ich einem Mordversuch und einem Terroranschlag entgangen bin, damit endet, dass ich dringend ficken muss. Tatsächlich kann ich im Moment an nichts anderes denken als daran, es mit diesem Mann zu treiben.

Wir verlassen den Nachtclub und steigen auf seinen Roller. Doch vor der Abfahrt suche ich das Ufer ab für den Fall, dass das barfüßige Mädchen mit wehendem Kopftuch auf der Hafenmauer sitzt und über die Bucht schaut. Doch sie ist nirgendwo zu sehen.

DER TRANSARABISCHE LINEARGENERATOR

Als ich aufwache, bin ich allein, und die Sonne scheint mir ins Gesicht.

Ich liege auf einem Wust aus weißen Tüchern. Geschlafen habe ich nur etwa zwei Stunden. Ich bin immer noch zu aufgedreht. Das Bettlaken ist in der Nacht verrutscht, und die Kissen liegen bis auf das eine, das wir uns in verschiedenen Stellungen unter die Hüften geschoben haben, alle auf dem Boden. Unsere Körpersäfte haben Flecken im Stoff hinterlassen, die mittlerweile angetrocknet sind. Ich hatte vergessen, wie es ist, mit einem Mann Sex zu haben. Mohinis Umwandlung zur Frau mit weiblichen Geschlechtsteilen war zum Zeitpunkt meines Weggangs vollständig abgeschlossen. Das feierten wir mit einem Rosenwasserkuchen. Wenn ich will, kann ich gut kochen, es gibt nur selten einen Anlass, der meines Könnens würdig wäre. Doch an diesem Tag war ich überglücklich, sie endlich so lieben zu können, wie sie geliebt werden wollte, in dem Körper, den sie sich gewünscht hatte.

Wenn dagegen ein Mann in mich eindringt, ist es, als sperrte mein Körper die Augen weit auf, und ich dürfe nicht blinzeln.

Und wie ist es möglich, dass … Anwar? Es ist nicht zu fassen, ich kann mich nicht an seinen Namen erinnern. Mein Kopf ist leer. Ich bin sicher, dass der Name mit einem A anfing. Einfach lächerlich. Aber von seinem Namen einmal abgesehen, wieso hat er mich nicht erkannt, obwohl wir zusammen auf dem College waren? Vielleicht hat er es auch nur nicht erwähnt. Vielleicht hat er sich fortgeschlichen, nachdem wir Sex hatten, um die Polizei zu holen. Vielleicht fahndet man dort bereits nach einer flüchtigen Malayali mit Schlangenbissen über dem Solarplexus. Vielleicht hat er die Information auch abgespeichert, um sie später gegen mich zu verwenden.

Es könnte eine Falle sein. Ich bin sogar ganz sicher, dass es eine Falle ist.

Ich kann nicht sofort aus diesem Zimmer laufen. Ich muss erst nachdenken. Also setze ich mich hin und beginne mit den Atemübungen, die Muthashan mir beigebracht hat, als ich noch klein war, aber sie helfen nicht.

Ich suche das Badezimmer und stelle mich unter die eiskalte Dusche. Dann zähle ich bis zehn.

Als ich die Kabine wieder verlasse, habe ich wenigstens die Illusion, klarer denken zu können. Ich streiche mit den Fingern über den Verband auf meinen Wunden. Als ich vergangene Nacht mein Hemd auszog, hat er – *Arjuna,* verdammte Scheiße, er heißt *Arjuna* – nicht einmal Notiz davon genommen. Er war überhaupt nicht wirklich bei der Sache: ein stürmischer Liebhaber, aber zu sehr von sich eingenommen. Er plapperte nur die Koseworte aus Bollywood-Filmen nach, ohne jemals tiefer in die Materie eingedrungen zu sein und selbst die Sprache der Liebe erlernt zu haben.

Ich hole mir ein Handtuch und breite es auf dem Boden aus. Dann setze ich mich darauf und lehne mich, nackt, mit glitzernden Tropfen im Schamhaar, mit dem Rücken gegen die Duschkabine. In den letzten achtzehn Stunden habe ich keine fünf Minuten Zeit gefunden, um mich ruhig hinzusetzen und den nächsten Schritt zu planen. Nun schließe ich die Augen und rufe mir in Erinnerung, wie sich mein Leben bis gestern anfühlte.

In Thrissur war der Himmel wolkenverhangen.

Der Hund des Nachbarn hörte nicht auf zu bellen.

Zum Frühstück gab es Chai und die Reste des Menüs vom Chinesen.

Mohini und ich haben eine Reise nach Afrika geplant, um zu einem besseren Verständnis »meiner Familiengeschichte« zu kommen. Ich kannte zwar die Fakten, habe mich aber nie wirklich damit auseinandergesetzt. Mohini vermutete, hier würde der Grund für meine innere Unruhe liegen. Meine Eltern wurden von einer jungen Frau ermordet, die mit ihnen befreundet war, einer äthiopischen Dissidentin. Meine Mutter war erst im sechsten Monat schwanger. Der Mord geschah in dem Krankenhaus, in dem sie beide als Ärzte arbeiteten. Die Krankenschwestern, die sie fanden, haben mich gerettet.

Deshalb lag auf unserem Küchentisch ein aufgeschlagener Atlas mit einer Karte vom Horn von Afrika. Ich wollte sofort losziehen, aber Mohini zauderte, sie war bedächtiger, sorgfältiger, das Verkehrsmittel war ihr wichtig, sie war umweltbewusst, auf verantwortungsvolle Energienutzung bedacht. Verschiedene Transportmöglichkeiten waren gegeneinander abzuwägen. Was war besser oder schlechter, wo lagen die Vor- und Nachteile? Mit der Zeit wurde die Karte zum Tischtuch. Afrika verschwand unter Essensbehältern.

Ich entdecke hinter dem Badezimmerspiegel zwei Papierstreifen. Elegante silberne Lettern auf weißem Grund: *Eintritt ins Museum für eine Person.* Auf der Rückseite prangt das Logo von HydraCorp, eine stilisierte Schlange mit vielen Köpfen. Auf einer Karte steht handschriftlich: *Warte auf mich.*

Ich denke gar nicht daran, auf jemanden zu warten. Auf Mohini habe ich gewartet. Sie war die Einzige.

Jemand klopft an die Tür. Ich wickle mir ein Handtuch um den Körper und schaue durch das Guckloch. Es ist der Dhobi mit der Wäsche. Er sieht aus wie ein Äthiopier. Ich öffne die Tür.

»Tut mir leid, er ist nicht da«, sage ich.

»Das macht nichts«, versichert er mir, den Blick auf den Boden gerichtet. »Wir rechnen wöchentlich ab.« Er reicht mir einen Stapel gebügelter und gestärkter Hemden.

Ich schließe die Tür, ohne mich zu bedanken.

Ich lege den Stapel auf den Boden und halte das Ohr an die Tür. Er könnte zu Semena Werk gehören. Vielleicht soll er Informationen über mich sammeln. Es wäre wohl besser, nicht hierzubleiben. Zumindest sollte ich die Wohnung verlassen, bevor Arjuna zurückkommt. Jetzt fällt mir wieder ein, dass er sich über mich gebeugt und mir ins Ohr geflüstert hat, er wolle sich um ein Frühstück kümmern, ich solle mich wie zu Hause fühlen. Dann stieg er aus dem Bett, kleidete sich an und verließ die Wohnung. Eine Tür fiel zu, ein Schlüssel wurde umgedreht, Schritte entfernten sich.

Mein Frühstück hole ich mir lieber selbst. Aber die Eintrittskarte kann ich für meine Recherchen gut gebrauchen.

Zwei Stunden später bin ich zurück auf dem Marine Drive und stehe vor dem HydraCorp-Museum. Über mir kreisen weiße Seevögel am Himmel. Das Museum ist elf Stockwerke hoch und hat die Form eines achtzackigen Sterns. Die Außenwände sind transparent, und ich kann die Exponate dahinter erkennen. Sie erinnern mich an verschlungene Därme.

In der Eingangshalle hängen die Fahnen all der Nationen und Firmen, die an dem Konsortium beteiligt sind. Indien und Dschibuti fallen besonders ins Auge. Ich trete an die halbmondförmige Empfangstheke und zeige meine Eintrittskarte vor. Als der Angestellte mein Aadhaar nicht findet, reicht er mir einen Plan des Museums und einen Hochglanzprospekt, auf dem HydraCorp seine vielen Projekte vorstellt.

Er ist sichtlich verunsichert, weil ich ihm nicht in die Augen sehe, und so wedle ich mit dem Prospekt, um ihn zu beruhigen.

»HydraCorp. Witziger Name für einen Konzern mit so vielen Projekten.«

Er lächelt, aber ich sehe, dass er die Bemerkung nicht verstanden hat. Meine Schuld. Meine Scherze sind im Grunde nicht lustig, sondern stets zweideutig, und außer Mohini kann niemand darüber lachen. Wir beide hatten eine gemeinsame Sprache, die niemand sonst spricht. Das darf ich nicht vergessen. Die weltgewandte Frau von gestern Abend hat sich offenbar in Luft aufgelöst, und ich bin wieder so hilflos wie ein Fisch auf dem Trockenen.

Der Angestellte rät mir, im obersten Stockwerk zu beginnen, und so besteige ich den Plexiglas-Fahrstuhl und sage: »Elf.« Die Kabine gleitet sanft nach oben. Ich steige höher und höher. Unter mir folgt Mumbai dem Bogen der Back Bay. Auf der Wasseroberfläche hüpft ein Silberfaden auf und ab und verschwindet am Horizont im Dunst. Das ist also der berühmte Trail. Ich lasse ihn die ganze Fahrt über nicht aus den Augen.

Im elften Stock angekommen, gehe ich auf eine schwarze Tür zu, auf der in silbernen Lettern KINO steht. Ein tröstliches Wort. Es gibt mir ein gutes Gefühl. Nichts wäre mir jetzt lieber, als mich still hinzusetzen und mir einen Lehrfilm anzusehen. Ich trete in einen halbrunden Raum, der ganz mit schwarzem Samt ausgeschlagen ist. Sobald ich Platz nehme, wird meine Anwesenheit registriert, und die Leinwand erstrahlt in einem sanften Blau. Ich bin erleichtert, dass es sich nicht um ein immersives Format handelt, bei dem einem die Bilder direkt in den Kopf geschickt und über die Augäpfel gelegt werden. Ich ziehe es vor, wenn zwischen mir und der Kunst ein gewisser Abstand bleibt. Mohini und ich haben darüber diskutiert, und sie fand, ich wäre genauso technikfeindlich wie die Menschen, die dem Film zu Anfang des zwanzigsten Jahrhunderts den Status einer Kunstform absprechen wollten. Ich war nicht ihrer Meinung. Und bin es immer noch nicht.

Der Film fängt an. Er ist großartig gemacht. Moderiert wird er von einer Frau, die Englisch mit nordindischem Zungenschlag spricht, und ausnahmsweise stört mich das auch nicht. Sie erzählt mir die Geschichte der künstlichen Energie auf unserem Planeten. Holz. Wasser. Kohle. Öl. Kernkraft. Geothermie. Wind. Sonne. Die Zwillinge Kernfusion und Kernspaltung, die im Labor zwar funktionierten, aber doch zu teuer waren, um auf breiter Front eingesetzt zu werden. Und schließlich die Wellenenergie, um die es vermutlich beim Trail geht. Man nennt sie die Blaue Energie und betrachtet sie als Nachfolgerin der Grünen Energie. Ich bin schon neugierig, wie man Rote, Violette und Orangefarbene Energie erzeugen wird. Allmählich erfasst mich eine gewisse Euphorie.

Die Moderatorin spricht nicht vom Trail, sondern vom Transarabischen Lineargenerator, kurz TALG, und beschreibt ihn mit einer Reihe von gelungenen Metaphern: Die Technologie geht zurück auf die alten Pontonbrücken, die zwar für ihre Zeit bemerkenswert waren, aber nur etwa in Kriegszeiten Entfernungen von wenigen Kilometern wie den Bosporus oder den Hellespont überspannten. Danach wurden sie entsorgt. Sie waren leichter zu zerlegen als aufzubauen. Die Moderatorin betont, dass der TALG nur eine sehr entfernte Ähnlichkeit mit einer Pontonbrücke hat; in seiner Gesamtform gleicht er eher einer auf dem Rücken liegenden Raupe. Die einzelnen Abschnitte sind hohle, auf der Spitze stehende Pyramiden aus Aluminium. Die der Sonne zugewandten Flächen sind mit Solarpaneelen bestückt, in meinen Augen eine brillante Idee, der ich am liebsten applaudieren würde. Zwischen den Segmenten befinden sich sogenannte nicht lineare elastische Verbindungsstücke, Scharniergelenke, die jeweils einen Dynamo enthalten. Darin schwebt jeweils ein Ei aus Stahl, das mit den Wellen auf- und abhüpft. Damit sowie mit den Solarpaneelen wird Energie erzeugt, der TALG ist also eine Hybridanlage. Mohini wäre begeistert – ich frage mich, ob ihr das alles bekannt war. Anschließend wird die Energie zu den Empfängern in Dschibuti geleitet. Man sieht, wie in einem Haus in Dschibuti die Lichter angehen und eine Familie in Jubel ausbricht. Das geschieht über Supraleiterfasern aus metallischem Wasserstoff, einem umstrittenen Material, dessen Herstellungsverfahren erst vor zehn Jahren zur Produktionsreife gelangte. Obwohl es in der Vergangenheit mehrfach zu katastrophalen Unfällen mit metallischem Wasserstoff kam, sei das Material metastabil, versichert mir die Moderatorin, und in seiner Struktur so robust wie künstlicher Diamant. Sie erklärt auch, inwiefern der TALG auch einen Durchbruch auf dem Gebiet der intelligenten Selbstorganisation in großem Stil markiert: Jedes einzelne Bauteil enthält nämlich einen intelligenten Chip, der wie eine menschliche Zelle »versteht«, wohin er gehört und was er zu tun hat; außerdem kann er sich selbst überwachen und reparieren.

Dann ändert sich ihr Tonfall. Dies ist lediglich ein Pilotprojekt, warnt sie. HydraCorp und seine Partner, vor allem die Regierung in Dschibuti, das durch jüngst entdeckte Ölvorkommen zu Reichtum gelangte, wollen herausfinden, ob es sich hier um eine rentable, nachhaltige Energieform für die Zeit nach der Erschöpfung der Ölreserven handelt. Sollte sich das bewahrheiten, dann werden sie einen TILG für den Indischen Ozean und einen TPLG für den Pazifik bauen. Alle Weltmeere könnten kreuz und quer mit Energiegeneratoren überzogen werden, als würde man ein Fischernetz über den ganzen Planeten werfen. Es ist unfassbar. Wäre Mohini hier, sie würde jetzt vor Aufregung an meinem Ärmel zerren. Und wie gelingt es diesem TALG, einigermaßen an Ort und Stelle zu bleiben? Nun, dank bahnbrechender Entwicklungen auf dem Gebiet der Materialforschung war es möglich, den Generator mit Gossamoor auf dem Meeresboden zu verankern, einer synthetischen Seide, die nach dem Vorbild der Ankerfäden von Darwins Rindenspinne gefertigt wurde, die auf Madagaskar beheimatet ist. Diese Seide ist nicht nur das stärkste bekannte Material, tausend Meter davon wiegen auch nur etwa zwölf Milligramm. Da HydraCorp eine Partnerschaft mit China Telecom eingehen konnte, verlaufen die Verankerungen parallel zum SEA-ME-WE-3-Unterseekabel, das Daten zwischen Mumbai und Dschibuti transportiert, bevor es ins Rote Meer abbiegt. Und wie verkraftet der TALG den regen Schiffsverkehr auf hoher See? Nun, wie der geneigte Zuschauer erfährt, sind die Segmente so programmiert, dass sie herannahende Schiffe wahrnehmen, sich mit Seewasser füllen, bis zu dreißig Metern in die Tiefe sinken, um das Schiff passieren zu lassen, und hinterher das Wasser wieder abpumpen, um an die Oberfläche zurückzusteigen.

Für diesen Trail scheinen sich die idealen Materialien geradezu verschworen zu haben. Ich bin sprachlos.

Am Ende der Präsentation erscheint eine statische Weltkarte, und die Moderatorin fordert mich auf, sie mit den Händen zu erkunden. Ich springe auf und laufe zur Leinwand. Sobald ich den Finger auf eine beliebige Stadt lege, erscheint daneben eine Tortengrafik, die mir die Energiequellen dieser Stadt anzeigt. Ich bin begeistert. Ich drücke auf Dschibuti. Derzeit bezieht die Stadt dreißig Prozent ihrer Elektrizität vom TALG. Die Ergebnisse sind vielversprechend. Und jetzt braut sich in meinem Kopf eine Theorie zusammen, von der ich Mohini gern erzählen möchte, ein ganz neues Forschungsgebiet, das untersucht, wie die Energiequellen einer Gesellschaft zwangsläufig deren Sprache, Kunst und Kultur prägen. Im Fall von Dschibuti müssten die Menschen wellenähnliche Züge entwickeln. Ob ich von der Soziopsychologie der Energie sprechen sollte – von der nicht nur die Kultur, sondern auch die Individuen durchdrungen werden? Mohini war sicherlich ein Sonnenmensch.

Was ich bin, muss ich erst noch herausfinden.

Vielleicht bin ich deshalb hier. Vielleicht hat sich das Universum zu meinen Gunsten verschworen.

Nach einer kleinen Höflichkeitspause fordert mich die Moderatorin auf, mir auch den Rest des Museums anzusehen, und ich gehe darauf ein. Ich darf nicht vergessen, den Angestellten am Empfang zu fragen, wer die Sprecherin ist. Ich bin geradezu sentimental geworden.

Ich steige eine Kristalltreppe mit schrägen Stufen hinunter. Jeder Energieform, die von der Moderatorin erwähnt wurde, ist ein eigenes Stockwerk gewidmet, wo sie aus wissenschaftlicher, technischer und stilistischer Sicht vorgestellt wird. Dass ich eigentlich die Absicht hatte, mich über verschiedene Verkehrsmittel zu informieren, ist mir entfallen. Ich staune nur noch. Mit diesem Museum wurde dem menschlichen Erfindungsgeist ein Denkmal gesetzt. In der Holzabteilung sind die Wände mit würzig duftenden Zedernpaneelen vertäfelt, ein Hologramm zeigt protodravidische Nomaden, wie sie Holz hacken und die Scheite in ein Feuer werfen. Sie tragen Tierhäute und Felle. Später halten sie den Kadaver irgendeines Waldtieres zum Braten über die Flammen, bis Rauch aufsteigt und das Fleisch sich schwarz färbt. Bevor sie mit dem Essen beginnen, bricht die Szene ab. Nun sieht man eine einsame Nomadin durch den Wald streifen. Sie betrachtet staunend die Bäume, wählt einen aus, dankt ihm und fällt ihn schließlich mit ihrer Steinaxt. Dann beginnt die Sequenz wieder von vorn.

Ich wende mich ab und sehe mir die Exponate an der Wand an. An einer Station kann man sich einen Holzspan aussuchen und ihn zum Verbrennen in einen durchsichtigen Kasten werfen. Dann wird angezeigt, wie viel Energie man erzeugt hat. Ich verbrenne sechs solcher Späne. Ich kann gar nicht genug davon bekommen. Alles hier ist überwältigend für mich. Eine Schautafel erklärt, dass diese Abteilung mit hocheffizienter Holzfeuerung betrieben wird. Tatsächlich wird jedes Stockwerk aus der Energiequelle versorgt, die jeweils vorgestellt wird. Neben dem Glaskasten liegt eine Immersionsbrille, die mich, als ich sie aufsetze, zu einem Grundwassermolekül werden lässt, das durch eine Baumwurzel aufgesaugt wird. Eine anregende Reise durch das Xylem schließt sich an. Als ich das Blatt erreiche und aufgespalten werden soll, stellt man mich vor eine Wahl: *Wenn Sie sich den Wasserstoffatomen anschließen möchten, sagen Sie »Wasserstoff«. Wenn Sie lieber mit dem Sauerstoffatom gehen wollen, sagen Sie »Sauerstoff«.*

Ich sage: »Sauerstoff.«

Daraufhin löse ich mich von der Blattspitze und schwebe durch die Luft. Es ist wie Fliegen. Ich schaue nach unten auf einen sonnengesprenkelten Waldboden und warte darauf, dass die Simulation verpixelt und sich auflöst. Doch das geschieht nicht. Die Bäume bleiben scharf umrissen, ich kann jedes einzelne Blatt, jede Blüte erkennen. Ich schwebe immer noch weiter. Die Programmiererin hat sich eine ganze Welt für mich ausgedacht. Sie ist mehr als eine bloße Programmiererin, sie ist eine Geschichtenerzählerin, eine Schöpfergöttin. Nachdem ich einen träge fließenden grünen Fluss überquert habe, wird das Land zur Wüste. Eine Karawane von Lastwagen zieht durch die Ödnis.

Ich nehme die Brille ab und bin wieder in der Holzabteilung. Das Hologramm ist an dem Punkt angelangt, wo der Tierkadaver anbrennt. Ich sehe es mir ein zweites und dann ein drittes Mal an. Wahrscheinlich könnte ich den ganzen Tag davor stehen bleiben.

Ein Stockwerk tiefer befindet sich die Abteilung für Wasserkraft. Dort bestehen die Wände aus Wasserfällen, die mit ihrer Energie acht Mühlräder antreiben. Kleine Bäche, die kreuz und quer über den Boden laufen, versorgen jeweils einen Schautisch mit einem weltbekannten Staudamm.

Ich steige nacheinander hinab in die Abteilungen für Kohle (fantasielos), für Erdöl (deprimierend), für Atomkraft (neonorange und -grün), für Geothermie (mein Favorit nach dem Holz), für

Windkraft (ich setze alle Turbinen in Bewegung) und für Kernfusion (ein Hologramm von Enid Chung an ihrer Werkbank bei der entscheidenden Entdeckung).

Die Abteilung für Sonnenenergie befindet sich im zweiten Stock. Dort gibt es eine Miniaturanlage, ein Modell der Sonnenfänger im Sudan, und ich werde aufgefordert, sie in Gang zu setzen. Die Tortengrafik hat mich informiert, dass diese Anlage zwanzig Prozent der Energie für Europa und vierzig Prozent für Nordafrika liefert, nachdem die ARAP (African Resources for African Peoples)* das Land zurückholte, das die Regierungen verkauft haben, und neue Pachtverträge durchsetzte. Meine Euphorie wächst; trotz der Schlange, trotz des Terrors; im Großen und Ganzen wird die Welt doch immer besser.

Dies ist der richtige Moment, um auf eine große Reise zu gehen.

Die letzte Treppe schwebe ich förmlich hinab und lande wieder in der Eingangshalle. Ich frage den Angestellten: »Wo ist die Abteilung für Wellenenergie?«

Er zeigt auf eine Tür in der Wand hinter der Empfangstheke. »Noch ein Stockwerk tiefer«, sagt er. »Im Untergeschoss.«

Das ist also der Raum, der dem Trail gewidmet ist. Wärme und Chlorgeruch schlagen mir entgegen. Die Treppe ist hier nicht aus Kristall, sondern aus Beton. Sie erscheint mir viel älter als der Rest des Gebäudes. Ich drehe mich um und will dem Angestellten eine Frage stellen, aber er hat die Antwort schon parat: »Das war früher eine Lagerhalle für Fisch-Waalas. Wir haben sie konserviert und in das Museum integriert.«

Ich bedanke mich. Ob er wohl sehen kann, wie ich strahle, ob er wohl merkt, dass ich nicht mehr die Gleiche bin, die das Gebäude betreten hat?

---

* Eine Bewegung, die fordert, dass afrikanische Ressourcen der afrikanischen Bevölkerung zugutekommen sollen. – *Anm. d. Ü.*

Ich steige auch diese Treppe hinab und stehe in einem breiten, niedrigen Raum. In den Boden ist ein rechteckiges Becken von etwa acht Metern Seitenlänge eingelassen. Von hier bis zur gegenüberliegenden Seite spannt sich eine Pontonbrücke. Die Abschnitte schaukeln sanft auf künstlichen Wellen. Mir wird rasch klar, dass ich einen Prototyp des Trails vor mir habe.

Auf der gegenüberliegenden Seite des Beckens kauert eine junge Frau. Nun richtet sie sich auf. Sie trägt einen roten Badeanzug und hält eine Boje aus rotem Schaumstoff in den Händen.

»Namaste!«, ruft sie mir zu.

»Namaste. Bist du die Bademeisterin?«

»Ja«, antwortet sie. »Das Becken ist nur zwei Meter tief, aber das reicht, um zu ertrinken. Hast du den Film gesehen?«

»Welchen Film?«

»Den Film im Kino. Darüber, wie der Trail funktioniert.«

»Ich dachte, man darf hier nicht vom Trail sprechen?«

»Du hast recht! Ich meine natürlich den TALG. Verrat mich nicht.«

»Versprochen.«

»Los, probier es aus«, sagt sie.

»Was soll ich probieren?«

»Darauf zu gehen, Dummerchen!« Ich sehe sogar auf diese Entfernung, dass sie beim Lächeln Grübchen bekommt. »Dazu ist er da. Ich werde dich auch nicht kritisieren, versprochen. Es gibt nichts, was ich nicht schon gesehen hätte, glaub mir.«

Sie kann es offensichtlich kaum erwarten, mich dabei zu beobachten. Wahrscheinlich kommen sonst hauptsächlich Paare und Familien hierher. Keine alleinstehende Frau wie sie selbst. Ich spüre, dass sie mir Erfolg wünscht.

Ich trete einen Schritt auf den Beckenrand zu. Die Betonwände sind mit Bildern geschmückt: ein Sonnenuntergang zur Linken, rechts ein aufgehender Mond.

Ich zögere.

»Und man ... kann einfach darauf laufen?«

»Nun, es gibt auch andere Möglichkeiten, ihn zu erkunden. Wenn du einen Badeanzug dabeihast, kannst du ihn umschwimmen – da drüben ist ein Umkleideraum. Aber wenn du mich fragst, ist es am coolsten, wenn du darüberläufst.«

»Sinkt er nicht unter, wenn ich darauf trete?«

»Das verhindert der Auftrieb«, sagt sie. Man merkt, dass sie diesen Vortrag schon oft gehalten hat, aber bemüht ist, jedes Mal von Neuem Wärme und Zuversicht zu verbreiten. »Wir nennen die Abschnitte ›Schuppen‹, weil sie sich auf und ab bewegen. Jede Schuppe reicht einen Meter in die Tiefe und verdrängt dreihundertvierzig Kilogramm Meerwasser. Die Schuppen sind außerdem hohl, sie bestehen aus einer Aluminiumlegierung und haben die Form einer auf der Spitze stehenden Pyramide. Unten gleichen einhundertdreißig Kilogramm Ballast das Gewicht an der Oberseite aus. Dir kann also nichts passieren! Allenfalls schwappt ein wenig Wasser über den Rand, und du bekommst nasse Füße, aber keine Sorge. Ich habe noch nie erlebt, dass jemand untergeht.«

»Wirklich? Und wie lange arbeitest du schon hier?«

Sie lacht. »Erst zwei Monate, zugegeben. Ich habe Semesterferien.«

»An welchem College studierst du?«

»IIT-Bombay.«

»Da war ich auch.«

»Tatsächlich? Was hattest du belegt?«

»Nano und Indische Literatur.« Ich erwähne nicht, dass ich im zweiten Semester abgegangen bin.

»Was für eine Kombination. Nano studiere ich auch.«

»Sehr sinnvoll«, bemerke ich. »Jede Menge Arbeitsplätze.«

Sie weiß, dass ich immer noch auf Zeit spiele. Aber sie ist so nett, es nicht auszusprechen. Stattdessen sagt sie: »Soll ich dir zeigen, wie man darauf geht?«

»Nein, nicht nötig«, wehre ich ab. Jetzt schäme ich mich. Es ist offenbar zu schaffen. Ich muss nur meine Angst überwinden.

Ich schlüpfe aus meinen Stiefeln. Dann setze ich den nackten Fuß auf die erste Schuppe, genau in die Mitte des Solarpaneels, und verlagere langsam immer mehr Gewicht darauf. Überrascht spüre ich, dass sie mich aushält. Mein Gewicht erzeugt eine Welle, die den Trail entlangwandert und wieder zurückkommt. Die Oberfläche ist rau wie Sandpapier, nicht so glatt, wie ich es von einem Solarpaneel erwartet hätte.

Ich gebe in den Knien nach und gehe weiter. Die Arme strecke ich aus wie ein tanzender Shiva. Als die Schuppen stärker auf und ab hüpfen, bleibe ich stehen, bis ich das Gleichgewicht wiedergefunden habe. Dann gehe ich weiter.

Ich beginne zu sublimieren: Mein Körper lernt aus Fehlern, für die ich keine Worte habe, und meine Anima nimmt die erforderlichen Korrekturen vor.

Mit einem letzten stolpernden Satz erreiche ich die gegenüberliegende Seite. Meine Füße sind nass geworden und hinterlassen dunkle Spuren auf dem Boden. Dann stehe ich vor der jungen Bademeisterin. Sie ist fantastisch gebaut, klein, kräftig, muskulös wie eine Turnerin. Und sie hat das Lächeln einer Frau, die geliebt wird.

»Sehr gut!«, sagt sie. »Du bist ein Naturtalent.«

»Und du?«

»Ich auch«, antwortet sie. »Wenn es mir zu langweilig wird, laufe ich einfach mal drüber.«

»Zeig es mir.«

Sie lächelt und legt ihre Schaumstoffboje ab. Dann läuft sie über die Schuppen wie über einen Gehsteig auf festem Boden. Ich bin beeindruckt.

»Wie machst du das nur?«

»Man lernt, ihn zu durchschauen«, ruft sie mir von der anderen Seite aus zu. »Mit der Zeit ahnt der Körper voraus, wie sich die Schuppe bewegt, wenn man darauf tritt. Reine Übungssache.«

»Ich möchte es noch einmal probieren.«

»Nur zu!«

Ich finde ihre Begeisterung liebenswert.

Diesmal fällt mir der erste Schritt leichter. Mein Körper nimmt unbewusst Tausende von Berechnungen für die Fußknöchel, das Rückgrat und die Handgelenke vor. Ich lasse mir Zeit.

»Siehst du? Das war schon ganz professionell«, lobt mich die Bademeisterin, als ich wieder neben ihr stehe.

Ich würde am liebsten den ganzen Tag hin- und herlaufen, bis ich so gut bin wie sie. »Bist du schon einmal auf dem echten Trail gegangen?«

Sie schaut über die Schulter, um sich zu vergewissern, dass niemand die Treppe herunterkommt, dann setzt sie sich an den Rand des Beckens und lässt die Beine ins Wasser hängen. Ich kremple meine Hosenbeine hoch und setze mich neben sie. Das Wasser ist warm.

»Nein«, sagt sie. »Das ist verboten. Ich würde es aber trotzdem tun, wenn mich jemand hinbrächte. Es müsste interessant sein, es auf dem offenen Meer zu probieren, wo die Wellen viel höher sind.«

»Glaubst du, dass es möglich ist?«

»Es gibt Leute, die es gewagt haben.«

»Kennst du so jemanden?«

»Nicht persönlich. Es gibt Gerüchte über verwegene Jugendliche, Extrembergsteiger und so weiter. Und es gibt Gerüchte *über* die Gerüchte, von Sekten, Gespenstern und ganzen Dörfern, die vom Trail leben.«

»Was hältst du davon?«

»Ich glaube, es gibt Dinge zwischen Himmel und Erde, von denen unsere Schulweisheit sich nichts träumen lässt!«

»Von jemandem, der im Hauptfach Nano studiert, hätte ich kein Shakespeare-Zitat erwartet.«

»Oho!«, tadelt sie mich. »Weg mit den Vorurteilen!«

Sie hat recht. Ich bin nachdenklich geworden. Es war ein Klischee, unüberlegtes Geplapper, nur um das Gespräch in Gang zu halten. Weil sie mir nämlich gefällt.

Ich mache einen neuen Versuch. »Es gibt also Gespenster auf dem Trail.«

»Von einem habe ich gehört. Bloody Mary treibt sich angeblich auf dem Trail herum und plündert die Reisenden aus.«

»Hat jemand sie gesehen?«

»Natürlich nicht. Aber nachdem bisher noch niemand zurückgekommen ist, kann man leicht behaupten, alle Trailläufer wären Bloody Mary zum Opfer gefallen.«

»Und nicht ...«

»Nicht den hundert anderen Gefahren, die dort lauern, richtig. Ich glaube, es wäre die Hölle. Selbst bei guter Vorbereitung. Niemand kann für alles gerüstet sein, was möglicherweise passiert, nicht einmal, wenn er ins *Zentrum* geht.«

»Ins *Zentrum?*«

»Das ist ein geheimer Laden in Dharavi. In erster Linie kaufen die Fisch-Waalas dort ein, aber ich habe gehört, die Inhaber haben sich auch auf Ausrüstungen für ›Langzeitarbeiter‹ spezialisiert.«

»Zum Beispiel Rettungsinseln.«

»Richtig, getarnte Rettungsinseln. Trailläufer müssen vorsichtig sein. Die Überwachung ist ziemlich lasch, aber ich könnte mir vorstellen, dass sie dennoch kein Risiko eingehen wollen.«

»Ich wüsste gern, was ein solcher Traillauf aus einem Menschen macht.«

»Wie meinst du das?«

Wie ich das meine? Ich möchte ihr alles über meine neue Theorie von der Soziopsychologie der Energie erzählen. Dass Mohini vom Wesen her ein Sonnenmensch war und ich, wie ich gerade feststelle, vom Wesen her eher wellenähnlich bin.

Dass ich in diesem Museum eine transzendentale Erfahrung mache.

Dass ich gestern am Azad Maidan war, als die Bombe explodierte.

Dass jemand mich in meinem Haus in Thrissur ermorden wollte.

Dass ich die ganze Zeit von einem barfüßigen Mädchen verfolgt werde, das ich für eine Agentin von Semena Werk halte, dass ich es aber seit zwölf Stunden nicht mehr gesehen habe und deshalb glaube, ich hätte es abgeschüttelt.

Das alles möchte ich ihr erzählen. Aber ich bringe es nicht über meine Lippen. Also plansche ich nur mit meiner Ferse im Wasser herum.

Die Bademeisterin lächelt, dann hilft sie mir aus meiner Verlegenheit. »Wie heißt du?«, fragt sie.

Ich zögere kurz, dann antworte ich: »Durga.«

»Ich heiße Lucia«, antwortet sie und blickt ins Leere. »Ich studiere Nano, weil ich lernen möchte, wie man so etwas wie den Trail baut. Hast du gewusst, dass man metallischen Wasserstoff als Supraleiter verwendet? Unglaublich. Vor fünfzig Jahren konnte man noch nicht einmal eine stabile Probe herstellen.«

Ich starre unverwandt auf die Wasseroberfläche. »Ich glaube, manche Menschen sind wie Supraleiter«, sage ich endlich. »Sie können der Energie, die sie empfangen, keinen Widerstand entgegensetzen. Sie leiten sie einfach weiter.«

Lucia sieht mich an, dann greift sie nach meiner Hand.

In diesem Augenblick kommt ein chinesisches Paar die Treppe herunter. Beide tragen Kurtas und Jeans. Sie haben offenbar den

Eindruck, uns zu stören, und fangen an, sich auf Englisch zu entschuldigen.

»Nein, das ist schon in Ordnung«, sagt Lucia, ebenfalls auf Englisch. »Möchten Sie es ausprobieren?«

Als die beiden näher treten, werde ich nervös, weiche zurück und hebe den Arm zum Zeichen, dass ich mich verabschieden will. Lucia scheint es zu bedauern. »Durga«, ruft sie mir nach, »es war nett, mit dir zu plaudern.«

Ich wiege nur stumm den Kopf und steige die Treppe hinauf. Der abrupte Abschied kommt mir unpassend vor, aber wie soll ich vor anderen Leuten mit Lucia reden, wenn ich schon nichts zu sagen wusste, als wir noch unter uns waren?

Als ich im Erdgeschoss herauskomme, steht Arjuna am Empfang und spricht mit dem Angestellten.

Abermals schießt mir das Adrenalin ins Blut. Ich mache kehrt und steige die Treppe wieder hinunter. Zurück zu Lucia. Zurück zu dem chinesischen Paar. Die beiden stehen am Beckenrand und machen skeptische Gesichter.

»Oh, da bist du ja wieder!«, strahlt Lucia, als sie mich erblickt. »Hast du etwas vergessen?«

Ich wechsle ins Marathi, in der Hoffnung, dass Lucia die Sprache beherrscht und die chinesischen Touristen ihre Glottis nicht eingeschaltet haben. »Lässt du mich in den Umkleideraum? Da oben ist jemand, dem ich nicht begegnen möchte, und ich fürchte, er kommt auch hier herunter.«

Lucia sieht meinen Gesichtsausdruck und antwortet auf Marathi: »Aber natürlich. Ich verrate dich nicht.«

Während ich auf den Umkleideraum zusteuere, höre ich, wie sie auf Englisch zu dem Paar sagt: »Sie musste auf die Toilette.«

Ich schließe mich ein. Jetzt sehe ich klar. Arjuna hat mich doch wiedererkannt. Er ist Teil der Verschwörung. Auch er trachtet mir nach dem Leben. An den Wänden hängen Schemazeichnungen des

Trails. Ich starre sie an, um mich zu beruhigen. Von draußen ist zu hören, wie Lucia das chinesische Paar ermuntert, sich auf das Modell zu wagen, aber soweit ich es mitbekomme, kehren die beiden schon nach der ersten Schuppe wieder auf den sicheren Beckenrand zurück. Dann bedanken sie sich und steigen die Treppe hinauf.

Eine neue Stimme ertönt, eine Männerstimme. Arjuna. Ich höre, wie Lucia ihn begrüßt, aber das Summen im Becken ist so laut, dass ich die Worte nicht verstehen kann.

Er stellt ihr eine Frage. Seine Stimme klingt aufgeregt.

Sie scheint ihn zu beschwichtigen.

Er murmelt etwas.

Schritte nähern sich.

Ich spanne all Muskeln an.

Weiter draußen wird eine Tür geöffnet und wieder geschlossen.

Dann tappen bloße Füße über den Betonboden auf mich zu. Die Tür schwingt auf.

»Accha, was ist los mit dir, bist du ihm abgehauen?« Lucia sieht mich nervös an.

»Ist er weg?«

»Ja. Ich habe gesagt, du wärst in Richtung Churchgate gegangen. Dein Cousin?«

»Nein.«

»Dein Ehemann?«

»Nein. Ich wollte ihm nur gerade jetzt nicht begegnen.«

»Er war wütend.«

»Ja.«

»Bist du verheiratet?«

»Nein.«

Sie zieht eine Augenbraue hoch. »Hört sich nach einer pikanten Geschichte an. Zumindest schuldest du mir ein Abendessen. Dabei kannst du mir alles erzählen.«

»Einverstanden.«

»Möchtest du noch eine Weile hier drin bleiben? Heute ist nicht viel los. Wenn jemand fragt, kann ich ja sagen, der Umkleideraum wird gerade renoviert.«

»Gern. Danke.«

Sie mustert mich von Kopf bis Fuß, grinst anzüglich und schließt die Tür.

VERWICKLUNGEN

Aus dem Abendessen wird nichts. Zuerst besteht Lucia darauf, mich in ihre winzige Wohnung mitzunehmen, die in Colaba im alten Busdepot liegt und nur mit einem Deckenventilator gekühlt wird. Sie kocht uns Chai, und ich erzähle ihr, dass Arjuna ein flüchtiger Bekannter ist, mit dem ich zurzeit nicht sprechen will. Das ist die Wahrheit, und sie gibt sich damit zufrieden.

Dann holt sie eine Dose mit Haschisch hervor. Ich bin unruhig, aber ich sage mir, selbst wenn Arjuna mit Semena Werk im Bunde ist, gibt es im Moment keinen Ort, wo ich sicherer wäre, außerdem kann ich mir heute Nacht überlegen, was ich als Nächstes tun will. Also schlage ich alle Bedenken in den Wind und rauche mit ihr. Dann bekommen wir Hunger und bestellen uns etwas zu essen, und als der Bote an die Tür klopft, schreien wir wie am Spieß. Danach können wir nicht mehr aufhören zu kichern und entschädigen ihn mit einem großzügigen Trinkgeld für den Schrecken. Und schließlich gehen wir miteinander ins Bett.

Sie ist anders als Arjuna. Sie ist ganz bei der Sache. Sie fährt mir mit dem Finger über die Lippen und sagt, mein Mund hätte die Form einer Kaurimuschel. Das höre ich nicht zum ersten Mal. Und nachdem wir uns gegenseitig entkleidet haben und sie den Verband zwischen meinen Brüsten unter den Fingern spürt, legt sie die Hand auf die Stelle, wo ich gebissen wurde, und fragt: »Was ist denn da passiert?«

»Jemand wollte mir wehtun.«

»Und aus welchem Grund?«

»Das weiß ich nicht.«

In der Nacht regnet es wieder. Ich stehe noch zu sehr unter Strom, um schlafen zu können, also liege ich wach und höre dem Rauschen zu. In den letzten drei Tagen habe ich allenfalls vier Stunden geschlafen. Aber ich bin nicht müde. Lucia wacht immer wieder auf und beglückt mich jedes Mal mit neuen Erkenntnissen, die ihr im Traum beschert wurden. Mit der Zeit geht mir ihre Naivität auf die Nerven.

Gegen Morgen flüstert sie: »Durga ... jetzt gehören wir für immer zusammen.«

Ich zucke zurück. Jetzt ist es so weit. Sie will sich an mich klammern, genau wie Arjuna. »Wieso das?«

»Es ist wie bei einer Quantenverschränkung. Zwischen unseren Körpern hat ein Austausch von Materie stattgefunden, nun sind wir nicht mehr zu trennen.«

Das klingt sehr intim. Ich wehre ab. »So weit bin ich in Nano nicht gekommen.«

»Das lernt man im zweiten Jahr!«

Wieder muss ich lügen. Sie zwingt mich dazu. »Ich bin nach dem ersten Jahr zur Indischen Literatur gewechselt.«

»Ach so. Also, die Sache ist die: Wenn wir unsere Körper als Teilchen sehen, befinden sich diese Teilchen im Moment im gleichen Zustand, und auch wenn wir uns trennen, bleiben wir verschränkt. Von jetzt an kann man dich nicht mehr beschreiben, ohne mich zu beschreiben, und umgekehrt. Jeder erzählt die Geschichte des anderen, indem er sein eigenes Leben lebt.«

Ich werde wütend. So wütend, wie ich vor sechs Stunden noch euphorisch war. Nur mit Mühe kann ich meine Stimme beherrschen. »Das könnte einem Angst machen. Je nachdem.«

»Stimmt«, nickt sie. »Es bedeutet, dass eine Beziehung niemals endet. Ist sie einmal geknüpft, so beeinflusst sie die Vergangenheit wie auch die Zukunft der beiden Partner zum Guten wie zum

Schlechten.« Sie schiebt meinen Arm zur Seite und legt den Kopf an meine Brust. »Aber ich glaube, bei uns geht es gut aus.«

Wie abgedroschen! Ich küsse sie auf die Stirn, aber ohne jede Zärtlichkeit. Sie hat in ihrem Leben noch nicht viel gelitten, das ist nicht zu übersehen. Ich schließe die Augen und bemühe mich, gleichmäßig zu atmen. Im Allgemeinen sehe ich den Leuten sofort an, ob sie traumatisiert sind. Es steht ihnen auf der Stirn geschrieben; und ihre Augen erzählen mir, ob sie Schreckliches erlebt und überlebt haben. Ich gehöre zu dieser Gruppe, obwohl ich mich nicht bewusst daran erinnern kann. Als Baby spürte ich, wie meine Mutter *um mich herum* starb. Wie soll man danach weiterleben?

Ich öffne die Augen. Vor mir steht das barfüßige Mädchen, hat einen Finger in den Mund gesteckt und schaut auf mich herab.

ZWEITES BUCH

MARIAMA

DIE ERSTE FLUCHT

Yemaya, bist du es wirklich? An ihr Gesicht kann ich mich nur schwach erinnern.

Du siehst so müde aus, so traurig, wie passt das zu einer Göttin? Aber du bewegst dich wie sie, und deine Augen sind genauso schwarz. Wenn du Yemaya bist, oh, dann komm bitte her und ruhe dich aus. Komm bitte her und setz dich zu mir. Und verzeih mir, dass ich den Glauben verloren habe. Du bist meine einzige Liebe und bist es immer gewesen. Ich will dir meine Geschichte erzählen, obwohl du sie sicher bereits kennst, aber im Laufe des Erzählens wird zwischen uns alles wieder ins Reine kommen.

Wo fange ich an?

Bei der Schlange natürlich, denn mit ihr beginnt die Geschichte, und mit ihr geht sie auch zu Ende.

Es war vor vielen Jahren, kurz nachdem wir geflohen waren. Ich kam eines Tages vom Meer zurück und hockte mich in den Sand. Nicht weit von mir entfernt saßen einige Frauen an einem Feuer und brieten etwas, das aussah wie eine lange schwarze Peitschenschnur. Eine Frau in leuchtend grünem Kleid mit roten Sonnensternen fragte: Du bist also wieder da?

Ich nickte und fuhr mir mit der Hand über den Mund.

Wir haben dich nie zuvor gesehen, sagte sie. Seid ihr aus dem Süden gekommen?

Ich schüttelte den Kopf und schaute auf das Peitschending, das sie ins Feuer hielten.

Woher kommst du denn dann?

Ich stand auf und deutete nach Osten, zur Stadt.

El Mina? Kosovo? Arafat?

Wir haben bei Dr. Moctar Brahim gewohnt, aber wir sind weggegangen.

Wer ist wir?

Ich und meine Mutter.

Warum seid ihr weggegangen?

Mutter sagt, wir gehören niemandem. Sie möchte, dass wir nur einander gehören.

Wer hat euch rausgeholt? SOS? IRA?

Wir haben es alleine geschafft.

Das ist mutig. Er wird euch finden.

Nein, das wird er nicht, wir haben nämlich keine Chips, sagte ich.

(Das hatte mir meine Mutter immer wieder erklärt, Yemaya. Dabei wusste ich nicht einmal, was Chips sind, ich stellte sie mir vor wie die Goldzähne, die der Doktor im Mund hatte.)

Die Frau schnitt ein Stück von der schwarzen Peitsche ab, wickelte es in ein Tuch und reichte es mir. Bring das deiner Mutter, sagte sie. Es ist Seeschlange. Ein Tier, das wir noch nie gesehen haben. Das Wetter ändert sich, und dadurch bekommen wir neue Dinge, die wir essen können.

Ich dankte ihr und stieg die Uferböschung hinauf. Ich war in heller Aufregung. Immerhin hielt ich Essen, noch dazu Fleisch, für zwei volle Tage in meinen Händen. Auf dem Pfad, der zur Stadt führte, begann ich zu laufen, achtete aber darauf, nicht auf die Plastik- und Glasscherben, in den Ziegenkot, auf die Metallstreifen und die Holzpflöcke, in die Reifen- und Kettenspuren und auf die Betonbrocken zu treten. Wir hatten uns am Rand von Sebkha auf einem ummauerten Grundstück eingerichtet. Meine Mutter hatte aus Matten, Decken und Kleidungsstücken ein Dach aufgespannt, so hatten wir zu jeder Tageszeit eine schattige Ecke, und sie hatte vom Strand ein Stück Maschendrahtzahn heraufgeschleppt, um die Hunde fernzuhalten. An einen Betonvorsprung hatte sie ein Bild von Boubacar Messaoud gehängt, damit er über uns wachte. Sie schärfte mir immer wieder ein: Wenn du dich schwach fühlst, sieh dieses Bild an und dann sieh mich an. Ich habe beschlossen, ein freier Mensch zu sein. Auch du musst dich für die Freiheit entscheiden. Sollte der Doktor hierherkommen und nach uns suchen, flüchten wir tiefer in die Wüste hinein. Und versprich mir eines: Wenn mir etwas zustößt, wirst du allein weiterziehen, bei guten Menschen Schutz suchen und frei bleiben. Dich wird Gott mehr lieben, als Er mich geliebt hat. Dafür werde ich schon sorgen.

In Sebkha konnte sie allerdings Arbeit finden, dort wurde Sand in die Dünen zurückgeschaufelt, und ich konnte in El Mina zur Schule gehen. In eine richtige Schule, nicht in eine besondere Schule für Kinder wie mich.

Unser Grundstück kam in Sicht, und während ich noch, halb gehend, halb laufend, darauf zusteuerte, konnte ich es nicht lassen, das Tuch auseinanderzuschlagen, von dem Fleisch ein Stück abzureißen und in den Mund zu stecken. Dann blieb ich stehen und kaute. Der Bissen war ölig und schmeckte stark nach Fisch.

Als ich näher kam, spürte ich, dass etwas nicht stimmte, konnte aber nicht sagen, was es war. War meine Mutter zu Hause? Ich rollte den Zaun zurück und trat ein. Und da sah ich auf der Matte in der schattigen Ecke, wo wir sonst schliefen, eine zusammengerollte Schlange von himmelblauer Farbe liegen. Sobald ich sie entdeckte, passierten mehrere Dinge gleichzeitig: Die Schlange zischte und wollte mich beißen, ich schrie auf und ließ das Päckchen mit dem Fleisch fallen, und der Bissen, den ich gegessen hatte, kam wieder hoch. Ich musste ihn noch einmal hinunterschlucken, aber er wollte nicht zurück und blieb irgendwo zwischen meinem Herzen und meinem Magen stecken.

Ich erinnerte mich an das Versprechen, das mir meine Mutter abgenommen hatte, und rannte weg. Ich lief in Richtung Stadt. Meine Kehle brannte, und ich versuchte, immer wieder zu schlucken, aber der sperrige Bissen rutschte nur ein kleines Stück weiter, dann setzte er sich mit schmerzhaftem Druck endgültig fest.

Die Pfade wurden zu Pisten und die Pisten zu gepflasterten Straßen mit kantigen Bordsteinen. Ich kam vorbei an Plakatwänden und Minaretten und schlängelte mich zwischen Männern in langen Gewändern hindurch, Mauren in Boubous und Sandalen, die mit der Luft redeten. Es war nicht anders als bei meinen Botengängen für den Doktor – niemand beachtete mich, denn alle dachten genau das, alle dachten, ich würde einen Auftrag für ihn erledigen, während er sich mit meiner Mutter vergnügte. Nur konnte ich diesmal nicht zurückkehren.

Ich erreichte das Säulengewölbe einer Markthalle und rannte durch den Mittelgang. Dann bog ich um eine Ecke, prallte gegen eine Muskelwand, zwei harte Beine in Bluejeans, und fiel auf mein Hinterteil.

Verzeihung, sagte ein Mann mit weißem Bart und kauerte sich neben mir nieder. Von der anderen Seite beugte sich eine Frau mit einer Frisur im westlichen Stil über mich. Sie kamen mir vor wie zwei Bussarde, die auf mich einhacken wollten.

Hast du dich verlaufen?, fragte die Frau.

Ich verneinte.

Wo ist deine Mutter?

Ich streckte die Hand aus. Die beiden drehten sich um, und ich wollte wegrennen.

Aber die Frau bemerkte es noch rechtzeitig und packte mich am Arm. Sie war so viel größer als ich, Yemaya – so viel kräftiger sogar als meine Mutter. Sie machte mir Angst.

Du siehst hungrig aus, sagte sie. Komm mit uns. Wir haben ein Zelt für Kinder.

Der Mann sah meinen Gesichtsausdruck und lachte. Schon gut, sagte er, du brauchst uns nicht gleich zu vertrauen. Hier sind überall Menschen. Du folgst uns bis zu unserem Zelt, und wenn einer von uns etwas tut, was dir nicht geheuer ist, kannst du jederzeit gehen, einverstanden?

Sie scharrten wie zum Scherz mit den Füßen und schauten immer wieder über die Schulter, um zu sehen, ob ich ihnen folgte. Ich ging schließlich mit, denn ich war tatsächlich hungrig, außerdem hatte mir meine Mutter gesagt, ich sollte bei guten Menschen Schutz suchen. Vielleicht hatte sie damit Leute wie diese Fremden gemeint. Vielleicht bekam ich bei ihnen zu essen und konnte ihnen dann von der himmelblauen Schlange erzählen.

Sie führten mich zu einem großen khakifarbenen Zelt am anderen Ende der Markthalle. Zwei andere Kinder saßen davor auf einer Bank und ließen die Beine baumeln. Der kleinere Junge wurde von Schluchzen geschüttelt. Seine Stimme schraubte sich in die Höhe und brach ab, schraubte sich wieder in die Höhe und brach ab wie die Sirene zur Sperrstunde. Der zweite Junge war älter, er nagte an einer Mango, die er mit beiden Händen festhielt.

Setz dich hierhin, sagte die Frau. Und trink einen Schluck.

Sie reichte mir ein durchsichtiges Gefäß. Das Wasser war warm. Ich trank alles aus.

Der Mann und die Frau entfernten sich ein paar Schritte und redeten leise miteinander. Irgendeine Entscheidung wurde getroffen. Dann kam die Frau zu mir herüber.

Ich heiße Doha, sagte sie. Kannst du das aussprechen?

Doha, wiederholte ich gekränkt.

Sehr schön. Und wie heißt du?

Ich antwortete nicht, obwohl das warme Wasser das Brennen in meiner Kehle gelindert hatte.

Schon gut, sagte sie. Du brauchst es mir nicht sofort zu sagen.

Aber ich darf dir doch noch ein paar Fragen stellen? Wenn du nicht willst, musst du nicht antworten, das verspreche ich dir.

Ich nickte. Der kleinere Junge hörte zu weinen auf. Vielleicht wollte er hören, was ich sagte.

Doha hob den Arm und deutete mit der anderen Hand auf eine Narbe in ihrer Achselhöhle.

Das ist ein Chip, sagte sie. Hast du auch einen? Wenn ja, wäre er wahrscheinlich hier. Oder ... Baaku?

Der ältere Junge hob den Kopf.

Kannst du mal kurz herkommen?

Er rutschte von der Bank und kam herüber.

Ich will ihr bloß deinen Chip zeigen, sagte sie. Er drehte den Kopf zur Seite. Unter seinem Ohr war eine glatte Schwellung zu sehen, als hätte er irgendeine Krankheit.

Ich habe keinen Chip, sagte ich schnell.

Hättest du etwas dagegen, wenn ich zur Sicherheit ein paar Stellen an deinem Körper untersuche? Du brauchst dich nicht auszuziehen.

Ich sagte, okay. Es überraschte mich, dass sie mich jedes Mal fragte, bevor sie mich berührte. Sie tastete meine Achselhöhle und die Schädelbasis ab, dann bat sie mich, das Hemd ein wenig hochzuziehen. Ich gehorchte, und sie befühlte meinen Bauch zu beiden Seiten des Nabels.

Es ist, wie du sagst, seufzte sie schließlich. Du hast keinen Chip. Aber du hast nichts Unrechtes getan. Der Chip hilft lediglich, Kinder, die sich verlaufen haben, zu ihrer Mutter zurückzubringen.

Ich kann nicht zu meiner Mutter zurück, erklärte ich.

Sie lächelte.

Wie kann man nur so etwas sagen, tadelte sie. Mit dir müssen wir uns wohl besonders viel Mühe geben. Möchtest du ein Stück Mango?

Ich nickte.

Sie verschwand hinter einer Plane. Ich erhaschte einen kurzen Blick auf einen teuren Solarkühlschrank und ein Schneidbrett aus Plastik, das voller Saft und Mangofasern war.

Dann fiel mir auf, dass Baaku mich ansah.

Du hast keinen Chip?, fragte er.

Nein.

Dann werden dir die Leute hier einen einsetzen. Bist du in der HBF?

Was ist das?

Die Haratin-Befreiungsfront.

Ich weiß nicht.

Bist du von zu Hause weggelaufen?

Ich antwortete nicht.

Das ist schon in Ordnung, beruhigte er mich. Ich bin auch ausgerissen. Und jetzt schicken sie mich wieder zurück.

Warum bist du weggelaufen?

Mein Vater will, dass ich Schlachter werde. Aber ich will ein Held werden wie Deepak Tharoor.

Wer ist das?

Hast du den Film *Tamil Terror* nicht gesehen?

Nein.

Ich habe *Tamil Terror* fünfmal gesehen. Und *Mord im Chennai-Express*. Das sind viel bessere Filme als die aus Nollywood. Mein Vater sagt, Nollywood macht nur Scheiße.

Ich hatte keine Ahnung, wovon er redete, und schämte mich, deshalb sagte ich nichts mehr.

Er merkte es wohl, zeigte es aber nicht, sondern beendete das Gespräch so unbefangen, als wäre das seine Idee gewesen. Er sagte: Wenn du nicht willst, dass man dich zurückbringt, und wenn du keinen Chip hast, kannst du auch weiterhin weglaufen. Du musst nur immer so tun, als würdest du dazugehören, wo du auch bist. So hat es Deepak Tharoor in *Tamil Terror* gemacht, nachdem er sich den Chip herausgeschnitten hatte.

Ich schwieg, bis er auf seinen Platz zurückkehrte. Dann sah ich mich nach Doha um. Sie stand immer noch hinter der Plane und schnitt Mangos auf.

Ich hüpfte von der Bank und rannte zurück in die Markthalle.

Ich kam mir sehr schlau vor und war geradezu in Hochstimmung. Es roch nach Gebratenem und Gewürzen. Mir knurrte der Magen. Ich war bis auf die andere Seite der Markthalle gelaufen und in einer Nebenstraße herausgekommen, wo mehrere riesige Lastwagen mit offenen Ladeflächen hintereinander am Bordstein standen. An einem der Laster lehnten zwei Männer, der eine hatte ein langes Gewand an und eine weiße Mütze auf dem Kopf, der andere trug Bluejeans und T-Shirt. Sie rissen Stücke von einem Brotlaib ab und tunkten sie in eine Büchse mit einer Sauce. Ich schlich vorsichtig näher.

Der T-Shirt-Mann bemerkte mich.

Salaam-nesh, sagte er.

Der Gruß war mir zwar bekannt, aber ich fand ihn seltsam, und so erwiderte ich ihn nicht. Stattdessen deutete ich auf die Büchse mit der Sauce und berührte dann mit den Fingern meine Lippen.

Wer könnte dir widerstehen?, sagte der Mann mit der Mütze und winkte mich heran. Dann tauchte er ein Stück Brot in die grüne Sauce und streckte es mir entgegen. Ich nahm es und aß, ohne ihn dabei aus den Augen zu lassen.

Kein Dankeschön?, fragte er. Er hatte einen sonderbaren Akzent, aber ich konnte ihn verstehen.

Danke, sagte ich. Die Sauce war so scharf, dass mir die Tränen in die Augen traten.

Diese Sauce esse ich am liebsten, erklärte der Mann in den Bluejeans. Ich nehme zwanzig Dosen davon mit nach Hause.

Wo bist du zu Hause?

Äthiopien, antwortete er.

Wo ist das?

Sehr weit weg. Willst du mit uns kommen?

Hör nicht auf ihn, warnte der Mann mit der weißen Mütze. Er ist ein berüchtigter Kinderräuber.

Ist er das auch dann noch, fragte ich, wenn das Kind geraubt werden will?

Sie lachten. Die Männer gefielen mir. Und sie hatten ihren Spaß mit mir.

Äthiopien liegt nahe am anderen Ozean, sagte der Mann mit der weißen Mütze. Auf der anderen Seite der Sahara. Kennst du dich aus in Geografie?

Nein.

Vielleicht kommst du ja eines Tages dorthin, sagte er. Doch jetzt musst du wieder nach Hause zurück.

Ich habe kein Zuhause.

Aber sicher hast du ein Zuhause. Was sagt denn dein Chip?

Ich habe keinen, sagte ich.

Keinen Chip?, rief der Mann in den Bluejeans.

Eine Sklavin, sagte der Mann mit der weißen Mütze zu ihm.

Das Gesicht des Bluejeans-Mannes veränderte sich. Ein Jammer, seufzte er und schaute auf mich herab.

Wie heißt du?, fragte der Mützenmann.

Mariama, antwortete ich.

Und wo ist deine Familie?

Ich habe keine Familie, sagte ich.

Bist du denn keine Haratin?

Ich weiß es nicht.

Arbeitest du für eine maurische Familie?

Nein. Ich bin frei. Ich möchte mit euch nach Äthiopien fahren.

Lass sie doch mitkommen, wenn sie will, sagte der Mann in den Bluejeans.

Deine Mutter hat einen Idioten zum Sohn, schimpfte der Mützenmann.

Der Bluejeans-Mann zuckte die Achseln und tunkte weiter sein Brot ein.

Ich heiße Muhammed, sagte der Mann in der weißen Mütze. Und das ist Francis. Ich freue mich sehr, deine Bekanntschaft zu machen. Aber jetzt musst du uns entschuldigen, wir brechen heute Nacht auf und haben noch Vorbereitungen zu treffen.

Nach Äthiopien?, fragte ich. Ich wollte das Gespräch in Gang halten, denn ich hatte nicht das Gefühl, dass von diesen Männern eine Gefahr ausging. Sie gehörten ganz eindeutig zu der Art von guten Menschen, die meine Mutter gemeint hatte, und ich wollte bei ihnen Schutz suchen, wie ich es ihr versprochen hatte.

Ja. Siehst du die?

Er zeigte auf eine Reihe von drei Lastwagen mit Kisten und Kartons auf der offenen Ladefläche.

Wir befördern Rohöl bis nach Addis Abeba. Heute Nacht fahren wir los. Also geh nun bitte zurück zu deiner Mutter, bevor es dunkel wird.

Ich habe keine Mutter, sagte ich.

Muhammed seufzte. Ich denke schon, dass du eine Mutter hast, sagte er, aber vielleicht hast du dich mit ihr gestritten. Du solltest zu ihr gehen und sie um Verzeihung bitten. Ein kleines Mädchen wie du kann ohne Mutter nicht überleben. Und Nouakchott ist zurzeit nicht sicher, schon gar nicht für deinesgleichen. Das weißt du auch, nicht wahr?

Ich wusste es nicht, aber bei seinen Worten begann der Bissen Seeschlange, der in meiner Brust steckte, zu brennen. Also schwieg ich.

Muhammed schüttelte den Kopf und sagte: Allah sei mit dir, Mariama.

Damit drehte er sich zu Francis um, und die beiden wischten

sich die Brotkrumen von den Händen und verschwanden hinter einem Laster, ohne mich noch einmal anzusehen.

Ich wandte mich ab und ging weg, schaute aber immer wieder über die Schulter. Als ich sicher war, dass sie mich nicht mehr sehen konnten, kletterte ich auf den Lastwagen und versteckte mich hinter einem Ölfass. Und während ich dort wartete, gab der Bissen in meiner Brust einen Laut von sich, einen kleinen Schrei, der sich anhörte wie *Kreen, Kreen, Kreen.*

SAHA

Zwei Stunden hatte ich in meinem Versteck gehockt. Als die Stimmen der Männer verstummten, nahm ich an, sie hätten sich schlafen gelegt. Ich hatte mir ein kleines Haus gebaut; als Dach diente mir eine grüne Plane, zwei Ölfässer bildeten die Wände. Viel Platz hatte ich nicht, aber ich konnte mich auf den Knien drehen, um nach draußen zu schauen. Ich rollte die Plane auf, und als ich frischen Wind spürte, reckte ich den Kopf und spähte hinaus.

Oh, Yemaya, was für ein Anblick: Über dem Meer leuchtete der Vollmond, es war wie ein Sonnenaufgang in Schwarz-Weiß. Die schaumgekrönten Wellen schienen sich zu erheben wie eine Menschenmenge, die mir applaudieren wollte. Ich war frei. Dieses Dasein war mir bestimmt. Ich ahmte das Rauschen der Wellen nach: *Sa-ha, Sa-ha, Sa-ha*, und das half mir, das *Kreen-Kreen-Kreen* zu übertönen.

Mit einem Mal – *Wusch!* – war mein Planendach nicht mehr da.

Ich schaute nach oben. Francis schaute auf mich herab. Er blökte wie eine kleine Ziege und rief nach Muhammed. Der eilte herbei und leuchtete mir mit einer Taschenlampe ins Gesicht. Francis schüttelte sich vor Lachen, aber Muhammed fand das alles gar nicht komisch.

Mariama?, fragte er.

Ich antwortete nicht.

Francis sagte, Gäste seien ein Geschenk Allahs. Muhammed warf ihm einen bösen Blick zu.

Er packte mich am Ellenbogen, zog mich hoch und schob mich zu einem Haufen fettiger Lumpen in einer Ecke der Ladepritsche, gleich hinter dem Führerhaus. Dort setzte er mich ab, öffnete eine Kühlbox und reichte mir ein Päckchen Glukose-Kekse und eine Flasche Wasser. Dann zog er die Schiebetür zum Führerhaus auf, stieg hinein und ließ sich auf den Sitz neben den Fahrer fallen. Ich konnte hören, wie sie miteinander redeten, und bekam es mit der Angst zu tun. Ich rechnete fest mit einer Strafe.

Francis pfiff durch die Zähne und setzte sich neben mich. Ich wich zurück.

Ganz ruhig, ich tue dir nichts, sagte er. Ich nehme an, in Nouakchott hat es dir nicht so besonders gefallen. Das kann ich dir nicht verdenken. Aber was sollen wir jetzt mit dir anfangen?

Ich will in Äthiopien leben, sagte ich.

Bei wem? Etwa bei mir?, fragte er. In meinem Leben hat ein kleines Mädchen keinen Platz. Und Muhammed hat in Hawassa bereits zwei Töchter.

Ich kann bei ihnen wohnen, schlug ich vor. Ich kann ihre Kleider waschen.

Dafür haben sie eine Maschine, sagte er.

Dann kann ich für sie kochen, sagte ich.

Ach ja? Was kannst du denn kochen?

Ich kann Eintopf und Süßkartoffelbrei, antwortete ich. Außerdem kann ich Ziegen melken und Wasser holen.

Francis lächelte, aber es war ein trauriges Lächeln.

Über uns wurde die Tür zum Führerhaus geöffnet. Muhammed kletterte heraus und kniete sich zwischen mich und Francis. Die beiden redeten in einer Sprache, die ich nicht verstand, schnell aufeinander ein. Jetzt würde das Strafgericht über mich hereinbrechen. Doch dann wandte sich Muhammed an mich und sagte etwas, womit ich nicht gerechnet hatte.

Wir können dich nicht zurückbringen. Wir können jetzt nicht

mehr umkehren, denn wir müssen in drei Monaten in Addis Abeba sein. Kurz vor Dakar gibt es ein Lager für Haratin-Flüchtlinge. Die Hilfsorganisationen dort werden versuchen, deine Familie ausfindig zu machen, und wenn das nicht gelingt, werden sie dich bei sich behalten.

Ihr werdet mich also nicht schlagen?

Er wechselte einen Blick mit Francis. Dann sagte er: Nein, Mariama, niemand wird dich schlagen.

Nichts war so gekommen, wie ich es erwartet hatte. Doch dann fiel mir wieder ein, dass mein ganzes Leben ein anderes geworden war. Ich erinnerte mich an den Mond. Ich erinnerte mich an *Saha*. Und ich erinnerte mich daran, dass ich frei war.

Ich richtete mich auf. Und was ist, wenn ich nicht in dem Lager bleiben will?, fragte ich.

Nun, ich wollte auch nicht, dass du bei mir bleibst, aber *mir* hast du keine Wahl gelassen, nicht wahr?, hielt Muhammed mir vor.

Nun lass sie doch in Ruhe, verlangte Francis. Doch der Vorwurf schmerzte, meine Brust war im Begriff, sich abermals zusammenzukrampfen, und das *Kreen, Kreen, Kreen* wollte das *Saha* übertönen.

Francis klopfte mir auf den Rücken. Was willst du denn nun?, fragte er.

Ich will nach Äthiopien, antwortete ich.

Aber wie willst du jemals wieder nach Hause kommen?

Ich will nicht wieder nach Hause.

Francis sah Muhammed an und sagte: Sie hat etwas Schlimmes erlebt.

Was hast du erlebt?, fragte Muhammed.

Ich schaute auf meine Glukosekekse, Yemaya, und gab keine Antwort. Ich wollte ihnen nicht von der himmelblauen Schlange erzählen. Darüber konnte ich einfach nicht sprechen.

Millionen von Kindern erleben schreckliche Dinge, sagte Muhammed zu Francis. Was ist bei diesem Mädchen anders?

Sie wurde uns von Gott geschickt, damit wir uns ihrer annehmen.

Muhammed betrachtete mich lange. Dann sagte er etwas Unverständliches zu Francis, stand auf und kletterte ins Führerhaus zurück.

Was hat er gesagt, fragte ich Francis.

Er will, dass ich eine Nacht darüber schlafe.

Was war das für eine Sprache?

Amharisch. Das sprechen wir in Äthiopien.

Und woher kannst du meine Sprache?

Ich kann sie nicht sehr gut, antwortete er. Es reicht gerade aus, um kleine Mädchen zu retten.

(Darüber musste ich lächeln, Yemaya.)

Du schläfst vorerst hier, sagte er dann und deutete auf den Haufen Lumpen. Später lassen wir uns etwas einfallen. Ich schlafe dort drüben – er deutete auf eine schmale Lücke zwischen drei Kisten –, und unterstehe dich nicht, mich zu wecken, es sei denn, deine Haare stünden in Flammen. Hast du verstanden?

Ich nickte.

Damit kroch er davon. Ich legte mich wieder auf den Haufen und schaute zum Himmel empor. Ich spürte, dass wir sehr schnell fuhren, obwohl sich die Sterne kaum bewegten. Auch sie flüsterten *Saba, Saba, Saba.*

DRITTES BUCH

MEENA

NARIMAN POINT

Ich schiebe mich von dem barfüßigen Mädchen weg, pralle dabei gegen Lucia, unsere Köpfe schlagen gegeneinander, sie setzt sich auf und schreit los, und ich klettere über sie und lasse mich auf der anderen Seite des Bettes auf den Boden fallen. Lucia ruft meinen Namen und fragt, was denn los sei, und ich merke, dass es ihr schwerfällt, Ruhe zu bewahren, vernünftig zu sein. Aber ich kann mich jetzt nicht um sie kümmern. Das barfüßige Mädchen hält mit beiden Händen ihre Ellbogen umfasst und schaukelt hin und her.

»Wer bist du?«, frage ich.

Sie stellt das Schaukeln ein und antwortet mit einem einzigen Wort. Mein Glotti erklärt:

UNBEKANNTE SPRACHE

Diese Fehlermeldung habe ich noch nie bekommen.

»Scheiße, sprich Hindi oder Englisch. Oder sonst etwas. Warum verfolgst du mich?«

Sie wirkt verängstigt und weicht zurück. Doch dann wiederholt sie flüsternd dieses eine Wort, und diesmal kann ich es hören. Es klingt wie *Sa'a*. Doch mein Glotti meldet abermals:

UNBEKANNTE SPRACHE

»Durga«, fragt Lucia, »mit wem redest du?«

»Mit dem Mädchen, das direkt vor dir steht, verdammt noch mal.«

Lucia zieht sich die Laken um den Körper, steht auf und schaut aus dem Fenster.

»Das ist nicht komisch, Lucia.«

»Was ist nicht komisch? Ich … ich verstehe nicht. Ich frage doch nur, mit wem du redest.« Jetzt schwankt ihre Stimme, sie ist den Tränen nahe.

In diesem Moment wird mir klar, dass auch Lucia dazugehört.

Sie ist eine gute Schauspielerin. Aber sie gehört dazu, ebenso wie Anwar, und jetzt haben sie mich.

Ich wende mich an das barfüßige Mädchen.

»Wer hat dich denn nun geschickt? Semena Werk? Die Polizei? Wenn ich durch diese Tür gehe, laufe ich in eine Rasterfahndung, richtig?«

Das Mädchen kneift die Lider zusammen, holt tief Luft, schlägt die Augen wieder auf und sagt: »*Saha.*«

Scheiße, jetzt habe ich die Nase voll. Ich nehme meine Tasche, gehe zur Tür, fummle an den Schlössern herum und reiße sie schließlich auf.

Lucia brüllt immer wieder, dass ich nackt bin, aber mir ist es egal, ob ich splitternackt in die Rasterfahndung laufe und in ganz Indien in den Morgennachrichten erwähnt werde. Ich schlage die Tür hinter mir zu. Im Flur ist keine Polizei zu sehen. Na schön, dann warten sie eben draußen. Ich überlege mir das mit der Nacktheit noch mal und suche mir eine leere Treppe, wo ich mich anziehen kann. Der Verband hat sich gelöst, die Schlangenbisse bluten wieder. Vorerst drücke ich nur das Pflaster wieder darauf.

Ich verlasse das Gebäude. Keine Polizei, keine Rasterfahndung. Nur Schwebekarren gleiten durch die Straße und bieten Roti, Vada und Chai zum Frühstück an. Ich marschiere in Richtung

Meer, um nicht allzu lange an einem Ort zu verweilen, und schaue immer wieder über die Schulter, aber niemand verfolgt mich. Vielleicht habe ich mich getäuscht. Vielleicht arbeitet das barfüßige Mädchen allein, oder es macht mit Lucia gemeinsame Sache, vielleicht ist auch schon ein größeres Kommando unterwegs. Ich brauche ein sicheres Versteck, am besten einen Ort, an den mir niemand folgen kann. Nicht in Mumbai, wo jeder Quadratzentimeter Tag und Nacht videoüberwacht wird.

Nicht einmal in Indien.

Ich gehe auf der Seemauer am Marine Drive nach Norden, vorbei an Männern in Dhotis, die ziellos auf und ab schlendern, die Hände auf dem Rücken verschränkt, und an Geschäftsleuten, die still stehen und mit der Luft reden. Auf einer Plattform übt eine Gruppe Yoga, auf der nächsten eine andere Tai-Chi. Junge Frauen trinken im orangerot getönten Morgennebel Kaffee. Ich könnte eine von ihnen sein, stattdessen benehme ich mich wie ein menschlicher Scanner.

Mein Blick wandert unentwegt hin und her und sucht nach dem barfüßigen Mädchen oder einem anderen Anzeichen dafür, dass ich verfolgt werde. Ich muss dieses Land verlassen und mich nach Afrika durchschlagen. Bisher habe ich den Aufbruch immer wieder verschoben, nun wird es allmählich Zeit, dass ich Ernst mache. Aber wie soll ich das anstellen, ohne verfolgt zu werden? Ich weiß nicht, welche Mittel meinen Feinden zur Verfügung stehen. Ich weiß nicht einmal, wer diese verdammten Feinde sind.

Dann sehe ich, wie zwei kleine Mädchen auf der Seemauer, von der aus man auf den überfluteten Chowpatty Beach hinausschauen kann, einen Sarong ausbreiten. Sie tragen Schuluniformen in Marineblau und Beige. Die Jüngere setzt sich mit untergeschlagenen Beinen auf das Tuch, die Ältere hockt sich dahinter und beginnt, ihr die Haare zu flechten.

Die Ältere bemerkt, dass ich sie beobachte. »Namaste«, sagt sie.

»Namaste«, antworte ich.

»Am frühen Morgen ist der Trail besonders schön.«

»Das ist wahr.« Ich weiß nie so recht, wie ich mit Kindern umgehen soll. Da ich in meinem bisherigen Leben nicht viel mit ihnen zu tun hatte, bin ich mir nicht sicher, ob ich sie wie kleine Erwachsene oder wie intelligente Tiere behandeln soll.

»Ich komme jeden Morgen vor der Schule hierher, sehe mir den Sonnenaufgang an und flechte ihr das Haar«, fährt die Ältere fort.

Jetzt erwacht auch die Jüngere zum Leben. »Wollen Sie auf dem Trail laufen?«

»Ja«, sage ich. Die Antwort geht mir leicht über die Lippen, als wäre das eine Selbstverständlichkeit, als hätte ich die ganze Zeit gewusst, schon vor dem Besuch im Museum, sogar bevor ich in den Zug stieg, dass hier der Ansatz zur Lösung meiner Probleme liegt.

Sie wiegt bedächtig den Kopf. »Unser Bruder Rama ist vor einem Monat aufgebrochen. Amma sagt, er wollte zu den Seesiedlungen.«

»Wo kommt ihr her?«

»Aus Dharavi«, antwortet die Ältere. Sie ist etwas schüchterner.

»Aber zur Schule gehen wir im Francis Xavier«, fügt die Jüngere hinzu. »Wir fahren mit dem Studentenzug.«

Ich erinnere mich, dass Lucia einen besonderen Laden für den Trail erwähnte, der sich in Dharavi befinden soll. Und dass sich das Universum zu meinen Gunsten verschworen hat. »Kennt ihr einen Laden, der sich das *Zentrum* nennt?«

Natürlich wissen sie sofort, was ich meine. »Ja, Amma kann Ihnen sagen, wo er ist«, sagt die Ältere. »Sie heißt Sunita und hat eine Fischbude in Koliwada. Sie ist berühmt für ihr Makrelencurry. Wenn Sie sagen, ihre Töchter hätten Sie geschickt, bekommen Sie Rabatt.«

Ich danke den beiden und verabschiede mich. Als ich mich noch einmal nach ihnen umsehe, umgibt die aufgehende Sonne ihre Köpfe mit einem Strahlenkranz.

KOLIWADA

Die Fahrt in den Norden der Stadt ist weit, und es herrscht viel Verkehr. Ich zähle mein Geld. Nur noch knapp zweitausend Rupien sind übrig. Das bedeutet Essen für einen Tag, danach müsste ich wieder meinen Mitter benützen und würde aller Welt verkünden, wo ich bin.

Aber mein Magen fühlt sich an wie ein schwarzes Loch, ich brauche etwas zu essen. Als ich endlich Koliwada erreiche, frage ich mich daher zu Sunita durch, und als ich sie finde, bestelle ich zuallererst eine Portion Makrelencurry mit Chapati und esse sie an eine Wand gelehnt, die Ellbogen fest an den Körper gedrückt, gleich aus dem Papier. Danach gehe ich zu ihr zurück.

Sie hockt hinter ihrem Grill, eine stämmige Frau in einem roten Sari.

»Wo ist das *Zentrum?*«

Ohne mich anzusehen, schiebt sie die Filets an die Seite des Rosts, steht auf und winkt mich nach hinten in ihre Hütte. Sobald wir im Schatten sind, faucht sie mich an.

»Sie dürfen dieses Wort nicht so laut hinausschreien, Madam.«

»Das wusste ich nicht.«

»Es ist gegen das Gesetz, Madam.«

»Der Laden existiert also?«

»Sind Sie von der Polizei?«

»Nein.«

»Was wollen Sie dann im *Zentrum*, Madam?«

»Ihre Töchter haben mir auf dem Marine Drive davon erzählt.«

»Diese Chutiyas«, sagt sie, was mich erschreckt. »Wollen Sie sich etwa den Läufern anschließen, Madam?«

»Das geht Sie nichts an.«

»Es ist sehr gefährlich, Madam. Das ist nichts für eine Frau.«

Auf dieses Thema will ich mich nicht einlassen. »Aber es gibt doch Läufer, die überleben, nicht wahr?«

»Ich weiß es nicht, Madam. Es wird von Siedlungen gemunkelt, aber von dort kommt nie eine Nachricht. Mein Sohn Rana ist vor einem Monat aufgebrochen, seither habe ich nichts mehr von ihm gehört.«

»Das haben mir die Mädchen erzählt.«

Ihr Blick verändert sich. »Wenn Sie sich tatsächlich auf den Weg machen, Madam, könnten Sie ihn doch suchen und ihm ausrichten, er soll nach Hause kommen.«

»Vielleicht, wenn Sie mir sagen, wo ich das *Zentrum* finde.«

Fünf Minuten später kommt sie mit einem Bild von Rana und einer Schachtel voll Soan Papdi an, die er laut ihren Beteuerungen unbedingt braucht, nimmt mich bei der Hand und führt mich durch Dharavi. Ich komme mir vor wie in einem dreidimensionalen Irrgarten. Wenn man nach vorne schaut, blickt man in ein Labyrinth, und wenn man nach oben schaut, blickt man ebenfalls in ein Labyrinth, denn Dharavi kann nur in die Höhe wachsen, nicht in die Breite, weil es keinen Platz mehr gibt, und nicht in die Tiefe, weil alle unterirdischen Werkstätten überschwemmt wurden, als der Meeresspiegel anstieg. Wenn ich den Kopf in den Nacken lege, sehe ich zehn Stockwerke über mir Kinder, die sich an einem Netz aus Seilen von einem Gebäude zum anderen schwingen, bis sie im Weiß des Himmels verschwinden.

Sunita bleibt vor einer Tür stehen und begrüßt einen gut gekleideten Mann, der eine Gebetskappe trägt. Er wendet sich an mich.

»Sagen Sie mir bitte, warum Sie nach dem *Zentrum* suchen?«

»Ich interessiere mich für Ihre Waren.«

»Aus welchem Grund?«

»Ich will hinaus auf den Trail.«

Meine Antwort kann ihn nicht erschüttern. »Schön. Zuerst müssen wir feststellen, ob Sie nicht von der Polizei sind. Heben Sie bitte Ihren Arm.«

Ich ziehe meine Jacke aus und tue ihm den Gefallen. Er bewegt einen Handscanner über meine Achselhöhle, wo mein Aadhaar, die kleine Mandel, unter der Haut eingebettet ist. Der Scanner piepst und zeigt Grün an.

»Vielen Dank, Madam. Dank auch dir, Tantchen. Zweimal Mittagessen, bitte.«

Sunita wiegt den Kopf. Zu mir sagt sie: »Richten Sie Rana aus, er soll nach Hause kommen.« Dann verschwindet sie wieder in der Menschensuppe.

»Ich heiße Misbah«, sagt der Mann. »Bitte folgen Sie mir.«

Er führt mich durch einen dunklen Gang, der vor einer Tür mit drei Schlössern endet, einem mechanischen und zwei digitalen. Nachdem er alle drei entriegelt hat, führt er mich eine Treppe hinauf.

Wir steigen fünf Stockwerke hoch. Auf der sechsten Etage klopft er in einem synkopischen Rhythmus an eine Tür. Nach einer Minute wird sie geöffnet. Ein Mann, der Misbah aufs Haar gleicht, außer dass er älter und größer ist und ein gespaltenes Kinn hat, lässt uns ein. Wir betreten einen niedrigen Raum, der von Neonröhren erleuchtet wird. Sechs Reihen von Regalen mit verschiedenen Waren stehen dicht nebeneinander. Mein Blick schweift über Stoffbündel und glänzende Rucksäcke. Der Ältere hat sich in der Ecke eine Seifenoper angesehen. Die Hologramme wurden angehalten.

»Willkommen im *Zentrum*«, sagt er, während Misbah hinter einem Vorhang verschwindet. »Ich heiße Mehrdad, Misbah ist mein Bruder, und wir sind die Besitzer dieses einzigartigen Unternehmens. Wir haben alles, was für einen sicheren und an Abenteuern reichen Lauf auf dem Trail nötig ist.«

»War einer von Ihnen jemals auf dem Trail?«

»Nein.«

Ich starre ihn an. Misbah taucht mit einem Tablett voller Teegläser wieder auf. Ich danke ihm und nehme ein Glas. Der Tee ist mit frischer Minze zubereitet, kalt, stark und süß.

»Kennen Sie jemanden, der sich auf den Trail gewagt hat?«

»O ja. Hier sind schon etliche durchgekommen.«

»Was heißt ›etliche‹?«

Mehrdad wirft Misbah einen Blick zu. »Sie sind die vierte.«

»Verstehe. Ist auch schon jemand zurückgekommen?«

»Nein. Bisher noch nicht«, antwortet Misbah.

»Nur Geduld!«, schaltet sich Mehrdad ein. »Wir haben erst seit ein paar Monaten geöffnet. Wenn dieser verbotene Sport erst an Popularität gewinnt, wird das Geschäft lukrativer. Und irgendwann wird alles legal werden.«

»Ich komme also noch zur rechten Zeit.«

»Bevor die ganze Strecke über das Arabische Meer von Rucksacktouristen und Wochenendausflüglern verstopft ist? Richtig.«

Ich weiß nicht, ob ich zwei Visionäre oder zwei Wahnsinnige vor mir habe. »Ich schätze mal, dass alles, was ich dafür brauche, mehr als zweitausend Rupien kosten wird.«

Beide Männer brechen in schallendes Gelächter aus.

»So ist es«, nickt Mehrdad dann.

»Ich habe Geld«, sage ich. »Ich will bloß nicht, dass man mich aufspürt, und die zweitausend sind alles, was ich an Bargeld bei mir trage.«

»Diese Bedenken sind uns nicht unbekannt«, sagt Mehrdad. »Unsere Kunden wollen nicht auffallen. Aber alles, was wir verkaufen, wird über das Herrenbekleidungshaus unseres Vaters abgerechnet, Sie brauchen sich deshalb also keine Sorgen zu machen.«

»Aber niemand soll wissen, dass ich überhaupt in Mumbai bin.«

Mehrdad saugt Luft durch die Zähne ein. »Da können wir Ihnen nicht helfen, Madam.«

Damit ist alles klar. Wenn ich meine Ausrüstung hier kaufe, teile ich der Cloud mit, wo in Mumbai ich mich aufhalte, und Anwar, Lucia und alle anderen, die hinter mir her sind, wissen Bescheid.

Ich muss also noch heute Nacht aufbrechen.

»Fangen wir an«, sage ich.

Mehrdad und Misbah nicken sich zu.

Sie führen mich zunächst zum hintersten Regal, und dann arbeiten wir uns nach vorne durch. Bei jedem Artikel, den sie herunterholen, erklären sie mir, wozu ich ihn brauche, und ich mache mir im Geiste Notizen.

Zwei flaschengroße Wasserentsalzer, die zudem im obersten Fach Meersalz ablagern.

Ein Kompass.

Ein Treibanker.

Zwei Nylonseile mit Haken.

Universal-Seifenkonzentrat.

Hundert Kapseln mit komprimiertem Gas.

Eine Zahnbürste, Zahnpulver und ein Zungenschaber.

Ein wasserdichter und wasserundurchlässiger Rucksack. Farbe: weiß. Misbah vermisst meinen Rücken und bringt den Rucksack weg, um die nötigen Anpassungen vorzunehmen.

Zwei hochempfindliche Solarbälle, die ich mit einem Riemen an meine Tasche hängen kann, sodass sie sich beim Gehen aufladen.

Ein hochmoderner Solarofen, der alle organische Materie umwandeln kann. Das heißt, Seetang, Algen, alles, was sich in einfache Zucker aufspalten lässt. Der Ofen würde auch Fisch verarbeiten, aber dabei würde er mehr Energie verbrauchen. Warum also nicht einfach den Fisch essen?

Angelzeug und ein Filetiermesser.

Für Totzonen und andere Eventualitäten eine Schachtel mit Proteinwürfeln und eine mit Suppenwürfeln.

Ein Solarteller, der so tief ist, dass er als Schüssel dienen kann, und ein winziger Bestrahlungspinsel, um die rohen Fische vor dem Braten zu desinfizieren.

Eine komplette Reiseapotheke, die auch Breitband-Nanobiotika gegen Durchfall, bakterielle und Virusinfektionen, Hitzschlag und Reisekrankheit enthält.

Ein Naturschwamm für Tante Menses. So hat Mohini sich immer ausgedrückt.

Kleine Geschenke oder Tauschwaren: ein zweiter Kompass, eine zweite Flasche Seifenkonzentrat, eine zweite Tube Zahnpasta und drei zusätzliche Zungenschaber. Die sind für eine Malayali, die keinen hat, ihr Gewicht in angereichertem Uran wert.

Eine Rettungsinsel mit Tarneinrichtung aus wiederverschließbarem Haftpolymer, ebenfalls wasserdicht bis in zehn Meter Tiefe, für den Fall, dass ich bei einem Sturm untertauchen muss. Ich bin beruhigt. Die beiden Brüder haben an alles gedacht. Mehrdad führt mir die Insel vor: er schlitzt das Material mit dem Fingernagel auf und verschließt es wieder, indem er es einfach zusammendrückt. Dann fordert er mich auf, es selbst zu versuchen. Die Ränder fügen sich nahtlos aneinander wie die Membran eines Eis.

Ein spezieller wetterbeständiger Sichter, auf dem bereits medizinische Informationen und Verhaltensregeln für Notfälle gespeichert sind. Ich übertrage den Inhalt meines alten Sichters. Er enthält sämtliche Werke von Reshmi West, Muhammad Licht,

Anuradha Sarang, Wen Huang, Gregory Mbachu, Laura Prufrock Jameson, Gaudi Al-Qaddafi, Jorge Luis Borges, Norman Rush, Federico Garcia Lorca, Nora Chu, Mary Renault, Thomas Mulamba, Kim Stanley Robinson, Sun Yoo, Rodrigo Jimez, Rainer Maria Rilke, Toni Morrison, Fatima Perez-Marquez, Enid Chung, Arundhati Roy, Ursula K. Le Guin, Leo Tolstoi, Jia-Chien Liang, Josefina Paz, Kuta Sesay, Fjodor Dostojewski, Tori Biswas, Haruki Murakami, Dante, Chaucer, Milton, Homer, Konfuzius, Shakespeare, Rikhi, Nambiar, Nilambar, Shukla, Jain, Tharoor, Narayan, Desani, Ambedkar, Gupta, Tagore, Valmiki und Vyasa.

Sechs Leuchtraketen.

Ein GPS-Gerät mit einem einfachen digitalen Display, genannt Pozit.

Ich suche mir Modelle von Kleidungsstücken aus, und Misbah druckt sie mir ganz hinten in der Ecke aus einem synthetischen Material, das schnell trocknet und salzbeständig ist. Zwei weite Hosen, ein Trägerhemd, ein T-Shirt, ein Kapuzen-Shirt mit langen Ärmeln, eine Sonnenkappe, zwei Garnituren Unterwäsche und zwei Büstenhalter, alles in Weiß oder in Tarnmuster. Ein Paar Riemensandalen, ein Paar Leinenschuhe und ein Paar Secondskins, eng anliegende Schuhe aus einem neuartigen transparenten Stoff, den man kaum spürt.

Eine Sportsonnenbrille und ein faltbarer Hut mit breiter Krempe.

Mehrdad holt auch Sonnenschutzmittel aus einem Fach, aber ich erkläre ihm, dass ich das nicht brauche. Seinen Blick versuche ich zu übersehen. Um an eine elektive Gentherapie zu kommen, muss man sehr reich sein oder sehr gute Beziehungen haben. Nun fragt er sich, was davon auf mich zutrifft.

Mehrdad und Misbah gehen auch die verschiedenen Prozeduren des Toilettengangs mit mir durch. Ich habe kein Problem damit, mich ins Meer zu erleichtern, schwieriger ist es, sich hinterher zu säubern. Die beiden Brüder haben auch das bedacht. Sie zeigen mir eine Spezialwindel, die bei Lichteinstrahlung Fäkalien abstößt. Ich muss sie also vor Licht schützen, bevor ich sie benütze. Das erscheint mir machbar.

Nach einer Stunde setze ich mich zu Mehrdad und trinke noch ein Glas Tee, während Misbah alle meine Einkäufe bis auf eine Garnitur der neuen Kleidung, die ich mir ausgesucht habe, in meinen neuen Rucksack packt.

»Wann wollen Sie aufbrechen?«, fragt er.

»Heute Nacht«, antworte ich. »Hier hält mich nichts mehr.«

»Wo ist ›hier‹?«

Ich muss erst überlegen. Mumbai? Indien? Asien?

»An Land«, sage ich endlich.

Er nickt. »Sie werden da draußen verwandte Seelen finden.«

»Wie meinen Sie das?«

»Reisende. Sie sind alle auf der Suche.«

Ich halte das für eine lausige Vereinfachung, aber das behalte ich für mich. »Haben Sie irgendwelche Geschichten über Bloody Mary gehört?«

Misbah und Mehrdad wechseln einen Blick. »Eine Dschinn«, sagt Misbah.

»Was?«, frage ich.

»Das soll heißen, dass Bloody Mary ein Gespenst ist«, erklärt Mehrdad. »Ja, ich habe von ihr gehört. Die Trockendocks für den Trail waren nicht in Mumbai, sondern in Dschibuti, und offenbar kam eine der Arbeiterinnen ums Leben, als der Trail ausgebracht wurde. Seither wird behauptet, dass ihr Geist dort umgeht.« Er winkt verächtlich ab. »Afrikanischer Aberglaube.«

Misbah ist fertig. Er präsentiert mir den gefüllten Rucksack wie eine Hochzeitstorte, dann muss ich mich umdrehen und die Arme ausstrecken, und er streift mir die Träger über. Eine Weile lassen sie mich mit dem Ding auf dem Rücken auf und ab marschieren.

Sie wollen ganz sichergehen, dass ich mit meinem Einkauf zufrieden bin. Das bin ich.

Nun deutet Misbah auf die Kleider, die er für mich bereitgelegt hat. Ich verschwinde hinter dem Vorhang, schlüpfe in ein weißes Trägerhemd und weiße Hosen mit Kordelzug und streife mir die Secondskins über. Außerdem nütze ich die Gelegenheit, um meinen Verband zu wechseln. Die Wunden haben aufgehört zu bluten, die fünf braunen Punkte gleichen Bindis, Stirnmalen, und sind jeweils von einem entzündeten Ring umgeben.

Als ich in meiner neuen Garderobe wieder zum Vorschein komme, bleibt bloß noch eines zu tun. Ich strecke Mehrdad mein Handgelenk hin. Mein Mitter leuchtet auf. Sobald die Übertragung erfolgt ist, sieht jeder, der es wissen will, wo ich bin.

Mehrdad hält lächelnd sein Handgelenk an das meine. Sein Mitter klingelt kurz und leuchtet grün auf. Er sagt: »Khuda Hafiz.«

Mein Glotti übersetzt:

URDU: Geh mit Gott.

DIE BALLADE VON DER TRAILSCHLANGE

Nun tickt also die sprichwörtliche Uhr.

Zuerst lasse ich das Bündel mit meinen alten Kleidern in Dharavi auf der Straße liegen. Irgendjemand wird sie schon gebrauchen können. Dann bezahle ich aus meinen Barbeständen eine Fahrt zurück zum Marine Drive, diesmal mit einem Fahrer, einem wortkargen Afrikaner. Ich begegne ihm mit gemischten Gefühlen. Den Wunsch, ihm von meiner geplanten Reise nach Afrika zu erzählen, unterdrücke ich. Ich will nicht »diese Inderin« für ihn sein.

In der Nähe von Nariman Point steige ich aus und gehe zu Fuß bis ganz ans Ende der Seemauer. Dort ist ein Touristentreffpunkt, an dem sich zu dieser Stunde viele Menschen versammeln. Zuerst halte ich Ausschau nach dem barfüßigen Mädchen oder einem anderen Verfolger, aber ich sehe niemanden. Dann beschatte ich meine Augen und schaue über das Wasser, bis ich den Trail erkennen kann. Er liegt wie eine weiße Girlande auf dem Meer.

Bei Tag kann ich nicht aufbrechen. Mein Plan sieht vor, dass ich mich bis zum Einbruch der Dunkelheit verstecke und dann zum Anfang des Trails hinausschwimme. Wo ich mich verstecken werde, weiß ich noch nicht, und ich weiß auch noch nicht, wo ich ins Wasser gehen will. Ich werde mir einfach in Gedanken einen Plan zurechtlegen und hoffen, dass bei seiner Ausführung alle Naturgesetze etwa in der gleichen Weise mitspielen, wie sich das Meerwasser von der Kraft meiner Hände verdrängen lässt.

Ich setze mich zu einem Dutzend anderer Mumbaikars an die

Mauerkante und schaue nach Süden zu den viele Milliarden Dollar teuren Hochhäusern hinter der Lücke in der Seemauer. Ich gebe mich ganz locker. Ein Blick nach unten zeigt mir, dass der Wellenbrecher, ein Wirrwarr aus glitschigen Betonblöcken, zwei Meter tiefer liegt. Die Mauer wurde um diese zwei Meter erhöht, um dem Anstieg des Meeresspiegels zu begegnen. Als ich mich vorbeuge und das Bauwerk genauer untersuchen will, fällt mir zum ersten Mal auf, dass in den Stein quadratische Löcher geschlagen wurden, an denen sich die Brandungswellen ebenso brechen sollen wie an den Blöcken. Wenn ich es schaffe, so weit hinunterzuklettern, kann ich mich in eines dieser Löcher setzen, bis es dunkel wird. Niemand kann mich dort sehen, es sei denn, derjenige würde sich selbst bis zu den Betonblöcken hinunterlassen, und was sollte er dann schon tun? Ich werde dasitzen wie eine Sadhvi. Man wird mich in Ruhe lassen.

Nun habe ich also einen Plan.

Ob ich eine Puja darbringen sollte? Vielleicht. Ich bin nicht sehr religiös, ich feiere die religiösen Feste immer nur dann mit, wenn sie mir einen Vorwand zum Essen und Tanzen liefern. Mohini war in dieser Hinsicht viel strenger, sie war eine kontemplative Mystikerin und wollte auch mich dazu bringen, die Religion ernst zu nehmen. Wenn sie am Morgen in den Tempel ging, um sich die Stirn bemalen zu lassen, und dann nach Hause kam, ließ ich mir wiederum von ihr die Stirn bemalen, denn für mich besaß sie mehr Autorität als jeder Priester.

Doch dies ist, wie ich glaube, ein Anlass, der nach einer Puja verlangt. Ein Bittopfer für eine sichere Reise nach Afrika. Falls ich mich wirklich auf dieses Abenteuer einlasse. Und es sieht ganz danach aus.

Ich lasse mich auf die Betonblöcke hinunterfallen und suche dazwischen nach Abfällen. Ich finde Meeresmuscheln, das blausilberne Etikett einer Nordi-Flasche und einen angebissenen Glukosekeks der Marke Parle-G, wie geschaffen für ein Opfer. Jetzt brauche ich nur noch ein Murti. Hier muss doch irgendwo ein Murti im Wasser liegen.

Ich suche die Betonblöcke nach Puppen, Krustentieren oder Schlüsselanhängern ab, finde aber nichts, was sich als Murti verwenden ließe. Allmählich gerate ich in Panik. Wie soll ich ohne diese Puja meine Reise antreten? Offenbar bin ich mit einem Mal fromm, sogar abergläubisch geworden. Aber der Hinduismus lehrt doch, dass Gott überall gegenwärtig ist und dass sich das Göttliche in unendlich vielen Aspekten widerspiegelt, sodass es nicht darauf ankommt, welchem Gegenstand wir die Puja darbringen. Dennoch käme es mir unpassend vor, zu einer fettverschmierten Serviette zu beten. Wäre das erlaubt? Mir wird klar, dass ich über die Religion, in der ich angeblich aufgewachsen bin, im Grunde nichts weiß. Das kommt davon, wenn man nur dem Namen nach Hindu ist. Ich weiß nicht, was ich tun muss, damit es auch wirkt.

Ich beschließe, dass sich am ehesten der Zungenschaber in meinem Rucksack als Murti eignet. Ich werde ihn zu einem geweihten Zungenschaber erklären.

Jetzt habe ich alles beisammen, was für die Puja erforderlich ist. Ich brauche nur noch zu warten, bis es Nacht wird. Langsam gehe ich auf das quadratische Loch in der Seemauer zu. Für den Fall, dass mich jemand beobachtet, tue ich so, als hätte ich es eben erst entdeckt, und bringe mit Gesten Überraschung und Neugier zum Ausdruck. Es ist etwa einen Meter lang und breit und ebenso tief. Wenn ich mich recht erinnere, sind das auch die Maße einer Trail-Schuppe. Ich klettere hinein. Es ist Mittag, drinnen ist es heiß und feucht. Ich lege mich auf den Rücken, ziehe die Beine an und schaue zu der Betondecke hoch. Den Rucksack lege ich mir als Kissen unter den Kopf. Hinter den Blöcken jenseits des Wassers erhebt sich der Tata-Komplex. Ich schließe die Augen. Seit Tagen habe ich nicht mehr richtig geschlafen. Über mir sind Stimmen zu hören. Sie sprechen Marathi, Chinesisch, Hindi, Englisch und Urdu, doch nun verschmelzen sie in der Hitze miteinander, und es ist, als sänge mir die Sonne ein Wiegenlied.

Der Trail wird zu einem Lebewesen, einer riesigen Seeschlange, und verlangt zu wissen, wie er entstanden ist.

Er schlängelt sich aus der Bucht auf das Festland, blockiert den Verkehr auf dem Marine Drive und gleitet wie ein stählerner Drache zu den Toren von HydraCorp. Dort gerät man in Panik und ruft das Militär zu Hilfe, das mit Hubschraubern und Gewehren anrückt, den Trail zur Kapitulation auffordert und auf ihn schießt. Die Aktion endet in einer Katastrophe. Der Trail zieht sich schwer verwundet in den Ozean zurück und verschwindet unter den Wellen.

Die Ingenieure von HydraCorp halten eine Pressekonferenz ab und verkünden ihren Beschluss. Sie sehen müde aus. Sie wollen keine Anstrengungen unternehmen, den Trail wieder einzufangen. Er führt nun ein Eigenleben. Und er will nur in Ruhe gelassen werden.

Fortan bereist der Trail tief unter Wasser alle Weltmeere und bringt die großen unterseeischen Schifffahrtsrouten gehörig durcheinander. Aber die Welt ist ihm freundlich gesonnen und betrachtet seine plumpen Übergriffe mit Nachsicht. Er ist eben einsam, heißt es.

Der Trail wird zum Mythos. Es wird gemeldet, er sei vor der japanischen Küste gesichtet worden. Fisch-Waalas erwachen im kalten Schein der Sterne, und wo noch in der Nacht zuvor nichts war, liegt nun der Trail, eine lange, schmale Zunge, quer über dem Hafenbecken. Die einen betrachten ihn als Geschenk, die anderen als böses Vorzeichen. Eines Tages bleibt ein Segment im Hafen von Sydney hängen. Viele Schaulustige versammeln sich und sehen zu, wie Wartungstrupps das Teil befreien und wieder mit dem Ganzen verbinden. Der Trail erträgt die Schmach mit Würde und zieht sich in die Tiefsee zurück, sobald er wieder vollständig ist.

Manche Menschen, die ihn gesehen haben, werden das Bild nicht mehr los. Sie sind davon besessen. Sie markieren seine Route mit Nadeln auf Landkarten und veranstalten Treffen von Gleichgesinnten in Kleinstadthotels. Und schließlich macht das Gerücht von einer jungen trauernden Frau die Runde, die hinausschwimmt und von ihm in Empfang genommen wird. Sie wird zur Stammesmutter aller Ertrunkenen.

Hinfort schwimmt der Trail von Küste zu Küste und sammelt immer neue Anhänger. Sie errichten Dörfer und schließlich ganze Städte an ihm. Die Stadt am Schwanzende ist es gewohnt, umhergeschleudert zu werden wie die Spitze einer Peitschenschnur. Dort verbringt die Schickeria der Ertrunkenen ihre Nächte unter bunten Lichtern. Sie betrachten den Meeresgrund, der unter ihnen dahinrast, und lästern über die Bewohner an der Spitze des Trails, wo sich der Sitz der Regierung befindet.

Irgendwann verlassen auch die Ertrunkenen diese Heimstatt und ziehen zu anderen Abenteuern weiter. Sie lassen sich in Vulkankratern nieder oder in Hausbooten auf dem Mond. Der Trail wird zum Gespenst seiner selbst, und als schließlich der letzte Bewohner abgezogen ist, schwimmt er zur tiefsten Stelle des Nordpazifiks, löst sich in seine Bestandteile auf und lässt sie von der Strömung forttragen. Die einzelnen Elemente gehen ihrer Wege und versinken getrennt voneinander im Schlamm, wo sie nichts mehr spüren.

Als ich erwache, geht bereits die Sonne unter. Die Fassaden der Hochhäuser auf der anderen Seite des Wassers leuchten orangerot.

Neue Energie durchströmt mich. Dies ist ein guter Zeitpunkt für meine Puja. Ich rufe mir die genauen Abläufe in Erinnerung. Mohini kannte sie alle. Sie brachte jeden Tag eine einfache Puja dar, aber es gibt bis zu zwölf oder dreizehn verschiedene Schritte; allein dafür, wie man dem Murti Wasser zum Zähneputzen darbringt, existieren besondere Regeln. Mein Opfer wird allerdings nicht so kompliziert.

Ich lege das Nordi-Etikett zwischen meinen Beinen auf den Beton, beschwere die Ränder mit Muscheln und lasse auf die Mitte ein Sandhäufchen rieseln. Dann stecke ich den Zungenschaber so in den Sand, dass er einen senkrechten Bogen bildet. An dieser Stelle sollte ich dem Murti eine Flüssigkeit opfern. Meerwasser bietet sich an, also bücke ich mich, schöpfe eine Handvoll aus der Brandung und gieße es über das Arrangement. Aber das erscheint mir nicht ausreichend. Also fasse ich mit einer Hand unter den Verband unter meinem Hemd und kratze an einem Schorf, bis ich spüre, wie Feuchtigkeit austritt. Mit dieser kleinen Menge Blut bestreiche ich den Zungenschaber zehn Sekunden lang. Nun ist es ein richtiges Opfer, und ich spüre, wie etwas in mir, das vorher keine Ruhe finden konnte, zur Ruhe kommt.

Aber das ist noch nicht alles.

Ich hole aus dem Rucksack das Filetiermesser und eine Tinktur zur örtlichen Betäubung, tränke ein Stück Verbandmull mit dem Medikament und betupfe damit eine bestimmte Stelle. Dann hebe ich den linken Arm, umfasse mit der Hand meine rechte Halsseite und bohre die Fingernägel in die Haut, um ja nicht abzurutschen.

Mit dem Messer nähere ich mich der Achselhöhle. Fleisch ist Materie und deshalb wie Wasser den Naturgesetzen unterworfen. Beim ersten Einschnitt spüre ich keine Schmerzen, nur ein leises Ziehen. Den zweiten Schnitt setze ich schräg zum ersten, sodass ein blutendes V entsteht. Jetzt muss es schnell gehen, bevor die Blutung allzu stark wird. Ich setze die Spitze des Filetiermessers unter der Spitze des V an und ziehe es nach oben. Ein Hautlappen löst sich. Was ohne Betäubung ein grellspitzer Sopranschrei wäre, beschränkt sich auf ein paar dumpfe Schmerznoten. Die Messerspitze berührt mein Aadhaar, es schiebt sich unter eine weitere Hautschicht. Ich schneide tiefer. Jetzt liegt die Spitze der Mandel fast frei. Das Ding hat sogar die gleiche Farbe wie eine Mandel. Nun gleitet es mühelos heraus. Ich halte es mit meinen glitschigen Fingern fest und stecke es in den kleinen Sandhaufen unter den Bogen des Zungenschabers, dann lege ich den Keks davor und setze ihn in Brand.

Bevor das Plastik des Nordi-Etiketts schmilzt, blase ich die Flamme aus.

Die Puja ist vollbracht. So makellos grotesk wie nur irgendeine Zeremonie in Madurai, der Heimat meiner Namenspatronin Meenakshi Devi. Meine Achselhöhle pulsiert wie eine Supernova. Ich lege mir einen Schulterverband an. Nun bin ich aus der Cloud verschwunden und mit technischen Mitteln nicht mehr aufzuspüren. Das Opfer selbst hat mir meine Bitte erfüllt.

DIE ERSTE NACHT

Es wird Abend. Wo tagsüber Familien auf dem Marine Drive promenierten, schlendern nun junge Paare im Gleichschritt nebeneinander her und schauen auf das Meer hinaus. Romantik liegt in der Luft. Mein Geliebter ist der Trail.

Um die Zeit totzuschlagen, packe ich meinen Rucksack dreimal aus und wieder ein und präge mir dabei ein, wo alles hingehört. Dann nehme ich mir das Mahabharata vor. Ich habe es noch nie in einem Zug durchgelesen und bin gerade in der Stimmung für große Taten. Aber ich komme nicht einmal über die Rahmenhandlung hinaus. Ich nehme mir vor, noch einmal von vorne anzufangen, wenn ich erst auf dem Trail bin. Jetzt will ich etwas anderes lesen. Keinen jahrtausendealten Text, aber doch etwas, das ein paar Jahrzehnte zurückliegt – Kuta Sesays *Gedichte für das ertrinkende Ndar*, Senegal, 2026. Leichte fatalistische Literatur vom Beginn des Jahrhunderts.

Ich warte bis Mitternacht, dann krieche ich aus meinem Loch und klettere zurück auf die Seemauer. Das »Halsband der Königin«, eine Girlande aus golden leuchtenden Straßenlaternen, zieht sich um die ganze Bucht. Viel zu viel Licht, aber das ist nicht zu ändern. Der Marine Drive ist noch belebt, aber der Verkehr ist schwach. Ein paar Fußgänger sind auf dem Weg zum Ende der Seemauer. Allzu viele sind es nicht. Ruhiger als jetzt wird es hier nicht mehr werden.

Von hier aus kann ich den Anfang des Trails sehen. Eine silberne Schnur, die auf dem Wasser schaukelt, auftaucht, verschwindet und wieder zum Vorschein kommt. Wenn ich jetzt ins Wasser gehe und darauf zuschwimme, weiß niemand mehr, wo ich bin, nicht Semena Werk, nicht die Polizei, nicht das barfüßige Mädchen. Klar abgegrenzte Schritte, die zu bewältigen sind.

Ich lasse mich wieder auf die Betonblöcke fallen, komme unglücklich auf und prelle mir die Ferse. Es tut weh, aber ich nehme es als gutes Omen. Nun hebe ich meinen Rucksack auf und schnalle ihn mir auf den Rücken. Hoffentlich hält er auch dicht. Vorsichtig taste ich mich durch die kreuz und quer liegenden Blöcke zum Wasser vor. Meine Füße werden nass, wenig später auch meine Knie. Das Wasser ist warm.

Die Brandung schlägt gegen meine Schenkel, dann gegen meine Taille.

Nur die oberste Schicht ist warm, darunter ist das Wasser kalt.

Als es mir bis zur Brust reicht, brennt das Salz in den Schlangenbissen, und ich beiße die Zähne zusammen, um auch diesen Schmerz aufzufangen. Dann ziehe ich die Füße hoch und überlasse mich dem Ozean. Meine Brust liegt im warmen Wasser, die Beine sind im Kalten. Ich komme gut voran. Sobald ich an den Wellenbrechern vorbei bin, fange ich mit Brustschwimmen an, den Kopf über Wasser, den Trail im Blick. Die erste Schuppe liegt nun etwa zweihundert Meter vor mir.

Die Wellen werden höher und unruhiger. Ich muss meine Atemzüge auf ihre Amplitude abstimmen, damit mir kein Meerwasser in die Lunge gerät. Der Rucksack bekommt Auftrieb und schlägt mir bei jedem Schwimmzug gegen den Hinterkopf. Dann schlucke ich zum ersten Mal Salzwasser und muss husten. Der Trail liegt etwa fünfzig Meter zu meiner Linken.

Die erste Schuppe füllt mein Blickfeld vollständig aus. Sie taumelt hin und her wie eine betrunkene Boje, sehr viel heftiger als das Modell im Museum. Dort hatten sich die Schuppen sanft geküsst, hier krachen sie so laut gegeneinander, dass ich es selbst unter Wasser hören kann. Es klingt wie Meeresglocken. Ich kann es sogar spüren, der Schall bringt meine Beckenknochen zum Schwingen. Das war natürlich zu erwarten. Wenn die Energieausbeute und damit der Gewinn nicht sehr hoch wären, würde niemand einen solchen Generator bauen. Seit ich so dicht dran bin und sehe, wie stark die Bewegungen tatsächlich sind, kann ich mir nicht mehr vorstellen, wie jemand auf dem Trail laufen soll. Und ich beginne zu begreifen, warum kein Läufer je zurückgekommen ist.

Doch nun bin ich einmal hier, und sonst kann ich nirgendwohin. Ich muss einfach daran glauben, dass es möglich ist.

Die Endschuppe ist vor mir. Ich stoße mit dem Bein unter Wasser gegen ein dickes Ankertau. Auf der anderen Seite muss noch so eines sein. Ich schiebe mich dazwischen. Wieder liegen klar abgegrenzte Schritte vor mir, die zu bewältigen sind. Ich greife mit beiden Händen nach der Seitenwand der Schuppe und rutsche ab, denn sie ist sehr glatt. Aber die Oberseite ist rau wie Sandpapier, ich brauche sie bloß mit den Händen zu erreichen, dann kann ich mich festhalten. Ich trete also unmittelbar vor dem Endstück des Trails auf der Stelle, und als die Schuppe auf meine Seite kippt, schnelle ich mich aus dem Wasser, lasse mich fallen und komme mit den Brüsten auf der Schuppe zu liegen. Doch dann macht sie einen so wilden Satz, dass mein Körper fast entzweigerissen wird, ich verliere den Halt und werde ins Wasser zurückgeschleudert. *Mere fudi kha ley*, verdammte Hurenscheiße.

Bei dem Sturz habe ich mir das Kreuz verrenkt, aber ich blende den Schmerz aus. Wieder trete ich Wasser und warte darauf, dass die Schuppe sich mir entgegenneigt, dann schnelle ich mich erneut hoch. Diesmal lande ich mit dem ganzen Rumpf, und die Kante ist immerhin da, wo mein Körper abknickt. Um Halt zu finden, greife ich nach der anderen Kante und schreie auf vor Schmerz. Das vordere Glied des Mittelfingers ist zwischen die Schuppen geraten und wird gequetscht. Dummkopf. Chutiya. Ich muss so tun, als wäre es nicht passiert. Du darfst also mit den Fingern nicht zu weit in das Scharnier greifen. Mein Körper lernt dazu. Als die Schuppe das nächste Mal kippt, schlage ich kräftig mit den Beinen und leite den Schwung in meine Hände weiter. So bekomme ich auch die Beine auf die Fläche. Doch dann kippe ich prompt nach vorne in die Lücke zwischen dieser und der nächsten Schuppe. Ich stütze mich mit den Händen ab, um nicht zu stürzen, und mein gequetschter Finger stößt einen schrillen Schrei aus.

Aufrecht zu stehen ist ein Ding der Unmöglichkeit. Das Artengedächtnis übernimmt die Kontrolle und wirft mich zurück in den Kriechgang. Ich strample wie ein Käfer und schaffe es schließlich, mich auf Hände und Knie zu stützen. Wie ich dieses grässliche Schaukeln hasse! Die Lage ist aussichtslos. Dennoch warte ich auf eine Gelegenheit, um vorwärts zu kommen, und tatsächlich gelingt es mir, ohne dass ich in das zuschnappende Scharnier gerate. Der gequetschte Finger, die geprellte Ferse, das verrenkte Kreuz und die brennenden Bisse über dem Solarplexus sind vergessen. Mein ganzes Denken ist auf die nächste Bewegung gerichtet. Die Wellen bilden eine vierte Dimension, die ausbalanciert werden muss. Es ist, als wollte man auf einem Flugzeug Einrad fahren oder mit einem Springstab auf einem Zug herumhüpfen. Ein hoffnungsloses Unterfangen. Ich lache laut auf, halte mir aber sofort die Hand vor den Mund. Verliere ich etwa den Verstand? Fangen alle Abenteuer damit an, dass der Held in irres Gekicher ausbricht? Dabei fällt mir ein, dass der Astronaut Pete Conrad, als seine Rakete von einem Blitz getroffen wurde, lachte, bis er die Umlaufbahn erreichte.

Bei dem Versuch, auf die dritte Schuppe zu kriechen, verliere ich den Halt und schlage mir das Kinn an. Ich fahre mit der Hand darüber. Blut. Das wäre Verletzung Nummer fünf. Und da ich bereits zur Hälfte triefend nass bin, kann ich nicht hoffen, diese

Wunde oder sonst einen Körperteil trocken zu halten. Ich richte den Blick nach vorne, ohne auf eine bestimmte Stelle zu starren, und bemühe mich, meine Gelenke zu lockern und die Muskulatur zu entspannen. Hundert Schuppen will ich zurücklegen, bevor ich mir eine Pause gönne.

Sechs schaffe ich, dann mache ich Halt. Meine Muskeln sind so übersäuert, dass sie glitzern.

Ich raste eine Weile und krieche weiter. Allmählich komme ich besser voran.

Doch dann bin ich zu schnell. Diesmal schlägt mir die bockende Schuppe so hart gegen die Stirn, dass ich zurücktaumle und fast ins Meer gefallen wäre. Der Schmerz ist so stark, dass ich zu weinen anfange. Ich bin am Ende. Ich habe nicht geschlafen. Ich habe nichts gegessen. Ich weiß, dass ich mich seit drei Tagen in einem manischen Schub befinde, Jetzt bin ich auf dem Gipfel des Wahnsinns angelangt. Und es gibt niemanden, der sich um mich kümmert.

»Saha«, sagt eine Stimme vor mir.

Eine Woge zieht vorbei, und da, nur ein paar Schuppen weiter vorne, steht das barfüßige Mädchen auf dem Trail, umflutet vom goldenen Licht über dem Marine Drive. Der Wind weht ihr das Kopftuch nach hinten, und sie lächelt. Weiß blitzen ihre Zähne im Dunkeln. Sie freut sich. Sie legt eine Hand auf ihr Herz, die andere streckt sie mir entgegen. Hinter ihr entfalten sich gleich einem schwarzen Fächer zwei mächtige Schwingen.

Ich schreie sie an, sie soll verschwinden, und spüre, wie unter der Anstrengung mein Mundwinkel aufreißt.

Nach der nächsten Woge ist sie nicht mehr da.

VIERTES BUCH

MARIAMA

KAMELMILCH

Vor Tagesanbruch spürte ich, dass wir angehalten hatten, und erwachte. Ich lag ganz still und lauschte, wie die Männer Ölfässer auf- und abluden. Endlich kam Francis mit einem Baguette für uns beide zurück. Zum Eintunken gab es wieder die scharfe grüne Sauce.

Ich bin süchtig nach dem Zeug, sagte er.

Wo sind wir?, fragte ich.

Rosso, antwortete er. Oder Al-Quwarib. Eine Grenzstadt.

Warum fahren wir nicht weiter?

Wir müssen auf die Fähre warten. Die geht erst um neun Uhr.

Was ist eine Fähre?

Francis lehnte sich mit dem Rücken gegen ein Ölfass und stöhnte. Du bringst mich noch dazu, dass ich dich hierlasse, nuschelte er mit vollem Mund.

(Doch dann zwinkerte er mir zu, Yemaya, und ich wusste, dass er mir nicht böse war.)

Ich stellte ihm noch eine Frage. Wo kommt das Öl her?

Von einem russischen Tanker in Casablanca, antwortete er und zeichnete mit dem Finger eine Route in die Luft. Dann ging es nach Marrakesch, meiner Lieblingsstadt! Dort habe ich die ganze Nacht getanzt! Oh, was für eine Musik, und was für schöne Frauen – Mariama, solche Frauen hast du noch nie gesehen. Ich habe drei Frauen in dieser Stadt. Ich kann mich einfach nicht für eine entscheiden.

Francis seufzte, als wollte er sein Leben aushauchen.

Danach sahen wir bloß noch Wüste, bis wir Nouakchott erreichten, fügte er an.

Und dann habt ihr mich gefunden!, sagte ich.

Er lächelte mir zu. So ist es, nickte er. Aber du kannst nicht meine Freundin sein, du bist noch zu jung.

Der Laster erwachte polternd zum Leben, die ganze Ladepritsche vibrierte. Ich musste mich mit den Händen abstützen.

Ich *kann* deine Freundin sein, erklärte ich.

Nein, das kannst du nicht!, widersprach er. Du bist zu mickrig. Du kannst nicht einmal aufrecht gehen, während der Laster fährt. Du taumelst und wackelst wie eine Landratte, die zum ersten Mal auf hoher See ist.

Das ist nicht wahr!

Beweise es mir.

Der Laster fuhr an. Ich stellte mich an das eine Ende der Pritsche, und Francis platzierte sich wie zu einer königlichen Audienz am anderen Ende.

Ich schaffte es, ein paar Schritte auf ihn zuzugehen, doch dann fuhr der Laster in ein Schlagloch und neigte sich zur Seite, und ich fiel auf die Knie.

Du bist ein hoffnungsloser Fall, sagte er. Du findest nie einen Mann.

Aber ich machte Fortschritte, Yemaya. Ich übte fleißig. Ich lernte die Richtungsänderungen vorherzusehen und mich entsprechend anzupassen. Immer und immer wieder bat ich Francis, mir dabei zuzusehen – auch nachdem er längst das Interesse verloren hatte! Aber er war sehr geduldig. Wie ist es mir nur gelungen, diese Männer zu finden, Yemaya? Seit ich mehr von der Welt gesehen habe und weiß, wie schrecklich sie ist und wie böse die Menschen besonders zu kleinen Mädchen sein können, vermag ich mein Glück kaum zu fassen. Ich wurde von einem Engel zum anderen weitergereicht! Ich glaube, du warst schon damals bei mir und lenktest meine Schritte.

Die Laster unseres Konvois fuhren nacheinander auf die Fähre, und wir überquerten einen milchkaffeebraunen Fluss. Es dauerte Stunden. Und als wir alle glücklich das andere Ufer erreicht hatten, war es bereits Nachmittag, und wir hielten *wieder* an. Francis fragte den Fahrer nach dem Grund. Die Antwort klang heiter. Francis sah mich an und klagte: Wir werden Addis niemals in drei Monaten erreichen. Jedes Jahr dauert es vier bis sechs Monate, weil wir überall Freunde haben, mit denen wir Tee trinken müssen.

Wieso?, fragte ich.

Weil sie uns sonst umbringen, sagte er.

Als er meinen Gesichtsausdruck sah, wollte er sich ausschütten vor Lachen.

Ich wusste es nicht einmal, Yemaya, aber wir waren bereits im Senegal, also in einem anderen Land als dem, wo ich geboren war. Ich hatte ja kaum eine Vorstellung davon, dass es andere Länder gab, und dass ich jemals in ein solches Land reisen würde, ging über meinen Horizont! Wenn meine Mutter von *der Welt* sprach, hatte ich das Haus von Dr. Moctar Brahim, die Nachbarhäuser, die Moscheen im Zentrum der Stadt, den Markt im Süden und die tief stehenden Sterne vor Augen gehabt, von denen alles kam, was wir am Computer, im Radio und Fernsehen und über das Telefon sahen und hörten. Damit war die Welt für mich auch schon zu Ende. Nun musste ich mich nicht bloß daran gewöhnen, dass ich frei war, sondern auch begreifen, dass die Welt viel größer war, als ich geahnt hatte.

Nachdem wir Rosso endlich verlassen hatten, kamen wir zur Teestunde in einen Ort namens Ndar. Die Teestunde ging über ins Abendessen, und schließlich sollten wir über Nacht bleiben.

Francis verschwand zu einem Ausflug in die Stadt und ließ mich bei Muhammed zurück. Zuerst fürchtete ich, der würde mich in ein Flüchtlingslager bringen und mich dort abgeben. Aber er war ganz still und erwähnte die vergangene Nacht mit keinem Wort. Offenbar hatte er sich mit mir abgefunden.

Yemaya, ich brauchte bloß durch die Straßen von Ndar zu gehen, um zu merken, dass ich in einer anderen Welt war. Die Luft war dichter und schwerer. Männer und Frauen konnten sich überall frei bewegen, die Frauen mit den bunten Kopftüchern waren strahlend schön, jede einzelne eine Königin. Aus Fenstern und offenen Türen drang Musik – keine düsteren Hymnen an Allah, sondern weiche Trommeln und sinnliche Gitarrenklänge in fremdartigen, vielschichtigen Rhythmen, zu denen Männer und Frauen gemeinsam sangen. Dort in Ndar konnte ich auch das Meer wieder riechen. Das Wort *Saha* kam zurück, und ich fing es aus der Luft und barg es in meinem Herzen.

Muhammed nahm mich mit in ein Haus mit pinkfarbenen und grünen Wänden. An den Wänden waren Eisenstäbe angebracht, die zu wunderschönen Formen gebogen waren. Er befahl mir, mich in die Ecke zu setzen. Ein Diener brachte mir ein Baguette und einen Becher mit Milch. Ich konnte kaum fassen, wie viel ich zu essen bekam, Yemaya. Ich brauchte nicht einmal darum zu bitten. Ich überlegte kurz, ob ich etwas davon verstecken sollte, um es irgendwie meiner Mutter zukommen zu lassen. Aber ich wusste nicht, wie ich das anstellen sollte, deshalb aß ich alles selbst auf und schämte mich für meine Gier.

Muhammed und seine Freunde unterhielten sich leise. Sie sprachen über den Anstieg des Meeres, der Ndar bedrohte, und über Kuta Sesay, die berühmte Dichterin und Aktivistin der Stadt. Für Schutzmaßnahmen sei es zu spät, sagten sie, es sei denn, die UNESCO würde beschließen, die Stadt zu retten. Ich hielt diese UNESCO für eine Göttin oder wenigstens für eine sehr reiche

Frau und fragte mich, wieso jemand, der so mächtig war, zulassen sollte, dass eine so schöne Stadt im Meer versank. Ich war noch jung, Yemaya, und ich hatte keine Ahnung, dass Ndar nur eine unter Hunderten von schönen Städten auf der ganzen Welt war, die alle angstvoll auf das ansteigende Meer blickten.

Einer der Männer fragte Muhammed nach mir, drehte sich dann auf seiner Bank zu mir um und sah, dass ich ihn anstarrte. Das verwirrte ihn. Er wandte den Blick ab und tat so, als beachtete er mich gar nicht. Doch dann sagte er mitleidig: Die ist nun richtig schwarz.

Ich bin nicht schwarz, protestierte ich.

Der Mann sagte zu Muhammed: Sie redet zu viel.

Und alle lachten.

Ich fürchte, sagte Muhammed, in Nouakchott wird es demnächst noch schlimmer zugehen. In Äthiopien wird sie ein besseres Leben haben.

Gewiss doch, in Äthiopien sind sogar die Bäume grüner, scherzte einer der Männer.

Muhammed richtete sich auf. Ihr könnt es mir glauben, beteuerte er. Addis wächst.

Auf jeden Fall ist es sicher vor dem Meer.

Ja, es ist die höchstgelegene Hauptstadt der Welt, sagte Muhammed, ohne den Sarkasmus in der Stimme des anderen zu beachten. Dann fuhr er fort: Wisst ihr, dass unsere Präsidentin in Mumbai zur Schule gegangen ist? Sie hat Medizin studiert und spricht fließend Hindi. Sie wird von allen geliebt.

Als ihn die anderen damit neckten, gestand er: Ja, ich trage ein Bild von ihr in meiner Brieftasche und ich schäme mich nicht dafür! Seht nur. Sieht sie nicht aus wie eine Königin?

Ich bin nicht schwarz, wiederholte ich.

Muhammed schaute zu mir herüber, während sich seine Freunde über das Bild der äthiopischen Präsidentin beugten. Aber du bist eine Haratin, sagte er, und das kann einem das Leben in Mauretanien schwer machen.

Daraus zog ich den Schluss, dass Mauretanien das Land war, aus dem ich kam.

Fahren wir morgen nach Äthiopien?, fragte ich.

Wir fahren zwar, aber wir kommen morgen noch nicht dort an. Es ist eine weite Reise. Sie dauert mindestens vier Monate.

Ich nickte, um möglichst erwachsen zu erscheinen, obwohl ich keine Vorstellung hatte, wie lange das war.

Er fuhr fort: Bis dahin wirst du größer und kräftiger geworden sein. Ich weiß das, weil ich selbst zwei Mädchen habe, Fatima und Rahel. Du wirst in die Höhe schießen wie ein Schilfrohr. Wir müssen dir nur weiterhin genug zu essen geben.

Ich lächelte scheu.

Muhammed machte seine Freunde darauf aufmerksam. Seht ihr, wie sie lächelt?, sagte er. Sie versteht viel mehr, als sie sich anmerken lässt. Und sie weiß viel mehr, als für ein kleines Mädchen gut ist.

Unter ihren Blicken verdüsterte sich mein Gesicht.

Am nächsten Tag wurde nur gefahren und immer wieder angehalten, um auf- und abzuladen. Ich ging den Männern aus dem Weg, so gut ich konnte. Francis stellte mir eine Holzpalette in die Ecke, wo vorher die Lumpen gelegen hatten, aber wenn ich zu lange liegen blieb, fing der Bissen Seeschlange in meiner Brust zu brennen an und machte *Kreen, Kreen, Kreen.* Ich schlug mit der flachen Hand, ja sogar mit der Faust darauf, um ihn zum Schweigen zu bringen, aber er hörte nicht auf. Also versuchte ich, ihn mit dem Wort ruhigzustellen, das mir das Meer geschenkt hatte: *Saha, Saha, Saha.*

Die Luft veränderte sich weiter. Sie wurde noch dichter und so feucht, dass mir manchmal das Atmen schwerfiel. Immer wieder säumten Bäume die Straße. Bäume hatte ich zwar schon früher gesehen, Yemaya, aber noch nie so viele! Manchmal waren da mehr Bäume als freies Gelände. Schließlich drängten sie sich bis an die Straße und beugten sich vor, als wollten sie uns ansehen, sodass wir regelrecht hindurchpflügen mussten. Dabei brachen oft Äste ab und fielen auf die Ladepritsche.

Ich freundete mich mit Samson, dem Fahrer, an. Er ließ mich vorn im Führerhaus sitzen, wenn Muhammed oder Francis dort nicht gebraucht wurden. Über seinem Armaturenbrett hingen gewebte Bilder, die eine blau gekleidete Frau darstellten.

Ich deutete darauf und fragte: Wer ist das?

Maryam, Mutter von Gott, sagte er. (Er beherrschte meine Sprache nicht sonderlich gut.) Du … Maryam?

Mariama.

Das ist das Gleiche. Du musst sie verehren. Weißt du, wie man das macht?

Nein.

In Äthiopien wirst du es sehen. In den Kirchen, auf der Straße, in der Luft. Sie wird dir zeigen, wie du sie preisen sollst. Die Frau ist überall.

Die Frau ist überall, wiederholte ich für mich. Ich schaute aus dem Fenster und versuchte, im Gesicht jeder Frau mein eigenes zu sehen.

DAKAR LIVE

Die Bäume waren das eine, Yemaya. Aber auch auf die große Stadt war ich nicht gefasst. Ich beobachtete, wie zu beiden Seiten des Lastwagens zuerst die Gebäude dichter wurden und dann die Menschen. Die Menschen waren hier viel dunkler und ganz unterschiedlich gekleidet, durch die Gassen wälzten sich wogende Massen. Für mich sahen sie alle aus, als gingen sie zu einem Fest. Oder als wäre die ganze Stadt ein einziges großes Fest. Ich war überwältigt.

Ich kroch unter meine alte grüne Plane zurück, um mein Blickfeld zu begrenzen. Als Francis vorbeiging, grapschte ich nach seiner Ferse.

Was ist hier los?, fragte ich. Ich war außer mir.

Wir sind in Dakar!, sagte er.

Dakar?

Die Hauptstadt von Senegal, erklärte er. Komm heraus, Mariama – sieh dich um!

Er hob mich mit seinen starken, hageren Armen hoch, und ich wehrte mich nicht. Wir krochen im Schritttempo durch den Stadtverkehr. Rechts von uns marschierte ein Heer von Frauen in allen Farben des Regenbogens die Straße entlang, auf den Köpfen trugen sie Körbe mit Solarzellen, Erdnüssen, Bananen, Mobiltelefonen, Chilischoten, Kolanüssen, Eiern und anderen Dingen, die ich nicht einmal benennen konnte. Um Körper und Kopf hatten sie Tücher in den Farben der auf- und untergehenden Sonne gewickelt. Ihre breiten Hüften schwankten hin und her, der Stoff konnte die Massen kaum zusammenhalten.

Du siehst dir die Frauen an, nicht wahr?, fragte Francis. Ich auch!

Wir bogen in eine Straße ein, die am Meer entlangführte, und hielten neben einem Fischmarkt an, wo um diese Zeit Hochbetrieb herrschte. Überall am Strand waren Männer damit beschäftigt, Kisten voller Fisch und Säcke mit Reis auf Lastwagen zu laden oder herunterzuholen. Wir parkten am Bordstein. Muhammed hatte in der Innenstadt zu tun, auch die anderen Fahrer schlenderten davon. Ich sah Francis an, dass er enttäuscht war, weil man ihn wieder einmal allein mit mir zurückließ, aber er tat so, als machte es ihm nichts aus. Er wurde nur ganz still. Schließlich sagte er: Komm mit, und ich folgte ihm zum Strand hinab. Dort kaufte er bei einem Fischer einen Beutel voll Krabben. Der gab die Tiere gleich zum Grillen an seine Frau weiter. Während wir warteten, zeigte Francis auf einen langen, glänzend schwarzen Fisch, der eher wie eine Schlange aussah.

»Was ist das?, fragte er.

Eine neue Art, antwortete der Mann. Trat vor zwei Jahren zum ersten Mal auf. Sie wurde eingeschleppt.

Ich erkannte das Tier natürlich wieder, Yemaya. Dieser Bissen Fleisch war nie bis in meinen Magen gelangt, er hatte sich an meinem Solarplexus festgefressen wie eine kleine Geschwulst. Ich hatte mir angewöhnt, ihn nach dem Geräusch, das er machte, das Kreen zu nennen.

Das Fleisch ist ölig und schmeckt nach Metall, sagte ich, und beide Männer schauten mich überrascht an.

Du hast es schon einmal gegessen?

Nur ein kleines Stück, sagte ich.

Sollte ich es probieren?

Nein.

Francis lachte und wurde wieder fröhlicher. Wie könnte ich eine so eindringliche Warnung missachten?, sagte er. Ich nehme stattdessen einen Hummer. Wenn du keinen Hummer magst, Mariama, bist du am Ende gar kein Mensch.

An diesem Abend sah ich die Frau zum ersten Mal.

Ich entdeckte sie schon von Weitem, denn sie war sehr groß, und ihr orangerotes Kopftuch leuchtete im Licht der Abendsonne wie eine Feuerkrone. Die Menge machte ihr Platz, wo immer sie auch ging, sie flimmerte zwischen all den Menschen wie eine Fata Morgana. Zu hautengen Bluejeans trug sie einen Kaftan in der gleichen Farbe wie ihr Kopftuch. Nicht weniger als drei Taschen hingen an ihr wie kleine Kinder. Ihre Augen konnte ich nicht sehen, sie hatte eine Sonnenbrille auf. Man stelle sich mein Erstaunen vor, als sie nicht nur in unsere Richtung ging, sondern wie von einer Gottheit geführt geradewegs auf unseren Laster zusteuerte.

Francis sah sie kommen und sprang auf, um sie zu begrüßen. Sie antwortete in einer Sprache, die ich nicht kannte. Die Worte klangen teils fließend, teils hatten sie scharfe Kanten wie die Sanddünen. Es hörte sich an, als stellte sie ihm Fragen.

Francis antwortete ihr und deutete dabei auf die Ladepritsche. Ich sah ihm an, dass er aufgeregt war.

Die Frau nickte, griff in eine ihrer Taschen und zog einen Stapel Papiere heraus.

Francis nahm sie und blätterte darin. Die Frau hörte nicht auf, ihm Fragen zu stellen. Sie ließ ihm keine Ruhe. Er überschlug sich fast vor Eifer, hatte aber Mühe, sich zugleich auf ihre Papiere zu konzentrieren und ihr zu antworten.

Dann bemerkte sie mich. Sie hielt inne und riss sich die Sonnenbrille vom Gesicht. Oh, diese Augen. Riesengroß waren sie. Schwarze Blüten auf weißen Blättern.

Dann rief sie etwas in der Sprache der Dünen.

Voller Scham und Angst sah ich Francis an.

Er sagte etwas über mich, und die Frau lachte. Es klang überrascht. Dann wandte sie sich wieder an mich, und diesmal waren ihre Worte klar verständlich.

Sprichst du vielleicht Hassaniyya, mein Kind?, fragte sie. Wie heißt du denn?

Mariama!, rief ich so schnell, dass der Name so unaufhaltsam davonhüpfte wie eine kleine Ziege.

Und wo kommst du her?

Ich drehte mich um und deutete in die Richtung, aus der wir meiner Meinung nach gekommen waren.

Francis sagte: Gefunden haben wir sie auf dem Markt in Nouakchott. Dann hat sie sich auf unserer Ladepritsche versteckt. Ein kleiner blinder Passagier. Wir waren schon fast in Rosso, als wir sie entdeckten.

Die Frau zog eine Augenbraue hoch. Wahrscheinlich ist sie bei euch besser aufgehoben, sagte sie.

Das dachten wir auch, sagte Francis. Außerdem will sie nicht zurück, selbst wenn sie eine Familie hat. Sie hat irgendetwas Schlimmes erlebt.

Was hast du erlebt, fragte mich die Frau.

Ich schaute zu Boden

Sie ist noch nicht so weit. Vielleicht braucht sie noch etwas Zeit, sagte Francis.

Die Frau nickte, ohne den Blick von mir zu wenden, dann sagte sie: Ich werde mit euch fahren, meine Kleine. Du wirst mir Platz machen müssen.

Ich war begeistert. Ich kann gerne Platz machen, rief ich.

Gut, antwortete die Frau. Du hast auch gar keine Wahl.

Du kannst mein Bett haben, fuhr ich fort. Wir können es uns auch teilen.

So war es gedacht, bemerkte Francis. Bei mir kann sie schließlich nicht schlafen.

Die Frau warf ihm einen strafenden Blick zu. Er kicherte und hielt sich rasch die Hand vor den Mund.

Die Frau war so schön, dass es auch mir die Sprache verschlug. Schon ihre Kleidung, blau und orangerot wie der Sonnenuntergang. Ich hatte Angst vor ihr und war anfangs sehr schüchtern.

Du erinnerst dich sicher daran, Yemaya, denn die Frau warst natürlich du.

DIE LANDKARTE

Als ich dir zum ersten Mal begegnete, wurde das Kreen ganz ruhig, so ruhig wie ein Baby beim Anblick seiner Mutter. Anstatt wie sonst zu kreischen, begann es freudig zu krähen.

Weißt du noch, wie es war, als wir Dakar am nächsten Morgen verließen? Sogar die Luft war warm und prickelte wie elektrisch aufgeladen. Ich hatte vor Aufregung nicht schlafen können, und du warst zu unruhig gewesen. Ständig gingst du neben dem Laster auf und ab, als könntest du ihn allein durch deine Willenskraft in Bewegung setzen. Als wir endlich losfuhren, stiegst du zu Samson ins Führerhaus. Ich wollte dir nahe sein, um mich an deiner Schönheit zu weiden, deshalb setzte ich mich auf meine Holzpalette in der Ecke der Ladepritsche und betrachtete deinen Hinterkopf. Deine Ohrringe schaukelten und tanzten.

Auf dem Weg nach Mbour hingen Francis und ich über die Seitenwand der Ladepritsche und riefen jeder Frau eine Begrüßung zu, an der wir vorbeikamen. Francis brachte mir bei, in der Sprache der Dünen zu grüßen. Später erfuhr ich, dass damit Französisch gemeint war. Ich lernte *Bonjour, Madame! Bonjour!* zu rufen.

Du machst mich zu einem ehrbaren Mann, sagte Francis. Wenn die Frauen dich sehen, mögen sie auch mich.

Ich lächelte. Offenbar brachte ich ihm Glück.

Ich mag die senegalesischen Frauen, sagte er. Sie sind freier. Die Äthiopierinnen sind härter. Sie sind wie Bronze, schwer zu knacken.

Und was bin ich?, fragte ich.

Du bist ein kleines Mädchen.

Aber von welcher Art?

Du bist eine Haratin, sagte er. Aber ich glaube, du musst jetzt selbst entscheiden, von welcher Art du sein willst.

Was ist mit der Dame, die …

Ich deutete auf deinen Hinterkopf, denn du bist immer noch im Führerhaus gesessen, und ich kannte deinen Namen noch nicht.

Du meinst Yemaya?, sagte er.

Yemaya, wiederholte ich. Es war das schönste Wort, das ich jemals gehört hatte!

Yemaya ist Senegalesin, sagte er.

Also ist sie »freier«?

Das weiß ich nicht, sagte Francis. Ich wollte es aber herausfinden! Deshalb sagte ich zu ihr: Sie sehen heute Morgen wunderschön aus, Mademoiselle Yemaya. Das brachte mir aber nur einen giftigen Blick ein.

Er machte ein trauriges Gesicht, um mein Mitleid zu erregen, aber ich war mit meinen Gedanken anderswo. Was will Yemaya bei uns?, fragte ich.

Ich weiß es nicht. Ich glaube, sie stammt aus einer reichen Familie. Ich kann ihr Parfum riechen, und es ist nicht das billige Zeug. Aber sie verhält sich, als wäre jemand hinter ihr her.

Vielleicht läuft sie weg.

Vielleicht. Sie wollte mir weiter nichts sagen, nur dass sie bar bezahlen würde, wenn wir sie mit nach Äthiopien nehmen.

Sag mir noch einmal, wo das ist, bat ich.

Francis stand auf und schob die Tür zum Fahrerhaus auf. Ich wurde ganz aufgeregt, denn ich dachte, er wollte dich bitten, zu uns zu kommen, doch stattdessen ließ er sich von Samson eine Landkarte geben. Damit kehrte er zu mir zurück, faltete sie auseinander und drehte sie um.

Auf der Karte war ein Gebilde zu sehen, das die Form eines Steaks hatte, und über dieses Steak zogen sich wie Fettadern farbige Linien von oben nach unten und von rechts nach links. Francis zeigte auf die rote Linie. Auf dieser Straße fahren wir gerade, sagte er, sie führt von Dakar nach Bamako. Im Moment befinden wir uns auf diesem winzigen Stück zwischen Dakar und Mbour. Dort werden wir zum letzten Mal das Meer sehen. Danach folgen wir der roten Linie nach Ouagadougou (Yemaya, er musste mir das Wort fünfmal wiederholen, und nach deinem Namen ist es mir immer noch das liebste Wort auf der ganzen Welt) und weiter nach Niamey, wo mein Freund Hussein wohnt. Bei ihm gibt es gutes Pistazieneis. Warum ich darauf so versessen bin, kann ich dir nicht sagen. Ich mag eben alles, was grün und cremig ist. Von dort geht es nach Kano in Nigeria und weiter nach N'Djamena im Tschad, dort endet diese Straße. Sie heißt Trans-Sahel-Highway. Danach folgen wir der gelben Linie durch den Tschad und den Sudan, bis wir auf diese purpurrote Linie treffen, den Trans-African-Highway von Kairo nach Gaborone. Auf dem fahren wir nach Äthiopien, machen einen Schwenk nach Lalibela und erreichen schließlich Addis Abeba. Dort werden wir uns für eine Weile trennen. Muhammed geht nach Hawassa zu seiner Familie, und ich werde wieder als Reiseführer arbeiten. Davon lebe ich in der einen Hälfte des Jahres, in der anderen Hälfte mache ich Fahrten wie diese.

Ich zeigte auf einen der Punkte auf der Karte. Was war das?, fragte ich.

Niamey.

Und was – ich drückte mit dem Finger so fest darauf, dass die Laminierung knisterte – ist das noch mal?

Lalibela.

Und das …

Du kannst nicht lesen, wie?

Ich schüttelte den Kopf.

Du musst lesen lernen. Dann kannst du dir die Namen alle selbst vorsagen.

Ich bin nie zur Schule gegangen, gestand ich.

Dafür kannst du nichts, lautete sein Kommentar. Aber nachdem du jetzt bei uns bist, müssen wir uns allmählich darum kümmern.

Genau in diesem Moment schobst du das Fenster des Führerhauses auf, und heraus kamen, wie von einer wunderschönen Spinne ausgefahren, deine Beine. Noch hattest du keinen sicheren Stand. Francis und ich beobachteten deine Bewegungen wie gebannt. Du fragtest: Wo schaut ihr denn hin?

Nirgends!, riefen Francis und ich wie aus einem Munde.

Dann sahst du die Karte, die Francis in Händen hielt.

Ein weiter Weg, sagtest du.

In ungefähr drei Monaten müsste es zu schaffen sein, erklärte Francis etwas zu beflissen.

Zu mir hast du gesagt, es wären sechs, verbesserte ich ihn.

Er warf mir einen warnenden Blick zu.

Drei nach offizieller, sechs nach afrikanischer Zeit, sagtest du darauf. So ist das.

Ich spürte, dass Francis ein wenig gekränkt war, aber er machte wie immer gute Miene zum bösen Spiel. Mariama kann nicht lesen, sagte er. Ich denke, in drei bis sechs Monaten kann man das wunderbar lernen, meinst du nicht auch?

Du fragtest: Wie lange bist du zur Schule gegangen, Mariama?

Gar nicht, antwortete ich. Aber ich kann kochen und Ziegen melken.

Francis sagte: Wahrscheinlich war sie eine Sklavin. Sklaven gehen nicht zur Schule.

Manche schon, sagtest du, aber das war nur für dich selbst bestimmt.

Dann schautest du über das Land. Die Sonne ging auf. Ich zögerte zunächst, doch dann rutschte ich auf den Knien an deine Seite, hielt aber gerade so viel Abstand, dass ich dich nicht bedrängte. Du und ich und Francis – wir schwiegen und schauten. Die Landschaft veränderte sich. Die Bäume standen nicht mehr so dicht und waren von filigraner Zartheit, und die Erde hatte die Farbe von Bronze und Schilf. Mir war ganz andächtig zumute, als beträten wir ein uraltes Land, wo die Geschichte wie feiner Goldstaub den Boden bedeckte.

Goldene Frauen versammelten sich an den Brunnen, um goldene Eimer mit flüssigem Gold zu füllen. Am liebsten hätte ich jeden Augenblick zu einer Stunde ausgedehnt, um mir jede dieser Frauen unauslöschlich einzuprägen. Ich sagte mir, wenn *ich* sie nicht in Erinnerung behielte, würde es niemand tun. Es war wie ein Spiel mit hohem Einsatz. Eine Frau trug ein Kleid mit Rüschen an der Schulter. Eine andere hatte magere Arme und Zähne wie eine Ziege. Eine dritte war winzig klein und hatte das Haar zu Zöpfchen geflochten.

Ich merkte mir jede einzelne. Ich erahnte sie schon, bevor ich sie tatsächlich sah, und dann dachte ich: Ich kenne dich. Ich habe dich schon immer gekannt. Ich kannte dich schon, bevor ich dich sah.

Eine Frau winkte, und das Baby, das sie auf dem Rücken trug, winkte auch.

Eine Frau war so schön wie Sonne und Mond zusammen.

Eine Frau rutschte aus und fiel auf den Rücken, und ich sah sie nicht wieder aufstehen.

Mit der Zeit wurde ich schläfrig. Ich wollte wach bleiben, um auch weiterhin alles sehen zu können, was es zu sehen gab. Doch stattdessen kroch ich auf die Holzpalette, und dann fielen mir wie von selbst die Augen zu. Ich schlief ein.

Ich erwachte, als ich deine Stimme: Kind, Kind, sagen hörte.

Es klang, als wärst du von mir enttäuscht. Du wolltest, dass ich für eine Minute aufstehe. Es war heller Tag. Du holtest ein großes grünes Tuch hervor, wie ein Umschlagtuch, aber dicker, eher wie eine Decke, legtest es auf die Palette und zogst es straff, bis es so glatt war wie eine Matratze. Dann legtest du dich nieder, drehtest dich auf die Seite, schobst einen Ellbogen unter den Kopf und sagtest: So ist es besser.

Ich sagte: Danke, Mademoiselle.

Etwas in meiner Stimme muss dich angerührt haben, denn mit einem Mal verzog sich dein Gesicht zu einem Lächeln, eher eine Grimasse, als wolltest du ein Lachen unterdrücken, und du sagtest: Es war mir ein Vergnügen. Und nun machen wir ein Nickerchen.

DAS ALPHABET

Yemaya, ich wünschte, ich hätte den Augenblick festgehalten, an dem wir den Ozean zum letzten Mal sahen, aber das fiel mir erst ein, nachdem wir Mbour in Richtung Osten verlassen hatten.

Je weiter wir fuhren, desto trockener wurde das Land. Francis sagte mir, die Gegend leide unter einer großen Dürre – die Trockenzeit begann früher und endete später, und auch die Sahara selbst begann eher als erwartet. Meine Haut färbte sich rot vom Staub. Ich scharrte sogar mit den Fingern den Staub aus den Ecken der Ladepritsche zusammen und rieb mir damit die Arme ein, damit meine Haut einen wärmeren Ton bekäme.

Doch der Schuss ging nach hinten los. Ich wurde krank. In jener Nacht wachte ich mit einem trockenen Husten auf, und meine Kehle fühlte sich an, als wäre sie mit Stacheln ausgekleidet. Als wir anhielten, holte Francis Muhammed, damit er mich untersuchte. Der ließ mich vor seinen Augen volle fünf Becher Wasser trinken. In dieser Nacht musste ich oft aufstehen, um zu pinkeln, aber jedes Mal wenn ich aufwachte, sah ich überrascht, dass du, Yemaya, mit noch mehr Wasser zur Stelle warst. Nach zwei Tagen wurden die Stacheln weicher, und schließlich spürte ich nur noch ein sanftes Kribbeln und wollte mich immer wieder von außen an der Kehle kratzen.

Zum Tanken hielten wir an einem »Grenzübergang«. Ich hatte den Ausdruck schon einmal gehört, und diesmal wollte ich das Ereignis auf keinen Fall versäumen. Ich ließ mich auf den Vordersitz fallen und fragte Samson: In welches Land fahren wir jetzt?

Samson verstand mich nicht besonders gut, und ich musste die Frage mit vielen Gesten mehrmals wiederholen, doch schließlich sagte er so oft *Mali*, dass ich annahm, dies sei der Name des Landes, das vor uns lag.

Ich blieb auf dem Laster. Als du vom Markt zurückkamst, brachtest du eine blaue Plastiktüte mit, aus der du ein Schreibheft zogst. Auf der Vorderseite war ein Bild einer weißhäutigen Frau in pinkfarbenem Kleid zu sehen, die einen dicken roten Punkt auf der Stirn hatte.

Gefällt es dir?, fragtest du mich.

Ich nickte und drückte das Heft an meine Brust. Danke, sagte ich.

Du sollst es aber nicht bloß festhalten, mahntest du. Es ist dazu gedacht, dass du lesen und schreiben lernst.

Dann reichtest du mir einen Glitzerstift. Ich nahm ihn wie einen kostbaren Schatz entgegen.

Du setztest dich mir gegenüber und schlugst das Heft für mich auf. Am Rand jeder Seite war die gleiche Comicfigur abgedruckt, doch sonst war das Blatt leer.

Als die Motoren angelassen wurden, schwang sich Francis auf die Pritsche und kam zu uns.

Du hast also mit dem Unterricht angefangen?, fragte er. Welche Sprache willst du ihr beibringen?

Wolof wird ihr in Äthiopien nichts nützen. Französisch oder Arabisch auch nicht.

Aber Arabisch spricht sie bereits. Deshalb könnte man hier mit dem Alphabet anfangen.

Mag sein. Die nützlichste Sprache für Äthiopien wäre Amharisch, das kann ich allerdings nicht.

Amharisch könnte ich übernehmen.

Ich wünschte, du könntest ihr Mandarin oder Hindi beibringen. Ich beherrsche keines von beiden. Mariama, möchtest du stattdessen Englisch lernen?

Ich nickte, schließlich konnte ich alle diese Sprachen ohnehin nicht voneinander unterscheiden.

Schön, Francis, dann bringe ich ihr Englisch bei, und du bringst ihr Amharisch bei.

Francis machte eine übertrieben schwungvolle Verbeugung, und du verdrehtest die Augen.

E-i.

Bii.

Sii.

Dii.

Iii.

Ich hüpfte so lange von einem Ende des Lasters zum anderen und plapperte das englische Alphabet vor mich hin, bis du mir befahlst, mich still in eine Ecke zu setzen und es leise vor mich hin zu sagen.

Ha.

Hu.

He.

Ha.

Hey.

Amharisch war viel schwieriger, denn man musste sich zehnmal so viele Buchstaben merken. Als Francis mir zeigte, dass den Zeichen ein System zugrunde lag, fiel es mir etwas leichter, dennoch fühlte ich mich anfangs überfordert.

Du versprachst mir eine Überraschung, wenn ich jedes Alphabet fehlerfrei aufsagen könnte. Dann gabst du mir einen dünnen Metallstab, den ich an meinem Kleid befestigen konnte, und zwei kleine Plastikperlen, die man sich in die Ohren stecken musste. Wenn ich auf einen Knopf drückte, sprach mir eine Frauenstimme das Alphabet meiner Wahl vor. Später wusste ich natürlich, was das für Dinge waren, Yemaya – ein Sirius mit Kopfhörern –, doch damals waren sie neu für mich. In den vielen Fächern deiner Tasche verbargen sich die erstaunlichsten Schätze. Die Versuchung war groß, darin herumzukramen, wenn du nicht hinsahst, um herauszufinden, was es da drin noch alles gab.

Nach nur einem Tag konnte ich das englische Alphabet ohne Fehler herunterrattern. Für das amharische Alphabet brauchte ich allerdings drei Tage. Zeit hatten wir genug, denn neben den Stopps zum Auf- und Abladen blieben die Laster auch immer wieder liegen und mussten repariert werden. Manchmal saßen wir stundenlang in der Wüste fest, weil wir irgendetwas nicht allein hinbekamen. Dann mussten Muhammed oder einer seiner Helfer einen Lieferwagen anhalten, der auf dem Weg ins nächste Dorf war, und den Fahrer bitten, uns einen Mechaniker zu holen. Und dann die Bürokratie! An einem Kontrollpunkt wollten einige Männer unsere Fracht überprüfen, und sie sahen so seltsam aus, dass ich zu schreien anfing. Du ermahntest mich, still zu sein, aber einer der Männer winkte ab und sagte etwas zu dir. Du übersetztest: Er will wissen, ob du noch nie einen Chinesen gesehen hast. Ich verneinte. Da lächelte er, hob die Hand, deutete auf sich und sagte: Soon. Ich deutete auf mich und sagte: Mariama. Er bemühte sich, freundlich zu sein, und so war auch ich freundlich. Doch insgeheim tat er mir leid, weil er mit einem solchen Gesicht herumlaufen musste.

Francis versicherte mir zwar, ich brauche mir wegen der vielen Verzögerungen keine Sorgen zu machen, aber ich sah ihm an, dass er frustriert war, und das frustrierte auch mich. Das Kreen regte sich in meiner Brust. Ich fragte Francis, warum uns die Polizei immer wieder anhielt, und er meinte, in Mali lebte man in ständiger Angst vor Angriffen aus dem Azawad im Norden.

Warum greifen diese Leute an?

Weil sie wütend sind.

Warum sind sie wütend?

Weil Mali sie nicht ziehen lässt.

Warum lässt man sie nicht ziehen?

Ich weiß es nicht. Ich würde sagen, trennt euch von den Dreckskerlen und überlasst ihnen ihr Land, aber was verstehe ich davon? Äthiopien hat Eritrea vor dreißig Jahren ziehen lassen, und wir hassen einander immer noch.

Dann kamst du, Yemaya. Und du sagtest: Es geht um Energie.

Was geht um Energie?, fragte Francis.

Das ist der Grund, warum sie den Azawad nicht freigeben. Die malische Regierung weiß von den Ölfeldern im Norden, aber sie darf niemandem davon erzählen, weil die Chinesen es nicht erlauben.

Francis sah dich scharf an. Woher weißt du das?, fragte er.

Du schautest in deinen Schoß und sagtest: Ich habe *Beziehungen*, und du sprachst das Wort so überdeutlich aus, als wolltest du dich darüber lustig machen.

Na schön, sagte Francis nach längerem Schweigen in leichterem Ton. Wenn du nach Äthiopien kommst, kannst du die Information ja der indischen Regierung verkaufen! Die ist sicher sehr froh darüber und macht dich dafür zu einer reichen Frau.

Ich will gar nicht reich werden, sagtest du.

Ich dachte an Dr. Moctar Brahims Goldzähne und wollte auch mitreden. Ich auch nicht, sagte ich. Reiche Leute müssen einen Chip haben, ich habe keinen, und nur deshalb konnte ich entkommen.

Glück gehabt, sagtest du.

Aber ich konnte nicht erkennen, ob es ernst gemeint war.

Als wir die nächste Ortschaft erreichten, wolltest du mir meine Überraschung besorgen. Ich sollte beim Laster bleiben, faltete die Hände im Schoß und rührte mich nicht von der Stelle. Nach einer halben Stunde kamst du zurück, diesmal hieltest du eine pinkfarbene Plastiktüte in der Hand.

Indisches Konfekt, sagtest du. Ich wusste nicht, ob es hier zu bekommen wäre, aber sie hatten welches. Möchtest du ein Stück probieren?

Ich nickte.

Du reichtest mir ein Gebilde, das aussah wie eine Kugel aus Wüstensand.

Was ist das?

Ein Laddu, sagtest du. Sie schmecken am besten, wenn sie frisch sind, aber hier im Sahel bekommt man sie nur abgepackt.

Ich nahm einen winzigen Bissen. Er schmeckte überwältigend intensiv nach Honig.

Zu süß?, fragtest du. Behalte es nur. Du wirst dich daran gewöhnen, und ich wette, in fünf Minuten verlangst du nach mehr.

Du hattest recht. Ich aß das ganze Stück auf und wollte tatsächlich noch mehr. Du gabst mir ein zweites Stück und sahst zu, wie ich es verspeiste.

Du kommst also aus Nouakchott?, fragtest du.

Ich nickte.

Was weißt du über Äthiopien?

Dass man dort Amharisch spricht. Und dass es auf der anderen Seite des Landes liegt.

Des Kontinents, Mariama, nicht des Landes. Es liegt auf der anderen Seite des afrikanischen Kontinents.

Ich nickte.

Wo ist deine Mutter?

Ich habe keine.

Und ich bin ein Warzenschwein, gabst du zurück.

Ich musste kichern.

Du sagtest: Du musst eine Waise sein.

Der Ton, in dem du das sagtest, gefiel mir nicht, und so fragte ich stattdessen: Warum willst *du* nach Äthiopien?

Du zucktest die Achseln und tatest ganz unbeteiligt. Ich musste aus Dakar weg, und Addis wollte ich schon immer mal sehen. Die Musik, die Tänze, die Kultur. Und sie machen dort wunderschöne Kleidung. Wenn wir nach Lalibela kommen, gehen wir auf den Markt, und ich zeige dir die Baumwollkleider. Sie sind weiß, aber mit Kreuzen in bunten Farben, wie man sie an Kirchenfenstern sieht. Warst du jemals in einer christlichen Kirche?

Was ist das?, fragte ich.

Du lachtest und nanntest mich eine brave kleine Muslima.

Ich verstand nicht, was daran komisch sein sollte. Ich ging damals durch eine harte Schule. Ständig erklärten die Erwachsenen mir, was ich war und was nicht! Ich war keine Maurin, sondern eine Schwarze; ich sprach nicht Französisch, sondern Hassaniyya; ich war keine Christin, sondern eine Muslima. Und *ich sollte eine Waise sein*. Das Kreen raschelte in meiner Brust wie ein Vogel, der ein Staubbad nimmt.

Ich bat um ein drittes Laddu, aber du sagtest Nein.

Du wusstest am besten, was gut für mich war, Yemaya. Ich war schon damals zu gierig.

Jetzt befanden wir uns endgültig in der Wüste, und die Nächte waren kühler als zuvor. Wir hatten Neumond, und bis auf das Licht der Sterne war es stockdunkel. Du und ich hatten bis dahin stets auf der Seite geschlafen, mit dem Rücken zueinander. Doch nachdem wir in jener Nacht beide minutenlang vor Kälte gezittert hatten, wolltest du mich ganz dicht bei dir haben. Du meintest, wir könnten uns gegenseitig wärmen. Also hielt ich still und ließ zu, dass du einen Arm über mich legtest, den anderen unter mich schobst und mich an dich drücktest wie ein Kissen. Meine Wange lag in der warmen, feuchten Beuge deines Ellenbogens. So dicht bei dir konnte ich kaum atmen, wir lagen Haut an Haut, wie miteinander verwachsen. Doch dann hauchte ich dir ins Gesicht und spürte im Gegenzug deinen Atem. Zum ersten Mal verhielt sich das Kreen vollkommen still. Als hätte man Heilsalbe auf eine Brandwunde gestrichen. Ich fühlte mich sicher und geborgen.

Ich sagte immer wieder *Yemaya, Yemaya, Yemaya* vor mich hin. Es erschien mir besser als *Saha*, das Wort, mit dem ich mich als Erstes beruhigt hatte. Ich hatte vergessen, woher es gekommen war – von irgendwoher, weit weg –, aber ich wusste, woher *Yemaya* kam. Es kam von dir, der Frau, die mich umschlungen hielt, und du warst wirklich und warm.

FÜNFTES BUCH

MEENA

DAS MESSER

Die Erinnerung hat etwas Handfestes, ich spüre noch heute die Kühle auf meiner Wange: Ich lehnte an der Tür. Meine Mutter hatte mich zwar in ihr Büro rufen lassen, dennoch bemerkte sie mich nicht gleich, und so blieb ich im Eingang stehen.

Dann forderte sie mich auf, mich auf den Stuhl für die Patienten zu setzen. Ich gehorchte. Und sie sagte mir, dass sie nicht meine wirkliche Mutter war.

Ist Appa mein Vater?, fragte ich.

Nein, antwortete sie. Es tut mir leid, Meena. Appa ist in Wirklichkeit dein Muthashan, und ich bin in Wirklichkeit deine Muthashi. Aber du gehörst nach wie vor zur Familie, du bist unsere Enkelin. Und wir werden uns alle Mühe geben, dich großzuziehen.

Ich wiegte den Kopf hin und her. Mehr wollte ich nicht hören.

Willst du nicht wissen, was mit deinen Eltern geschehen ist?, fragte meine ehemalige Amma und jetzige Muthashi.

Ich sagte, doch, weil ich immer noch Angst vor ihr hatte.

Sie bedeutete mir, hinter den Schreibtisch zu kommen und mich neben sie zu setzen. Dann musste ich den Stuhl näher heranrücken, um in den Aktenordner sehen zu können, der auf dem Schreibtisch lag. Sie hatte sich auf diesen Tag sorgfältig vorbereitet. Sie öffnete den Ordner und reichte mir den Ausdruck eines Artikels aus der *Times*. »Grausamer Mord an indischem Liebespaar in Addis Abeba.«

Liebespaar, dachte ich bei mir.

Sie waren nicht verheiratet, sagte sie, als wäre das wichtiger als alles andere. Sie waren beide Medizinstudenten. Aber Äthiopien stand vor wichtigen Wahlen, und man machte dort Stimmung gegen die Inder. Ihr Dienstmädchen gehörte insgeheim zu den Rebellen, die sie aus dem Land vertreiben wollten. Sie tötete Gabriel und seine Freundin und konnte entkommen, denn die äthiopische Polizei machte sich nicht die Mühe, sie zu verfolgen. Du kamst drei Monate zu früh zur Welt. Niemand hatte gewusst, dass deine Mutter überhaupt schwanger war. Sie war kräftig gebaut, man sah ihr kaum etwas an. Die Morde geschahen jedoch in einem indischen Krankenhaus, deshalb wurdest du vom indischen Pflegepersonal gefunden und sofort medizinisch versorgt. Dass du überlebt hast, war ein Wunder. Dein Lebenswille war sehr stark.

Gabriel, dachte ich bei mir.

Gabriel ist dein Vater und mein einziger Sohn, sagte sie. Möchtest du ein Bild von ihm sehen?

Ohne meine Antwort abzuwarten, öffnete sie eine Schublade ihres Schreibtischs und reichte mir ein gerahmtes Foto, das einen jungen Mann in einem roten Kricket-Pullover zeigte. Er hatte ein strahlendes Lächeln und sah mit seinem langen, welligen Haar, der goldbraunen Haut und den glänzenden Lotusaugen außergewöhnlich gut aus. Er erinnerte mich an einen Prinzen aus meinem *Illustrierten Mahabharata für Kinder.*

Wie du siehst, war er ein sehr schöner Mann, sagte sie so sachlich, als erläutere sie eine anatomische Zeichnung. Er hatte sich für das Studium der ...

Ich warf das Bild gegen die Wand. Dann rannte ich vor dieser Frau weg. Sie war jetzt aufgestanden und schrie hinter mir her.

Ich rannte ins Freie, durch den Hof und hinunter zum Fluss, wo sich unter den Bananenbäumen die Stimmen der Wachteln wie jäh aufspritzende Wasserfontänen in schwindelnde Höhen schraubten. In meiner Fantasie ließ ich ein langes Messer entstehen, einen

Kilometer lang, mit einer Klinge, die so dünn war, dass die Schneide an der Spitze unsichtbar war. Sie hatte nur die Dicke eines Atoms und drang bereits in jedes Material ein, bevor sie zu schneiden begann. Nichts konnte ihr widerstehen. Kokospalmen, Seidensaris, Obststände, das Metall von Eisenbahnzügen oder Menschen – diese Klinge würde alles durchtrennen.

Ich schloss die Augen und drehte mich langsam im Kreis.

PHASE ZWEI

Der Schmerz weckt mich auf. Ich schaukle hin und her, meine Wange liegt auf einer kühlen Fläche. Es ist, als hätte mich der Schlaf in ein Wurmloch gerissen und wieder ausgespien. Die Schlangenbisse auf meiner Brust fühlen sich an, als drehte jemand fünf Bratspieße darin um.

Auf einer Seite sehe ich Licht. Ich drehe den Kopf. Mein Blick stellt sich scharf. Es ist ein wunderschöner Ring aus orangeroten Sternen. Locus et tempus brechen über mich herein: Es ist spät nachts, ich bin auf dem Trail, ich schaue aus zweihundert Metern Entfernung auf den Marine Drive, und ich bin verletzt. Die Euphorie ist verflogen.

Phase Zwei dieser Reise hat begonnen.

Ich stütze mich auf Hände und Knie. Meine Muskeln brennen. Acht Schuppen bisher. Das heißt, ich habe acht Meter zurückgelegt. Ich will versuchen, acht weitere zu schaffen, und abwarten, wie ich mich dann fühle.

Ich schaffe drei, bevor ich mich übergeben muss.

Ich weiche vor meinem Erbrochenen zurück und warte höflich, bis das Meerwasser es weggespült hat. Währenddessen untersuche ich meinen Finger. Er ist angeschwollen und fühlt sich hart an, ist aber nicht gebrochen. Nach der nächsten Etappe sollte ich vielleicht entzündungshemmende Medikamente einwerfen.

Ich bewältige zwei weitere Schuppen. Es fällt mir zunehmend schwerer, die Umrisse zu erkennen und die Entfernung richtig einzuschätzen. Zeitweise sehe ich mich selbst als Katze.

Ich verschätze mich und schlage mir einmal mehr das Kinn an. Diesmal ist wahrscheinlich die Haut aufgeplatzt, denn ich spüre, wie mir das Blut auf den Hals tröpfelt.

Neue Energie durchströmt mich. Ich krabble auf allen vieren weiter. Dabei prelle ich mir das Knie so heftig, dass ich stechende Kopfschmerzen bekomme.

Ich muss mich ausruhen.

Als ich mir gestatte, das Tempo deutlich zu verringern, bringe ich fünf Schuppen hinter mich, ohne mich übergeben zu müssen oder mir irgendeinen Körperteil zu verletzen.

Wieder gönne ich mir eine Pause und atme in tiefen Zügen die Seeluft ein. Die Wellen machen *Glock-Glock*.

Ich schaue zurück. Das Halsband der Königin leuchtet. Ich kann die Autos auf dem Marine Drive immer noch sehen und ihr leises Brummen hören.

Drei Schuppen weiter.

Ich habe fünfundzwanzig Meter hinter mich gebracht.

Zum Lohn werde ich von Würgekrämpfen geschüttelt.

Die Übelkeit geht vorbei.

Die nächsten fünf Schuppen schaffe ich ohne weitere Verletzungen. Noch vor zwanzig Minuten war daran nicht einmal zu denken. Ich halte inne, um diesen Umstand zu würdigen.

Ich schaue nach vorn. Ab einem bestimmten Punkt wird der Trail zu einem silbernen Band, das im Mondlicht glänzt. Wie kann etwas so schön und zugleich so schwierig sein? Eva, Schönheit, Schlange, Verrat: Sie alle symbolisieren den Hass auf Frauen.

Weitere fünf Meter. Ich muss in Metern denken und nicht in Schuppen. Es handelt sich um Längeneinheiten, die Stück für Stück von mir erobert werden.

Mir fällt auf, dass das Licht seine Farbe verändert. Von den Straßenlampen auf dem Marine Drive kommt weniger, vom Mond am Himmel dafür etwas mehr.

Wie lange wird es dauern, bis nur noch der Mondschein übrig ist?

Ich kann mich nicht ausruhen.

Bin ich schon in Phase Drei?

Ich schaffe zehn Meter ohne Unterbrechung und falle auf dem letzten Meter wieder in die Käferhaltung zurück.

Ich stelle mir vor, ich wäre in einem Zug. Einmal sind wir mit einer uralten Dampfeisenbahn gefahren, die ziemlich stark holperte. Mohini fand es schrecklich, aber mir gefiel es. Ich konnte immer schon besser schlafen, wenn sich unter mir etwas bewegte. Ich glaube, das liegt daran, dass ich als Kind so oft auf dem schwimmenden Bootssteg vor Muthashis Klinik einschlief und von einem Himmel voller Milch träumte.

Ich stehe wieder auf und lege sieben Meter zurück, bevor ich mich das nächste Mal ausruhen muss.

Undenkbar, auf diesem verdammten Ding aufrecht zu gehen. Also werde ich vorerst auch gar nicht daran denken. Wenn es sein muss, lege ich den ganzen Weg bis nach Afrika auf allen vieren zurück.

Verschiedene Teile meines Körpers melden Schmerzen und schwere Verletzungen an mein Gehirn.

Stirn.

Knie.

Kinn.

Ferse.

Finger.

Fünfmal Solarplexus.

Achselhöhle, vergiss die Achselhöhle nicht. Dort habe ich mir mit dem Filetiermesser ein deltaförmiges Stück Haut herausgeschnitten.

Jede Wunde ist ein gleißender Stern, ich bin ein wandelndes Sternbild.

Wieder sehe ich mich als Katze.

Früher einmal beobachtete ich gern die Katzen, wenn sie über den steinernen Wall um Muthashis Klinik schlichen. Wenn ich sah, wie ihre Schultern rotierten, wünschte ich mir, ich könnte meinen Körper umprogrammieren.

Zum ersten Mal kann ich nicht mehr sagen, wie viele Meter ich inzwischen hinter mich gebracht habe.

Um noch einmal umzukehren und nachzuzählen, ist es zu spät.

Es müssen an die sechzig sein.

Das ist ein Maß für die Strecke. Was die Zeit angeht, so ist es, als würde ein Tuch unter mir weggezogen, und zwar kreuzweise, ein Fältchen um das andere.

Das Wasser ist schwarz und hat einen weißen Saum, als hätte man Rasierschaum auf Obsidian gespritzt.

Die Dinge sind nicht sie selbst. Sie sind nur Symbole. Diese Erkenntnis sollte in einem verpflichtenden Praktikum vor dem Philosophie-Einführungskurs am IIT-Bombay gewonnen werden. Das muss ich der Fakultät schreiben.

Jetzt sind es schon etwa fünfundsechzig Meter.

Die letzten fünf habe ich zurückgelegt, ohne es recht zu merken.

Zu meiner Rechten hüpft eine Boje im Mondlicht auf und ab. Ich frage mich, was sich da draußen sonst noch alles herumtreibt, ohne dass ich es sehen kann. Schwimmende Fakire. Zeichentrick-Haie. Wesen mit Fangarmen.

Das barfüßige Mädchen, vollkommen trocken und mit Flügeln auf dem Rücken.

Ich bin nicht bei Sinnen.

Die Wolken sind jetzt besser zu erkennen. Am Horizont liegt eine ganze Wolkenbank und schläft.

Geschätzte zweiundachtzig Meter

Von allen Schmerzsternen strahlt der in meiner Achselhöhle am hellsten. Ich halte an, um nachzusehen. Meine ganze linke Seite ist blutdurchtränkt. Als ich an meinem Hemd ziehe, löst sich der Stoff mit einem schmatzenden Geräusch von der Haut.

Ich wage noch einmal eine halbe Drehung und schaue zur Küste zurück. Die Straßenlampen auf dem Marine Drive sind kleiner geworden, sie leuchten matter und sind weiter entfernt.

Ich muss mir klarmachen, was jetzt sinnvoll ist.

Ich muss Ruhepausen einlegen. Ich muss Wasser trinken. Ich muss, wenn irgend möglich, meine Wunden neu verbinden.

Die vergangene Stunde bildet einen Flickenteppich in verschiedenen Grautönen.

Ich zwinge mich, mit vielen Pausen weitere zwanzig Meter zurückzulegen. Dann halte ich an. Ich muss rasten.

Ich lasse mich in die Käferhaltung sinken, mit der ich neuerdings Freundschaft geschlossen habe, und nehme den Rucksack ab. Für einen Augenblick erfasst mich eine ohnmächtige Wut auf das Meer. Ich kann nicht begreifen, warum es nicht wenigstens für fünf Scheißhurensekunden stillhalten kann. Welches Tier würde sich jemals freiwillig auf einem Medium niederlassen, das sich bewegt?

Ich bin noch immer nicht bei Verstand.

Ich hole den Solarball heraus und drücke ihn zusammen, um besser sehen zu können. Die Anweisung zum Aufblasen der Rettungsinsel habe ich erst vor Kurzem gelesen, als ich noch in dem Loch der Seemauer saß. Hoffentlich habe ich sie richtig in Erinnerung. Ich kann die Insel über meinen Sichter oder per Stimmeingabe programmieren, erinnere mich aber nicht mehr an die Befehlssequenz. Zum Glück hat auch die Insel selbst ein Kontrollfeld, das man manuell bedienen kann. »Drücken Sie ›Voll‹, um die Molekularpumpen in der Außenhülle zu aktivieren und die Insel langsam mit Luft zu füllen.«

Ich drücke, doch nichts geschieht. Ich weiß auch, warum. Die

Hülle ist nicht aufgeladen. Ich habe das ganze Sonnenlicht des vergangenen Tages damit verschwendet, über Senegal zu lesen, anstatt meine Insel aufzuladen.

Tränen wären hier und jetzt ein Luxus, den ich mir nicht leisten kann. Also bezeichne ich die Panne als »kleineres Ärgernis«, um schneller darüber hinwegzukommen. Dann lege ich mich auf die Seite und falte die Insel ordentlich zu einem keilförmigen Bündel zusammen. Nun habe ich wenigstens ein Kissen, bis die Sonne aufgeht und sie auflädt. Den Rucksack drücke ich fest an meinen Bauch. Ich schließe die Augen.

Das Wurmloch saugt mich ein.

Und speit mich wieder aus.

Ich schlage die Augen auf. Der Himmel ist geringfügig heller geworden. Jedes Mal wenn die Schuppe schaukelt, fließt ein wenig Meerwasser über das Scharnier und landet auf meinem Kopf.

Ich weiß nicht, wie lange ich geschlafen habe, aber ich springe auf, als hätte ich wie ein Raja in einem Federbett gelegen, denn plötzlich ist mir etwas eingefallen: die Kapseln mit dem komprimierten Gas. Misbah hat mir dringend geraten, sie zu kaufen. Seine Begründung: Sie funktionieren auch, wenn es bewölkt ist und ich die Insel nicht aufladen kann. Sie werden in einer festen Schachtel geliefert, damit sie nicht versehentlich zerdrückt werden können.

Ich suche die Schachtel. Ihre Ränder vibrieren. Mein Verstand arbeitet groteskerweise auf Hochtouren. Das muss ich ausnützen, solange es anhält. Ich nehme eine Kapsel heraus, schlitze mit dem Daumennagel die Wand der Insel auf, werfe die Kapsel hinein, verschließe die Hülle wieder, schlage von außen mit der Faust auf die Kapsel und springe zurück. Die Insel bläst sich auf und wird greifbare Realität. Ich entsinne mich dunkel, dass ich jetzt einer dieser verschwommenen Flecken sein werde, die Anwar von seinem Büro hoch oben am Nariman Point aus sehen kann. Endlich scheint Phase Drei angebrochen zu sein. Es geht aufwärts.

Ich warte, bis die Hülle straff ist, dann schlitze ich sie erneut auf, klettere schnell hinein, damit die Luft nicht wieder entweicht, und verschließe sie hinter mir, indem ich das Material zusammendrücke.

Sehr angenehm. Genauer gesagt, wie ein Wunder. Die Luft aus der Gaskapsel hat genau die richtige Zusammensetzung und duftet nach Rosen. Ich erinnere mich, dass die Insel auch mehr oder weniger porös und transparent eingestellt werden kann. Ich suche also das Kontrollfeld und experimentiere, indem ich meine Finger über die Skalen gleiten lasse. Wenn ich die Lichtdurchlässigkeit verringere, wird die Innenfläche der Insel silbergrau. Das gefällt mir viel besser, als wenn sie vollkommen durchsichtig ist. Ich erhöhe auch die Porosität, sodass mehr passiver Luftaustausch stattfindet. Der Innendruck wird dadurch geringer werden, aber nicht so viel, dass die Insel über mir zusammenfällt.

Ich habe mir ein Haus gebaut.

Ich schließe die Augen und bin schon wieder eingeschlafen, bevor mein Kopf die Unterlage berührt.

LOBGESÄNGE

Neue Schmerzenschöre holen mich aus dem Schlaf.

Meine Haut fühlt sich heiß an. Mein Gehirn scheint aus pulsierenden Klebstofffäden zu bestehen. Ich bin wohl dehydriert. Ich mache mir klar, dass ich seit dem Aufbruch gestern Nacht nichts mehr getrunken habe. Meinen Finger habe ich auch nicht versorgt, jetzt ist er schwärzlich violett, als hätte ich ihn in Tinte getaucht. Gleich mehrere lebensbedrohliche Notfälle, mit denen ich mich in aller Ruhe und der Reihe nach befassen muss.

Ich schaffe in der Wand meiner Insel eine Öffnung, die gerade groß genug ist für meinen Unterarm. Feuchte Hitze und Licht strömen herein. Ich beuge mich nach draußen und tauche eine meiner Entsalzerflaschen ins Wasser. Ein Außenstehender würde nur einen Arm sehen, der aus dem Nichts auftaucht und wieder in seiner eigenen Dimension verschwindet.

Während das Wasser gefiltert wird, schlucke ich entzündungshemmende Medikamente und umwickle den gequetschten Finger mit Verbandmull. Mein Mund füllt sich mit Speichel, und ich massiere den Akupressurpunkt zwischen Daumen und Zeigefinger, um zu verhindern, dass mir schlecht wird. Wahrscheinlich sollte ich auch etwas essen. Ich schalte meinen Ofen an. Er ist bereits aufgeladen. Verdammter Mist, ich brauche ja etwas Organisches, um ihn zu füllen. Wieder schlitze ich die Hülle auf und beuge mich durch die Öffnung über die Kante. Im Wasser schwimmt Seetang, ich ziehe eine Handvoll heraus. Das Zeug sieht aus wie eine mit Filz überzogene Weihnachtsgirlande. Ich ziehe es ins Innere und stopfe etwas davon in den Ofen. Dann programmiere ich Idli bei Außentemperatur und schließe die Tür. Den Rest des Tangs hebe ich mir für später auf. Nach zehn Minuten liegen vier Würfel Reismehl im Schacht. Noch haben sie nicht die Form einer Untertasse, wie es sich eigentlich gehört, aber nach allem, was ich gehört habe, arbeitet man daran. Keine Ahnung, warum das bisher nicht klappt. Wenn man es schon schafft, organische Materie umzuprogrammieren, sollte es doch verdammt noch mal nicht so schwierig sein, sie auch in die gewünschte Form zu bringen.

Ich trinke in langsamen Schlucken die ganze Wasserflasche leer und fülle sie noch einmal, um mir das Salz von der Haut abzuwaschen. Dann esse ich ein Pseudo-Idli in kleinen Bissen, das gibt mir ein wenig Kraft. Ich hole die Reiseapotheke aus dem Rucksack. Zuerst schlucke ich ein Breitband-Nanobiotikum gegen die Schmerzen und die Infektion. Dann lege ich mir zurecht, was ich brauche – Desinfektionstücher, antibiotische Salbe, Transparentpflaster, Mullbinden und Heftpflaster – und nehme mir einen Körperteil nach dem anderen vor.

Es dauert ein paar Minuten, bis die Nanobiotika wirken und der Schmerz nachlässt, und bis dahin macht der Trail mit seinen Schaukelbewegungen alles noch schlimmer. Er streut sozusagen Salz in die Wunden. Ich will bereits von Phase Vier sprechen, aber plötzlich ärgere ich mich über das kindische Schema, das ich letzte Nacht aufgestellt habe, und lasse es fallen.

Um mich abzulenken, verschaffe ich mir einen Überblick über die Reiseapotheke. Ich kann Mehrdad und Misbah nicht genug danken. Das Ding ist unglaublich. Es könnte eine Miniaturausgabe unserer Erste-Hilfe-Ausrüstung in der Frauenklinik sein und enthält sowohl ayurvedische als auch westliche Heilmittel. Ich entdecke ein winziges Chirurgenbesteck. Rehydrierungssalze. Plumpy'nut Ultra als Notnahrung. Neben den Breitband-Nanobiotika sind Tabletten gegen Parasiten, Viren, Infektionen der Atemwege, der Haut, der Augen, Halsentzündungen, Infektionen des Verdauungstrakts, Übelkeit, Durchfall, Verstopfung, Sonnenbrand, Ängste und Depressionen vorhanden. Und das alles passt in einen wasserdichten nierenförmigen Beutel.

Ich esse noch ein Idli und lege mich wieder hin. Im Moment habe ich weiter nichts vor, und außerdem ist es draußen Tag, und ich muss mich daran gewöhnen, bei Tag zu schlafen. Aber ich finde keine Ruhe. Seit die Schmerzen nachgelassen haben, kann ich mir den Luxus erlauben, wütend zu sein. Also kaue ich alles durch, worüber ich mich ärgern kann. Warum hört dieser Trail nicht auf, so heftig zu schwanken? Wer hat mir eigentlich die Schlange ins Bett gelegt? Wer ist das barfüßige Mädchen? War sie überhaupt real? Es könnte auch sein, dass ich in meinem manischen Schub Halluzinationen hatte.

Ich muss an etwas anderes denken.

Ich entscheide mich für Preeti. Ein Schützling von mir in der Frauenklinik in Thrissur. Achtzehn Jahre alt, kein Vater, die Mutter Opfer irgendeiner Sucht. Bildhübsch, zierliche Figur, temperamentvoll, mit ausdrucksvollen nussbraunen Augen. Ältere Männer hielten sie wegen dieser Augen für besonders frühreif, und so wurde sie die Geliebte eines verheirateten Politikers. K.P. Pillai, der in der Politik noch sehr präsent ist, schwängerte sie und verprügelte sie dann, um eine Fehlgeburt herbeizuführen. Man brachte sie zu uns. Der Fötus ging dennoch ab.

Ich war damals mit im Raum. Was herauskam, sah aus wie ein blutiges Eichhörnchen. Der Arzt fragte, ob sie ihr Kind sehen wolle, und sie lächelte und sagte, nein, danke, schon in Ordnung. In der Nachbesprechung fragte ich sie: Möchtest du Anzeige erstatten?

Sie verstand nicht einmal, was ich damit meinte. Gegen wen denn?, fragte sie.

Gegen Mr. Pillai.

Du meine Güte! Weswegen?

Er hat dich so schwer misshandelt, dass du eine Fehlgeburt hattest.

Ach, das hat er doch nicht mit Absicht getan, sagte sie. Er musste seine Frustration eben irgendwie loswerden.

Das ist keine Entschuldigung für physische Gewalt, hielt ich dagegen.

So einfach ist das nicht, sagte sie und streichelte mein Knie. Dabei war sie acht Jahre jünger als ich. Leidenschaften gehören zur Natur des Menschen, fuhr sie fort. Die Energien durchströmen uns, wir leiten sie hierhin und dorthin, manchmal sind wir die Empfänger, und manchmal geben wir sie auch ab.

Ach wirklich? Hast du jemals Energien abgegeben?

O ja, sagte Preeti, ich bin sehr unordentlich, und das macht ihn wahnsinnig. Ich weiß, dass es ihn stört, aber ich mache nie richtig sauber, bevor er kommt.

Ich starrte sie fassungslos an.

Wie stellst du dir denn dein weiteres Leben vor?

Sie lachte. Ich will mit K. P. zusammen auf einem Baum sitzen!

Am liebsten hätte ich sie geohrfeigt. Das will ich auch jetzt noch, ich möchte ihr dieses strahlende Kinderlächeln aus dem Gesicht schlagen. Ich fand es damals unbegreiflich, dass es solche Menschen im einundzwanzigsten Jahrhundert noch gab, und daran hat sich bis heute nichts geändert.

Mohini konnte nicht verstehen, dass ich so wenig Mitgefühl aufbrachte. Sie fragte mich: Warum arbeitest du in diesem Beruf, wenn du so empfindest? Ich fand, es sei mein gutes Recht, meinen Schützlingen gemischte Gefühle entgegenzubringen. Niemand könne mir verbieten, der Ansicht zu sein, ein Sklave der sogenannten »Liebe« vergeude sein Leben. Mohini fand, was sie oder ich oder alle anderen unter Liebe verstünden, sei doch nicht so viel anders. Ich widersprach: Preeti wolle diese Liebe nur von der einen Person, die ihr wehtut, niemand sonst kommt infrage. Es gebe gesunde und ungesunde Wege, um an Liebe zu kommen. So ging es weiter. Es war ein quälender Streit. Mohini kniete sich hinein, als wollte sie mir etwas beweisen. Etwas in der Richtung, mein Problem bestehe darin, dass ich zwar Gewaltfantasien hätte, sie aber niemals auslebte.

Solche Gedanken helfen mir auch nicht beim Einschlafen. Ich versuche, meinen Kopf leer zu machen, und wälze mich so lange herum, bis ich eine Stellung gefunden habe, in der das Schaukeln des Trails am ehesten zu ertragen ist: zusammengekrümmt wie ein Fötus, mit dem Kopf nach vorne, sodass ich von vorn nach hinten gewiegt werde wie in einem Zug.

Als mir bewusst wird, dass ich seit fast vierundzwanzig Stunden meine eigene Stimme nicht mehr gehört habe, singe ich mir das Suprabhatam vor, obwohl der Tag bereits weit fortgeschritten ist. Mein Leben lang habe ich dieses Werk abwechselnd gehasst und doch wieder gebraucht. Ich kann es auswendig, denn Muthashan spielte mir in meiner Kindheit jeden Morgen die Aufzeichnung von Subbulakshmi vor, auch als ich nicht mehr mit ihm zusammen beten wollte. Mohini sang es natürlich selbst, und ich fand ihre Version besser. Ich war immer der Meinung gewesen, ich könnte überhaupt nicht singen, aber Mohini meinte, meine Stimme eigne sich nur nicht für klassische indische Musik, dafür sei sie zu rau und nicht sicher genug.

Irgendwann bin ich so müde, dass ich das Singen einstelle und nur im Geist noch weitermache. Schließlich lande ich bei den Liedern über den Weisen Narada – *jhankaragitaninadaih saha sevanaya*. An dem Wort *saha* bleibe ich hängen und wiederhole es so oft, bis die Figuren in meinem Kopf anfangen, sich selbst zu zeichnen.

DISZIPLIN

Schritte wecken mich aus dem Schlaf.

Sie hallen in meinem Kopf wider, als ich mich aufsetze. Ich halte mich in meiner Grafitblase ganz still. Jetzt höre ich nichts mehr. Wahrscheinlich waren es die Reste eines Traums. Aber sie hatten jenen synkopischen Rhythmus von Schritten auf dem Trail, wie ich ihn auch bei der Bademeisterin bemerkt hatte. Jetzt will mir ihr Name nicht mehr einfallen. Hieß sie nicht Cecilia? Auf jeden Fall muss mein Unterbewusstsein damals etwas registriert haben, keinen gleichmäßigen Grundschlag, sondern einen diffusen Offbeat, unterlegt mit einem tieferen Rhythmus wie fallender Regen.

Ich schaue nach der Zeit. Es geht gegen Abend, und dann werde ich weiterkriechen, in der Hoffnung, dass ich in meiner Tarnkleidung von der Küste aus nicht zu sehen bin. Würde ich noch in Phasen denken, dann wäre ich bei Phase Fünf angelangt: erste Anfänge einer Routine. Zuerst das Essen. Auf meinem Solarteller löse ich einen Proteinwürfel in entsalztem Wasser auf, erhitze das Ganze, gebe Tamarindenmark und Kreuzkümmel dazu und lasse es ziehen. Die beiden letzten Idli breche ich mit den Fingern in Stücke und tauche sie in die Brühe. Sie schmeckt salzig, aber sonst ist sie nicht schlecht. Der Gewürz-Waala Sunny in Thrissur fällt mir ein, und ich frage mich, was er wohl gerade tut. Es ist Dienstagabend. Wahrscheinlich ist er gerade dabei, seinen Stand mit den fetten Gewürzkegeln an der Ecke Palace Road und Round East zu schließen.

Vielleicht sollte ich versuchen, in nächster Zeit von Idli und Proteinbrühe zu leben; wobei ich mit der Brühe sparsam sein sollte, denn für die Verdauung von Protein ist mehr Wasser erforderlich. Mit meinem Ofen kann ich alle möglichen Speisen herstellen, solange sie in sich homogen sind – Schokolade, süßes Lassi und eine Art Dhal-Ersatz. Aber ich darf nicht dekadent werden. Das kann ich mir nicht leisten. Ich bin in eine neue Phase der Selbstdisziplin eingetreten, die geprägt ist von Einfachheit und Bescheidenheit.

Da wir gerade von den einfachen Dingen sprechen, ich muss kacken. Diesen Aspekt der Existenz hatte ich vollkommen vergessen.

Ich hole die Windel heraus und breite sie vor mir aus. Muthashis Stimme klingt mir im Ohr, ihre Vorträge an die Patienten über die Bedeutung des Stuhlgangs. Dass er ein Zeichen von Gesundheit sei. Ebenso wie die Menses.

Es wäre sehr viel einfacher, nach vorne zu schauen, denn dann befände sich die Längsachse meines Körpers in der gleichen Richtung wie die Schaukelbewegung. Doch dann müsste ich mitten auf den Trail scheißen. Und das will ich nicht. Das wäre schlechtes Karma. Deshalb rutsche ich auf den Knien bis an den Rand der Schuppe, recke meinen Hintern nach Nordwesten und bete darum, dass keine Boote mit Fischern in der Nähe sind, die mich sehen können. Mein Arsch hängt über meinen Knöcheln, wenn ich also den Trail nicht beschmutzen will, muss ich mich nach hinten schieben, bis sich meine Schienbeine weitgehend über dem Wasser befinden. Ich spüre, wie die Wellen gegen meine Füße schlagen, und ziehe mein Rückgrat so weit in die Länge wie ich kann, eine Abwandlung der Kinderposition im Yoga. Ich warte. Ich drücke. Nach einigen Explosionen gebe ich ein paar Spritzer von mir. Dann muss ich pinkeln, habe aber ganz vergessen, dass ich dazu im wahrsten Sinne des Wortes nicht in der

Lage bin. Also lasse ich es einfach laufen und versuche anschließend, meine Ausrüstung rechtzeitig aus dem Bereich der Pfütze zu bringen, die sich natürlich mit der Bewegung des Trails ausbreitet. Die Mühe ist vergeblich. Ich bin nass und mein Zeug auch.

Aber ich bin nicht umsonst die Enkelin meiner Großmutter. In der Klinik musste ich viel Schlimmeres aufputzen. Ekel ist mir fremd.

Zuerst entferne ich den gröbsten Schmutz mit der Spezialwindel und lege sie zur Selbstreinigung in die Sonne. Dann fülle ich meine Entsalzerflasche und wasche mich mit dem neuen Wasser. Es hätte schlimmer sein können. Und mit der Zeit komme ich damit sicher noch besser zurecht. Mit einer zweiten Flasche Wasser reinige ich die Teile meiner Ausrüstung, die mit dem Urin in Berührung kamen, und mit einer dritten Flasche spüle ich die Urinpfütze vom Trail. So gehört es sich für eine ordentliche Hausfrau. Ich werde nie wieder hierherkommen, aber die Nachfolgenden sollen einen sauberen Trail vorfinden.

Als ich fertig bin, fällt mir auf, dass mir das Knien auf dem Trail leichter fällt als letzte Nacht. Ich werde zwar immer noch herumgestoßen, kippe zur Seite und nach vorne und hinten und muss mich besonders mit den Händen abstützen, was dazu führt, dass meine Handgelenke schmerzen. Meine Muskeln stehen fassungslos vor immer neuen Anforderungen.

Aber ich mache Fortschritte. Und ich verzichte darauf, weitere Nanobiotika einzunehmen. Ich muss meinen Körper abhärten.

Im Schein der Abendsonne lege ich im Kriechgang weitere hundert Meter zurück, bevor ich mir eine Pause gönne. Dabei komme ich mir vor, als würde ich an einem Spieß gebraten, die Haut knistert, die Muskeln brennen, Fettpolster platzen auf. Kein Wunder, dass Trailläufer bei Nacht unterwegs sind.

Als ich zurückschaue, ist Mumbai im Dunst noch schwächer zu erkennen. Inzwischen bin ich schätzungsweise einen halben Kilometer von der Küste entfernt. Die Spitzen der Gebäude am Nariman Point werden von der untergehenden Sonne orangerot angestrahlt. Gestern um diese Zeit hatte ich mich in der Seemauer versteckt.

Ich nehme noch ein Nanobiotikum gegen die Schmerzen. Eine verdammte Ewigkeit bin ich lediglich damit beschäftigt, die Reiseapotheke herauszuholen und dabei die Flasche festzuhalten, damit sie mir nicht aus der Hand geschleudert wird, wenn der Trail einen Bocksprung macht. Dann muss ich neues Wasser schöpfen, die richtige Stellung einnehmen, um die Kapsel in den Mund zu stecken und, ohne das Gleichgewicht zu verlieren, einen Schluck zu trinken, damit ich das Ding auch hinunterbringe.

Hinterher kauere ich mich in der Kinderposition nieder und diktiere in meinen Sichter:

19.00	Aufwachen
19.00 – 19.45	Erste Mahlzeit: zwei Idli-Würfel, ein halber Becher Brühe, eine Flasche Wasser
19.45 – 00.00	Kriechen. Musik oder Audiobuch hören. Beim Kriechen eine zweite Flasche Wasser trinken
00.00 – 01.00	Zweite Mahlzeit; in Wasser gelöstes Protein mit Gewürzen und eine Flasche Wasser
01.00 – 06.00	Kriechen. Musik oder Audiobuch hören. Beim Kriechen eine weitere Flasche Wasser trinken
06.00 – 07.00	Dritte Mahlzeit: Essen nach Wahl plus eine Flasche Wasser
07.00 – 08.00	Insel besteigen, Position feststellen, Bestandsaufnahme von Vorräten vornehmen
08.00 – 11.00	Lesen oder Musik hören, Freizeit
11.00 – 19.00	Schlafen

Ich finde, das ist ein vernünftiger Plan, der mir dennoch genügend Freiräume lässt.

Dann geht es weiter. Es ist erst 20.13 Uhr. Meine Möglichkeiten sind begrenzt. Die nächste Schuppe ist das einzige Ziel.

Immer wieder schaue ich auf mein Pozit. Endlich ist die 1,5-Kilometer-Marke erreicht. Ich beglückwünsche mich zu meiner Disziplin. Dann lege ich mich hin, das tut gut. Es wird dunkel um mich.

Als ich aufwache, mache ich mir Vorwürfe. Aber ich habe nicht mehr als eine Stunde verloren.

Der Mond ist untergegangen. Ich bin dankbar für die Dunkelheit. Anders als das Licht zwingt sie mich nicht, alles um mich herum wahrzunehmen.

Die nächste Schuppe. Und die übernächste. Und die überübernächste. Ich zähle im Kopf mit bis einhundert. Danach vermag ich nur noch in Fünfzigergruppen zu zählen. Aus fünfzig werden zwanzig. Dann zehn.

Noch ist es nicht 6.00 Uhr morgens, aber mir tut alles weh. Ich muss anhalten. Schmerzmittel nehmen. Entzündungshemmer. Ich mache mir Sorgen. Wenn das so weitergeht, sind meine Medikamente in einer Woche aufgebraucht.

Meine dritte Mahlzeit ist »Essen nach Wahl«. Ich schlage alle guten Vorsätze in puncto Disziplin in den Wind und programmiere meinen Ofen auf Idli und Dhal-Ersatz. Das Dhal ist ein glatter Brei, die einzelnen Linsen sind nicht zu erkennen. Ich esse es dennoch, programmiere noch eine zweite Portion und esse auch die. Der Hunger ist wie ein Loch in meinem Magen. Mein Körper giert nach Energie.

Der Himmel wird immer heller, und seit ich an Ort und Stelle verharre, kann ich auch seine Schönheit bewundern. Inzwischen habe ich mich zwei Kilometer von der Küste entfernt. Im Grunde bin ich bereits auf dem offenen Meer. Ich hatte bisher noch keine Gelegenheit, mir richtig bewusst zu machen, was ich eigentlich tue. Jetzt habe ich dafür einen Augenblick Zeit, und ich kann den Sonnenaufgang betrachten. Der Glutball steht zwischen den Türmen von Nariman Point.

Zwei Kilometer sind geschafft, 3186 Kilometer liegen noch vor mir. Ich sehe mir auf meinem Sichter die Satellitenkarte an. Noch befinde ich mich auf dem Festlandssockel, erst 250 Kilometer weiter draußen fällt der Meeresboden steil ab zur Tiefsee-Ebene. Dort sorgt etwa auf halbem Wege ein Gebirgsmassiv für eine komplexere Struktur, und schließlich wird das Meer zum Golf von Aden hin allmählich seichter. Doch bis dahin ist es noch unvorstellbar weit.

Ich berechne den Anteil, den ich bisher zurückgelegt habe.

Es sind 0,06 Prozent der Gesamtstrecke.

Ich bemühe mich, nicht weiter darüber nachzudenken.

Die dritte Mahlzeit des Tages ist verzehrt. Nach meinem Plan folgt nun »Freizeit«.

Ich blase meine Insel auf und klettere hinein, bevor es zu heiß wird. In was für eine Welt begebe ich mich nun? Tagores Kalkutta, Chus Singapur, Morrisons Ohio?

Ich entscheide mich noch einmal für Sesay, ihre Wassergedichte. Doch schon nach drei Seiten schweifen meine Gedanken ab, und ich male mir aus, was ich tun werde, wenn ich Afrika erreiche. Afrika ist das neue Indien, nachdem Indien das neue Amerika, Amerika das neue Britannien, Britannien das neue Rom, Rom das neue Ägypten, Ägypten das neue Punt geworden war. Und es geht immer so weiter. Mittlerweile sind wir wieder bei Punt angelangt. Ich habe mir angesehen, wie die afrikanische Jugend gegen Landraub oder »Kolonisierung auf Einladung« aufbegehrte. Mohini und ich lagen nebeneinander und sahen zu, wie die Berichte in der

Cloud eingingen. Addis Abeba, die Stadt, in der meine Eltern ermordet wurden, ist nun Afrikas neues Aushängeschild. Lagos ist zu groß, Joburg ist zu weiß, Kairo ist nicht wirklich afrikanisch und so weiter. Niemand hatte damit gerechnet, dass Addis sich einmal zu Afrikas Liebling mausern würde. Und doch ist es so gekommen.

Es tut gut, einen Sprung in die Zukunft zu machen, in die Zeit nach diesem Abenteuer. Zuerst werde ich mich in Dschibuti eine Weile erholen. Dann nehme ich den Zug nach Äthiopien. Ich weiß nicht, ob es dort noch etwas zu finden gibt. Die Frau, die meine Eltern tötete, wurde nämlich nie gefasst.

AQUAKULTUR

Als ich aufwache, habe ich keine Ahnung, wo ich bin, ich sehe nur, dass ich in einer orangeroten Kugel liege, und atme ganz ruhig, bis die Erinnerung zurückkehrt. Ich liege in meiner Insel. Die Sonne geht unter. Sie bringt die Hülle der Insel zum Glühen.

Ich nehme das Frühstück ein, wie es im Plan steht. Dabei denke ich: So sähe also das Leben eines Asketen aus. Es sind erst zwei Tage vergangen, ich kann nicht sagen, was ich davon halte. Die Entscheidung steht noch aus.

Ich wechsle die Verbände an meinen diversen Wunden. Nun sind vom vielen Kriechen auch noch Abschürfungen an Ellbogen und Knien dazugekommen. Der Bluterguss an der Stirn wandert allmählich tiefer und bewirkt, dass meine Augen jucken.

Dann krieche ich los Richtung Westen. Jedes Mal wenn ich die Knie aufsetze, tut es weh, auch wenn ich noch so vorsichtig bin. Die Schmerzen faszinieren mich. Ich imaginiere sie als endlosen tropischen Dschungel voller Tukane mit messerscharfen Schnäbeln und versuche, mich wieder auf das Zählen zu konzentrieren.

Zu beiden Seiten des Trails steigt so etwas wie eine Kolonie aus Seetang oder blühenden Algen aus dem Meer. Dann sehe ich Plastik glitzern und halte das Ganze für eine riesige Ansammlung von Müll, wobei ich mich frage, wieso die Abfälle geradezu geometrische Formen bilden. Und schließlich entdecke ich verschwommene Flecken am Horizont. Es sind Rettungsinseln, nur nicht so gut getarnt wie die meine. Vielleicht ältere oder billigere Modelle.

Aber sie sind viel größer als meine Insel, eher eine Art von Kuppeln, groß genug für zwei oder drei Personen.

Ich habe also eine Seesiedlung gefunden.

Mit einem Mal ist dieser Traillauf ganz und gar keine asketische Erfahrung mehr. Die Qualität der Erfahrung hat sich mit diesem Augenblick vollkommen verändert. Scheiß auf die Numerik, jetzt beginnt Phase Beta.

Ich halte inne, suche mein Gleichgewicht, nehme den Rucksack ab und krame nach meinen Geschenken und Tauschobjekten. Sie sind alle noch dort, wo ich sie vermutet hatte. Ich frage mich, ob man mich bereits entdeckt hat. Jetzt schäme ich mich, weil ich immer noch krieche. So kann ich mich nicht zeigen. Besonders mit Rücksicht auf den Zustand meiner Knie und Ellbogen muss ich versuchen, mich aufzurichten.

Ich ziehe die Riemen meines Rucksacks straff und danke Parvati für meine großen Brüste, die ein Gegengewicht dazu bilden. Aus dem Vierfüßlerstand komme ich zum Knien, dann stemme ich mich mit den Händen in die Hocke. Der Schwerpunkt liegt tief. Die Fingerspitzen drücken auf die raue Oberfläche der Schuppe. Ich nehme die Beine auseinander, setze den linken Fuß nach vorne, den rechten nach hinten, um das Schaukeln auszugleichen, und versuche, mich aufzurichten. Ich brauche vier Versuche. Die Beine müssen noch weiter auseinander. Bevor ich daran denken kann, auf zwei verschiedenen Schuppen stehen zu wollen, muss ich es schaffen, mich mit beiden Füßen auf einer zu halten. Die Schaukelbewegungen folgen keinem erkennbaren Muster. Ich kann die Beine keinen Moment locker lassen.

Endlich gelingt mir eine Kriegerposition mit großem Ausfallschritt. Ich stehe wie auf einem Surfbrett, schwanke nach allen vier Himmelsrichtungen und komme mir vor wie in einer japanischen Gameshow. Wenn mir nicht gleichzeitig nach Weinen zumute wäre, könnte ich über mich lachen. Als ich bis zehn gezählt habe und immer noch aufrecht stehe, wage ich einen Schritt nach vorne.

In dem winzigen Sekundenbruchteil, in dem sich der Trail unter meinem vorderen Fuß aufbäumt, sodass ich mich Halt suchend nach hinten lehne, dort keine Fläche finde, abrutsche und kopfüber in den Ozean stürze, denke ich: *Siehst du, Meena, das ist der Unterschied zwischen einer Differentialgleichung mit einer und einer mit mehreren Unbekannten.* Dann bin ich auch schon im Wasser.

Von jetzt an übernimmt das Kleinhirn die Kontrolle, bis ich, klatschnass und stocksauer, wieder auf dem Trail bin.

Ich richte mich abermals auf.

Diesmal versuche ich, mein ganzes Gewicht auf einen Fuß zu bringen, während ich den anderen auf die nächste Schuppe schiebe. Ich spüre, wie sie dem vorderen Fuß entgegenkommt. Mein Schienbein kribbelt. Mein Gleichgewicht stabilisiert sich. Ich beginne, Gewicht nach vorne zu verlagern. Die Oberflächen sind rau und einigermaßen griffig. Sonst hätte ich keine Chance. Wahrscheinlich wurden sie mit Rücksicht auf die Wartungsmannschaften angeraut, die laut Anwar nie irgendwelche Wartungsarbeiten durchführen. Für einen Moment schießt mir die Frage durch den Kopf, warum man für die Wartungsmannschaften nicht einfach Spezialschuhe entwickelt hat, anstatt den Trail selbst begehbar zu machen. Während ich dieser Überlegung noch nachhänge, bin ich bereits auf die dritte Schuppe übergewechselt. Offenbar ist es besser, sich nicht zu sehr zu konzentrieren. Es ist ähnlich wie beim Salsa. Sobald ich mich meinem Partner überlasse, geht alles wie von selbst.

Außerdem habe ich inzwischen Publikum bekommen.

Ein Mädchen steht auf halbem Weg zwischen mir und der Seesiedlung. Sie balanciert so mühelos auf dem Trail, dass ich mir vorkomme wie eine Kuh auf Rollschuhen. Eine Weile betrachtet sie mich und streckt dabei den Bauch vor. Ich winke ihr zu. Sie läuft zur Seesiedlung zurück und verschwindet in einer Insel. Als sie wieder auftaucht, zieht sie ein älteres Mädchen hinter sich her, und als das meiner ansichtig wird, dreht es sich um und ruft zu einer Insel hinüber, die weiter oben an der Plattform hängt. Dann mustert sie mich sichtlich gelangweilt, während das kleinere Mädchen aufgeregt auf und ab hüpft und an seinem Kleid zerrt.

Ich will auf die beiden zugehen, aber ich stürze wieder und verstauche mir das Handgelenk. Ich muss mich beherrschen, um nicht vor Scham in Tränen auszubrechen.

Eine Frau in einem Baumwollsari tritt aus einer Insel. Ich erkenne, dass es die Mutter der beiden Mädchen ist. Einerseits bin ich froh, andere Menschen zu sehen, andererseits nehme ich ihnen übel, dass sie mich in meiner Einsamkeit stören. Dabei ist es natürlich genau andersherum. Werden sie mich willkommen heißen? Ist die Gastfreundschaft der Siedlungen in Wüsten, Tundren und anderen lebensfeindlichen Gegenden nicht eine unverzichtbare Tugend, die das Überleben einer Gemeinschaft sichert? Ich erinnere mich, das einmal irgendwo gelesen zu haben. Nebenbei bemerkt: Diese Menschen haben ebenso wenig wie ich ein Recht, sich hier aufzuhalten, und ich hätte nichts davon, sie zu verraten.

»Namaste«, rufe ich laut. Meine Stimme klingt heiser und dünn.

»Namaste«, ruft die Frau zurück und fährt auf Hindi fort: »Hast du Probleme?«

Ich dränge meinen Zorn zurück. »Ich habe noch nicht richtig gehen gelernt«, schreie ich zurück.

»Zu Anfang fällt das allen schwer. Was willst du hier?«

»Ich bin nur auf der Durchreise«, sage ich. Ich habe beschlossen, das barfüßige Mädchen gar nicht erst zu erwähnen. Sonst halten sie mich hier noch für verrückt. »Brauche ich dazu eure Erlaubnis?«

»Nein«, sagt sie. »Aber niemand ist ›nur auf der Durchreise‹. Bist du eine Trailläuferin, eine Sadhvi oder was sonst?«

»Etwas in der Art«, antworte ich.

»Nun, dann mach mal«, sagt sie.

Ich komme mir vor wie ein Tier im Zoo.

»Willst du mir zusehen?«

»Wenn du willst, kann ich mich auch umdrehen, aber vielleicht könntest du ein paar Tipps brauchen.«

»Leute wie du kommen öfter hierher«, sagt das ältere Mädchen. »Wir wissen, was wir ihnen sagen müssen.«

Ich schlucke meinen Stolz hinunter und gebe mich geschlagen.

»Meinetwegen«, sage ich. Ich komme ganz allein bis in die Hocke, nur um ihnen zu zeigen, dass ich das, verdammt noch mal, auch ohne Hilfe schaffe. »Und jetzt?«

»Nimm die Füße nach vorn und nach hinten auseinander«, fordert sie mich auf.

Bockmist, so weit war ich selbst auch schon. Ich gehorche trotzdem.

»Bleib locker in den Knien«, sagt sie.

»Und jetzt versuche, dich aufzurichten«, fährt sie fort.

»Sieh mich an«, befiehlt sie dann. »Schau nicht auf deine Füße.«

Ich sehe sie an. Sie steht da, die Fäuste in die Hüften gestemmt, und begutachtet mich kritisch.

»Theek hai, jetzt wechsle die Beine«, sagt sie. »Aber geh nicht vorwärts, bleib, wo du bist.«

Das gelingt mir.

»Geh nun im Geist durch deinen Körper, suche die Stellen, die angespannt sind, und versuche loszulassen.«

Großartig. Das ist ja wie in einer beschissenen Yogastunde!

»Bist du wütend?«, fragt sie.

»Nein.«

»Lass nun deinen Blick weich werden«, lautet die nächste Anweisung. »Nimm deine Umgebung passiv wahr. Lass dir am Hinterkopf und überall am Körper Augen wachsen.«

Ich schwanke ein paarmal hin und her, aber ich habe in etwa verstanden, was sie meint, und bemühe mich, in die entsprechende Stimmung zu kommen.

»Shaabaash, jetzt geh vorwärts. Du streckst die Arme nach beiden Seiten aus und richtest den Blick nur auf mich.«

Ich gehorche. Es ist wie Seiltanzen, doch mit einem Mal ist das Seil so breit wie die Erde, und ich kann nicht mehr danebentreten. Inzwischen ist es fast dunkel geworden. Die Luft ist kühl. Etwas in mir überschreitet eine Grenze. Irgendwie ist alles nicht mehr so schwer. Ich lasse die Frau im Baumwollsari nicht aus den Augen. Ihre Gestalt wird mit der Dämmerung dunkler. Sie hat die Arme verschränkt und wiegt den Kopf hin und her.

»Shaabaash, gut«, lobt sie. »Gleich hast du es geschafft.«

Der Trail wird stabiler, je mehr ich mich der Seesiedlung nähere. Ich fühle mich fast wieder so sicher wie in dem Becken von HydraCorp. Es ist ganz einfach.

Die Frau packt mich und zieht mich seitlich auf die Plattform. Im Vergleich zu dem schwankenden Trail fühle ich mich hier fast wie auf festem Boden und falle diesmal nicht auf die Knie, weil sich der Untergrund bewegt, sondern weil er es nicht tut.

»Woher kommst du?«, fragt das jüngste Mädchen.

»Suri, nicht jetzt«, mahnt die Mutter. »Geh bitte und setze das Wasser auf. Sita, du hilfst ihr.«

Die beiden schlendern davon, nicht ohne sich nach mir umzusehen. Die Mutter kommt gleich zur Sache. »Also. Sadhvi? Touristin? Abenteurerin? Fisch-Waala? Flüchtling? Sektenmitglied? Politische Dissidentin? Verbrecherin? Wissenschaftlerin? Dichterin? Piratin?«

»Nichts von alledem.«

»Gehörst du zu HydraCorp?«

Die Frage kränkt mich. Aber ich sage mir, dass sie vernünftig ist und sie sie stellen muss. »Nein. Ich war im HydraCorp-Museum, bevor ich mich auf den Weg gemacht habe, aber das ist auch alles.«

»Kommst du von der Regierung?«

»Nein.«

»Bist du von der Presse?«

»Nein.«

»Also einfach nur eine Trailläuferin?«

»Sieht ganz danach aus.«

»Und woher stammt deine Familie?«

»Keralam.«

»Das dachte ich mir. Den Akzent kenne ich. Ich habe Verwandte in Alleppey. Aber ich war seit Jahren nicht mehr dort.«

Die private Bemerkung bringt mich aus dem Konzept. Aber ich halte sie für ein gutes Zeichen.

»Dort gibt es das beste Fischcurry überhaupt«, fügt sie hinzu.

Dazu fällt mir zunächst nichts mehr ein. Es ist wie ein Traum. Da stehen wir mitten im Meer und plaudern über Curry. »Das stimmt«, sage ich schließlich. »Mein Muthashan hat es mir beigebracht, aber ich habe es schon lange nicht mehr gemacht.«

»Könnten wir jetzt welches machen?«

Das steckt also dahinter. Die Frau hat sich eine harte Fassade zugelegt, das ist in ihrer Lage auch nötig. Aber sie freut sich, dass ich gekommen bin, sie sehnt sich nach der Gesellschaft einer etwa gleichaltrigen Frau. Und ich bin völlig ausgehungert, obwohl ich eben erst gefrühstückt habe. Ich kann nur noch an Fischcurry denken.

»Du brauchst nur den Fisch zu liefern«, sage ich. »Die Gewürze habe ich.«

»Am Fisch soll es nicht fehlen.«

Sie heißt Padma. Ihr Mann heißt Ameem. Ich stelle mich als Durga vor, das bin ich inzwischen so gewöhnt. Sie ordnen mich rasch nach Klassen- und Kastenzugehörigkeit und Herkunftsregion ein, und ich verhalte mich ebenso, äußere mich aber nicht dazu, dass es sich hier in meinen Augen um eine Mischehe zwischen einer Hindu und einem Muslim handelt. Was heutzutage nicht mehr ungewöhnlich ist. Trotzdem frage ich mich, ob dies der Grund dafür ist, dass sie draußen auf dem offenen Ozean leben. Die Seesiedlung, die Ausrüstung für die Aquakultur, das Motorboot und alle Gewinne gehören ihnen.

Noch ein Erwachsener taucht auf, wie sich herausstellt, ist es Rana, der verlorene Sohn. Ich ziehe die zerdrückte Schachtel mit den Soan Papdi aus dem Rucksack, die seine Mutter mir mitgegeben hat, und richte ihm aus: »Sie möchte, dass du nach Hause kommst.«

Er verdreht die Augen. »Sie möchte, dass ich Fisch verkaufe«, sagt er.

Er dagegen will für eine Reise durch Indien Geld sparen, und er hat gehört, das sei hier leichter möglich, als wenn er in Koliwada den Straßenhändler spielen würde. Er ist jung und kräftig. Das lange Haar hat er zu einem Pferdeschwanz zusammengebunden, der Dhoti, den er sich um die Hüften gewickelt hat, ist sein einziges Kleidungsstück.

»Ich habe zwei Aufgaben«, sagt er und kniet sich neben eine quadratische Öffnung in der Plattform. Das Meerwasser ist so ruhig, dass sich die Mondsichel darin spiegelt. »Erstens füttere ich die Fische.« Er öffnet die Faust und zeigt mir einen flockigen schwarzen Klumpen. »Und zweitens tauche ich unter die Käfige, um Schäden zu reparieren.«

»Habt ihr eine Taucherausrüstung hier?«

»Nein. Ich halte nur den Atem an.«

»Tatsächlich?«

»Ich bin der Sohn eines Fischers. Er hat es mir beigebracht. Die Männer in unserer Familie waren schon immer begabte Taucher.«

Das bringt mich fast zum Lachen, aber ihm ist es ganz ernst, und ich will ihn nicht in Verlegenheit bringen. Er versucht, mich zu beeindrucken. Er ist jünger als ich, einundzwanzig vielleicht. Auf dem Höhepunkt seiner Sexualität.

Und er hat mir noch keine einzige Frage über mich selbst gestellt. Er ist in einem Alter, in dem er sich ausschließlich für sich selbst interessiert, und seltsamerweise zieht mich gerade das an. Ich erwäge, ihn ebenso zu verführen wie Anwar und Cecilia. Vielleicht bin ich auch nur so leicht zu begeistern, weil ich nach zwei Tagen zum ersten Mal wieder andere Menschen zu Gesicht bekomme. So sage ich nur: »Ich bin die Enkelin einer Ärztin.«

Der Schlag mit der Klassenkeule kann ihn nicht erschüttern. »Westlich oder ayurvedisch?«

»Beides«, antworte ich. »Damit ist sie sogar berühmt geworden. Sie hat die ersten klinischen Studien für ayurvedische Medizin entwickelt, das war vorher noch nie da. Ayurveda arbeitet nämlich nicht mit einzelnen Variablen. Deshalb musste die Statistik im Grunde neu erfunden werden.«

»Klingt cool.«

»Ist es auch.«

»Bist du auch Ärztin?«

»Nein. Muthashi wollte allerdings, dass ich eine werde.«

»So, wie meine Mutter wollte, dass ich Fische fange und verkaufe«, nickt Rana. »Aber dafür bin ich zu rastlos.«

»Was ist mit deinem Vater?«

»Vater ist tot«, sagt er. Ohne Bitterkeit.

»Da geht es dir wie mir«, bemerke ich.

Rana schaut auf. Er entschuldigt sich nicht, tröstet mich nicht, schüttelt nur den Kopf. Wir Waisen verstehen einander.

Padma geht mit einem leeren Topf an uns vorbei. »Das Essen ist in einer halben Stunde fertig«, sagt sie, ohne dass wir danach gefragt hätten. Ich sehe Dampf aufsteigen und rieche Curryblätter, Chilischoten und Koriander. Sie verwendet meine Onam-Gewürze.

»Möchtest du mit mir unter die Käfige tauchen?«, fragt mich Rana.

»Was? Es ist doch dunkel.«

»Dann ist es besonders cool. Du kriegst eine Lampe. Nun komm schon.« Er wickelt sich aus dem Dhoti.

»Was soll ich anziehen?«

»Deine Unterwäsche«, sagt er. »Keine Sorge. Ich sehe nicht hin. Ich stehe auf Männer.«

Chod. Was denn sonst?

Wir gehen also hinter seine Insel an den Rand der Plattform, er in Baumwollunterhosen, ich in BH und Schlüpfer. Er sieht alle meine Verbände, auch die große Kompresse über meinem Solarplexus.

»Hoppla!«, ruft er. »Was ist denn da passiert?«

»Schlangenbiss«, antworte ich.

»Einen Schlangenbiss an dieser Stelle habe ich noch nie gesehen.«

»Es gibt für alles ein erstes Mal.«

Er reicht mir eine Taucherbrille mit Stirnlampe. »Wenn wir wieder oben sind, verbinden wir dich neu.«

»Ich kann die Luft bestimmt nicht so lange anhalten wie du«, gebe ich zu bedenken.

»Ich weiß, keine Sorge«, beruhigt er mich. »Ich lasse dich nicht aus den Augen.«

»Wie kalt ist es?«

»In den oberen Schichten ist es so warm wie Blut. Wenn du mehr als zwei Meter in die Tiefe gehst, wird es kalt. Aber nicht richtig kalt. Sobald du anfängst zu frieren, schwimmst du einfach nach oben.«

Er lächelt und reibt sich wie eine Zeichentrickfigur die Hände, dann springt er kopfüber ins Wasser.

Die ganze Situation ist grotesk.

Aber nun bin ich einmal hier.

Ich setze mich zunächst an den Rand der Plattform und kämpfe mit den gleichen Versagensängsten wie damals bei Cecilia. Dann hole ich tief Luft und stoße mich ab. Unter Wasser ist alles schwarz, doch im Strahl meiner Stirnlampe treiben silberne Stäubchen vorbei.

Ich drehe mich. Rana schwimmt auf mich zu. Er stellt seine Stirnlampe so ein, dass er mich nicht blendet. Dann fasst er mich am Arm und deutet auf den Käfig, einen Würfel, der mehrere Meter in die Tiefe reicht. Fette Fische gleiten aneinander vorbei. Rana schwimmt zur anderen Seite, um den Käfig zu kontrollieren. Ich schaue nach oben und sehe, dass die Plattform aus Hunderten und Aberhunderten von aneinandergebundenen Plastikflaschen besteht. Genial.

Mein großer Zeh wird eiskalt. Ich bin zu tief hinabgesunken.

Aber die Kälte fühlt sich gut an nach all den schwülen Tagen und Nächten, einem ganzen Leben in heißem Klima. Ich lasse mich hineingleiten und spüre, wie das Eis nach oben kriecht bis zu meinen Knöcheln, meinen Schienbeinen, meinen Knien.

Eine Hand packt mich derb am Oberarm. Rana zerrt mich nach oben. Ich strample mit den Beinen. Wir tauchen beide auf und treten Wasser.

»Was war das denn?«, fragt er. »Kannst du etwa nicht schwimmen?«

Ich entschließe mich zu einer weiteren Lüge. »Ich war nie eine besonders gute Schwimmerin«, behaupte ich. »Ich hätte dich warnen müssen.«

Er wendet sich von mir ab, ohne mit dem Wassertreten aufzuhören. Er glaubt mir nicht. Aber er spricht es nicht aus.

»Du blutest ja«, sagt er. »Komm schon, lass dich verarzten.«

Er hilft mir auf die Plattform zurück. Ich nehme den Verband ab, er ist rosa verfärbt. Rana holt eine Reiseapotheke und setzt sich mir gegenüber. Sie sind hier ähnlich komplett ausgestattet wie ich. Ich schiebe meine Brüste nach oben, während er die fünf wunden Stellen mit einem Desinfektionsmittel betupft. Sie sind alle noch entzündet, der gelbe Schorf ist im Wasser schleimig geworden. Rana trägt Flüssigpflaster auf, drückt frischen Verbandmull darüber und gibt mir ein Nanobiotikum. Ich würde ihn gern küssen. Oder ihm auf andere Weise mit meinem Mund danken. Ich bin berühmt für meinen Mund in Form einer Kaurimuschel. Das Mondlicht scheint auf meine Brüste. Ich möchte wieder mit jemandem zusammen sein. Vielleicht lässt er sich ja überzeugen.

Doch ich nehme nur das Handtuch, das er mir hinhält, und ziehe mich in seiner Insel um; dort hat er meinen Rucksack abgestellt.

Nach dem Essen tragen die Kinder das Geschirr ab und spülen es. Padma kocht Chai, und wir lehnen uns bequem zurück. Zusammengerollte Planen dienen uns als Polster. Ein Fisch springt aus dem Käfig und landet in Ranas Schoß, er wirft ihn zurück und befiehlt ihm, dort zu bleiben und geduldig auf seinen Tod zu warten.

Ich nütze die Gelegenheit, um mehr in Erfahrung zu bringen. »Ist einer von euch schon einmal bis nach Dschibuti gekommen?«

»O nein, wir gehen nicht auf Reisen«, sagt Ameem. »Wir haben hier alles, was wir brauchen.«

»Was macht ihr, wenn ein Sturm kommt?«

»Wir lassen uns seitlich von der Plattform fallen. Die Inseln sind bis in zehn Meter Tiefe wasserdicht.«

»Ist das tief genug, um den Turbulenzen zu entgehen?«

»Ja. Bisher kam es zweimal vor, und dabei genügten vier bis fünf Meter.«

»Und wie viele Reisende kommen hierher?«

»Bisher nur eine Handvoll«, sagt Ameem. Er hat es gern, wenn er etwas erklären, die Fäden in der Hand halten, sich als Autorität präsentieren kann. »Allerdings ist noch keiner wieder zurückgekommen, deshalb können wir nur vermuten, was mit ihnen passiert. Ich denke, sie geben auf und rufen um Hilfe oder bleiben in einer der anderen Seesiedlungen entlang des Trails hängen.«

»Es gibt noch andere?«

»Ja. Nicht viele, aber näher zum Jemen hin liegen noch einige.«

Ich frage ihn nicht, woher er das weiß. Er weiß es natürlich nicht, er würde mich nur verscheißern. Das ist so seine Art.

Er fährt fort: »Wir sind mit dem Boot am Trail entlanggefahren bis ans Ende der indischen AWZ …«

»Ausschließliche Wirtschaftszone«, erklärt Rana.

»Die reicht zweihundertfünfzig Kilometer weit nach Westen, und jenseits davon führen die Schifffahrtsrouten quer über den Trail, sodass er fast jeden Tag einmal untersinken muss. Deshalb wäre es sehr schwierig, dort eine Seesiedlung zu unterhalten.«

»Falls du so weit kommst, musst du dich in Acht nehmen«, warnt Rana. »Halte dich von den Schiffen fern. Sie können dich nicht sehen, und außerdem ist es verboten, auf dem Trail zu laufen.«

»Ich glaube, dass die Läufer durch die Schiffe ums Leben kommen«, sagt Ameem. »Ich bin überzeugt, dass viele Reisende nicht wiederkommen, weil sie getötet werden. Weil ihnen irgendein Unglück widerfährt.«

»Ameem«, mahnt Padma.

»Ich sage nur, was ich denke.«

»Schon gut«, beruhige ich ihn. Dabei fällt mir etwas ein: »Habt ihr schon mal von Bloody Mary gehört?«

Zum ersten Mal sind alle ganz still.

Ich frage: »Habe ich etwas Falsches gesagt?«

»Nein!«, rufen die drei Erwachsenen wie aus einem Mund und verfallen wieder in Schweigen.

Ich versuche, die Pause zu überbrücken. »Ich habe den Namen zuerst im Museum und dann wieder im *Zentrum* in Dharavi gehört, deshalb dachte ich, ich frage mal nach.«

Ameem ergreift das Wort. »Sie ist eine Legende auf dem Trail. Aber ich glaube, man benützt sie nur, um all die seltsamen Dinge zu erklären, die so passieren. Oh, ich habe ein Seil verloren, das hat sicher Bloody Mary geholt. Oh, da kommt ein Sturm auf, Bloody Mary ist wütend. Wirklich gesehen hat sie jedenfalls noch niemand.«

Padma richtet sich auf. »Ich habe einmal jemanden gesehen, und das weißt du auch«, sagt sie. »Ich kann euch allerdings nicht sagen, wer es war.«

»Hätte es nicht einfach ein Reisender sein können?«

»Aber sie kam aus der anderen Richtung. Und es war heller Tag. Und sie war nackt.«

Nackt. Bei Tageslicht. Und unter freiem Himmel.

»Bist du sicher, dass es keine Illusion war?«, frage ich.

»Ich habe sie genau so deutlich gesehen wie jetzt dich«, beteuert sie.

Vielleicht bin ich auch nur eine Illusion, denke ich bei mir.

»Ich glaube, du konntest nicht schlafen und hast Gespenster gesehen«, sagt Ameem zu Padma. »Es war gleich in der ersten Woche nach unserer Ankunft hier. Du warst müde.«

Padma wird böse. »Ich habe etwas gesehen, und zwar genau das, was ich eben beschrieben habe«, sagt sie. Jetzt ist sie in ihrem

Stolz gekränkt, und ich muss es büßen. »Nun erzähle uns doch, Durga«, fordert sie, »warum du nach Afrika willst.«

Alle sehen mich an. Ich sage das Erste, was mir in den Sinn kommt, nämlich: »Meine Eltern sind dort ums Leben gekommen.«

Die Gesichter verändern sich, als wäre soeben eine Unterwasserbombe detoniert. Doch nach der Schrecksekunde wird das Verhör fortgesetzt.

»Wie lange ist das her?«

»Es war bei meiner Geburt.«

»Wie sind sie umgekommen?«

»Sie wurden ermordet.«

Eine noch größere Bombe. Wumm.

»Das tut mir leid«, sagt Padma. »Aber dann hast du sie ja gar nicht kennengelernt, nicht wahr?« Ameem und Rana halten sich jetzt zurück. Das Duell findet zwischen uns beiden statt.

»Stimmt. Ich musste mein ganzes Leben ohne sie auskommen.«

»Aber was macht man denn, wenn man keine Eltern hat?« Sie richtet die Frage nach oben an das Universum.

»Wenn man Glück hat, wird man von seinen Großeltern großgezogen.«

»Aber die können die Eltern nicht ersetzen.«

Jetzt ist sie endgültig auf dem Kriegspfad. Nachdem ich ihre Gastfreundschaft in Anspruch genommen habe, wage ich nicht einmal, beleidigt zu sein. »Das wohl nicht.«

Padma wiegt den Kopf, als hätte ich die richtige Antwort gegeben. »Wissen deine Großeltern, wo du bist?«

»Nein«, antworte ich. »Das weiß niemand.«

»Und was ist, wenn du stirbst?«

»Ich werde mir Mühe geben, am Leben zu bleiben.«

Ameem lacht.

»Also«, sagt Padma, als halte sie ein Plädoyer, »du willst es bis

Afrika schaffen, und was dann? Willst du den Ort aufsuchen, wo deine Eltern getötet wurden?«

»Das hatte ich vor«, antworte ich. Ich gebe mich locker, unbefangen, gelassen. »Wenn ich nach Dschibuti City komme, setze ich mich am Hafen in ein Café, trinke eine Tasse Kaffee, esse ein Canolo und plane den nächsten Schritt.«

»Und du glaubst, du hättest dann eine Eingebung?«

»Ja«, sage ich. Es klingt so matt, als spräche jemand anderer aus einem anderen Körper. Vor meinen Augen sprudelt es wie schwarzes Sodawasser.

»Lass sie in Ruhe«, sagt Rana. »Ich glaube, wir haben ihr zu viele Fragen gestellt. Durga?«

Ich kippe seitlich weg.

Als ich erwache, schaue ich auf eine silbrige Fläche. Ich bin in einer der Inseln. Ein Blick nach links. Rana liegt in einigem Abstand von mir zusammengerollt auf der Seite und atmet tief.

Ich erinnere mich, dass ich ohnmächtig geworden bin. Wahrscheinlich war ich wieder dehydriert. Ich schaue nach rechts, mein Rucksack steht noch da, also ziehe ich meine Entsalzerflasche heraus, richte mich auf, so leise ich kann, und nehme ein paar Schlucke.

Rana regt sich nicht. Mit einem Mal überkommt mich eine tiefe Liebe zu ihm, einfach weil er da ist und sich ruhig verhält, weil ein anderer Organismus in meiner Nähe ist.

Ich lege mich wieder hin und stelle dabei fest, dass ich fürsorglich betreut wurde, ich habe ein Kopfkissen und ein leichtes Laken aus Baumwolle. Vielleicht sollte ich in dieser Seesiedlung bleiben. Vielleicht könnte ich eine von Ranas Aufgaben übernehmen. Meine Fantasie schmückt die Vorstellung selbsttätig aus. Ich gehe jeden Abend mit Rana schwimmen. Den beiden Mädchen gebe ich nur mithilfe meines Sichters und meiner Vorstellungskraft

Unterricht in Naturwissenschaften. Wenn ich allein sein möchte, unternehme ich einen Spaziergang nach Westen. Aus den Gewürzen, die mir noch geblieben sind, picke ich die Samenkörner heraus und baue meine eigenen Gewürze an. Ich lege einen ganzen Garten an. Die Leute hier müssen doch ausgehungert sein nach frischen Lebensmitteln. Dem kann ich abhelfen. Mohini und ich hatten vor unserem Haus in Thrissur einen Garten, wo wir Salat, Minze, Kardamom, Ingwer, Kreuzkümmel, Koriander, Chili und Kurkuma anbauten. Mohini wollte kochen lernen, und ich stellte ihr ein Grundsortiment für Anfänger zusammen. Sie begoss die Kräuter jeden Tag von oben, als würde sie Chai einschenken, und hielt mit Daumen und Zeigefinger der anderen Hand ihren Sari hoch. Ich fragte sie einmal: Kannst du die Pflanzen nicht gießen, ohne dass es aussieht, als würdest du für die Paparazzi posieren?

Sie warf mir einen verschmitzten Blick zu und fragte: Wer sagt dir denn, dass ich das nicht tue?

Eigentlich hatte ich ja auch nichts dagegen. Ich sah ihr immer gerne zu. Sie machte sich jeden Tag zurecht wie die Mätresse eines Königs, und ich fand es bewundernswert, dass sie so viel Sorgfalt auf ihr Aussehen verwendete. Aber ich liebte sie auch, wenn sie am Morgen aufwachte, mit nacktem Gesicht, verschlafenem Blick und zerzaustem Haar, wie die Natur sie geschaffen hatte.

Ich drehe mich um und schaue Rana an. Er liegt jetzt auf dem Rücken. Auch sein Gesicht wirkt nackt, die Lippen heben sich nicht von der übrigen Haut ab. Ich frage mich, ob er wirklich nur auf Männer steht oder ob er das bloß gesagt hat, damit ich mich nicht scheue, ihm meine Brüste zu zeigen. Gerade jetzt möchte ich Letzteres glauben. Ich male mir aus, wie ich mich breitbeinig über ihn stelle und mich an ihm reibe, bis er hart wird, wie ich ihm dann die Hosen herunterziehe, bis sein Schwanz herausspringt, wie ich ihn dann festhalte und mich von oben auf ihn hinabsinken lasse, als würde ich den Kolben in eine Injektionsspritze drücken.

Er hat nichts an. Warum sollte er so schlafen, wenn nicht, um mich zu reizen? Hat er mich überhaupt gefragt, ob ich auf Männer stehe? Warum sollte er mich so quälen? Ja, das sind die Gedankengänge eines Vergewaltigers. Ja, ich will mit Rana Sex haben, auch wenn er keinen Sex mit mir haben will. Ich möchte ihn verschlingen.

Ich berühre ihn am Arm. Er schlägt die Augen auf und setzt sich auf.

Ich sage nichts. Aber er sieht den Ausdruck in meinen Augen, und er sieht, dass meine Brustwarzen hart geworden sind.

Ohne ein Wort steht er auf und verlässt die Insel. An dem Stückchen Himmel hinter dem Eingang sehe ich, dass der Tag nicht mehr weit ist.

Als ich auf die Plattform trete, ist Rana nirgendwo zu sehen. Dafür hockt Ameem vor dem Fischkäfig.

»Guten Morgen«, sagt er.

»Guten Morgen. Tut mir leid, dass ich ohnmächtig geworden bin.«

»Du hast uns einen schönen Schrecken eingejagt. Aber jetzt ist anscheinend wieder alles in Ordnung.«

»Ich glaube, ich war bloß dehydriert. Als ich eben aufgestanden bin, habe ich etwas getrunken.«

»Hmmm«, sagt Ameem. Er schaut immer noch auf das Wasser hinab. Mir wird klar, dass er ein Fremder ist. Alle hier sind Fremde. Sie interessieren sich nicht wirklich für mich, sie wissen ja, dass sie mich nie wiedersehen werden.

Mit einem Mal kann ich es kaum erwarten, die Siedlung hinter mir zu lassen und wieder allein zu sein.

»Ich muss gehen«, sage ich. »Man könnte auch sagen, die Straße ruft.«

»Na schön«, sagt er. »Aber sprich vorher noch mit Padma. Sie macht sich schwere Vorwürfe. Sie glaubt, all ihre Fragen waren schuld daran, dass du ohnmächtig geworden bist.«

Und damit hat sie verdammt recht, denke ich.

Padma entschuldigt sich nicht, als ich zu ihr komme. Stattdessen will sie meine Essensvorräte sehen, sie inspiziert meinen Rucksack und liest die Zutatenlisten. Dann packt sie mir weitere Lebensmittel ein, darunter zwei Dutzend getrocknete Fischfilets. Sie will mir noch mehr geben, aber ich beteuere, dass ich nur so viel tragen kann.

»Du brauchst mehr Abwechslung. Wann isst du zu Mittag?«, fragt sie.

»Gegen Mitternacht«, antworte ich. So will es mein Tagesplan, und ich kann es kaum erwarten, wieder danach zu leben. Aber ich wehre mich nicht dagegen, dass sie mich bemuttert. Denn nachdem sie gehört hat, dass ich keine Mutter habe, sieht sie darin das Allheilmittel: Sie will meine Mutter spielen, wenn auch nur auf Zeit. Ich lasse ihr den Willen, aber nicht meinetwegen, sondern um ihr einen Gefallen zu tun.

Rana lässt sich immer noch nicht blicken. Ich unterdrücke meine bösen Entmannungsvisionen und bitte Padma, ihn von mir zu grüßen. Zum Dank für ihre Gastfreundschaft schenke ich ihr einen von meinen Zungenschabern. Sie scheint sich darüber zu freuen. Dann gibt sie mir alle die Koordinaten, die Aadhaars und die Cloudnamen aller Bewohner für den Fall, dass ich irgendetwas brauchen sollte. Ich werde allmählich ungeduldig, aber in meiner Lage kann ich es mir nicht leisten, Hilfen gleich welcher Art abzulehnen. Suri und Sita lungern am Eingang ihrer Insel herum und beobachten mich. Ich winke ihnen zu. Suri winkt zurück, aber Sita tut so, als hätte sie mich nicht gesehen, und kriecht wieder ins Innere.

SECHSTES BUCH

MARIAMA

SÜSSIGKEITEN

Ich beobachtete dich den ganzen Tag.

Und ich sah, wie Francis dich beobachtete.

Du hattest zu deinen Jeans vier Kaftane in verschiedenen Farben: himmelblau, indigo, orange und violett. Damit wirktest du wie ein Pfau in einem Taubenschwarm.

Eines Morgens fragte Francis: Yemaya. Was ist das eigentlich für ein Name?

Du sahst ihn scharf an. Ein afrikanischer, war deine Antwort.

Wolof? Fula?

Yoruba.

Yoruba!

Ja.

Ich sah, dass sich Francis das Lachen verbeißen musste. Wie kommst du zu einem Yoruba-Namen?

Ich habe ihn mir selbst ausgesucht, sagtest du.

Yemaya ist nicht dein Geburtsname?

Nein.

Ich sah, dass Francis dich gerne nach deinem Geburtsnamen gefragt hätte. Aber dein Tonfall war zu abweisend. Also tat er so, als würde er aufgeben, und sagte nur: Schade, dass wir nicht in Yorubaland Station machen. Die würden dich mit all ihrem Woowoo vom Laster herunterholen, um dich zu verführen.

Woo-woo? (O nein, wieder dieser abweisende Ton. Ich schickte Francis die stumme Botschaft, er sollte besser aufhören.)

Aber er ließ sich nicht beirren: Das gibt es auch in Äthiopien.

Abergläubische Religionen, die weder christlich noch muslimisch sind, sondern nur die Natur verehren.

Du fauchtest ihn an: Sie waren vor Christus da. Sie waren vor Mohammed da. Yemaya ist die Göttin des Meeres. Früher war alles vom Meer bedeckt. Jetzt ist Yemaya überall auf der Welt. Sie ist im Senegal. Sie ist in Brasilien. Sie ist im Pazifik. Sie steigt immer höher. Sie kommt immer näher. Sie erobert alle Küsten.

Ich wartete auf eine schlagfertige Erwiderung von Francis, aber ihm fiel wohl nichts ein. So sagte er nur: Es tut mir leid. Ich wollte dich nicht kränken, Mademoiselle. Yemaya ist ein wunderschöner Name.

Seine Entschuldigung nahm dir den Wind aus den Segeln. Du hocktest dich auf deine Fersen zurück, zogst deinen Kaftan glatt und sagtest: Vielen Dank. Und da man auf einem fahrenden Laster sonst nirgendwo hinkonnte, stiegst du ins Führerhaus, setztest dich neben Samson und knalltest das Schiebefenster ziemlich heftig zu. Durch die Spalten einer Kiste konnte ich sehen, wie du das Kinn auf dein schmales Handgelenk stütztest und in die Wüste hinausschautest.

Nachdem ich alle Buchstaben gelernt hatte, schrieben du und Francis abwechselnd neue Wörter in mein Heft. Ich musste sie nachsprechen, und ihr brachtet mir bei, was sie bedeuteten. An diese ersten Wörter erinnere ich mich noch heute: Meer, Himmel, Mond. Bald war das kleine Heft mit der weißhäutigen Frau auf dem Umschlag voll. (Du ließest mich ihren Namen auf der Innenseite suchen, wo er auf Englisch geschrieben war, und ich musste ihn laut vorlesen: Sa-ra-swa-ti. Du sagtest, sie stamme aus Indien, einem Land, das noch weiter entfernt sei als Äthiopien.) Als wir Bamako erreichten, eine zugige Stadt am Ufer eines stahlblauen Flusses, musstest du mir ein neues Heft kaufen.

Wir schliefen jetzt jede Nacht beieinander. Mein Körper registrierte, wenn wir anhielten. Dann wachte ich auf, drehte mich unter deinem Arm um und schaute hinauf zu den Sternen. In der Wüste waren sie ganz nahe. Sie leuchteten dicht vor meinen Augen. Und wenn ich sicher war, dass das Holpern weiterging, konnte ich auch wieder einschlafen.

Bei jedem längeren Aufenthalt nahmst du mich mit, und wir suchten uns einen Laden, der indische Süßigkeiten verkaufte. Das wurde zu einem kleinen Ritual nur für uns beide. Wenn ich dir die Worte auf dem Etikett vorlesen konnte, kauftest du mir die Packung. Laddus waren mir immer noch am liebsten, obwohl du dich immer wieder beklagtest, es gäbe nur die Sorte, die man in libanesischen Fernfahrerkneipen fände, keine frisch zubereiteten wie in Little India. Und wie du jammern konntest! Ich fand sie köstlich.

Mit der Zeit konnte ich gar nicht mehr aufhören, an diese Süßigkeiten zu denken. Manchmal, wenn ich keine mehr hatte, setzte ich mich nach meiner Lesestunde auf eine Kiste, starrte hinaus in die Wüste und stellte mir einen libanesischen Laden mit unendlich langen Regalen voller verschiedener indischer Süßigkeiten vor, Kugeln, Stangen und Bruchware. Und ich durfte davorsitzen und essen, so viel ich wollte.

Manchmal erzähltest du mir Geschichten über dein Leben in Dakar. Du hattest zwar zu Hause gewohnt, warst aber Künstlerin und Tänzerin gewesen, Mitglied einer Truppe, die Tänze zum Thema afrikanische Wiedergeburt aufführte. Du fragtest mich, was ich über afrikanische Wiedergeburt wüsste, aber ich hatte nie davon gehört.

Darauf sagtest du: In Äthiopien wirst du zur Schule gehen. Nach allem, was Muhammed mir erzählt, ist es eine gute Schule. Die Nonnen verstehen ihr Handwerk. Du wirst besser Amharisch und Englisch lernen, und vielleicht bringen sie dir auch Mandarin oder Hindi bei. Dann wirst du auch begreifen, was in Afrika vor sich geht. Wie sich das Wetter verändert, wie die Meere ansteigen und die Menschen fortziehen. Wie die Fremden kommen und unser Land und unsere Bodenschätze stehlen. Wusstest du, dass Chinesen und Inder mehr Land geraubt haben, als der gesamte Sudan an Fläche umfasst? Von ganz Afrika wird nichts mehr den Afrikanern gehören. Aber du wirst eine gute Ausbildung erhalten und eine von denen werden, die sich zur Wehr setzen.

Und was wirst du tun?, fragte ich.

Ich werde mich ebenfalls zur Wehr setzen.

Und wie?

Indem ich am Leben bleibe. Indem ich die Dinge beim Namen nenne. Indem ich Kunst mache.

Du meinst zeichnen?

Nein, ich werde Tanz studieren, sagtest du. Die Äthiopier tanzen so ...

Und dann setztest du dich aufrecht hin und zucktest mit dem Kopf hin und her, als hinge dein Unterkiefer an einer Schnur, an der rechts und links jemand zog. Ich kicherte.

Es sieht verrückt aus, sagtest du, aber man muss seine Muskeln sehr gut unter Kontrolle haben. Einiges habe ich mir mithilfe von Videos beigebracht. In Addis gibt es die beste Tanzschule in ganz Afrika mit Lehrern aus Ghana und Benin. Und gleich daneben hat ein neues Jazzinstitut eröffnet. In den Cafés an der Bole Road finden Poetry-Slams statt. Es gibt eine besondere amharische Gedichtform, die sich Kinae nennt, da haben die Worte zwar eine bestimmte Bedeutung, aber dahinter verbirgt sich ein anderer, tieferer Sinn; sie haben sozusagen einen goldenen Kern.

Semena Werk, sagte Francis und schaute von seinem Sirius auf.

Wie bitte?, fragtest du.

Semena Werk heißt auf Amharisch »Goldener Kern«.

Aber der Ausdruck bezieht sich auf die Kinae.

Richtig.

Du wandtest dich wieder an mich und fragtest: Verstehst du, wie das gemeint ist?

Nein.

Nun, wenn ein Junge zu dir sagt: In deinen Augen spiegeln sich die Sterne, was könnte er damit wohl meinen? Dass sich in deinen Augen die Sterne spiegeln? Das stimmt. Aber in Wirklichkeit will er dir sagen, dass er dich liebt. Das ist der goldene Kern.

Macht er mir dann die Beine breit?

Du schlugst mich so fest auf den Arm, dass es wehtat.

Wo hast du das gehört?, fragtest du.

Ich gab keine Antwort. Ich war den Tränen nahe, weil ich nicht verstand, warum du mich geschlagen hattest.

Du sahst Francis an und rangst um Fassung. Dann sagtest du: Kleine Mädchen sollten über solche Dinge nicht reden, das gehört sich nicht.

Es tut mir leid, murmelte ich.

Aber du warst außer dir und schicktest mich weg. Ich sollte Buchstaben abschreiben, dabei war ich darüber schon längst hinaus. Ich konnte ganze Sätze lesen, und manchmal verstand ich sogar, was sie bedeuteten. Ich setzte mich also in meine Ecke und hielt die Tränen zurück. Dann übte ich Englisch, indem ich alle Schilder, an denen wir vorbeifuhren, laut vorlas. Darauf konzentrierte ich mich mit aller Kraft, um das Kreen nicht zu spüren.

HEINEKEN NAMASTE INDIA

SOLAIRE AFRIQUE

NUTELECOM

JUMBO

SM!LE

Wir fuhren an und hielten, hielten und fuhren wieder an. Zunächst hatte ich jeden Stopp sorgfältig mitgezählt, doch eines Tages verlor ich den Faden und fand ihn nicht wieder.

An der Grenze zwischen Burkina Faso und Niger verbrachten wir einen vollen Tag. Es gab auf Meilen hinaus nichts zu sehen, und so saßen wir nur tatenlos herum. Du und Francis, ihr hattet schlechte Laune. Ihr schautet nur dumpf auf euren Sirius und wolltet weder mit mir spielen noch mir beim Lesen helfen. Solche Phasen mochte ich gar nicht. Wir drei, du, ich und Francis – und sogar Samson, der dazu übergegangen war, auf der alten Anlage im Führerhaus CDs von Teddy Afro zu spielen – waren offenbar nur dann glücklich und voller Tatendrang, wenn wir unterwegs waren. Am liebsten war es mir daher, wenn der Konvoi gleichmäßig durch die Wüste rollte und ich nur mit euch beiden im Rücken an der Seite kniete, den Wind im Haar spürte und das Land an mir vorbeiziehen ließ.

OUAGADOUGOU

Als wir Ouagadougou erreichten, blies ein starker Ostwind. Er trieb mir den Staub in die Augen, und ich musste immer wieder blinzeln. Deshalb kauftest du mir an einer Tankstelle eine kleine pinkfarbene Sonnenbrille mit herzförmigen Gläsern. Ich war begeistert. Jetzt konnte niemand mehr sehen, wohin mein Blick gerichtet war. Wenn ich durch diese Brille über Ouagadougou schaute, erschien mir die Stadt so warm und gemütlich wie ein großes Dorf.

Du nahmst mich bei der Hand, und wir gingen durch die Gassen zur Hauptstraße. An einer Ecke gab es einen riesigen libanesischen Supermarkt, den größten, den ich bis dahin gesehen hatte. Die Türen öffneten sich zischend und schlossen sich hinter uns wieder. Drinnen umfing uns eisige Kälte. Ich hatte noch nie so gefroren und nieste viermal hintereinander.

Kalt hier drinnen, nicht wahr?, sagtest du. Fühlt sich aber gut an. Klimaanlagen im Sahel. Masha'Allah.

Wir kauften Glukose-Kekse, Instantnudeln und mehrere Pakete schwarzen Chai. Dann gingst du mit mir an die Theke mit den Süßigkeiten, und ich durfte mir aussuchen, was ich wollte. Es gab Laddus und Pistazienkonfekt in Silberfolie, und ich wollte von jedem ein Stück. Aber du sagtest dem Verkäufer: Wir nehmen jeweils *zwei*.

Dann setzten wir uns auf eine Bank vor einer großen Kreuzung. In der Mitte befand sich auf einer Verkehrsinsel eine Kugel aus Metall. Du erklärtest mir, diese Kugel sei unser Planet. Yemaya, ich war noch so klein. Ich verstand nicht, dass du damit nur eine

Skulptur unseres Planeten meintest, sondern dachte, in dieser Kugel sei die Seele des Planeten eingeschlossen. Und die Kugel selbst befinde sich genau im Mittelpunkt der Erde, was durch den Verkehrsstrom symbolisiert würde, der um sie herumfloss. Minivans, Laster, Fahrräder und Motorräder umkreisten die Insel und schossen nach allen Richtungen davon. Hier war das Herz der Welt. Schweigend beobachteten wir das Treiben. Ich fragte mich, woher alle diese Menschen kamen und wohin sie gingen. Ich fragte mich, wo ich wohl landen würde, und hoffte, es würde der gleiche Ort sein, an dem auch du landest.

Du kannst dich also wirklich nicht an deine Familie erinnern?, fragtest du endlich.

Mein Pistazienkonfekt schmolz schneller, als ich es in den Mund stecken konnte. Ich beschäftigte mich angelegentlich damit, die Silberfolie abzuschälen.

Hattest du Schwestern? Oder Brüder?

Ich schüttelte den Kopf.

Keine anderen Kinder in deinem Alter?

Ich zuckte die Achseln.

Wer ist dein Vater?

Ich antwortete nicht.

Und du hast keinen Chip?

Nein. Hast du denn einen Chip?, fragte ich. Ich war stolz darauf, dass ich wusste, was ein Chip war.

Du zogst den Ärmel deines violetten Kaftans hoch und zeigtest mir eine Narbe in deinem Oberarm. Sie hatte die Größe und die Form einer Mandel.

Damit wusste mein Vater immer, wo ich war, sagtest du. Er arbeitet in der Ölförderung. Meine Mutter arbeitet ... nun, sie arbeitet gar nicht. Sie sitzt im Vorstand einer NGO. Das heißt, sie tut eigentlich nichts. Aber sie lebt die meiste Zeit in Johannesburg. Außer meinem Namen habe ich ihr nicht viel zu verdanken.

Wie ist dein richtiger Name?, fragte ich.

Du wurdest unruhig. Mein richtiger Name ist Yemaya, sagtest du. Es ist deshalb mein richtiger Name, weil ich ihn mir ausgesucht habe. Er steht also über meinem Geburtsnamen ...

Ich war abgelenkt und wandte mich von dir ab.

... und die Freunde meiner Eltern in ihren spießigen klimatisierten Eigentumswohnungen ...

Von Weitem sah ich eine Autokolonne auf uns zukommen. Du sprachst immer lauter, als wolltest du den Ton zum Bild liefern.

... wollten mir nie glauben, weil mein Vater ein guter Mann ist, der von seiner drogensüchtigen Frau praktisch sitzen gelassen wurde ...

Yemaya, ich hörte jedes Wort, doch zugleich starrte ich die Straße entlang auf die schwarz glänzenden Fahrzeuge.

... inzwischen hat er eine Tochter. Sie hat wirklich Glück, einen so guten Vater zu haben, eine hervorragende Ausbildung und ein hübsches Auto, sie ist das einzige Kind im Haus ...

Auf beiden Seiten jeder Kühlerhaube flatterten Fähnchen. Die Autos bogen nacheinander ab, und wenn sie an uns vorbeifuhren, wurde jeweils ein Fenster heruntergelassen, und ein Gesicht mit einer schwarzen Sonnenbrille starrte mich an. Ich starrte hinter meiner pinkfarbenen Sonnenbrille zurück. Dann wurden die Fenster wieder hochgefahren.

... und jedes Mal, wenn es passierte, wäre ich am liebsten in die Wüste hinausgerannt, um dort zu sterben. Ich schwor mir, nie wieder eine solche Verzweiflung zuzulassen. Wenn ich überleben wollte, musste ich fortgehen. Und schließlich war es so weit. Ich musste mich für die Freiheit entscheiden. Mariama, sieh mich an. Verstehst du, wovon ich rede?

Ja, sagte ich, denn ich hatte die Worte meiner Mutter wiedererkannt.

Wir waren beide auf der Flucht, Yemaya.

Wir kehrten zu den Lastern zurück. Sie standen alle drei nebeneinander, der Wüste zugewandt, aufbruchbereit. Ich war so froh, dort zu sein. So froh, dass ich mitgekommen war. So froh, wieder weiterfahren zu können. Hier in dieser staubigen Stadt war mein Glück vollkommen. Alles war Güte und Freundlichkeit, ich hatte meine Süßigkeiten, und am Abend würden wir wieder unterwegs sein. Ich wünschte mir, dass diese Reise niemals endete!

Ich sprach nicht darüber, aber ich begann davon zu träumen, dass du mich zu dir nehmen würdest, wenn wir Äthiopien erreichten. Wir würden beide diese weißen Baumwollkleider mit den Kreuzen in der Farbe von Kirchenfenstern tragen. Ich würde einen eigenen Raum nur für diese Kleider haben, wo ich die Tür schließen und sie ansehen konnte.

Das grüne würde ich zum Tanzen tragen.

Das blaue würde ich zum Schwimmen tragen.

In dem roten würde ich zu Bett gehen.

AGADEZ

Nichts, was vorher oder hinterher kam, war mit diesen Tagen zu vergleichen. In meiner Erinnerung ist es die einzige Zeit, in der das Kreen vollkommen verschwand und ich mich fühlte wie ein ganz normales Kind, nicht wie ein Kind mit einer Geschwulst an der Stelle, wo ein Bissen Seeschlange stecken geblieben war.

Ein paar Tage nachdem wir Ouagadougou verlassen hatten, drängtest du darauf, dass wir nach Norden fahren. Nur einer von den drei Lastern, sagtest du. Francis holte Muhammed, um sich mit ihm zu beraten.

Der zweite Laster ist halb leer, führtest du an. Ihr könnt die Fracht auf den dritten umladen, dann fahren wir mit dem zweiten nach Norden, nach Agadez, und in Kano stoßen wir wieder zu euch.

Wer ist »wir«, Mademoiselle?

Du wandtest dich an Francis. Kannst du diesen Laster fahren?

Er schnaubte nur. Er konnte kaum fassen, mit welcher Dreistigkeit du einfach in eine Situation hineinmarschiertest und Befehle erteiltest! Doch dann sagte er Ja.

Du wandtest dich an Muhammed. Ich will nichts umsonst. Ich bezahle Francis für die Fahrt, ich bezahle den Treibstoff, ich bezahle dir Miete für den Laster und ich lege noch eine größere Summe drauf, um mich für eure Großzügigkeit erkenntlich zu zeigen.

Muhammed schien zufrieden. Aber er fragte doch: Was zieht dich denn nach Agadez?

Schönheit, sagtest du.

Schönheit, Mademoiselle?

Du hast von den Wodaabe gehört. (Das war keine Frage.)

Ein Hirtenstamm.

Richtig. Am Ende der Regenzeit feiern sie ein Fest. Da wird getanzt, und es gibt einen Schönheitswettbewerb.

Auch davon habe ich gehört.

Dieses Fest würde ich gerne besuchen.

Du würdest sicherlich gewinnen.

Es ist kein Wettbewerb für Frauen, Mr. Getachew, es ist ein Wettbewerb für Männer.

Worauf Francis verkündete: Ich fahre dich nur dorthin, wenn ich an dem Wettbewerb teilnehmen und deine Liebe erringen kann!

Oh, Yemaya, der Blick, den du ihm zuwarfst, war vernichtend. Doch Francis zwinkerte mir zu, kaum dass du dich wieder zu Muhammed umgedreht hattest, und ich begriff, dass hier ein Spiel im Gange war, dessen Regeln ich nicht verstand.

Wie lange wollt ihr wegbleiben?, fragte Muhammed.

Wann wollt ihr in Kano sein?

Am einunddreißigsten.

Dann werden wir zusehen, dass wir am einunddreißigsten in Kano eintreffen.

Muhammed streckte dir die Hand hin, und du schütteltest sie.

Ich stellte mit Entzücken fest, dass es keine Diskussion darüber gab, was mit mir geschehen sollte. Ich würde selbstverständlich mit dir und Francis nach Agadez fahren, um die Schönheit zu sehen.

Wir fuhren durch eine unvergleichlich trostlose Gegend! Keine Schönheit weit und breit – ganz anders als das, was ich zuvor gesehen hatte. Das Land war flach und trist, die Erde rissig, und die Menschen, an denen wir vorüberkamen, wirkten müde. Nicht einmal der Himmel war blau, sondern weißlich wie die Haut eines Albinos.

Doch das konnte uns die gute Laune nicht verderben. *Wir* brachten Farbe in die Landschaft! Francis saß am Steuer, und du und ich leisteten ihm abwechselnd im Führerhaus Gesellschaft oder ließen ihn ungestört die Lieder der einzigen Teddy-Afro-CD mitgrölen, die er Samson abgeschwatzt hatte. Wenn wir anhielten, schrieb er mir die Texte auf Amharisch auf und verlangte, dass ich sie laut vorlas. Sobald ich die Worte richtig aussprechen konnte, sagte er mir, was sie bedeuteten: *Tey fit atenshigne eferalehu*: Wende dich nicht ab, ich habe Angst. Als ich das korrekt über die Lippen brachte, strich er mir über den Kopf und sagte: Siehst du, jetzt sprichst du schon deine neue Muttersprache.

Wie viele Sprachen kannst du denn?, wollte ich wissen.

Amharisch, Arabisch, Französisch, etwas Englisch und ein bisschen Oromo. Wie viele sind das?

Fünf.

Antworte mir auf Amharisch.

Amist!

Sehr gut.

Ich will einmal zehn Sprachen sprechen.

Warum nicht? Du musst nur lange genug zur Schule gehen.

Vielleicht auch zwanzig?

Wer weiß? Heutzutage vermischen sich die Sprachen ohnehin. Wie lange wird sich Amharisch noch halten können, bevor es zu Amhindi wird? Dabei sprechen auch die Inder kein Hindi mehr, sondern eine Mischform, die zur Hälfte Englisch ist. Früher oder später wird also Amhinglisch daraus.

Ich kicherte. Was ist mit den anderen Sprachen?, fragte ich.

Oh, bald kommen die Chinesen und sagen: He, uns gehört die Hälfte von Afrika, wir wollen in die neue Weltsprache aufgenommen werden. Die heißt dann Amhinglimandarin.

Und danach?

Danach sagen die Somalis: Wir sind eure unmittelbaren Nachbarn, was ist mit uns? – Und schon sind wir bei Somamhinglimandarin!

Und dann?! (Inzwischen kreischte ich vor Lachen.)

Dann kommen die Araber und sagen: Ihr seid doch alle völlig unkultiviert! Hier habt ihr eine Oud ... und schon sind wir bei Somamhinglimandarabisch angekommen!

An diesem Punkt schobst du das Fenster zum Führerhaus auf und fragtest: Was ist da oben los?

Ich erzähle Mariama, wie die neue Weltordnung aussieht, antwortete Francis. In fünfzig Jahren sprechen alle Menschen eine Sprache, die Somamhinglimandarabisch heißt.

Was für ein Schwachsinn, sagtest du zu mir. Aber ich merkte, dass du ein Lächeln unterdrücken musstest. Diesmal schobst du das Fenster zum Führerhaus nicht mehr ganz so fest zu.

Wir erreichten Agadez bei Sonnenuntergang und kampierten irgendwo am Rand der Stadt. Francis zog los, um etwas zu essen zu besorgen, während du auf deinem Sirius nach Informationen suchtest. Das Fest namens Gerewol war offenbar bereits in vollem Gange, wir konnten nur hoffen, den letzten Tag noch mitzubekommen. Du sagtest mir, die meisten Gerewol-Zeremonien seien von der Regierung für touristische Zwecke vereinnahmt worden, es sei schwierig, noch eine »unverfälschte« zu finden. Deshalb wollten wir nicht an den großen und allseits bekannten Festlichkeiten in Agadez oder Ingall teilnehmen. Wo die anderen stattfanden, war geheim, doch noch bevor wir zu Bett gingen, hatte dir dein Sirius die Koordinaten eines solchen Schauplatzes geliefert.

Francis hatte sich von dem Vorschuss, den du ihm gegeben hattest, in Agadez eine Wolldecke gekauft und legte sich nachts ins Führerhaus. Wir beide schliefen wie immer eng aneinandergeschmiegt, als wären wir eins. Ich strich dir mit einem Finger über das Gesicht.

Mariama, sagtest du und hieltest den Finger fest.

Ja?

Hat dich ein Mann angefasst? Bist du deshalb weggelaufen?

(Was für kühne Fragen du stelltest, und wie aus heiterem Himmel!) Nein.

Du weißt, dass du es mir sagen könntest, wenn es so wäre?

Ja.

Aber es ist nicht so?

Nein.

Du zeigtest auf den kleinen Hügel zwischen meinen Beinen, der gespalten war wie die Lippen eines Kamels, und sofort begann er zu brennen, als hättest du ihn mit Cayennepfeffer bestreut.

Versprich mir etwas, Mariama. Versprich mir, dass du das niemals leichtfertig verschenkst.

Was soll ich nicht verschenken?

Du zögertest kurz, dann sagtest du: Deinen goldenen Kern.

Und woher soll ich wissen, wann ich ihn verschenken darf?

Du wirst es wissen. Du wirst ein Zeichen erhalten.

Von Allah?

Nein. Vergiss Allah. Das Göttliche ist reine Energie, und sie ergießt sich von einem Gefäß ins andere. Diese Energie ist heilig. Du wirst es erkennen, wenn du sie spürst.

Ich spüre sie, wenn ich bei dir bin, Yemaya, sagte ich.

Du drehtest dich auf den Rücken und sagtest mit einem Seufzer: Als Kind war ich genauso wie du.

Und warum kann ich ihn dir nicht schenken?

Du zogst scharf die Luft ein. Weil es nicht recht wäre, sagtest du dann.

Er soll aber dir gehören, beharrte ich. Du kannst ihn haben.

Mariama, so etwas darfst du nicht sagen.

Was wäre denn so schlimm daran, ihn dir zu schenken?

Du weißt nicht, was du redest.

Darauf sagte ich nichts mehr. Doch nachdem du eingeschlafen warst, legte ich die Hand auf die bewusste Stelle und überlegte, ob die Hitze, die davon ausging, wohl diese heilige Energie war, von der du gesprochen hattest.

Als ich am nächsten Morgen erwachte, waren wir bereits unterwegs. Du warst bei Francis im Führerhaus und hattest dein Sirius so eingestellt, dass es Angélique Kidjo spielte. Ich fragte dich, wie weit es noch wäre, aber du, Yemaya, gabst mir seltsamerweise keine Antwort, sondern starrtest nur unverwandt aus dem Fenster, als hättest du mich nicht gehört. Du hattest einen deiner Anfälle von schlechter Laune.

Francis hatte mich bemerkt. Er drehte sich um, zwinkerte mir zu und wünschte mir einen guten Morgen. Dann klopfte er auffordernd auf den Sitz neben sich. Ich kletterte hinauf und setzte mich zwischen euch beide. Meine Beine reichten nicht bis zum Boden, und ich konnte kaum über das Armaturenbrett sehen. Zunächst schwiegen wir, weil du schwiegst, doch dann kam der Afrika-Song, und Francis begann, erst mitzusummen und dann mitzusingen, und schließlich schmetterten wir alle drei mit Angélique: *shae Mama, shae Mama Afrika!*

Als dein Sirius meldete, wir hätten das Ziel erreicht, fuhr Francis den Laster neben das nächste Feldlager. Dort waren Kamele angebunden, und Frauen saßen zwischen blauen Zelten auf gewebten Matten. Francis stellte den Laster ab und fragte dich: Was nun?

Jetzt machen wir uns bekannt, sagtest du.

Sprichst du denn ihre Sprache?

Nein. Aber ich habe Polyglotti auf meinem Sirius.

Francis und ich blieben im Hintergrund. Du marschiertest auf drei ältere Frauen zu, die bei unserer Ankunft aufgestanden waren. Zuerst schenktest du ihnen kunstvoll verzierte Kalebassen und Dosen mit Tee. Das kam gut an, aber noch hattest du sie nicht vollends für dich eingenommen. Dann sagtest du etwas in dein Sirius und hieltest ihnen das Gerät hin, damit sie sich die Übersetzung anhören konnten. Prompt schnappten sie es sich, reichten es untereinander weiter, sprachen hinein und lächelten, wenn es zu ihnen sprach. Ich konnte es ihnen nicht verdenken, ich hatte mich ganz genauso verhalten, als du mir dein Sirius zum ersten Mal zeigtest. Später sah ich, dass sie zwar alle Mobiltelefone hatten, aber die waren mit deinem Gerät nicht zu vergleichen.

Als du zu uns zurückkamst, konntest du berichten, dass wir das Finale des Gerewol mit ansehen durften, obwohl wir Touristen waren. Die Frauen hatten gesagt: Zumindest seid ihr Afrikaner.

Eine von ihnen führte uns zu einer Matte. Von dort hatten wir gute Sicht auf die Darbietungen der Männer, die sich alle in einer Reihe aufgestellt hatten. Yemaya, solche Männer hatte ich noch nie gesehen. Gertenschlank, mit nackten Beinen, die nackte Brust kreuzweise mit Bändern umwunden, die Gesichter rot bemalt, die Lippen schwarz geschminkt, mit Federkronen und Perlenkränzen auf dem Kopf, Goldringen in jedem Ohr und blitzenden Röcken aus Spiegeln und Metallplättchen, die bei jedem Schritt klirrten. Vor ihnen gingen Frauen auf und ab, legten nachdenklich den Finger an die Lippen, begutachteten sie mit lüsternem Grinsen und machten kritische Bemerkungen zu ihren Stammesschwestern. Ich traute meinen Augen nicht. Wie hätte ich wissen sollen, dass Menschen so aussehen konnten? Dass alle meine Vorstellungen von Menschen, ihrem Äußeren und ihrem Verhalten nur ein winziger Tropfen im Ozean des Möglichen waren? Wie hätte ich das alles wissen sollen, Yemaya, wenn du es mir nicht gezeigt hättest?

Ich blickte auf, um dir zu sagen, was ich empfand, doch du hattest dich abgewandt. Deine Aufmerksamkeit war anderswohin gerichtet. Du unterhieltest dich mit Francis.

In mir regte sich das Kreen. Ich hatte lange nicht mehr daran gedacht. Jetzt war es wieder da. Ich schlug mir mit der Faust an die Brust, um ihm zu sagen: Dies ist eine Stunde des Glücks! Dein Kreenen passt nicht hierher!

Ich zupfte dich am Arm, bis du mich ansahst. Ganz ruhig, Mariama, sagtest du. Hast du Ameisen im Hintern?

Ich deutete auf die Männer. Sie sind so schön, rief ich.

Freut mich, dass sie dir gefallen, sagtest du. Schönheit ist kostbar. Ich kann ohne Schönheit nicht leben. Die Wodaabe halten sich für die schönsten Menschen der Welt. Welcher gefällt dir am besten?

Ich schaute an der Reihe der Männer entlang. Sie rollten alle mit den Augen, summten tief in der Kehle und zogen die Lippen zurück, um ihre Zähne zu zeigen.

Der dort, sagte ich und deutete auf den Mann, von dem ich insgeheim fand, er sei dir ähnlich.

Du stimmtest mir zu. Ja, er sieht sehr gut aus.

Welchen würdest du wählen?

Francis beugte sich vor und sagte: Das muss ich hören. Ich muss mir Notizen machen.

Du schlugst ihm auf den Hinterkopf, er lächelte dich an und wich zurück.

Die Gewinner wurden ermittelt, und damit war das Fest zu Ende. Eine der Frauen, die uns anfangs begrüßt hatten, brachte uns Schalen mit Milchbrei als Abendmahlzeit, und ich bedankte mich so, wie ich es bei dir sah. Dann setzte sie sich uns gegenüber und gab dir zu verstehen, dass dein Sirius ihre Worte übersetzen sollte. Sie sagte, sie heiße Neneh, dann betete sie die Namen ihres Mannes, der anderen Frauen ihres Mannes, ihrer Mutter und ihres Vaters, ihrer sechs Kinder und ihrer vier Enkelkinder herunter. Schließlich fragte sie: Woher kommt deine Familie?

Sie hielt uns drei für eine Familie, so viel war klar. Du erklärtest ihr, du seist mit Francis nicht verheiratet und ich sei nicht dein Kind. Ein solches Verhältnis war Neneh so fremd, dass sie mehrmals nachfragte:

Er kommt also aus Äthiopien, du bist aus dem Senegal, und sie stammt aus Mauretanien? Ein Amhare, eine Wolof und eine Haratin. Schön. Seid ihr wenigstens alle Muslime? Nein, Francis ist Christ. Kommt ihr miteinander aus? Das ist gut. Warum seid ihr beide nicht verheiratet? Sie ist sehr schön. Worauf wartest du? Er sieht auch nicht schlecht aus. Wie alt bist du? Besitzt du Rinder? Wie alt ist das kleine Mädchen? Wo sind ihre Verwandten? Wo ist ihre Mutter? Was soll mit ihr geschehen, wenn ihr Äthiopien erreicht? Woher soll sie wissen, wohin sie gehen, was sie tun, wie sie sich verhalten soll? Wer wird sich um sie kümmern?

Das Verhör dauerte weit über eine Stunde, und inzwischen hatten sich andere Wodaabe um uns geschart, um zuzuhören. Wir standen im Mittelpunkt der Aufmerksamkeit. Francis war charmant und schlagfertig, gab Neneh die Fragen zurück und brachte die Mädchen zum Lachen. Das ging so weit, dass sie ihn schließlich anflehten, doch hierzubleiben und eine von ihnen zu heiraten. Du gabst zunächst freundlich Antwort, doch dann sah ich, wie sich deine Züge verhärteten. Du wolltest allein sein. Mit uns.

Als wir endlich zum Laster zurückgingen, war es tiefe Nacht. Francis hielt mich an einer und du an der anderen Hand, und ich hatte nun doch begonnen, uns als Familie zu sehen.

SIEBTES BUCH

MEENA

FANTASIEN

Mein Schlafrhythmus ist völlig durcheinandergeraten. Es ist kurz vor sechs Uhr morgens, um diese Zeit sollte ich mit dem Laufen eigentlich aufhören, doch ich will weitergehen, bis es zu heiß wird, und mich dann sofort wieder schlafen legen.

Ich weiß nicht, ob es daran liegt, dass mein Körper ein Muskelgedächtnis aufgebaut hat oder weil Suri mir bewiesen hat, dass man es lernen kann, jedenfalls fällt mir das Laufen inzwischen leichter. Bei Sonnenaufgang befinde ich mich in einem Schwebezustand. Wenn ich die Augen schließe, kommen Berge und Täler auf mich zu und bleiben hinter mir zurück. Die Bewegung verändert meine Wahrnehmung. Die Realität ist nicht mehr fest, sie ist zur Welle geworden.

Nachdem ich gegessen habe, krieche ich in meine Insel. Kein Notfall weit und breit. Ich langweile mich. So sehen Abenteuer in der Realität aus.

Ich denke an Rana. Ich habe nichts getan, nichts gesagt und ihn auch nicht berührt, außer ihm die Hand auf den Arm zu legen, aber schon das hat ihn so verschreckt, dass er sich zurückgezogen hat.

Ich fühle mich wie ein Stück Scheiße. Dabei war er so nett zu mir. Ich hatte einfach vergessen, dass ich ein sexuelles Wesen bin. Wobei niemand, der mich kennt, es für möglich halten würde, dass ich das jemals vergessen könnte. Mohini habe ich erklärt, Sex sei mein Ersatz für meine Mutter, aber sie meinte, das sei unnötig zynisch, Sex sei mein Dharma, meine ganz persönliche Kunstform, so wie für sie der Bühnenauftritt.

Ich wandte ein: Aber ich trete nur vor einem begrenzten Publikum auf.

Sie widersprach: Nein, deine ganze Sexualität ist ein permanenter Auftritt. Aber du erlaubst nur wenigen Auserwählten, hinter die Bühne zu kommen.

Ich will versuchen, die Verbindung zu diesem Dharma wiederherzustellen, obwohl ich allein und verletzt bin, obwohl mir alles wehtut. Ich werde ja sehen, was passiert.

Ich lege mich zurück und gehe meine üblichen Fantasien durch. In einer davon reicht mir die Polizistin ihren Knüppel, und während ich sie schlage, tauschen wir Zungenküsse. In einer anderen gebären Götter mit lavendelblauer Haut durch ihren vielgliedrigen Liebesakt die Welt (die hatte ich allerdings schon lange nicht mehr beschworen – es ist eine Pubertätsfantasie, die ihre Wirkung verloren hat). Dann benützt Dr. Sharma, der Kinderarzt, den Muthashi wegen meiner Panikattacken konsultierte, meinen Körper als Thali, er gießt Saucen in alle Vertiefungen und vermischt sie miteinander. Dann tunkt er die Bissen ein und führt sie nur wenige Zentimeter über meiner Yoni zum Mund. Zum Sex kommt es nie. Er isst immer nur von meiner Haut und sieht sich dabei ein Kricket-Match an.

Ich habe auch die Fantasien meiner Liebhaber gesammelt. Sie mussten sie mir in allen Einzelheiten schildern. Einige von den Hindus imaginierten Meenakshi Devi, meine Namenspatronin, die Göttin mit den Fischaugen. Mit ihren drei Brüsten und der lavendelfarbenen Haut ist sie wahrscheinlich die erste Liebe aller pubertierenden Hindus. Katholiken oder syrische Christen haben andere Fetische, wie etwa die Entjungferung Mariens oder die Beichte unreiner Gedanken bei einem Priester, der dann eine aktive Rolle bei der Buße spielt. Muslime beschäftigen sich mit den

Jungfrauen im Paradies, die aus kalligrafischen Zeichen bestehen und sich beim Orgasmus auflösen.

Ich erhöhe die Porosität meiner Insel, damit mehr Wärme eindringen kann und auf meiner Haut ein leichter Schweißfilm entsteht. Dann schiebe ich eine Hand in die Hose und ziehe mein Hemd hoch, bis ich meine eigenen Brüste sehen kann. Seht her, ich masturbiere nur, nichts sonst, ich tue niemandem weh, ich zwinge niemanden zum Sex. Mohini behauptete einmal, wir seien alle Kinder einer Vergewaltigung, die irgendwo in unserer Ahnenreihe stattgefunden habe, und wollte wissen, was ich davon halte. Wir alle verdanken unsere Entstehung aufwallenden Energien, die gegen unseren Willen auf uns einstürmten. Die Wellen kommen, ob wir es wollen oder nicht.

Ich reiße mich von solchen Gedanken los.

Und öffne noch einmal mein Schatzkästlein:

Dr. Sharma.

Die Polizistin.

Anwar, wie er unter mir keucht und auf Farsi Schweinkram redet.

FARSI: Deine Brüste und dein Hintern
FARSI: So süß wie auf meine Hände
FARSI: Geliebte Schlampe, ich bin fünfzig Prozent

An dieser Stelle schaltete ich mein Glotti aus, denn es war besser, wenn ich ihn nicht verstand. Ich brauche ein leistungsfähigeres Modul für Farsi-Hindi.

Ich lasse Erinnerungen an meine Liebhaber vor mir ablaufen. Dilip hebt sich von den anderen ab. Er war ein bengalischer Sitar-Spieler, Wassermann, ein Vata-Dosha-Typ, der durch ganz Indien reiste, von einem Auftritt zum anderen, nicht weil er ein armer Musiker gewesen wäre, der sich durch seinen Existenzkampf zu adeln suchte, sondern weil er diesen Anschein erwecken wollte. Seine Eltern saßen beide in Kalkutta im Parlament und ließen ihm allwöchentlich über seinen Mitter einen festen Betrag zukommen. Er war hager, mit seidigem Bart, seidigem Brusthaar und einem erstaunlich riesigen Penis. Pink war seine Lieblingsfarbe. Wir verstanden uns nicht allzu gut.

Juno war eine Architektin aus Shanghai, die die Überschwemmungsgebiete um Kochi studierte, weil man in Kochi dem Anstieg der Meere mit einer vorurteilsfreien Haltung begegnete, die von anderen Küstenstädten übernommen wurde. Sie hatte einen mädchenhaften, durchtrainierten Körper und langes Haar, das sie zu einem Pferdeschwanz zusammenband. Ich lernte sie kennen, als ich im Kashi Art Café in Fort Kochi als Kellnerin arbeitete. Sie kam jeden Tag dorthin, um ihre Ausbeute an Daten zu sichten. Eines Abends nahm ich sie mit nach Hause, und dann waren wir eine Woche lang jede Nacht zusammen. Sie machte mich fertig. Sie hatte ein Vaterproblem und wollte, dass ich sie würgte. Eines Abends kam sie nicht wie sonst ins Café, und danach sah ich sie niemals wieder.

Weder Dilip noch Juno führen zum Erfolg, und meine Hand wird allmählich müde. Ich muss tiefer ins Dunkel vordringen.

Ich hole Joseph hervor, einen verheirateten Mann, mit dem ich als Vierzehnjährige schlief. Der erste Mann, mit dem ich Verkehr hatte. Er war doppelt so alt wie ich. Ich weiß noch, wie abstoßend und zugleich erregend ich es fand, als ich mich das erste Mal auf ihn hinabließ. Es war, als säße ich auf einer Faust, die einen neuen Lammfellhandschuh dehnen wollte. Und auch als ich nachgab, fiel ich immer wieder auf einen harten Klumpen, der aus Stein und nicht aus Fleisch zu bestehen schien. Er wickelte nicht einmal seinen Dhoti ab, ich durfte ihn lediglich hochschieben. Es gab kein Vorspiel, keine Zärtlichkeit. Nur Fleisch und Muskeln und Knochen. Ich weiß noch, wie ich dachte: So treiben es die Tiere.

Mein Blick verschwimmt. Ich komme so heftig, dass ich mit der Faust auf den Boden meiner Insel schlage. Eins, zwei, drei, vier, fünf.

Und dann folgt wie zur Strafe eine Erinnerung, die ich bisher abgeblockt hatte: Josephs kleine Tochter steht in der Tür und schlingt die Arme um sich. Sie hatte uns die ganze Zeit zugesehen, sie konnte nicht anders.

Um Mitternacht mache ich Halt, um die Zweite Mahlzeit einzunehmen. Diesmal schneide ich eines von Padmas getrockneten Fischfilets auf und dünste es in der Proteinbrühe. Im Westen sind Wolken aufgekommen, das nehme ich jedenfalls an, denn dort sind keine Sterne zu sehen.

Wieder schlucke ich Medikamente, aber eine geringere Dosis als bisher.

Ich drücke auf alle meine Verbände, um zu sehen, ob es schmerzt. Mit Wunden kenne ich mich aus. Schließlich bin ich die Enkelin von Dr. Geeta Scholastica, die vor keinem Körper, lebendig oder tot, und keiner schleimigen Flüssigkeit zurückschreckte. Ich pflegte den Kranken Kräutertee zu servieren, während sie warteten, bis sie an die Reihe kamen. Von der einen Hälfte ihrer Patienten, den Technokraten und Neureichen aus den Vororten, verlangte sie den vollen Preis, die andere Hälfte behandelte sie kostenlos. In unserem Wartezimmer trafen sie alle zusammen. Eines Tages kam eine Frau in einem schmutzigen grauen Sari herein. Ich hielt sie zunächst für eine Asketin, doch dann setzte sie sich auf einen Stuhl, zog den Rock hoch und nahm die Beine auseinander. Sie trug keine Unterwäsche. Ihre Yoni leuchtete wie ein pinkfarbenes Bananenblatt. Ich war noch ein Kind, deshalb kicherte ich, weil ich dachte, ich würde Zeuge eines besonders gewagten Erwachsenenscherzes. Aber sie schloss die Beine nicht wieder, und ihre Yoni glühte wie die Sonne. Ich konnte sie nicht direkt anschauen, obwohl sie die einzige Lichtquelle im Raum war. Auch alle anderen Patienten wandten den Blick ab und schauten aus den Fenstern. Es war totenstill, und ich spürte, dass etwas nicht stimmte. Die Frau sah mich aus müden Augen an. Sie schien auf etwas zu warten. Ich musste irgendetwas tun. Also brachte ich ihr eine Decke. Sie sah mich an, als wüsste sie nicht, was sie damit anfangen sollte. Ich legte sie über ihren Schoß, dann streichelte ich ihr das Knie. Sie verzog das Gesicht, als schämte sie sich, und begann zu wimmern. Ich rannte los und holte Muthashi. Sie kam heraus, legte der Frau die Hand auf die Stirn, warf einen Blick auf ihre Handfläche und befahl mir dann, ihr beim Aufstehen zu helfen. Die Decke fiel, noch zusammengefaltet, zu Boden. Muthashi fasste die Frau am Ellbogen und führte sie in den Untersuchungsraum ganz hinten am Flur. Ich folgte. Der Lärm lockte Muthashis Helfer herbei, und sie gab jedem von ihnen mit leiser Stimme Anweisungen, ohne stehen zu bleiben.

Im Untersuchungsraum legten wir die Frau auf eine weiche Baumwollmatratze. Ich muss dir in die Augen sehen, sagte Muthashi. Die Frau weinte so sehr, dass sie die Lider kaum offen halten konnte. Nachdem es Muthashi gelungen war, sich einen Eindruck zu verschaffen, richtete sie sich auf und krempelte die Ärmel hoch. Mich fasste sie am Arm und drängte mich in eine Ecke.

Diese Frau liegt im Sterben, sagte sie. Ich will das nicht vor dir verheimlichen. Nun liegt es bei dir, ob du bei mir bleiben und sie begleiten willst. Wenn du willst, kannst du auch gehen.

Ich sagte, ich wolle bleiben.

Du brauchst nicht tapfer zu sein, sagte sie.

Ich schüttelte den Kopf. Ich war nicht tapfer, nur stolz.

Nun schickte sie mich um eine Decke, warmes Wasser und Lavendelöl. Einer der Helfer massierte der Sterbenden mit dem Öl die Füße. Ein anderer hob ihren Kopf an, zog das verfilzte Haar unter dem Rücken hervor, bürstete es vorsichtig aus und legte es um sie wie einen Glorienschein. Muthashi selbst hielt die Hand der Frau, während die Abstände zwischen ihren Atemzügen immer länger wurden.

Die Frau hatte weder einen Chip noch irgendwelche Ausweispapiere. Wir wussten nicht, welcher Religion sie angehörte. Aber Muthashi und Muthashan hatten ein gutes Verhältnis zu den Priestern im Sri-Gowreeswara-Tempel und konnten erreichen, dass ihr Leichnam verbrannt und die Asche im Arabischen Meer ausgestreut wurde. Vielleicht schwammen jetzt kleine Teilchen von ihr unter meinen Füßen. Nicht nur vielleicht, sondern mit Sicherheit, jedenfalls statistisch gesehen.

Cecilias Worte klingen mir wieder in den Ohren, sie sagte sinngemäß: Wir brauchen einander nicht einmal mehr zu vermissen.

EIN LIED FÜR ARAVAN

Ich spüre die Dämmerung hinter mir. Sie wärmt mir erst den Kopf, dann den Rücken und schließlich die Füße, die ich gar nicht mehr als Füße wahrnehme. Mittlerweile sind sie so abstrakt wie die kugelgelagerten Extremitäten einer Modellpuppe.

Ich mache Halt für meine Dritte Mahlzeit bestehend aus Rosen-Lassi und Dhal. Und natürlich kreisen meine Gedanken um all die Speisen, die ich nicht haben kann: in diesem Fall sind es heterogene Nahrungsmittel: Palak Panir, Pizza, Sushi, Bhelpuri oder Hühnchen nach General Tso. Manchmal geraten meine sexuellen und meine kulinarischen Fantasien durcheinander, und ich sehe mich Doro Wat in meine Vagina schieben, als wäre es mein Mund. Zuerst ein Ei, dann eine herzhafte Hähnchenkeule. Die Vorstellung erzeugt ein Brennen zwischen meinen Beinen, ich stecke einen Finger hinein, und als ich ihn herausziehe, ist er braun und feucht. Die Lippen haben gesprochen. Also hole ich den Schwamm aus einem Fach in den Tiefen meines Rucksacks, feuchte ihn mit Frischwasser an, drücke ihn aus und schiebe ihn mit den Fingern so weit wie möglich hinein. So. Ich bin versorgt.

Nun verschaffe ich mir einen Überblick über das bisher Erreichte. Ich kann zwar noch die obersten Stockwerke der Hochhäuser von Mumbai sehen, aber nicht mehr das Ufer. Ich habe vier Tage und Nächte überlebt. Ich bin nicht tot. Ich bin verletzt, aber die Wunden heilen. Meine Tage sind durchgeplant. Ich hatte eine positive Begegnung mit anderen Menschen.

Die Vorstellung von einem Traillauf und die gelebte Realität dieses Laufs sind ständige Begleiter auf dem Trail, sie lassen einander nie aus den Augen.

Allmählich bin ich dabei, die Krise zu überwinden. Mein Leben ist einfach und elementar: Blut, Wasser, Pisse, Schokolade. Jetzt ist Freizeit angesagt, ich sollte also lesen, mich entspannen oder Krocket spielen, doch stattdessen lege ich auf meinem Sichter eine neue Datei an. Ich nenne sie *Tagebuch der Elemente.* Ich stelle Kategorien auf: Meer, Himmel, Mond. Jede Kategorie versuche ich so zu beschreiben, dass sie sich nur auf diesen Tag und keinen anderen beziehen kann.

Meer: Gold.

Himmel: Flauschig.

Mond: Perlzwiebel.

Als ich erwache, ziehen dunkle Wolken auf und verdecken die untergehende Sonne.

Ich marschiere los. Mit einem Auge beobachte ich die Wolken, während ich mich zugleich frage, ob mein Gehirn sich wohl darauf einstellen könnte, dass ich allen Dingen einen neuen Namen gebe – gleiche Grammatik, nur andere Worte. Die Regel lautet folgendermaßen: Die entsprechenden Worte dürfen Substantive sein, aber der neue Name ist möglichst willkürlich zu wählen. So kann etwa für »Mond« weder »Kreis« noch »Sonne« eingesetzt werden, weil es sich dabei entweder um einen Deskriptor oder um ein Antonym handelt. Folglich:

Meer: Sari.

Himmel: Zopf.

Mond: Essiggurke.

Wie ich mit diesen ersten Neubenennungen zurechtkomme, bleibt abzuwarten. Dass eine Gefahr darin liegen könnte, kommt mir nicht in den Sinn. Ich lasse meinen Blick verschwimmen und beobachte die Wellen. Jede Welle ist eine Hand, die mir eine Karte entgegenstreckt und sie wieder in die Tiefe zieht.

Der Wind frischt auf. Die Meeresoberfläche kräuselt sich, als würde sie frieren. Im Süden sehe ich einen Regenschleier. Ich könnte einfach durchlaufen, aber bei meinen vielen Verbänden sollte ich wohl besser trocken bleiben.

Die ersten Tropfen treffen mein Gesicht, während sich meine Insel aufbläst. Ich steige hinein und stelle die Hülle auf hundertprozentige Transparenz. Es ist unglaublich. Als der Regen herunterprasselt, scheint es gar keine Insel zu geben, nur ihre Form umfängt mich. Ich schaue nach Westen, wo der Wind herkommt. Dort zerplatzen die Regentropfen zu blitzenden Sternen.

Ich lege mich auf den Rücken. Hunger oder Durst habe ich nicht. Und so singe ich das erste Lied, das mir in den Sinn kommt, die »Klage um Aravan«, ein Werk von Mohini. Um genau zu sein, ist es das Lied, das sie an dem Abend vortrug, als ich sie zum ersten Mal sah. Sie trat im Kuttampalam Theatre auf, wo früher nur Kutiyattam aufgeführt wurde. Mittlerweile wird es von verschiedenen Schauspieltruppen genützt, besonders von Schwulen einschließlich der neuen Hijras. Die Hijras hatten in der jüngeren Geschichte einen schweren Stand. Sie durften nur bei Hochzeiten oder bei der Geburt eines Jungen singen oder sich Männern zur Verfügung stellen, die zwar Sex mit Männern wollten, selbst aber nicht schwul waren. Doch inzwischen fallen unter diesen Begriff alle Schwulen, die sich mit dem Begriff »Transgender« identifizieren, einschließlich der Transvestiten und der Transsexuellen in jedem Stadium der gewählten (oder nicht gewählten) Geschlechtsumwandlung. Natürlich hatten sich Hierarchien entwickelt, in denen pedantisch festgelegt wurde, wer als echter Hijra galt. Mohini jedenfalls nicht, sie war trans. Aber sie fühlte sich den Hijras dennoch zugehörig, und als ich sie damals auf der Bühne sah, war sie in der Schwulengemeinde bereits zum Star geworden.

Jeder wollte ihren Mohiniyattam sehen. (Später fragte ich sie, was zuerst da gewesen sei, der Tanz oder der Name. Sie sagte, beides habe sich bei ihr von Kindheit an nebeneinander entwickelt. Sie war zunächst ein Junge mit Namen Kunal gewesen, der sich gern in Fest-Saris kleidete und den Mohiniyattam tanzte, und irgendwann hatte sie von ihrer Mutter verlangt, Mohini genannt zu werden. Als sie vierzehn wurde, begann ihre Mutter von den Einnahmen aus ihrem Schönheitssalon »Millenium Beauty« Gelder abzuzweigen, um für Mohinis Geschlechtsumwandlung zu sparen, und als Mohini dreiundzwanzig war, begann sie mit der Behandlung. Im Übergang war sie allerdings bereits Jahre vorher gewesen. Ihre weiblichen Klassenkameraden hatten sie so gern, dass sie ihr zum Schulabschluss ein teures Make-up-Set schenkten.)

An jenem Abend kam ich zu spät, um sie tanzen zu sehen, aber die Bühne war übersät mit Ringelblumen, und daraus schloss ich, dass ihr Auftritt ein Erfolg gewesen war. Ein Bühnenarbeiter brachte ihr ein Tuch aus weißem Leinen, und sie tupfte sich damit die Stirn ab. Aus dem Publikum schallten ihr Schmeicheleien entgegen, und sie quittierte jeden Zuruf mit einem verschämten kleinen Lächeln. Ich sah sofort, warum ich in der Frauenklinik so viel von ihr gehört hatte. Sie war eine Sonnenschönheit mit feinen Zügen und hoch gewölbten Augenbrauen. Ihre Haut hatte einen warmen Ton. Die Nase war lang und schmal. Sie trug einen goldenen Kopfputz, goldene Ohrringe hingen ihr bis auf die Schultern, und auf die Wangenknochen hatte sie Goldflitter aufgetragen. In ihrer Nasenscheidewand steckte ein großer goldener Ring. Das Haar war seitlich gescheitelt, im Stil der klassischen Tänzer straff nach hinten gekämmt und zu einer Krone aus Zöpfen und Ringelblumen geflochten. Später erfuhr ich allerdings, dass sie es künstlich verlängerte und im Alltag einen schrägen Bob trug, der ihr auf einer Seite ins Gesicht fiel.

Noch im Mohiniyattam-Kostüm setzte sie sich auf den Hocker, den man für sie bereitgestellt hatte, und legte eine Hand auf die Brust, die andere gleich darunter auf den Solarplexus. Dann neigte sie den Kopf auf eine Seite, und ein Ausdruck tiefer Trauer legte sich über ihr Gesicht. Im Dunkeln hinter ihr begann eine Tanpura zu summen. Dann stimmte Mohini ihr Lied an. Es handelte von Aravan, dem mythischen Helden, der im Kampf sein Leben opferte, aber noch vermählt werden wollte, bevor er starb. So verwandelte sich Vishnu in eine Frau namens Mohini und vermählte sich mit ihm, um dann um ihn zu trauern. Einer meiner Großväter war Hindu, daher kannte ich die Geschichte. Mohini legte beim Singen kleine Pausen ein, schraubte ihre Stimme hoch hinauf und ließ sie dann schräg abwärts gleiten, bis die Töne tiefer waren als zu Anfang. Ihr Gesang erschütterte mich bis ins Innerste. An bestimmten Stellen ballte sie die Hände zu Fäusten und öffnete sie wieder.

An jenem ersten Abend wusste ich zwar, dass ich mit ihr sprechen musste, aber nicht, was ich sagen sollte. Mir war nur klar, dass ich jeden Morgen neben diesen Augen aufwachen und jeden Abend mit meinen Fingern über ihr Gesicht streichen wollte. So hatte ich noch nie für jemanden empfunden. Ich war berüchtigt für meine Bettgeschichten und hatte gegen diesen Ruf auch nichts einzuwenden. Aber eine so außergewöhnliche Schönheit erforderte außergewöhnliche Anstrengungen. Ich ging in ihre Garderobe. Sie saß auf einem Hocker, und als sie sich umdrehte, um zu sehen, wer da gekommen war, fiel ich auf die Knie, berührte mit der Stirn ihre Füße und sagte: *Ich will mit dir zusammen sein.*

Monate später – wir waren tief in den Garten unserer neuen Liebe vorgedrungen und staunten noch immer darüber, wie groß er war – fragte ich sie, warum sie beim Singen die Faust über dem Solarplexus ballte. Ich gestand ihr, dass ich mein ganzes Leben lang an dieser Stelle immer wieder schmerzhafte Stiche spürte, als hätte mir jemand ein Messer hineingestoßen und Essig in die Wunde gegossen. Sie erklärte mir, dort befinde sich das Nabel-Chakra, eine gelbe Blume mit zehn Blütenblättern, und da es die adrenalen Drüsen steuere, könne es Ängste, innere Unruhe und Traurigkeit auslösen. Deshalb wolle sie es natürlich anregen, wenn sie um einen Geliebten trauere.

Schon die Erinnerung daran bringt den Schmerz zurück. Ich liege auf dem Rücken, um mich herum gleitet der Regen von den Wänden der Insel ab. Um mich zu beruhigen, schiebe ich das Hemd hoch und lege die Hand auf den Verband. Immer wenn ich ihr sagte, ich hätte mich in dieser Welt noch nie richtig heimisch gefühlt, ließ Mohini ihre Hand die ganze Nacht auf dieser Stelle meines Körpers liegen.

Heute ist es eine Woche her, dass ich von zu Hause fortgegangen bin.

BEGEGNUNG

Ich vermisse die Krisen. Sie gaben mir etwas, worauf ich mich konzentrieren konnte. Hoffentlich taucht bald eine neue Krise auf. Ich rufe schon über die alte Telefonleitung die siebzig Jahre alte NOAA-Boje an, die nördlich von mir im Meer schwimmt, nur um zu hören, wie eine Stimme die Wellendaten durchgibt.

Die Nächte durchwandere ich in einem Zustand der Fugue. Erst zähle ich, dann verzweifle ich am Zählen, und schließlich verzweifle ich an der Verzweiflung. Eben war ich noch stolz auf meine Fortschritte. Im nächsten Augenblick wird mir bewusst, wie viele Kilometer ich noch zurücklegen muss, und dann ist es, als würde ich nach oben in den Himmel stürzen. Ich stelle eine Regel auf: Ich darf nicht weiter als zwei Nächte in die Zukunft denken. Das schließt auch Dschibuti aus. Meine Welt ist zwischen zwei Horizonten gefangen, dem vor mir und dem hinter mir. Nichts anderes braucht mich zu kümmern.

Eines Morgens höre ich kurz nach Tagesanbruch ein Hornsignal.

Mein erster Gedanke: Das Horn von Mycenae.

Mein zweiter Gedanke: Nun haben sie mich doch gefunden.

Ich wende mich nach Südosten, denn von dort kam der Ton, und suche den Horizont ab. Ich entdecke ein Schiff. Ameem sagte doch, die wichtigsten Schifffahrtsrouten würden den Trail erst viel weiter westlich kreuzen? Also ist es wahrscheinlich die indische Küstenwache. Verdammter Mist.

Ich blase meine Insel auf, verlasse mich auf die Tarnfunktion und krieche hinein. Das Schiff ist so weit weg, dass mich die absinkenden Schuppen nicht mitziehen können. Schon sehe ich eine nach der anderen verschwinden, als würde eine Halskette unter Wasser gezogen. Sie sinken unter die Oberfläche, um das Schiff vorbeizulassen. Je näher es kommt, desto mehr wendet es mir seine Seite zu, und desto größer wird es. Es ist ein verdammt großer Kasten. Wenn es ein Militärschiff ist, muss es ein Flugzeugträger sein.

Dann sehe ich die Flagge: ein weißer Stern auf blauem Grund. Sie kommt mir bekannt vor, aber ich kann sie keiner Nationalität zuordnen. Ein indisches Schiff ist es jedenfalls nicht.

Es ist also ein Handelsschiff, und somit bin ich für die Besatzung nicht von Interesse. Ich verlasse die Insel und bleibe sitzen. An Deck sehe ich nur eine einzige Gestalt. Ein Mann. Er hat die Ellbogen auf die Reling gestützt, die Hände wie zum Gebet gefaltet, und schaut auf den Trail hinab. Nun winkt er, und vier weitere Männer kommen von hinten, stellen sich neben ihn und starren wie er aufs Meer. Natürlich, der Trail ist sicherlich sehenswert. Immer mehr Seeleute drängen sich an der Seite zusammen wie die Vögel auf einer Stromleitung.

Dann ertönt ein lauter Schrei. Man hat mich gesehen. Alle Seeleute jubeln. Sie winken und klatschen und rufen. Mein Glotti kann nur einen Teil aufnehmen, dann ist es überlastet und wirft alles durcheinander:

FRANZÖSISCH: Seht doch, ein Läufer, ein Läufer, einer von den Läufern.
SOMALISCH: Ein Mann oder eine Frau? Läufer
FRANZÖSISCH: Ist sie allein
ARABISCH: Sie ist die Heldin
SOMALISCH: Eine Läuferin
ARABISCH: Wie in der Geschichte

Somalisch: Wer ist bei dir?
Arabisch: Sie erzählt eine Geschichte.
Französisch: Gute Reise Madame gute Reise hallo Mademoiselle
Arabisch: Wo ist deine Familie?
Somalisch: Läuft nach Afrika
Arabisch: Wo ist deine Mutter?
Somalisch: Ist nicht allzu weit
Arabisch: Bringt sie das Kind zur Welt oder stirbt sie?
Somalisch: Du schaffst das schon
Französisch: Mademoiselle eine Abenteurerin wie Sie gibt es kein zweites Mal
Somalisch: Du bist die Mutter einer neuen Rasse
Französisch: Heil dir Yemaya!

Das Schiff gleitet weiter, und die Schuppen tauchen wieder auf. Jetzt kann ich auch die Flagge zuordnen: Es ist natürlich ein somalischer Öltanker. Vielleicht auf dem Weg nach Karachi. Außerdem muss ich herausfinden, was »Yemaya« bedeutet.

Ich gebe meinem Sichter den Befehl, das letzte Wort nachzuschlagen, das vom Glotti übersetzt wurde. Dabei bemerke ich aus dem Augenwinkel noch etwas, das nicht hierhergehört. Diesmal ist es kein Schiff. Hinter dem Trail-Stück, das soeben wieder auftaucht, steht eine kleine Frau. Sie ist nackt. Ihr Gesicht kann ich nicht erkennen. Doch als sie meinen Blick bemerkt, dreht sie sich um, stürzt sich kopfüber in den Ozean und taucht nicht wieder auf, obwohl ich so lange regungslos stehen bleibe und auf die Stelle starre, bis die Sonne einen Fingerbreit höher am Himmel steht.

NICHT-MUTTER

Wahrscheinlich war es nur eine Stressreaktion. Wenn man stark unter Druck steht, sind Halluzinationen an der Tagesordnung. Man denke an das barfüßige Mädchen, an das ich mich jetzt kaum noch erinnere.

Jedenfalls darf man den Augen nicht trauen. Wenn ich am Abend beim Essen auf die Wolkenbänke starre, kann ich mir einreden, es wären Gebirge. Empirische Daten, die diese Behauptung entkräften könnten, gibt es kaum. Nur mein Pozit und mein Sichter zeigen an, dass ich mich neunzig Kilometer weit im Arabischen Meer befinde und dass es weit und breit kein Gebirge gibt. Wenn diese beiden Geräte nicht wären, könnte ich auch an irgendeinem von hundert anderen Orten auf der Erde sein. Vor der Küste Namibias, vor Samoa oder vor Chile. Ich bewege mich sozusagen im größten Freiluftpark der Welt, aber ich erlebe ihn eigentlich nur in zwei Dimensionen, weil ich auf einem Förderband laufe und auf keiner Seite heruntersteigen kann. Die Erscheinungen, die zwischendurch auftauchen, kann ich nur beobachten. Es sind Schatten an den Höhlenwänden.

Mein Sichter hat zu Yemaya eine Menge zu sagen. Sie wird auch Yamalla, Yamana, LaSiren, Imanja, Yemaja, Yamowo, Iemanya, Janaína und Yemoja genannt. Offenbar handelt es sich um eine westafrikanische Orisha, die auf den amerikanischen Kontinent gebracht wurde und wieder zurückgekehrt ist. Sie wird in afrokaribischen Gemeinschaften verehrt. Bei jungen Progressiven in westafrikanischen Städten erlebt sie derzeit eine Renaissance. In erster Linie wird sie mit dem Meer in Verbindung gebracht. Aber sie symbolisiert auch die Mutterschaft.

Warum haben mich die Seeleute so genannt?

Ich wollte niemals Mutter sein, weil ich selbst keine Mutter habe.

Muthashi zählt nicht, und das weiß sie auch. Meine leiblichen Eltern sind tot. Meine Großeltern wissen nichts über meine richtige Mutter Meenakshi Mehta. Sie wussten nicht einmal, dass ihr Sohn in Addis mit jemandem zusammengelebt hat. Erst später wurden Einzelheiten bekannt. Sie war neunzehn Jahre alt, hochintelligent, eine klassische Schönheit, hochgewachsen und kräftig gebaut, aus einer konservativen Familie in Gandhinagar. Wenn ich als Teenager wieder einmal eine beschissene Phase durchlebte, schaute ich mir gern die Fotos von ihr an. Sie war hellhäutig; was ich also an schwarzen Genen habe, kommt von meinem Vater. Als ihre Angehörigen von den Morden hörten, erklärten sie Muthashi und Muthashan, ihr Sohn hätte Schande über die Familie gebracht, und sie wollten mit uns und auch mit mir nichts zu tun haben. So ist es bis heute geblieben. Ich habe sie mehrfach auf die Probe gestellt. Sie haben sich auf jede nur denkbare Weise vor mir abgeschottet. Als ich älter wurde und ein paar Tricks mehr auf Lager hatte, versuchte ich, sie wiederzufinden, doch in Gandhinagar gab es keine Unterlagen über eine Familie Mehta, die auf sie gepasst hätten. Daraufhin rief ich ihre früheren Nachbarn an. Die Mehtas waren in den Südpazifik gezogen und hatten seither nichts mehr von sich hören lassen.

Ich entwerfe im Geist ein Bild von meiner Mutter. Inzwischen bin ich bereits acht Jahre älter als sie zum Zeitpunkt ihres Todes. Ich setze mir ihre Erscheinung aus sechs oder sieben hochgewachsenen, kräftigen jungen Frauen aus meiner Bekanntschaft zusammen, die furchtlos und entschlossen auftraten. Einige waren

Freundinnen, mit manchen habe ich geschlafen. Ich glaube, sie hätte ihren Kaffee gern schwarz und den Chai ungesüßt getrunken, und das Dhal wollte sie so dick wie Haferbrei. Doch dann fällt mir wieder ein, dass das alles nur eine Erfindung von mir ist. Also lösche ich die Skizze und beginne eine neue. Die Wahrheit ist, dass ich gar nichts weiß. Ich weiß nicht, was sie von mir halten würde. Ich weiß nicht, ob sie es gebilligt hätte, dass ich mit Mohini zusammen war.

Wobei ich im Allgemeinen niemanden um Erlaubnis frage. Meine Großeltern liebten mich, wenn auch mit Schmerzen. Sie sahen, dass ich meinen eigenen Willen hatte. Gegen Muthashi kämpfte ich so lange, bis sie sich von mir lossagte. Einmal beendete ich einen Streit damit, dass ich ein Arzneigefäß gegen die Wand warf. Als es zerbrach, rannte ich in die Küche, presste die Stirn auf den Tisch und rang nach Atem. Sie kam herein und begann Chai zu kochen, als wäre nichts geschehen. Aber ihre Hände zitterten, und als sie zu sprechen begann, sah sie mich nicht an. Sie sagte: Es ist genug, dass wir dich haben. Es ist genug. Es ist genug. Es klang, als wollte sie sich selbst davon überzeugen, aber ohne Erfolg.

Als der Chai fertig war, bot sie mir davon an. Ich antwortete nicht. Das Schweigen zog sich in die Länge, es wurde immer schlimmer für sie, und ich tat nichts dagegen. Irgendwann machte sie sich auf die Suche nach Muthashan. Ich blieb in der Küche sitzen, bis die Sonne unterging und mein Zorn allmählich verrauchte.

Danach zogen sie sich beide von mir zurück, verzichteten auf die Elternrolle und beschränkten sich darauf, mich zu unterstützen. Sie bezahlten das Schulgeld und die Arztrechnungen für mich, mischten sich aber nicht weiter in meine Erziehung ein. Meine Ausbrüche hatten sie verletzt. Sie äußerten sich nicht einmal, als ich mein Studium abbrach. Ein paar Jahre später begann ich, mich schuldig zu fühlen. Als ich in Kochi wohnte, rief ich sie jeden Tag an und fragte, was sie erlebt hatten. Man könnte sagen, wir schlossen Freundschaft.

Und dann, es war vor drei Monsun-Regenzeiten, lernten sie Mohini kennen.

Der Wind peitschte den Regen durch die Straßen. Mohini hatte ihren Auftritt penibel vorbereitet. Sie wollte meine Großeltern beeindrucken. Obwohl sie ohnehin von überragender Schönheit war, verwandte sie ebenso viel Mühe auf ihr Aussehen wie die alten Bollywood-Stars, die sie vergötterte. Sie ließ es sich nicht nehmen, in einem geschlossenen Wagen vorzufahren, mit einem Sonnenschirm ihre Frisur zu schützen, einen bodenlangen Regenmantel über ihrem Sari zu tragen und ihn, nachdem sie mich eingehend über die Aufteilung im Eingangsbereich des Hauses befragt hatte, in der Vorhalle abzulegen, bevor meine Großeltern sie zum ersten Mal zu Gesicht bekamen. Der Plan ging auf. Als sie sich mit gefalteten Händen vor ihnen verneigte, sah sie aus wie eine Vision aus dem Kamasutra. Die makellos ovalen Fingernägel waren golden lackiert, an ihrem blauen Sari glänzte ein Goldsaum, auf der Stirn prangte ein schlichtes rotes Tilaka, und ihr Haar war (natürlich von Seeta, ihrer Mutter) mit Goldfäden durchwirkt worden.

Rupa hatte besondere Dosas gemacht. Sie wurde gerade von Muthashi in die Grundlagen des Ayurveda eingeführt, bevor sie sich für die Schule bewarb, und im Gegenzug kochte sie für uns. Sie saß auch mit am Tisch. Das hatte ich als Teenager mit einem meiner Wutausbrüche durchgesetzt: Ich wollte nicht in einem Haus leben, in dem die Diener nicht bei unseren Gästen sitzen und mit ihnen essen durften. Sie müssten die gleichen Chancen haben wie ich. Muthashan war das egal, aber Muthashi versuchte, mir zu erklären, dass die Welt nicht so funktionierte. Ich sagte, das tut sie doch, man muss es nur wollen. Seither saßen bei uns die Diener mit am Tisch, und in der Nachbarschaft hatten wir den Ruf, radikal zu sein.

Mohini hatte dem ersten Besuch bei meinen Großeltern mit Bangen entgegengesehen. Ihre Familie gehörte einer niedrigen Kaste an. Ich beteuerte, das spiele heutzutage keine Rolle mehr, aber sie meinte, das könne nur jemand mit meinen Privilegien behaupten, schließlich sei ich Brahmanin und außerdem wohlhabend. Bei Tisch verhielt ich mich ruhig und ließ Mohini reden. Sie beeindruckte nicht nur meine Großeltern, auch Rupa war sichtlich von ihr fasziniert. Nachdem Mohini ihren glanzvollen Auftritt planmäßig hinter sich gebracht hatte, war sie der Star am Tisch. Man plauderte zwanglos über die verschiedensten Themen, von Josefina Paz' Stücken bis zu den Erfolgen der Haratin-Befreiungsfront.

Meine Großeltern waren die Höflichkeit selbst. Mohinis Behandlung erwähnten sie mit keinem Wort. Obwohl sie neugierig waren, obwohl sie Geschlechtsumwandlungen nicht billigten, war es unter ihrer Würde, sich dazu zu äußern. Sie hätten nicht liebenswürdiger sein können. Das rechnete ich ihnen hoch an.

Als wir an jenem Abend miteinander im Bett lagen, entschuldigte ich mich bei Mohini dafür, dass ich ihr meine Mutter nicht vorstellen konnte. Ich fühlte mich schuldig. Sie drückte meinen Kopf an ihre Brust, strich mir über das Haar und forderte mich auf, mir eine solche Begegnung auszumalen.

Natürlich traf mich das nicht unvorbereitet. Wir Waisen sind sehr versiert darin, Szenarien von Familientreffen zu entwerfen. Ich schwieg zunächst, während ich nach den schönsten oder eindrucksvollsten Bildern suchte, und als Mohini fragte, woran ich gerade denke, sagte ich es ihr. Es gab nichts Trennendes zwischen uns. Ich sprach aus, was ich dachte. Ich gestand, dass ich meine Mutter in dem Sinne als Göttin imaginierte, dass sie im Herzen des Tempels lebte, im Allerheiligsten, wie etwa in der Tempelanlage von Madurai. Und dass ich mein ganzes Leben damit verbringen würde, einen Raum nach dem anderen zu umkreisen und zu betreten, alle Stadien der Illusion zu durchlaufen, bis ich endlich vor der letzten Wahrheit stünde. Dem Inbegriff der Mutter. Der Perle meiner Existenz.

Dem Devi-urg, sagte Mohini.

Ich kitzelte sie, und sie sprang kreischend aus dem Bett. Dann vereinbarten wir einen Waffenstillstand und gelobten, einander nicht mehr zu kitzeln und auf weitere englische Wortspiele zu verzichten.

Sie kam ins Bett zurück und sagte: Ich wollte mich nicht darüber lustig machen, Meenaji. Es ist ein schönes Bild.

Ich finde es zu platt.

Sind dir unverständliche Metaphern etwa lieber?

Ich weiß eben nicht, ob das Bild stimmig ist.

Selbst das ist in deiner Metapher enthalten. Jeder deiner Räume ist in einem ganz eigenen Maß durchdrungen von Zweifel oder Gewissheit. Das gilt auch für den Raum, in dem du nicht weißt, ob die Tempel-Metapher stimmig ist.

Schön. Und wenn ich nun feststelle: Verdammt, falsche Religion.

Stimmt. Du hättest die ganze Zeit über Buddhistin sein sollen.

Meine Mutter ist eine Nicht-Mutter.

Es gibt keine Mutter.

Buddha ist die Ist-Mutter.

Auch das ist doch enthalten: der Raum des Tempels, der gar kein Raum ist, sondern ein Zendo, ein Labor oder eine Küche. Oder eine Sackgasse.

Genau. Alle sind sie Teile des Tempels. Alle bringen sie mich dem Zentrum näher. Aber ich weiß nie, in welchem Raum ich gerade bin.

Richtig. Du glaubst nur an den jeweiligen Raum und seine sensorische Realität. Aber jeder Raum enthält wieder einen Raum und ist seinerseits in einem anderen Raum enthalten.

Spielt der Wille dabei eine Rolle?

Wie meinst du das?

Kann ich etwa sagen, ich will diesen Raum verlassen und den nächsten betreten? Kann ich mich direkt an die Göttin wenden?

Es könnte sein, sagte sie. Aber wenn du sie zu früh anrufst, bevor du bereit bist, bevor du gereinigt bist von allen Begehrlichkeiten, Gefühlen und Ängsten, erträgst du vielleicht nicht, was du beschwörst, und dann wird sie dich vernichten.

Eines Morgens muss ich mich übergeben. Zu viel Sonne und zu wenig Wasser. Ich erbreche einen dicken Idli-Brei, der von den Wellen fortgetragen und von den Fischen gefressen wird.

Ich erfinde ein neues Spiel. Ich versuche, genau den Zeitpunkt zu erkennen, wann der Himmel heller wird. Dabei gilt es, die Schwelle zur Unzweideutigkeit zu definieren – ist es so weit, wenn ich die Haare auf meinen Unterarmen sehen kann? Oder wenn ich Farben unterscheide? Ich gehe nicht mehr weiter, sondern stehe einfach still und schaukle auf und ab. Welche Farben tauchen als Erste auf?

Ich drehe mich um und schaue nach Osten. Ich liebe Sonnenaufgänge. Ein Sonnenaufgang ist das größte Schauspiel überhaupt. Ich möchte genau den Moment erspüren, in dem die Sonne zum ersten Mal erscheint. Ich will *Jetzt* sagen, wenn ich glaube, dass es so weit ist. Ich sage es leise vor mich hin, »Jetzt«, aber noch ist es viel zu früh. Ich werde ruhiger. Ich stehe vollkommen still, beobachte, lausche, schließlich flüstere ich: »Jetzt«, und die glühende Kohle taucht auf.

Einmal sagte ich zu Mohini: Mutterlose Kinder sind süchtig nach Schönheit.

Wenn ich schlafe, habe ich einen Körpertraum. In Anlehnung an den üblichen Traum, bei dem man in einem Haus immer neue Räume entdeckt, finde ich hier immer neue Gliedmaßen an meinem Körper. Zuerst sprießen mir Flügel aus den Schultern. Dann wachsen mir drei Penisse zwischen den Beinen. Sie werden so lang, dass sie selbst zu Beinen werden und ich mich um mich selbst drehe wie ein Seestern. Zusätzliche Arme schieben sich aus meinen Flanken, ich werde zum tanzenden Shiva.

Das Sprachexperiment ist nicht von langer Dauer. Am dritten Tag, an dem ich das Meer *Sari* nenne und so weiter, wird mir so übel, als hätte ich Laddus in Salz gewälzt und hundert Stück davon gegessen.

ALLES BESTENS

Ich bin seit siebenundzwanzig Nächten auf dem Trail unterwegs.

Ein paar Nächte lang war ich hingerissen von den Sternen. Eine geradezu mystische Erfahrung. Doch schon in der nächsten Nacht vermochten die Sterne diese Begeisterung nicht mehr hervorzurufen, und ich war wütend. Ich hatte zu weit oben angefangen.

Eine Nacht ist wie die andere. Ich führe Buch, indem ich mit meinem Filetiermesser auf der Plastikoberfläche meiner Reiseapotheke Striche einritze. Buch zu führen ist eine Möglichkeit, mir selbst zu beweisen, dass die Zeit nicht nur vergeht, sondern sich auch linear in einer Richtung bewegt. Meinem Pozit zufolge habe ich sechs Prozent des Weges nach Dschibuti zurückgelegt. Und ich bin immer noch am Leben. Offenbar braucht mein Körper lediglich eine gewisse Menge an Wasser, Proteinen und Reis, um zu funktionieren. Warum hat mir das noch niemand gesagt? Alle zwischenmenschlichen Beziehungen lassen sich auf eine Übertragung von Masse und Energie zurückführen. Zum Thema zwischenmenschliche Beziehungen: Wo sind eigentlich alle diese Siedlungen, von denen Ameem gesprochen hatte? Bisher bin ich auf keine anderen gestoßen. Aber ich habe acht weitere nahe Begegnungen mit Schiffen hinter mir, und noch wesentlich mehr habe ich am Horizont gesichtet – Flugzeugträger, Öltanker und Kreuzfahrtschiffe, die wie Hochzeitstorten in den Himmel ragen. Man kann nicht sagen, hier herrsche kein Verkehr.

Bei Nacht klafft die Galaxis über mir wie ein Riss am Himmelsgewölbe, in der Mitte ist die Helligkeit am stärksten. Sie sieht tatsächlich aus wie eine Yoni. Muss ich eigentlich alles auf Yonis beziehen? Ich kann nicht anders. Ich bin ein Fan von Yonis. Mohinis Yoni habe ich geliebt. Als wir zum ersten Mal zusammenkamen, befand sie sich im Endstadium ihrer Geschlechtsumwandlung. Wir hatten nur einmal Sex als Mann und Frau, denn obwohl der Prozess noch nicht abgeschlossen war, konnten wir es nicht mehr erwarten. Es war noch in ihrer alten Wohnung. Ich entblößte im Schein der Nachmittagssonne, die durch einen pinkfarbenen Vorhang fiel, meine Brüste, und sie küsste sie beide. Dann ließ ich mich auf sie nieder. Tränen quollen ihr aus den Augenwinkeln. Ich kam schnell, dann schob sie sachte meinen Bauch nach oben und von sich weg und umarmte mich, obwohl meine Scheide noch pulsierte und etwas zu umschließen suchte, was nicht mehr da war. Danach liebten wir uns nicht mehr, bis sie dazu bereit war. Als die Umwandlung abgeschlossen war, glich ihre Yoni einer jungen Knospe. Ich ging behutsam damit um. Jeden Abend bedachte ich sie mit einem neuen Namen und brachte Mohini damit zum Lachen. Manchmal war der Name komisch (Premierminister), und manchmal machte er sie verlegen (Erntemond). Sie meinte, ich liebte sie zu sehr. Zu sehr für wen?, fragte ich. Für mich? Ich amüsiere mich doch nur. Ich darf die ganze Zeit mit dir zusammen sein. Und es gibt immer etwas Neues zu entdecken. Kindheit! Religion! Schulzeit! Politik! Mutter! Vater! Schwulsein im ländlichen Tamil Nadu! Wir hatten einander so viel zu erzählen, dass wir nie ein Ende fanden, und alles war neu. Wenn ich sie zum Höhepunkt brachte, erschlaffte sie und fiel zurück wie eine Marionette mit Knopfaugen. Dann legte ich den Kopf auf ihren Bauch und lauschte ihren Atemzügen, und so schliefen wir ein.

Ich denke an Mohini, weil ich sie immer noch vergöttere. Weil ich, solange ich auf dem Trail laufe, nichts anderes zu tun habe, als über Menschen nachzudenken, die ich kenne. Sie sitzen in meinem Kopf und reden mit mir. Das ist jetzt mein Leben. Damit vertreibe ich mir die Zeit.

ACHTES BUCH

MARIAMA

DIE SONNENFÄNGER

Auf der Rückfahrt von dem Schönheitswettbewerb bei Agadez bekam Francis einen Anruf von Muhammed. Einer der Laster hätte einen Motorschaden. Als wir ankamen, sagte man uns, wir müssten auf ein Ersatzteil warten. Es sei auf dem Weg zum Hafen von Lagos, aber das Schiff hätte sich wegen eines gewaltigen Sturms verspätet. Dabei war eigentlich Trockenzeit. Es könne noch Tage dauern.

Die Nachricht hatte eine unerwartete Wirkung auf mich. Ich wurde unruhig, weil wir uns nicht weiter auf unser Endziel zubewegten. Ich war launisch und reizbar. Francis versuchte, mich aufzuheitern, indem er sagte: Weißt du, was sie hier sprechen? Hausa. Wenn sie also in Addis Abeba einmarschieren und verlangen, Teil der neuen Weltsprache zu werden, sprechen wir alle Somamhinglimandarabhausa.

Aber der Scherz ging ins Leere. Ich wurde nur noch wütender. Als er meinen Gesichtsausdruck sah, spielte er den Zerknirschten und schlich davon.

Francis, Muhammed und die anderen Fahrer hatten nichts dagegen, auf den Lastern zu schlafen. Du warst davon nicht sehr angetan, weil du dir ein Hotelzimmer leisten konntest, aber du wolltest dich den Männern und auch mir gegenüber solidarisch zeigen. Deshalb schliefen wir weiterhin auf unserer Palette. Ich strich mit meinem Finger über dein Gesicht, bis du mir im Schlaf einen Klaps auf die Hand gabst und dich umdrehtest.

Kano hatte den Reiz des Neuen bald verloren. Wir gingen zwar in die Stadt, aber ich kam mir dort wie eingesperrt vor. Mittlerweile konnte keine Stadt, die nicht Addis Abeba war, meinen Ansprüchen mehr genügen. Gewiss, es gab Supermärkte mit Süßigkeiten, und wir zelebrierten unser kleines Ritual und kauften einen Vorrat, aber eines Nachts fand ich dein Versteck und aß zu viel davon. Mir wurde schlecht, und du wurdest wütend. Das verdarb mir für eine Weile den Appetit. Das Kreen wurde sehr lebendig, es fühlte sich an wie ein zappelndes Garnknäuel. Ich hörte auf, mit der Faust darauf zu schlagen. Ich ließ es einfach zappeln.

Als wir endlich aufbrachen, hatten wir eine volle Woche in Kano verbracht. Ich war froh, wieder unterwegs zu sein, sah zu, wie der Sand unter unseren Reifen aufspritzte, und wartete darauf, dass sich das Kreen beruhigte. Doch das Unbehagen war nicht so leicht abzuschütteln. Meine Seele war wie ausgetrocknet und hatte erst nach einigen Tagen auf Reisen wieder genügend Feuchtigkeit aufgenommen.

Wegen der Verzögerung in Kano mussten wir Nigeria sehr viel schneller durchqueren. In Kamerun schlängelte sich die Straße durch einen dichten Wald am Chari entlang, einem Fluss mit sattbraunem Wasser, den ich auf unserer Karte verfolgte. Bei Sonnenuntergang knieten wir uns zu dritt an die Seite der Ladepritsche. Du zeigtest auf Dinge, die ich auf Englisch aussprechen sollte, und Francis wollte das amharische Wort dafür hören.

River … wenz.

Fish … asa.

Beautiful … konjo.

Nach einigen Stunden in Kamerun erreichten wir Kousséri an der Grenze zum Tschad. Wegen der langen Dürre führte der Fluss zu wenig Wasser, die Fähre konnte nicht fahren. Stattdessen hatte man eine Pontonbrücke errichtet. Sie war ganz neu und glänzte in der Saharasonne wie das Armband einer Uhr, und ich musste zum ersten Mal seit langer Zeit wieder an Dr. Moctar Brahim denken. Aus dem Kreen schoben sich spitze Klingen und bohrten sich von innen in meine Brust.

Vor der Brücke stand ein Schild in den Farben Grün, Weiß und Orange. Da wir warten mussten, bis die Auffahrt frei war, stiegst du mit mir vom Laster, und ich musste mich vor das Schild stellen und lesen, was darauf stand. Du erklärtest mir, es sei der gleiche Text in vier Sprachen – Arabisch, Französisch, Englisch und Hindi. Dass es keine Version in Mandarin gebe, sei als Beleidigung für die Chinesen gemeint.

Ich las den englischen Text:

WIR, DAS INDISCHE VOLK
SCHENKEN DIESE BRÜCKE
DEN WÜSTENVÖLKERN KAMERUNS UND DES TSCHAD
ZUM ZEICHEN DER FREUNDSCHAFT
ZWISCHEN UNSEREN NATIONEN
FÜR DIESES JAHRHUNDERT UND ALLE ZEIT,
BIS DASS DER OZEAN ZURÜCKKEHRT.
NAMASTE!

Ziemlich dramatisch, stelltest du fest.

Und dann erklärtest du mir, was alle die Worte bedeuteten. Indien sei das Land, aus dem die Laddus kamen. Das, Yemaya, war zunächst alles, was ich mit Indien verband. Ich stellte es mir wie eine Fabrik vor, die süße Milchkugeln herstellte und in alle Welt verschickte, um mit den Gewinnen Brücken zu verschenken. Wie sehr ich mich doch irrte – in jeder Hinsicht!

Beim Grenzübertritt in den Tschad und vor der Einfahrt in die Hauptstadt N'Djamena hatten wir viele Schwierigkeiten. Wir mussten stundenlang an Polizeikontrollen warten, fünfmal innerhalb eines einzigen Kilometers, jedes Mal aus einem anderen

Grund. Du und Francis, ihr stecktet die Köpfe zusammen, und ich stand neben dir und steckte den Kopf unter deinem Arm hindurch. So konnte ich alles hören, was Francis sagte: dass die Lage im Tschad sehr schlecht sei. Dass wir die Grenzpolizei dreimal so oft hätten bestechen müssen wie vergangenes Jahr und dass die üblichen Dokumente nicht mehr genügten. Von den Dokumenten, die die tschadische Polizei jetzt verlangte, habe Muhammed noch nie gehört. Er meinte, sie hätten sie frei erfunden und lachten sich darüber halb tot, weil sie betrunken seien. Im Moment würde Muhammed sogar mit den Beamten trinken, sie hätten ihn mit vorgehaltener Waffe dazu gezwungen, und es sei ratsam, ihnen ihren Willen zu tun. Im Osten sei die Situation sogar noch schlimmer – dort sei das Wasser so knapp geworden, dass Nomaden und Dorfbewohner am Rand eines Krieges stünden, fast die gleiche Situation wie um die Jahrhundertwende in Darfur.

Was ist mit Mariama?, fragtest du. Sie hat keine Papiere. Werden sie sich weigern, sie passieren zu lassen?

Das lässt sich mit Geld regeln. Du darfst ihnen nur nicht zeigen, wie viel du hast. Das gilt allerdings nur für die tschadische Militärpolizei. Sollten wir es mit den Milizen im Osten zu tun bekommen – wer weiß?

Was würden die tun?, fragtest du.

Nichts Gutes, sagte Francis. Es sind böse Menschen.

Warum fahren wir überhaupt durch den Tschad?

Nach Addis kommt man nur über Khartum. Und nach Khartum kommt man nur über Abéché. Sonst müssten wir nach Süden ausweichen, durch Kamerun, die Zentralafrikanische Republik, den Kongo, Uganda und Kenia, um schließlich wieder nordwärts nach Äthiopien zu fahren – ein gewaltiger Umweg. Wir kämen vor Ostern nicht nach Addis.

Francis wandte sich an mich. Du weißt doch, wo du dich verstecken sollst, falls es Ärger gibt, Mariama?

Ich nickte. Bisher hatte Francis mich zweimal in mein Versteck geschickt, ein leeres Ölfass, wenn er befürchtete, es könnte gefährlich werden. Ein Fass blieb für solche Fälle immer leer. Francis erklärte mir, ich sei eine Belastung für den Konvoi, denn es gebe einen regen Handel mit Kindern. Andere Länder bezahlten den afrikanischen Regierungen so viel, um dem ein Ende zu setzen, dass man die Polizisten mit noch höheren Summen bestechen müsse, damit sie den Mund hielten.

Im Tschad hielten wir nur an, wenn es unumgänglich war. Nach der Episode an der Grenze wollte Muhammed das Land so schnell wie möglich durchqueren.

Du hattest in N'Djamena ein antiquarisches englisches Buch gefunden, darin lasen wir nun miteinander auf diesen endlos langen Fahrten. Seltsamerweise war es eine indische Geschichte – ich musste mehrmals üben, bis ich den Titel richtig aussprechen konnte – *Das illustrierte Mahabharata für Kinder*. Sie handelte von wunderschönen Männern, den Pandavas und den Kauravas, die sich mit grünen Edelsteinen schmückten und auf violetten Pferden ritten. Francis behauptete im Scherz, wir arbeiteten mit unlauteren Mitteln, schließlich gebe es keine amharischen Bücher zu kaufen, anhand derer *er* mich unterrichten könnte. Tatsächlich machte ich im Englischen schnellere Fortschritte als im Amharischen. Wenn wir erst in Äthiopien sind, sagte er, kaufe ich dir so hübsche amharische Bücher, dass du nie wieder eine andere Sprache sprechen willst. Du schütteltest den Kopf, aber mit einem Lächeln. Zwischen euch beiden war ein richtiger kleiner Wettstreit entbrannt.

In diesem Moment wurde der Laster langsamer und hielt an. Ich hasste dieses Gefühl, denn meine Seele wollte weiterfahren. Francis kletterte ins Führerhaus, um nachzusehen, was los war, und als er sich zu uns umdrehte, waren seine Augen weit aufgerissen.

Mariama, versteck dich.

In diesem Ton hatte er noch nie zu mir gesprochen. Ich lief sofort zu meinem leeren Fass, doch bevor ich hineinstieg, sah ich durch die Windschutzscheibe noch kurz eine Reihe von Reitern, jeder mit einem Gewehr vor der Brust.

Francis schloss den Deckel, und ich hockte im Dunkeln, konnte aber noch hören und auch fühlen. Als der Laster vollends zum Stehen kam, dröhnte wie zum Hohn unser Lieblingssong, Angélique Kidjos »Afrika«, fröhlich aus den Lautsprechern.

Ich hielt mich möglichst still, aber es war sehr unbequem. Im Fass schien viel weniger Platz zu sein als sonst, und ich fror, als liefe irgendwo eine Klimaanlage. Hatte Francis hier drin am Ende noch etwas anderes versteckt? Ich tastete nach meinem Luftloch, konnte es aber nicht finden.

Da wurde mir klar, dass ich im falschen Fass saß.

Von draußen war ein Scheppern zu hören, und ein Zittern ging durch den Laster. Die Musik verstummte. Dann drangen Rufe auf Arabisch bis zu mir, ich verstand aber nur einzelne Worte. Offenbar gab es einen Streit. Viele Stimmen redeten durcheinander, fielen sich gegenseitig ins Wort. Muhammeds Stimme ging in dem Lärm fast unter. Dann kamen Leute mit schweren Stiefeln auf unsere Ladepritsche gestiegen. Und ich hörte dich, ganz dicht, ganz nahe, in leisem Singsang in meiner Muttersprache sagen: Jetzt musst du tapfer sein, meine Kleine. Sie kommen und wollen dich vielleicht mitnehmen. Lass es nicht zu. Lauf in die Wüste.

Genauso hatte auch meine Mutter gesprochen, Yemaya. Mit einem Mal war ich wütend auf euch beide: Warum sagtet ihr, ich solle weglaufen? Woher wolltet ihr wissen, was am besten für mich war? Konnte ich nicht selbst entscheiden, ob ich bleiben wollte?

Wieder dieses Scheppern, noch einmal und noch einmal, jedes

Mal näher. Jemand schlug mit der Faust gegen alle Fässer. Als er zu meinem kam, klang es offenbar anders, denn er verlangte, dass dieses Fass geöffnet würde. Ich wusste nicht, was ich tun sollte, also blieb ich, wo ich war.

Von oben drangen Licht und Luft herein. Ein Mann starrte auf mich herab, er hatte sich ein Tuch um den Kopf gewickelt, sodass nur seine Augen zu sehen waren.

Er lachte und rief seine Freunde herbei. Zwei weitere Männer mit vermummten Köpfen beugten sich über mich. Sie fassten mich unter den Achseln, zogen mich heraus und stellten mich auf den Boden. Ich erblickte dich, du schwanktest hin und her und blinzeltest, als wärst du so schläfrig, dass du kaum die Augen offen halten konntest. Ich wollte zu dir laufen, wurde aber mit dem Kolben einer Waffe sachte zurückgeschoben.

Dann hörte ich Muhammed rufen. Er fragte, ob er auf seinen Laster kommen dürfe. Man erlaubte es ihm. Er stieg auf die Ladepritsche und hob beide Hände in der Geste des Friedens. Ich konnte sein Arabisch nicht verstehen, aber sein Tonfall klang flehentlich, und er deutete immer wieder auf mich. Schließlich trafen die Männer eine Entscheidung, und Muhammed hielt sich die gefalteten Hände vor das Gesicht.

Die Männer lächelten auf eine Weise, die mir nicht geheuer war. Dann stiegen sie nacheinander vom Laster. Du bliebst allein zurück, fröstelnd trotz der Hitze. Als der Letzte gegangen war, gaben deine Knie nach, und du stürztest zu Boden.

Ich rannte zu dir. Ich weinte nicht. Um deinetwillen musste ich jetzt stark sein.

Ich fragte: Was ist passiert?

Du sagtest: Sie wollten dich mitnehmen und uns dafür die Weiterfahrt erlauben. Muhammed hat ihnen versichert, du wärst eine Muslima, deshalb haben sie dich hiergelassen.

Warum wollten sie mich mitnehmen?

Um dir wehzutun.

Warum wollten sie mir wehtun?

Weil jemand ihnen wehgetan hat. Und jetzt wissen sie nichts Besseres, als anderen wehzutun.

Ich sah, wie wütend du warst. Aber auch du weintest nicht, kein einziges Mal. Du schlucktest deinen Zorn hinunter.

Zwei Tage später hatten wir die Grenze zum Sudan überquert und kamen zu den Sonnenfängern.

Unser Konvoi fuhr durch die Reihen der Kollektoren. Wir knieten an der Seite und betrachteten sie. Im Norden reichten sie bis zum Horizont. Du erklärtest mir, die Anlage sei von den Chinesen gebaut worden, aber das Schild mit der Aufschrift WIR, DAS VOLK VON CHINA, SCHENKEN EUCH SUDANESEN DIESE SONNENFÄNGER muss ich wohl übersehen haben. Es war die erste große Solaranlage, die in der Sahara gebaut worden war. Offenbar belieferte sie vier nahe gelegene Kleinstädte mit Strom, und mithilfe von Investitionen seitens der sudanesischen Regierung würde man sie bald so weit vergrößern, dass sie auch die Energieversorgung von Khartum zum größten Teil übernehmen konnte.

Ich fand, die Sonnenfänger sähen aus wie ein Wald voll großer Schmetterlinge aus schwarzem Metall, die ihre Flügel im Takt auf- und zuklappten.

Francis meinte: Oder wie Frauen, die ihre Beine breit machen.

Du gabst ihm einen Schlag auf den Hinterkopf und mahntest: Überleg dir, was du redest, wenn die Kleine dabei ist.

Aber ich nickte nur. Richtig, genau wie Frauen, die ihre Beine breit machen! Ich habe das schon gesehen.

Ihr starrtet mich beide an.

Du fragtest: Was hast du gesehen?

Eine Frau mit weit gespreizten Beinen, antwortete ich. Meine Mutter! Was für eine Hure!

Du und Francis saht euch über meinen Kopf hinweg an. Ich hatte erwartet, dass ihr lachen würdet. Aber ihr wart ganz ernst.

Francis hockte sich vor mich hin und schaute mir in die Augen. So darfst du über deine Mutter nicht sprechen, sagte er.

Sie ist nicht mehr meine Mutter, erklärte ich. Und überhaupt hast du mir gar nichts zu verbieten.

In diesem Moment hasste ich ihn.

Ich ging weg.

Danach erwähnte ich meine Mutter dreizehn Jahre lang nicht mehr.

DAS MÄDCHEN AUF DER STRASSE

Im Sudan war es so ruhig, wie es im Tschad chaotisch gewesen war. Schwarze Flüsse schlängelten sich über braune Ebenen, und am Morgen versammelten sich die Bussarde um das Aas und feierten ein Fest. Auch wir waren in diesen Tagen eher schweigsam, als könnten wir die Stille der Wüste entweihen, wenn wir zu viel redeten. Ich saß an eine Kiste gelehnt und sah den Rädern zu, wie sie die Straße auskotzten. Dabei überlegte ich, warum es in dem Ölfass, in dem ich mich versteckt hatte, so kalt gewesen war. Und ich begann, die Hirten und Hirtinnen zu zählen. Sie waren viel größer als ich, schlanke, kräftige Gestalten.

Dann gab es lange keine Jungen und Mädchen mehr zu sehen. Hinter uns schwebte der Staub über der Straße, als hätte jemand die Vorhänge zugezogen.

Dann gerieten die Kisten in Bewegung. Ich sah es, bevor ich es spürte. Der Laster kam ins Schleudern. Die Welt stellte sich auf den Kopf: Wo Sand hätte sein sollen, sah ich den Himmel, und anstelle des Himmels den Sand. Eine Kiste schlug auf dem Boden auf, und ich prallte mit dem Kopf gegen die Kiste. In meinen Ohren rauschte es, vor meinen Augen sprudelte es wie schwarzes Sodawasser, ich überschlug mich mehrmals, bevor der Laster endlich liegen blieb.

Ein Knattern wie von Gewehrschüssen. Über mir zog silberner Nebel vorbei. Ich dachte: Wir sind alle in einem Nollywood- oder Bollywood-Film gelandet, einem Abenteuer in Blau und Silber.

Ich drehte den Kopf zur Seite und hörte den Sand knirschen. Ein paar Schritte entfernt lag ein anderes Mädchen in der gleichen Stellung wie ich im Sand, wie ein plumper Vogel, der einfach eingeschlafen war. Doch das Mädchen war viel zu mager und hatte den Mund so weit aufgerissen, als würde es mich anstaunen. Aber sie konnte den Mund nicht schließen. Ihre Zähne wackelten hin und her. Dann wuchsen ihr schwarze Schwingen aus dem Rücken, obwohl ihr Körper völlig reglos blieb. Nun staunte *ich sie* an. Wie kam sie zu Flügeln? Ich wollte auch Flügel haben!

Ich stand auf, und gleichzeitig erhob sie sich und machte einen Schritt auf mich zu. Die schwarzen Schwingen glänzten im Sonnenlicht. Ihr ehemals pinkfarbenes Kleid flatterte, zerknittert und voller senfgelber Flecken, um ihre dürren Hühnerbeine.

Saha, machte ich, um mich zu beruhigen, Saha.

Was hast du da eben gesagt?, fragte sie. Ihre Augen blieben geschlossen, und ihr Mund bewegte sich nicht, aber sie hatte den Kopf schief gelegt, und daher wusste ich, dass sie gesprochen hatte.

Das ist mein Lieblingswort, sagte ich.

Wer bist du?

Ich heiße Mariama.

Ich heiße Mariama, sagte sie und machte noch einen Schritt auf mich zu.

Woher hast du die Flügel?, fragte ich.

Sie antwortete nicht. Stattdessen fragte sie: Woher kommst du?

Ich bin auf dem Weg nach Hause, sagte ich. Nach Äthiopien.

Ich komme aus Äthiopien, sagte sie.

Sie kam noch einen Schritt näher. Vor meinen Augen entstand ein rundes freundliches Gesicht mit einer Knubbelnase.

Ich glaube nicht, dass die Flügel mir gehören, sagte sie als verspätete Antwort auf meine Frage. Ich glaube, sie gehören den Bussarden.

Ach so, sagte ich.

Ich will bei dir bleiben, sagte sie.

Vielleicht, sagte ich. Was machst du in der Wüste?

Ich bin vor den Reitern weggelaufen.

Warum?

Weil meine Mutter es mir geraten hat. Sie sagte, es sei besser zu sterben, als von einem Mann genommen zu werden.

Hatte sie damit recht?

O ja. Es war das Beste, die Geschichte an dieser Stelle zu beenden. Es tut gut, sich auszuruhen.

Ich würde mich auch gern ausruhen.

Das kannst du doch, sagte sie. Dazu brauchst du nicht einmal wegzulaufen. Du kannst dich auf die Straße legen, wann immer du willst.

Ich wollte ihr antworten, aber mein Mund füllte sich mit einer warmen Flüssigkeit, die so dick war wie Kaffee. Als ich sie ausspucken wollte, geriet mir etwas davon in die Kehle und reizte mich zum Würgen. Ich hob den Kopf, um zu husten. Und da spürte ich den Schmerz.

Aus dem Rauschen lösten sich einzelne Laute. Ich sah dein Gesicht über mir, Yemaya. Du warst hysterisch, aber ich konnte nicht verstehen, was du sagtest. Ich wollte dir versichern, dass es mir gut ging. Aber aus meiner Kehle sprudelte immer mehr Blut, und so konnte ich die Worte nur mit den Lippen formen.

DIE KLINIK

Ich erwachte in einem kleinen Raum mit Wänden aus Beton. Wieder wollte ich sofort erklären, dass es mir gut ging, aber ich konnte nicht sprechen. Dann wollte ich mich mit Gesten verständlich machen, aber meine Hände gehorchten mir nicht. Sie machten weit ausholende, hackende Bewegungen, die nicht vermittelten, was ich ausdrücken wollte. Ich weiß nicht, was du dachtest – dass ich Holz hacken oder dir die Hand schütteln wollte?

Jemand ergriff eine meiner Hände und drückte sie. Zwei Daumen pressten sich immer fester auf meine Handfläche, mein Mund füllte sich mit Watte, und ich sank zurück in den Schlaf.

Stimmen verlangten nach meiner Aufmerksamkeit. Sie kamen aus der rechten oberen Ecke meines braunen Feldes. Ich wollte sie fragen, ob sie mir bei der Aussaat helfen könnten, wenn nicht, sollten sie doch bitte warten, bis ich damit fertig wäre. Eine Mischlingshündin kam schüchtern angeschlichen, setzte sich zwischen die Beete und leistete mir Gesellschaft, während ich die Erde aufhackte. Sie sagte: *Saha, Saha, Saha.*

Mariama?, fragte eine Stimme.

Ich öffnete die Augen, richtete mich auf und sagte: Ja.

Jemand drückte mich sanft auf das Bett zurück. Langsam, Kind, sagten die Stimmen. Ganz langsam.

Die Stimmen gehörten dir und Muhammed. Eure Gesichter schwebten zu beiden Seiten über mir – Sonne und Mond.

Ihr hattet beide rote Augen.

Erinnerst du dich, was passiert ist?, fragtest du.

Ich dachte zunächst, du meintest das braune Feld, aber ich ahnte schon, dass es das nicht war. Deshalb sagte ich Nein.

Wir hatten einen Unfall, sagtest du. Der Laster kam ins Schleudern, weil etwas auf der Straße lag. Du bist heruntergefallen, aber du bist am Leben. Du hattest großes Glück, Mariama.

Ich fragte: Wo ist das Mädchen mit den schwarzen Flügeln?

Du wechseltest einen Blick mit Muhammed.

Was für ein Mädchen?

Da war ein Mädchen, sagte ich. Ich musste erst nachdenken, wie sie ausgesehen hatte. Sie trug ein pinkfarbenes Kleid, und sie ist aufgestanden und hat mit mir gesprochen, sie hat …

Du unterbrachst mich: Da war kein Mädchen.

Warum willst du sie belügen?, griff Muhammed ein. Auf der Straße lag ein toter Körper, Mariama. Deshalb ist der Laster ins Schleudern geraten.

Aber sie hat mit mir gesprochen, beharrte ich. Sie hat gesagt, sie käme aus Äthiopien.

Muhammed hielt sich die Hand vor den Mund und ging weg.

Ich wandte mich an dich.

Sie hat gesagt, sie heißt Mariama, genau wie ich!, sagte ich.

Du schautest auf mich herab und fragtest leise: Was hat sie noch gesagt?

Dass sie vor den Reitern weggelaufen ist und dass sie darüber froh war.

Du schautest zu Boden und nicktest. Du holtest tief Luft. Dann gingst du für fünf Minuten aus dem Zimmer.

Als du zurückkamst, sagtest du: Bist du hungrig? Du solltest etwas essen.

Und obwohl deine Hände zitterten, machtest du eine Packung Glukosekekse und eine Tüte Milch auf, tauchtest den Keks in die

Milch und füttertest mich. Die süßen Krümel zergingen in meinem Mund, und darüber vergaß ich das Mädchen auf der Straße.

Ich hatte überlebt, aber Francis nicht. Auch er war vom Laster geschleudert worden, und da er ein erwachsener Mann war, war er sehr viel härter auf dem Boden aufgeschlagen und innerlich verblutet. Du erzähltest es mir wie nebenbei. Was für eine Dummheit, sagtest du. Bodenloser Leichtsinn. Er hätte es besser wissen müssen. Er spielte mit seinem Leben. Immer ging er auf der Ladepritsche auf und ab, ohne sich irgendwo festzuhalten.

Ich war froh, dass dich sein Tod so wenig berührte, denn ich war immer noch eifersüchtig, weil er sich so viel mit dir beschäftigt hatte, und ich nahm es ihm übel, dass er mich für das Wort »Hure« gescholten hatte. Für mich war die Sache damit erledigt. Wir brauchten ihn nicht. Ich brauchte nur dich. Und nachdem du zweimal hintereinander so große Angst um mich gehabt hattest – zuerst, als die Reiter kamen, und nun wegen des Unfalls –, bliebst du nun immer in meiner Nähe, und das gefiel mir sehr.

Ich war durch den Unfall schwer angeschlagen und konnte mich anfangs kaum ohne Schmerzen bewegen. Du hattest einen Muskelriss und etliche geprellte Rippen, doch sonst war dir nichts geschehen. Muhammed hatte sich allerdings ein Bein gebrochen. Er hatte bei dem Ausweichmanöver im Führerhaus gesessen. Und da es sein Konvoi war, musste die Fahrt unterbrochen werden.

Du sagtest mir, wir müssten uns erst auskurieren, bevor wir die Grenze nach Äthiopien überqueren könnten. Wir waren in einer indischen Klinik in Al Qadarif, einer größeren Stadt, die auf drei Seiten von Bergen umgeben war. Diese Berge erschienen mir riesig, ich kam mir vor wie auf dem Boden einer Schüssel, in der sich aller Regen der Welt sammelte. Die saftig grünen Wiesen und die zwitschernden Vögel waren wie ein Vorgeschmack dessen, was uns jenseits der Grenze erwartete.

Nach den ersten Tagen in dem kleinen Betonraum wurde ich in einen großen Krankensaal mit vielen Betten an den Wänden verlegt. Du saßest immer bei mir und manchmal teiltest du auch das Bett mit mir. Eines Tages bat ich dich, mir etwas über diesen wundervollen Namen Yemaya zu erzählen. Du lehntest dich mit dem Rücken an das Fußende des Krankenhausbettes und schlugst neben meinem Kopf die Füße übereinander. Eine der indischen Krankenschwestern kam vorbei und lächelte auf ihr Sirius hinab. Wahrscheinlich hielt sie uns für Mutter und Tochter.

Der afrikanische Name sei Yemoja, sagtest du, aber du hättest die kubanische Form gewählt, weil sie die schönste sei. Yemaya war die Göttin des Ozeans, die Schutzpatronin von Seeleuten und Schiffbrüchigen, die Mutter aller Lebewesen auf ewig und immerdar; ihre Kinder seien zahlreich wie die Fische im Meer. Yemaya war auch eine unersättliche Liebhaberin, die schöne Männer und Frauen gleichermaßen verführte, doch ihre größte Eroberung war ein Seeungeheuer, eine riesige Schlange, die im Arabischen Meer lebte. Zu ihr schwamm sie mitten in der Nacht hinaus, ritt auf ihr und zähmte sie. Gemeinsam erlebten sie aufregende Abenteuer und begegneten vielen seltsamen Wesen. Diesen Teil der Geschichte hörte ich am liebsten. Immer wieder musstest du mir von diesen Wesen erzählen, und ich staunte jedes Mal von Neuem über die Seegelehrten, die Wellenreiter oder die Lotusesser.

Kann ich auch auf der Schlange reiten?, fragte ich.

Natürlich, sagte sie. Ich warte dort auf dich.

Ich behielt diese Geschichten noch viele Jahre im Gedächtnis. Wie raffiniert von dir, dachte ich, sie mir zu erzählen! Sie handelten stets von Dingen, die *du* getan, von Menschen, die *du* geliebt, und von dem Leben, das *du* geführt hattest. Heute weiß ich, dass ich in jenem Alter noch nicht bereit war für die Wahrheit; hättest du damals offen zu mir gesprochen, ich hätte dir womöglich nicht geglaubt.

So dagegen freute ich mich einfach über die Geschichten. Die Wahrheit wird uns erst dann offenbart, wenn wir dafür bereit sind.

Eine Woche später saßen wir im Garten der Klinik. Die Pflanzen waren mit Sorgfalt ausgewählt worden – Wüstenblumen aus Gujarat, wie du mir erklärtest, aus dem Norden Indiens. Es gab sogar ein kleines Schild mit der Aufschrift EIN GESCHENK DER BÜRGER VON GANDHINAGAR AN UNSERE BRÜDER UND SCHWESTERN IM SUDAN.

Du hattest den Pfleger gebeten, uns Tee zu bringen, und er servierte ihn auf einem silbernen Tablett. Wir waren beide überrascht über das Teeservice, das so hübsch glänzte, obwohl es, wie du feststelltest, nicht aus echtem Silber war. Du knietest nieder und schenktest ein. Ich hatte mich etwas zur Seite geneigt, weil ich immer noch Schmerzen hatte. Am anderen Ende des Gartens saß Muhammed in einem Rollstuhl und unterhielt sich mit dem leitenden Arzt.

Du reichtest mir eine Tasse und fragtest mich: Was würdest du davon halten, wenn ich dich in Addis Abeba zu mir nähme?

Ich hätte beinahe die Tasse fallen lassen.

Wirklich?, fragte ich.

Wirklich, sagtest du. Ich kann dich zur Schule schicken und für Nahrung und Kleidung aufkommen. Du brauchst nicht für mich zu arbeiten, es genügt, wenn du ein wenig im Haushalt mithilfst, wie es jede kleine Schwester tun würde.

Was kann ich denn tun?, fragte ich atemlos.

Du kannst zur Schule gehen, deine Hausaufgaben machen und Kinae mit goldenem Kern verfassen, um sie deinen Schulkameraden vorzutragen, lautete deine Antwort.

Aber wie kann ich mich dankbar erweisen? Ich mache alles, was du verlangst.

Kind, sagtest du. Du musst aufhören, dich als Besitz zu betrachten. Du gehörst nur dir selbst. Kannst du mir das versprechen?

Ich versprach es. Ich hätte dir alles versprochen.

Muhammed kam in seinem Rollstuhl zu uns herüber. Er sagte: Du siehst gut aus, Mariama.

Ich werde bei Yemaya leben, platzte ich heraus.

Muhammed sah dich überrascht an. Ist das wahr?, fragte er.

Ich denke schon länger darüber nach, sagtest du.

Sie ist dir ans Herz gewachsen, stellte Muhammed fest.

Ja.

Ich verstehe. Aber Gott hat sie Francis und mir anvertraut.

Du wandtest dich an mich: Mariama, würdest du bitte spielen gehen?

Ich stellte die Tasse ab, stand auf und ging in die Klinik zurück. Im großen Krankensaal standen viele Betten mit bunt gemusterten Bezügen und Metallstäben an den Seiten. Die meisten waren leer. Ich schaute durch die Tür zu euch zurück. Du redetest sehr erregt auf Muhammed ein. Ich hätte euch gerne belauscht, wusste aber nicht, wie ich das anstellen sollte.

Irgendwann war euer Gespräch zu Ende, und Muhammed fuhr über die Rampe in die Klinik und hielt vor mir an.

Ich bin damit einverstanden, dass Yemaya dich zu sich nimmt, sagte er, aber sie muss mir den Nachweis liefern, dass sie dich zur Schule schickt. Diese Frau ist noch sehr jung. Und Francis' Tod hat sie tief getroffen, auch wenn sie es nicht zeigt. Sie mag die besten Vorsätze haben, aber auf die Vorsätze junger Leute ist wenig Verlass.

Ich nickte nur, obwohl ich eigentlich kein Wort verstanden hatte. Aber ich war überglücklich, dass er mir erlaubte, mit dir zu gehen.

Meine Töchter wirst du nun leider nicht kennenlernen, sagte er noch. Sie heißen Fatima und Rahel. Ihr wärt sicherlich gute

Freunde geworden. Dann rollte er mit traurigem Gesicht an mir vorbei.

Ich ging zu dir zurück, setzte mich neben dich und sagte: Ich glaube, Muhammed hat mich auch ins Herz geschlossen.

Er kommt schon darüber hinweg, sagtest du.

Ich weiß, nickte ich. Ich will einfach nur bei dir sein. Warum nehmen wir uns nicht einen Laster für uns beide? Muhammed kann das Öl doch auch allein abliefern?

Ach ja, das Öl, sagtest du.

Du beugtest dich vor, stütztest die Ellbogen auf die Knie und sahst mich nachdenklich an. Ich beugte mich ebenfalls vor und machte ein ebenso ernstes Gesicht. Darüber musstest du lachen.

Ich muss dir etwas sagen, begannst du. Vielleicht verstehst du noch nicht alles, aber es ist wichtig, dass du Bescheid weißt. Ich halte nichts davon, vor Kindern Heimlichkeiten zu haben. Außerdem bist du jetzt alt genug.

Schon gut, sagte ich.

Mariama, was befördern wir auf dem Laster?

Öl, antwortete ich prompt.

Das dachte ich auch, fuhrst du fort. Und das dachte auch Muhammed. Aber als der Laster umkippte, fielen die Fässer herunter, und fünf davon brachen auf.

Ich nickte. Jetzt erinnerte ich mich wieder an das Geknatter und an den silbernen Nebel.

Wir hatten kein Öl geladen, sagtest du. Man hatte Muhammed getäuscht. Möglicherweise wussten auch seine Auftraggeber nicht Bescheid. Jedenfalls war in den Fässern metallischer Wasserstoff.

Was ist das?

Ein Stoff, mit dem man Energie leiten kann. Du hast doch gesehen, wie in der Klinik die Lichter angehen? Und wie sich die Ventilatoren an der Decke drehen? Für all das braucht man Energie, die durch Drähte kommt. Und aus diesem Material kann man

Drähte machen, die so gut leiten, dass keine Energie verloren geht, wenn sie durchläuft. Hinten kommt genauso viel heraus, wie vorne hineingeflossen ist.

Ich fand das alles ziemlich langweilig. Wahrscheinlich sah man mir das auch an.

Ich weiß, es klingt nicht gerade aufregend, sagtest du. Aber es ist wichtig. Dieser Stoff ist fast überall auf der Welt verboten, weil er gefährlich ist.

Das weckte eine Erinnerung. Ich sagte: Als uns die Reiter aufhielten und ich mich in dem Fass versteckte, war es dort kalt.

Weil die Kühlung lief. Metallischer Wasserstoff muss während des Transports gekühlt werden.

Werden die Leute nicht verärgert sein, wenn sie erfahren, dass sie die ganze Zeit das Falsche befördert haben?

Niemand vom Transportpersonal wusste, was auf den Wagen war. Das wussten nur die Endabnehmer. Das Zeug wurde deshalb als Rohöl ausgegeben, damit man es leichter über die Grenze schaffen konnte.

Ist Mohammed darüber nicht verärgert?

Er ist sogar rasend vor Wut. Er versucht immer noch, von seinen Auftraggebern eine ehrliche Auskunft zu bekommen. Und solange er den ganzen Tag im Bett liegen muss, kann er nicht viel tun.

Aber wir fahren doch trotzdem nach Äthiopien, nicht wahr?

Sicher. Muhammed muss die Ware abliefen, ganz gleich, was für eine Ware es ist.

Du hobst ein Steinchen vom Boden auf, spieltest damit und ließest es wieder fallen.

Er kann es sich nicht leisten, sich zu weigern.

DER GROSSE AFRIKANISCHE GRABENBRUCH

Unser Aufenthalt in der Klinik ging dem Ende entgegen, und ich konnte es kaum erwarten, die neue Heimat zu sehen, die man mir so lange schon verheißen hatte. Als wir nach einem Regenschauer im Garten saßen, bat ich dich, mir von Äthiopien zu erzählen, obwohl du noch nie dort gewesen warst. Du brauchst keine Geschichten zu erfinden, sagte ich. Erzähle mir nur, was du weißt.

Du strecktest die Hand aus. Siehst du die Berge?, fragtest du. Das ist der Anfang des Großen Afrikanischen Grabenbruchs.

Ich wusste nicht, was die Worte bedeuteten, Yemaya, aber du sprachst in so ehrfürchtigem Ton, dass ich eine Gänsehaut bekam.

Der Große Afrikanische Grabenbruch spaltet Afrika in zwei Teile, fuhrst du fort. Er verläuft von Dschibuti bis hinunter nach Mozambique. In einigen Millionen Jahren wird sich das ganze Tal wieder mit Wasser gefüllt haben, und alle Städte werden überflutet sein. Doch als dort noch trockenes Land war, stieg die menschliche Rasse aus dem Erdreich und verbreitete sich über die ganze Welt. Da wir in Äthiopien leben werden, solltest du unbedingt wissen, wer Dinkenesh ist. Das Wort bedeutet: »Du bist wunderbar«.

Wer ist Dinkenesh?, fragte ich.

Sie ist unsere Vorfahrin. Das heißt, deine Urururururururururgroßmutter. Du kannst so weit zurückgehen, wie du willst.

(Ich dachte bei mir: Wie weit will ich denn zurückgehen?)

Dinkenesh wird in Äthiopien sehr verehrt, sagtest du. Wenn wir nach Addis kommen, bringe ich dich zu ihr.

Wollen wir ihr Laddus mitbringen?

Nein, Mariama, du hast mich missverstanden. Sie ist ein Skelett.

Was ist ein Skelett?

Die Gebeine eines Menschen. Dinkenesh ist nur ein Gerippe. Sie ist nicht lebendig wie du und ich, aber dennoch lebt sie. Verstehst du das?

Zu leben, ohne lebendig zu sein – das verstand ich tatsächlich. Ich glaubte sogar, genau zu wissen, was du meintest – du hattest auf der Bank in Ouagadougou davon gesprochen, und das Gleiche hatte mir das Mädchen auf der Straße erzählt!

Wollte Dinkenesh weglaufen?, fragte ich.

Ich weiß es nicht. Vielleicht.

Ist sie Reitern begegnet und dann in die Wüste gerannt?

Du gabst keine Antwort.

Wusste sie, dass es besser war zu sterben, als von einem Mann genommen zu werden?

Auch darauf gabst du keine Antwort.

Denn das hat das Mädchen auf der Straße zu mir gesagt.

Deine Ohrfeige war so hart, dass ich wieder das schwarze Sodawasser sprudeln sah, genau wie damals, als ich vom Laster gestürzt war.

Der Schlag hatte mich zu Boden geworfen; ich verharrte wie in Lehm gegossen in dieser Stellung und rang japsend nach Luft. Mir war klar, dass ich etwas sehr, sehr Schlimmes getan hatte, aber ich war noch nicht alt oder klug genug, um zu begreifen, was es war.

Heute weiß ich es natürlich, Yemaya. Ich war gierig und arrogant und wollte alle deine Geheimnisse auf einmal erfahren! Ich war noch nicht fähig, dich so zu lieben, wie du es verdientest. Und obwohl du mich sofort, nur Sekunden später, unter Tränen um Verzeihung batest – ich hatte dich bis dahin nie weinen sehen – und sagtest, du hättest es nicht so gemeint, es sei wegen deines Vaters, war ich sicher, dass du mich nicht ohne Grund geschlagen hattest. Ich weinte nicht, sondern fütterte das Kreen, das hellwach und inzwischen nicht mehr von meinem Körper zu trennen war, mit meinen Tränen.

NEUNTES BUCH

MEENA

DIE FORSCHUNGSSTATION

Kurz nach Sonnenuntergang, mein Pozit zeigt 227 Kilometer, sehe ich dicht neben dem Trail so etwas wie das Ende eines altmodischen Telefonhörers aus den Wellen ragen. Als ich näher komme, wird es größer. Das Ding ist schätzungsweise vier Meter hoch.

Ich bin auf das Schlimmste gefasst und nähere mich mit erhobenen Händen. Wenigstens komme ich diesmal nicht so würdelos angekrochen. Aus einer Luke in dem Hörer lässt sich ein junger Mann herab, ein älterer Mann folgt ihm. Der Jüngere bedeutet dem Älteren, zurückzubleiben, und tritt vor. Beide tragen khakifarbene Westen und Sonnenhüte.

Der junge Mann ruft mir etwas zu.

FARSI: Hallo

Es sind also Perser, na großartig. Vielleicht können sie mir sagen, was mit *Geliebte Schlampe, ich bin fünfzig Prozent* gemeint sein soll.

»Hallo«, antworte ich. »Ich komme in Frieden.« Das klingt zwar blöd, aber hier draußen scheint es ohne diesen Satz nicht zu gehen.

»Woher kommen Sie?«

»Aus Indien.«

»Sie sind auf Reisen?«

»Ja.«

»Und zu welchem Zweck?«

Der Ältere schaltet sich ein. »Navid«, mahnt er. »Sie ist harmlos.«

Navid beruhigt sich und sucht ihn zu beschwichtigen. »Wir dürfen niemandem trauen«, sagt er.

Der Ältere wendet sich an mich. »Ich möchte mich für meinen Sohn entschuldigen«, sagt er. »Er will mich nur schützen. Sie sind die erste Reisende, die wir auf dem Trail zu sehen bekommen.«

»Woher wollen Sie wissen, dass ich harmlos bin?«

Diese Frage hat keiner von ihnen erwartet. Navid zuckt zusammen. Vielleicht hätte ich sie nicht stellen sollen, aber ich finde es beschissen, wenn man mich von vornherein für harmlos hält, nur weil ich eine Frau bin.

»Wir wissen es nicht«, sagt der Ältere. »Aber wenn Sie uns versichern, dass Sie keine bösen Absichten haben, dann glauben wir Ihnen.«

»Ich habe keine bösen Absichten«, sage ich. »Und was ist mit Ihnen?«

»Ich auch nicht!«, ruft der Ältere überrascht und schaut dann über die Schulter zu Navid, der mir einen grimmigen Blick zuwirft. Endlich sagt er: »Wer mir nichts tut, dem tue ich auch nichts.«

»Nun, ich will Ihnen nichts tun«, sage ich. Warum bin ich so unfreundlich? Ich benehme mich, als müsste ich jeden der wenigen Menschen, denen ich begegne, auf Herz und Nieren prüfen.

Das Spielchen ist zu Ende. Der Ältere klatscht in die Hände, tritt auf mich zu und sagt: »Großartig! Das hätten wir also geklärt. Ich bin Dr. Mohsen Yazdi, und das ist Dr. Navid Yazdi.«

Vater und Sohn sind Ozeanografen an der Universität von Teheran. Der Telefonhörer ist in Wirklichkeit eine mobile Seesiedlung, er kann wie ein Rundholz in den Wellen auf und ab hüpfen, ohne umzukippen. Eigentlich eine verrückte Vorstellung, aber das Ding ist nun einmal da. An sich dürften die beiden mit ihrer Station nicht am Trail anlegen, aber wenn sie in der Nähe sind und niemand zusieht, tun sie es dennoch. Wir vertreten uns gern einmal die Beine, sagt Mohsen.

Ich halte ein paar Schuppen Abstand, als sie ihre Abendandacht abhalten. Navid fängt sich allmählich, und als er zusammen mit seinem Vater die Gebete spricht, nimmt er mich nicht mehr wahr. Ich finde es beruhigend, andere Menschen beten zu hören. Hier auf dem offenen Meer gibt es kein Echo, ihr Singsang verklingt im Nichts.

Als sie fertig sind, klettert Navid wieder in die Station hinauf, um Wasser heiß zu machen. Mohsen entschuldigt sich, sie hätten nicht viel mehr anzubieten als das, was sie auf dem Trail gefangen haben. Ob ich gedörrtes Seeschlangenfleisch esse? Ich sage, na klar. Er klettert ebenfalls in die Station hinauf und kommt nach ein paar Minuten mit einem Teller wieder herunter, auf dem runde Gebilde liegen, die wie Gurkenscheiben aussehen, nur sind sie trocken und verschrumpelt, innen rosa mit schwarzer Haut. Ich beiße in ein Stück, es ist zäh, von der Struktur her wie ein getrockneter Pilz und hat einen starken Metallgeschmack.

»Am Anfang ist es gewöhnungsbedürftig«, sagt Mohsen. »Die Tiere wurden eingeschleppt. Im Wasser sind sie wunderschön, wie schwarze Bänder.«

Er erinnert mich an Muthashan.

»Sie haben einen entrückten Ausdruck in den Augen«, sagt Mohsen.

»Sie erinnern mich an meinen Großvater.«

»Ist er noch bei Ihnen?«

Eine sonderbare Frage. Wahrscheinlich hat mein Glotti die Nuancen nicht ganz richtig wiedergegeben. Ich nehme an, er will wissen, ob Muthashan noch am Leben ist.

»Ja«, sage ich. »Soweit ich weiß. Ich habe schon länger nicht mehr von ihm gehört.«

»Weiß er, wo Sie jetzt sind?«

»Nein.«

»Aha.« Mohsen setzt sich auf seinen Gebetsteppich. »Und inwiefern erinnere ich Sie an ihn?«

Da haben wir's wieder. Sobald ich das, was ich im Kopf habe, in Worte umsetzen will, kommt nur Mist heraus. Wenn ich es richtig hinbekäme, würde ich ihm erzählen, wie ich einmal aus dem Fenster schaute und Muthashan allein auf einer Steinbank im Garten sitzen sah. Seine Schultern zuckten, sodass ich dachte, er hustet. Ich hatte soeben Chai gekocht, goss etwas davon in eine angeschlagene weiße Tasse und brachte sie ihm. Als ich um die Bank herumkam und er sich mir zuwandte, waren seine Wangen rot und seine Augen nass. Er hustete also nicht, sondern weinte. Ich war wütend. Ich war noch ein Teenager und fühlte mich überrumpelt.

Ich wandte mich zum Gehen, aber er streckte eine rotzverschmierte Hand aus und bedeutete mir, mich neben ihn zu setzen. Ich tat es, denn ich spürte, dass er menschliche Nähe suchte. Er legte den Arm um mich, zog mich an sich und weinte an meiner Schulter. Ich hielt ganz still und fing die Stöße ab, die seinen Körper schüttelten. Es passte so gar nicht zu einem Malayali. Normalerweise wäre mir eine solche Szene zuwider gewesen, aber in diesem Moment berührte sie mich.

Ich beobachtete eine orangefarbene Echse, die durch das Salatbeet huschte.

Endlich fragte ich: Was bringt dich denn so außer Fassung?

Mein Sohn, sagte er. Mein Sohn Gabriel.

Oh, sagte ich.

Deine Großmutter wäre wütend auf mich, wenn sie wüsste, dass ich hier sitze, wie ein Kind heule und mich von dir trösten lasse.

Ich legte ihm die Hand auf den Rücken, aber meine Augen blieben trocken. Sein Schluchzen ging in Husten über. Es war also doch richtig gewesen, ihm den Chai zu bringen.

»Hier ist Ihr Tee«, sagt Navid.

Ich merke, dass ich Mohsens Frage nicht beantwortet habe. Ich war wieder einmal weggetreten.

»Sanftmut«, sage ich zu Mohsen. »Sie haben diese besondere Sanftmut.«

»Sehr freundlich von Ihnen«, sagt Mohsen. »Ich nehme das als Kompliment.«

»So war es auch gemeint. Und was tun Sie nun eigentlich hier draußen?«

»Wir sammeln Daten über Wellenformen.«

»Höhe und Energie?«

»Richtig, außerdem Frequenz und Morphologie«, fügt Navid hinzu. Er hat mich einer Erklärung für würdig befunden. »Und das Übliche: Leitfähigkeit, Temperatur, Tiefe.«

»Sie machen das jedes Jahr?«

»Jedes Jahr seit zehn Jahren«, sagt Navid.

»Er war fünfzehn, als ich ihn zum ersten Mal in der Station mitnahm«, sagt Mohsen. »Er war fantastisch! Der beste Assistent, den man sich wünschen kann.«

Navid wird tatsächlich rot. Diese beiden Männer faszinieren mich. Ich habe noch nie erlebt, dass Vater und Sohn sich wie Freunde benehmen.

»Und was wollen Sie herausfinden?«

Navid und Mohsen sehen sich an. »Was wissen Sie über das Wetter?«, fragt Navid.

»Ich weiß, dass es schlechter wird.«

»Das stimmt«, sagt Navid. »Weil in allen Systemen mehr Wärme erzeugt wird, und das heißt, dass mehr Energie umverteilt werden muss.«

»Die durchschnittlichen Wellenhöhen steigen weltweit dramatisch an«, sagt Mohsen.

»Guter Zeitpunkt, um in Wellenenergie zu investieren«, bemerke ich und deute auf den Trail.

»Ganz richtig«, nickt Mohsen. »Bei HydraCorp wusste man schon, was man tat. Nun muss man nur noch sehen, ob sich der Trail hier draußen halten kann.«

»Warum sollte er nicht?«

»Sie unterschätzen das Meer«, sagt Mohsen. »Es ist eine grausame Herrin.«

»Unglaublich, dass Sie auf diesem Ding laufen«, sagt Navid. »Was wissen Sie über metallischen Wasserstoff?«

»Ich weiß, dass er im Trail als Supraleiter verwendet wird.«

»Er ist auch instabil.«

»Navid, lass gut sein. Er ist unter gewissen Bedingungen instabil, aber das gilt für jeden Stoff.«

»In Afrika hat er Hunderte von Arbeitern getötet«, sagt Navid. »Und auf See wurde er nie getestet. Schön, es könnte sein, dass er inaktiv bleibt. Es könnte aber auch sein, dass er entweicht und eine Kettenreaktion hervorruft.«

»Da wir gerade davon sprechen, ich wundere mich, dass ich bisher noch nicht in einen Sturm geraten bin.«

»Ha! Das kommt schon noch«, ruft Navid. »Es ist unvermeidlich. Wie können Sie sich schützen?«

»Meine Insel ist sinkfähig«, sage ich. »Ich brauchte sie noch nicht auf die Probe zu stellen.«

»Sie werden schon noch Gelegenheit dazu finden«, prophezeit er.

Warum starrt er mir auf die Titten? Am liebsten würde ich ihm dieses herablassende Grinsen aus dem Gesicht schlagen.

Mohsen entschärft die Situation, bevor wir zwei jungen Hitzköpfe aneinandergeraten. »Ja, es gibt viel mehr Wärme umzuverteilen«, sagt er, »das führt zu stärkeren Winden und damit zu höherem Wellengang.«

»Und wie entsteht eine Welle?«

»Durch ein anfängliches Ungleichgewicht.«

»Zwischen?«

»Zwischen Gradientenschichten. Alle Systeme streben ein Ruhepotenzial an. Deshalb verteilen sie die Energie so lange um, bis wieder ein Gleichgewicht erreicht ist, wobei ihnen das natürlich niemals ganz gelingt.«

»Das ist wie bei den Kasten.«

Das Wort ist ihnen zunächst unverständlich. Ich muss erklären, dass es sich sozusagen um Schichten von Menschen in der traditionellen indischen Gesellschaft handelt, Dalit, Kshatriya, Brahmanen.

O ja, o ja, nicken sie.

»Wie die Menschen selbst«, sagt Mohsen. »Auch sie streben nach Gleichgewicht.«

»Aber das anfängliche Ungleichgewicht lässt sich nicht aufspüren.«

»Das kommt darauf an, wie weit Sie zurückgehen wollen.«

Ich denke: *Wie weit will ich denn zurückgehen?* Ich komme mir vor, als würde ich an einer Gameshow teilnehmen und über diese Frage nachdenken, während ringsum bunte Lichter blinken.

Zunächst sage ich nur: »Das heißt also, wir sind dem Untergang geweiht.«

»So ist es.« Navid stimmt mir sofort zu. »Sogar der Ozean könnte einen Punkt erreichen, an dem er kippt. Zuerst ist alles ganz ruhig, und plötzlich schlägt es um.«

»Wer weit von der Küste entfernt wohnt, hat nichts zu befürchten«, sagt Mohsen.

»Oder wer auf dem Trail lebt«, sagt Navid. »Selbst wenn in diesem Moment hier ein Tsunami durchkäme, würden wir nichts davon merken.«

Mohsen sieht, dass ich meinen Tee ausgetrunken habe, und nickt David zu. Der nimmt mir die Tasse und den Teller ab und kniet ein paar Schuppen weiter nieder, um beides in destilliertem Wasser zu waschen.

»Sie wollen also heute Abend wieder weiter?«, fragt Mohsen.

»Ja. Ich laufe meistens bei Nacht, da ist das Wasser ruhiger. Und ich muss nicht in der Sonne braten.«

»Sehr vernünftig. Kennen Sie die Sterne?«

»Einige.«

»Die Nadel?«

»Was?«

Er macht einen neuen Versuch. »Den Nordstern?«

»Oh, den Dhruva Tara. Leider nein. Ich vergesse immer wieder, wo er zu finden ist.«

Mohsen steht auf und sucht den Himmel ab, der unterdessen tiefblau geworden ist. Er zeigt nach Nordwesten in Richtung der Saptarishi und sagt, ich solle von den zwei Orientierungssternen aus nach oben gehen. Jetzt finde ich ihn. Ein sehr unscheinbarer Stern.

»Danke«, sage ich.

»Passen Sie gut auf sich auf«, sagt Mohsen. »Seien Sie vernünftig. Seien Sie vorsichtig.«

Einen Kilometer später würge ich die Seeschlangenscheiben, die ich gegessen habe, wieder aus.

GEETA

Ich wünschte, Navid hätte nicht recht behalten, aber dafür war er ein zu großes Arschloch. Als ich zwei Tage später aufwache, ist der Himmel bedeckt, und es weht ein böiger Wind. Beim Frühstück bemerke ich, wie Bretter und anderes Treibgut von Süden her gegen den Trail geschwemmt werden. Die Kanten sind noch nicht stumpf geworden. Sie sind erst vor Kurzem abgesplittert. Das lässt wohl auf ein meteorologisches Ereignis in der näheren Umgebung schließen.

Ich bleibe stehen und sehe mich um. Nichts. Ich erweitere den Radius und werde fündig: Zyklon Geeta nähert sich von Südosten. Na großartig. Dabei ist dies nicht einmal die Jahreszeit für tropische Wirbelstürme. Wobei man sich auf die Jahreszeiten nicht mehr allzu sehr verlassen kann.

Ich bin schwer, aber nicht so schwer. Wenn der Zyklon zuschlägt, kann ich es nicht riskieren, auf dem Trail zu bleiben. Meinem Sichter entnehme ich, dass der Sturm noch etwa zwölf Stunden entfernt ist, also wandere ich weiter durch die Nacht. Es ist Vollmond, aber er wird von Wolken verdeckt, deshalb flutet sein Schein über den ganzen Himmel, und ich wandere wie unter einer Glühbirne, über die ein grauer Schleier geworfen wurde. Auf dem Trail die Schönheit der Natur zu würdigen fällt mir nicht leicht. Dafür bin ich mir allzu sehr bewusst, dass noch Tausende von Kilometern vor mir liegen. Eines Tages im Rückblick könnte ich die Bilder schön finden, doch im Moment balanciere ich wie auf einem Hochseil über einen Abgrund.

Als der Himmel heller wird, sehe ich im Südosten eine dunkle Stelle, die immer näher rückt wie ein Heer auf dem Schlachtfeld. Aber die letzte Phase der Annäherung ist natürlich noch nicht erreicht. Noch ist die See ruhig. Ich werde fast ein wenig übermütig. Eine Weile gebe ich mich der Illusion hin, ich würde mit dem Sturm Schritt halten oder könnte sogar vor ihm weglaufen. Aber er kommt immer näher. Die ersten Blitze zucken auf.

Zeit für einen Tauchgang. Ich hole meinen Sichter heraus und rufe die Bedienungsanleitung für die Insel auf. Darin steht, dass das Material dem Druck bis in zehn Meter Tiefe standhält und dass die Außenhülle auf Sauerstoffdurchlässigkeit eingestellt werden kann, wobei sie mit zunehmender Tiefe mehr Energie braucht, weil dort weniger Sauerstoff im Wasser gelöst ist.

Ich blase die Insel wie üblich auf und aktiviere die Sauerstoffextraktion für den Unterwasserbetrieb. Für wen mögen diese Inseln ursprünglich entwickelt worden sein? Reiche bramahnische Adrenalin-Junkies? Ich stelle mir vor, wie sie die Inseln aufblasen und sich damit die Jog-Fälle hinabstürzen. Was schwachsinnig wäre, wenn auch kaum weniger schwachsinnig als das, was ich gerade tue. Immerhin bin ich auch Brahmanin. Die Armen können sich so viel Blödheit nicht leisten.

Der Wind frischt auf, und die Wellen werden kabbeliger. Ich muss mich beeilen. Zur Ausstattung der Insel gehören zwei Dinge, die ich mit der Arroganz eines Menschen, der davon ausgeht, dass alles, dessen Zweck er nicht kennt, zwangsläufig keinen Zweck hat, bereits wegwerfen wollte: (1) ein zehn Meter langes elastisches Seil, das sich im Wasser ausdehnt, und (2) ein Gummisphinkter, der mit dem gleichen Polymer ausgekleidet ist, aus dem das Seil besteht. Beide zusammen bilden einen Verschluss, der ebenfalls bis in zehn Meter Tiefe wasserdicht ist. Über alles, was unter dieser Grenze liegt, schweigt die Bedienungsanleitung.

Ich brauche eine Halterung, um das Seil zu befestigen. In den Seesiedlungen wurden für diesen Zweck sicherlich Stahlringe an den Plattformen angebracht. Womit kann ich mir behelfen? Der Trail läuft nach beiden Seiten auf Hunderte von Kilometern glatt dahin. Vorsprünge gibt es nicht. Na großartig. Das war's dann wohl. Schon spüre ich die ersten Regentropfen im Gesicht. Ich weiß mir nur einen Rat: Ich muss das Seil um eine ganze Schuppe schlingen. Dadurch wird es allerdings zwei bis drei Meter kürzer, und ich kann nur hoffen, dass es hält.

Ich setze den Sphinkter in die Außenhülle der Insel ein und achte darauf, dass die Innenseite mit dem Rest der Hülle nahtlos abschließt. Dann schiebe ich das Seil durch. Jetzt muss es schnell gehen. Ich nehme das andere Ende in die Hand, hole tief Luft und lasse mich voll bekleidet ins Wasser gleiten. Dann tauche ich so tief, bis ich kaltes Wasser spüre, um sicher zu sein, dass ich gut einen Meter Abstand zu den Schuppen habe, denn wenn sie aneinanderstoßen, während mein Kopf dazwischen steckt, ist das Abenteuer vorbei. Alles geht gut, ich tauche an der anderen Seite wieder auf und schwinge mich hinauf. Unter Wasser habe ich eine Schlinge gemacht, die lege ich nun um das Scharnier.

Inzwischen peitscht mir der Wind den Regen in die Augen, sodass ich kaum noch etwas sehen kann. Ich halte mir den Arm vor das Gesicht und schiebe die Insel an den Rand der Plattform. Dann schaffe ich mir eine Öffnung, krieche mit all meinen Sachen hinein und drücke die Hülle wieder zu. Die nassen Sachen ziehe ich aus, rolle sie zusammen und lege sie beiseite. Darum kümmere ich mich später. Nun liege ich nackt in einer Kugel. Typisch. Durch die neue Einstellung zur Sauerstoffextraktion ist die Hülle nicht ganz durchsichtig, sondern nur lichtdurchlässig, so als sähe man durch ein beschlagenes Fenster nach draußen. Der Regen kommt schräg daher.

Abtauchen ist die einzige Möglichkeit. Ich schaukle nach vorne.

Vergeblich. Ich muss mehr Kraft aufwenden, dabei aber achtgeben, dass die Hülle nicht aufreißt. Ich lege mich wieder nach vorne, es geht schwindelerregend nach unten, ich werfe mich erschrocken viel zu weit zurück, aber es ist schon zu spät. Meine Insel rollt auf die Wasseroberfläche und hüpft mit den Wellen auf und ab. Dann beginne ich zu sinken.

Das Wasser kommt mir entgegen, als würde ein Vorhang hochgezogen. Schon befindet sich ein Drittel meiner Insel in den grauen Fluten. Goldstäubchen treiben vorbei. Ich versichere mir, dass alles genauso ist, wie es sein soll. Dabei bin ich inzwischen überzeugt, dass diese Insel nicht für die hohe See gemacht ist, sondern für die ruhigen Gewässer hinter den Riffen vor der Küste Goas. Ich rolle mich auf dem Boden zusammen und wünschte, ich wäre leichter, dabei würde das nichts ändern. Dann lese ich noch einmal die Anleitung durch. Da steht, dass es bis zu einer Minute dauern kann, bis die Insel vollends versunken ist. Ich muss mich also gedulden. Am liebsten würde ich die Hülle öffnen und auf den Trail zurückklettern, aber ich beherrsche mich. Da oben wäre der Sturm noch viel schlimmer.

Der Wasserspiegel steigt langsam. Inzwischen ist er auf halber Höhe. Schließlich sehe ich nur noch einen kleinen hellen Kreis über mir und höre das Prasseln des Regens. Dann ist auch das letzte Stück Himmel verschwunden. Gelbe Flocken schwimmen durch eine blaugraue Welt. Es wird dunkler. Im Inneren der Insel wird die Luft kühler und feuchter. Ich zwinge mich, tief und ruhig zu atmen. Es ist fast, als sänke nicht die Insel, sondern die Welt würde überschwemmt. Das ist jetzt mein Lebensraum. Die Luft ist frisch. Die Sauerstoffextraktion scheint zu funktionieren. Ich untersuche die Nahtstelle zwischen dem Seil und dem Futter des Sphinkters und dessen Verbindung mit der Außenhülle – alles scheint dicht zu halten. Als ich merke, dass ich völlig verkrampft bin, versuche ich mich zu entspannen. Je tiefer die Insel sinkt, desto ruhiger liegt sie im Wasser. Schließlich ein leichter Ruck von oben. Ich habe die Drei-Meter-Marke erreicht, die ich für den ersten Halt eingestellt hatte.

Ich bin nicht sicher, ob ich schlafen könnte, selbst wenn ich wollte. Meinem »festen Plan« zufolge ist dies die Tageszeit zum Lesen, aber ich finde es lächerlich, dass ich lesen soll, nachdem ich mich gerade wie einen Teebeutel ins Meer geworfen habe. Die Vorstellung ist so absurd, dass ich sie mit der profanen Realität nicht in Einklang zu bringen vermag. Die sieht so aus, dass ich nackt, mit übereinandergeschlagenen Beinen, den Rucksack im Schoß, auf dem Rücken liege und mir vorkomme wie auf einem Wasserbett. Um mich herum zeigt die Kugel eine vollständige Skala von immer dunkler werdenden Grautönen.

Ich mache es mir bequem, soweit das geht. Da die Insel auftriebsneutral schwebt, ist die Kugelform vollkommener als auf dem Trail, wo sie durch die Schwerkraft durchhängt. Ich versuche, mein Gewicht möglichst großflächig zu verteilen, weil ich der Stabilität der Außenhülle noch immer nicht ganz traue. Dann singe ich mich, die hellen Partien über mir im Blick, durch die zwölf oder dreizehn Kritis, die ich auswendig kann. Ich mag Agnostikerin sein, aber die Gesänge meines Volkes sind mir vertraut.

Als ich nach etwa fünfzehn Minuten in dieser Stellung nicht erstickt bin, mein Knoten zu halten scheint und die Außenhülle der Insel nicht geplatzt ist, gestatte ich mir, mich vorsichtig zu bewegen. Den Blick auch weiterhin unverwandt nach oben gerichtet, ziehe ich das Proviantsäckchen heran, das ich mitgenommen habe, und esse zwei Idli-Würfel ohne Sauce. Mein Magen beruhigt sich.

Ich lese ein weiteres Mal die Bedienungsanleitung. Wenn ich nach oben will, so steht da, muss ich das Seil durch den Sphinkter einholen und mich im Grunde genommen Hand über Hand hochziehen. Im Moment gibt das Seil von sich aus Stück für Stück weiter nach, was bedeutet, dass die Schuppe, an der es festgebunden ist, heftig auf den Wellen schaukelt. Der Sturm ist jetzt wohl wirklich da. Ich muss einfach abwarten.

Ich singe mich zum zweiten Mal durch die Kritis.

Den letzten Ton des letzten Gesangs halte ich so lange, bis mir der Atem ausgeht.

Auf meinem Sichter lese ich noch einmal den Abschnitt über das Verhalten unter Wasser. Theoretisch kann ich mehrere Tage hier unten bleiben – die Außenhülle hat Molekularpumpen für Sauerstoff (nach innen) und Kohlendioxid (nach draußen). Allmählich fühle ich mich richtig wohl. Aber an Schlaf ist noch immer nicht zu denken. Ich drehe den Kopf. Unter mir ist alles dunkel. Wie viele Meter mag es bis zum Grund sein? Wahrscheinlich zwei- oder dreitausend.

Ich lasse mir von meinem Sichter die Essays der Schriftstellerin Reshmi West vorspielen, die so etwas wie ein Guru ist. Ich hatte die Texte zum ersten Mal gelesen, nachdem ich mein Studium abgebrochen hatte. Nun schließe ich die Augen und lausche. Sie wurde in Dubai geboren, ging aber in Indien aufs College. Später wiederholte sie Gandhis Reisen mit dem Zug und verlor den Kontakt zu ihren Eltern. Sie reiste, ohne zu betteln, aß aber nur sehr wenig und schrieb ganze Tagebücher voll, die sie dann einem Freund in Trivandrum schickte. Im Gepäck hatte sie nur einen Salwar Kamiz und einen Sari mit Bluse und Unterrock, die sie abwechselnd anzog. Zum Waschen ging sie jeweils an die Ghats des Dorfes, in dem sie gerade war. Ich habe Holos von ihr aus dieser Zeit gesehen: zierlich, mager, zerbrechlich. Sie war immer schon winzig gewesen, aber in den Holos wirkte sie wie ein Seidenäffchen.

Schließlich kam sie nach Madurai, in die Stadt, wo der Sri-Meenakshi-Sundareswarar-Tempel steht. Er ist den Göttern Meenakshi (nach der ich und meine Mutter benannt sind) und Shiva geweiht. Die Priester bringen Shiva jeden Abend in Meenakshis Schlafgemach, singen den beiden Schlaflieder vor und lassen sie dann allein, damit sie ihren kosmischen Liebesakt vollziehen können. Dabei darf ihnen niemand zusehen.

Reshmi verbrachte den ganzen Tag in der Tempelanlage. Sie blieb auch noch dort, nachdem alle Pilger den Tempel verlassen hatten und die Priester Meenakshi und Shiva zu Bett gebracht hatten und selbst schlafen gegangen waren; sie verhielt sich so still, dass niemand sie bemerkte. Sie setzte sich auf den Boden, mit dem Rücken an einer Säule neben dem Teich des Goldenen Lotus, und horchte auf die Geräusche des Liebesakts. Sie behauptet, sie hätte Keuchen und Wimmern und Stöhnen gehört, Laute, wie man sie von sich gibt, wenn man sich mit einem Hammer auf den Daumen schlägt. Das ging die ganze Nacht so, und sie saß ganz still und beobachtete ihre eigenen Reaktionen. Zuerst war sie hoch beglückt und fühlte sich von den Göttern gesegnet, weil sie nicht nur einen Blick auf sie hatte erhaschen dürfen, sondern sie auch bei Nacht belauschen konnte. Wenn sie die Augen schloss, sah sie den wasserblauen Shiva und die fischäugige Meenakshi, die schöne Kriegerin, vor sich und stellte sich vor, wie sie sich umschlangen. Tränen des Entzückens über so viel Schönheit traten ihr in die Augen. Aber es waren keine reinen Freudentränen. Es waren auch Tränen der Eifersucht. Sie hatte seit drei Jahren allein gelebt und niemandem gestattet, sie zu berühren. Nun war sie voller Neid auf Shiva und Meenakshi, die einander gefunden hatten und nun Nacht für Nacht ihre Liebe zur Schau stellten. Die Geräusche, die zwischen den Säulen widerhallten, erschienen ihr nicht mehr schön, sondern hässlich. Als würde sie gezwungen, Zeugin einer Szene von unerträglicher Peinlichkeit zu werden, der schamlosen Paarung zweier Fremder. Die Götter waren nichts anderes als brünstige Tiere. Können sie sich nicht zügeln?, dachte sie. Und dann wurde der Himmel heller, das lüsterne Stöhnen wurde allmählich leiser und verstummte vollends, als der Tag anbrach.

Reshmi entdeckte eine Gruppe von Pilgerinnen, die auf der Straße kampierten, setzte sich zu ihnen und versuchte zu schlafen. Aber die Stadt war bereits erwacht, und so wanderte sie den ganzen Tag lang umher, über den Fluss und wieder zurück, bis sie schließlich vor Müdigkeit auf der Straße zusammenbrach. Diese Episode in Madurai wurde zum Kernstück ihrer literarischen Imagination. Der Geschlechtsakt war schön und abstoßend zugleich. Körperflüssigkeiten waren Nektar und Gift in einem. Im Anschluss mied sie ein Jahr lang alle »Schattensprachen« und sprach nur noch Sanskrit. Sie war überzeugt, das sei die elementare Muttersprache, die Sprache, in der sich die göttliche Ordnung am präzisesten widerspiegelte, in der jedes Wort eins war mit seiner Bedeutung und, so die Theorie, von einem Kind, das in einem natürlichen Paradies ohne jede sprachliche Beeinflussung aufwuchs, aus dem Nichts nachgeschaffen werden konnte. Sanskrit-Worte, so ihre These, entstünden spontan im Mund aller Säuglinge überall auf der Welt. Ihr Lieblingsmantra war das Sahanavavatu, denn der Morgen war die Tageszeit, die sie am meisten liebte.

Dieses Mantra beginne ich nun zu singen, denn der Morgen ist angebrochen. Es beginnt mit den beiden Silben »Saha«, und die erinnern mich an das Wort des barfüßigen Mädchens. Ich weiß nicht einmal, ob sie real war, aber mein Glotti reagierte so, als wäre sie es, und das ist ein Punkt, der dafür spricht, dass sie tatsächlich da war. Das Programm konnte das Wort nur nicht erkennen, weil Sanskrit nicht mehr gesprochen wird.

Ich greife nach meinem Sichter und gebe »Saha« ein. Je nach Kontext hat das Wort zwei Bedeutungen.

Die eine ist »mächtig«.

In der anderen ist es Teil der Konstruktion »lass uns zusammen sein« und bedeutet einfach »mit«.

Es ist komisch, dass dieser Zyklon den Namen Geeta trägt. So heißt auch meine Muthashi. Ich weiß noch, wie ich ihr zum ersten Mal erzählte, dass ich mit Mohini zusammen war. Es war sehr heiß, noch in der Trockenzeit, unmittelbar vor dem Monsun, in der letzten Maiwoche. Ich stand unterhalb der Klinik auf dem Fußweg am Manimala. Der Fluss war ein dicker Brei aus Algen und Pollen. Bäume warfen ihre Samen in die dunkelgrüne Emulsion, und da sie nicht fortgespült wurden, schlugen sie Wurzeln. Bald würde der ganze Fluss ein fließender Garten sein.

Muthashi kam die Ghats herunter, den pfauenblauen Sari gerafft. Das weiße Haar hatte sie zu einem Knoten zusammengenommen. Sie bestand darauf, eine riesige eckige Brille zu tragen, anstatt sich einer Laserkorrektur zu unterziehen. Soviel ich weiß, die einzige irrationale Entscheidung, die sie jemals traf. Sie hatte irgendwie Angst davor, nicht blinzeln zu dürfen. Um den Hals trug sie eine dünne Silberkette mit einem kleinen silbernen Kreuz – eine Hommage an ihre katholische Mutter, obwohl ihr Ehemann ebenso Hindu war wie ihr verstorbener Vater.

Sie ging auf mich zu, aber wir umarmten und küssten uns nicht. Wir befanden uns noch im Anfangsstadium unserer Versöhnung.

Du bist wieder zu Hause, sagte sie.

Nur für ein paar Tage. Ich wollte dich überraschen.

Muthashan meinte, du hättest mir etwas mitzuteilen.

Ja. Ich habe eine Frau mit Namen Mohini kennengelernt. Sie ist ein Hijra. Wir wollen zusammenziehen.

Muthashi tat ihre Zustimmung mit langsamem Kopfschütteln kund. Wollt ihr auch heiraten?, fragte sie.

Schon möglich. Ich habe sie noch nicht gefragt.

Du bist noch zu jung, sagte sie.

Ich bin vierundzwanzig.

Zu jung, wiederholte sie. Ich war neunundzwanzig, als ich deinen Großvater heiratete. Du solltest noch warten, Meena.

Ich schaute über den Fluss. Ich bin bereit für den Monsun, sagte ich.

Die Patienten auch, seufzte Muthashi. Sie leiden sehr unter der Hitze. Wir haben fast kein Kurkuma mehr.

Ich werde welches besorgen, erbot ich mich. Ich wusste, dass Muthashi den nächstgelegenen Laden, einen großen klimatisierten Supermarkt mit Namen SpyceWallah, hasste. Ihr bevorzugtes Geschäft lag in Kozhencherry, ein weiter Weg. Und sie war fast achtzig Jahre alt.

Das wäre eine große Hilfe, Meena, sagte sie. Und noch einmal: Du bist zu jung zum Heiraten. Wie gut kennst du Mohini? Kennst du ihre Familie?

Ich habe Seeta kennengelernt. Ihre Mutter. Eine wunderbare Frau. Sie hat einen Schönheitssalon.

Ich sah ganz deutlich, was sie dachte: KB, keine Brahmanen. Sie tastete sich weiter vor: Und ihr Vater?

Kam auf einer Baustelle ums Leben, als Mohini drei war.

(EKB, Eindeutig keine Brahmanen. Aber sie würde es nicht aussprechen, weil es politisch nicht mehr korrekt war.) Wo ist der Rest ihrer Familie?

Ihre Großmutter lebt in Chennai.

Wer sagt dir, dass Mohini dir treu sein wird? Du weißt doch, wie ihresgleichen sind.

Ich schaute auf den Fluss und zählte bis zehn. Das war ein Verfahren zur Emotionskontrolle, das ich als Praktikantin in der Frauenklinik gelernt hatte.

Was meinst du mit *ihresgleichen*, Muthashi?

Hijras.

So war das also. Allem politischen und sozialen Fortschritt, aller zur Schau getragenen Toleranz zum Trotz ließ meine Großmutter von ihren Vorurteilen nicht ab. Irgendwo mussten die Unterschiede festgemacht werden. Wenn nicht an der Kaste, wenn nicht an der Gesellschaftsklasse, dann am Geschlecht. Kinder konnten niemals aufhören, gegen die Einstellungen ihrer Altvorderen anzukämpfen.

Ich zwang mich, mit ruhiger Stimme zu sprechen. Du siehst das nicht richtig, Muthashi. Hijras arbeiteten nur deshalb als Prostituierte, weil sie Ausgestoßene waren. Sie durften nicht so leben oder sich Arbeit suchen wie andere Menschen.

Sie konnten singen, sagte Muthashi. Wenn ein Junge geboren wurde.

Aber solche Gelegenheiten gab es nicht oft. Und dann war die Konkurrenz groß, und die meisten kamen nicht zum Zug.

Muthashi schwieg eine Weile wie immer, wenn ich ihr den Wind aus den Segeln genommen hatte.

Endlich sagte sie: Bei Gabriels Geburt hat ein Hijra gesungen.

Sie wartete auf meinen Protest, weil sie den Namen ausgesprochen hatte. Doch ich sagte nichts. Auch das war ein Teil unserer Versöhnung: dass wir anfangen konnten, die Namen derer zu nennen, die nicht erwähnt werden durften.

Sie fuhr fort: Wir hielten die Feier draußen ab, auf einem Feld, wo sonst die Jungen Kricket spielten. Dein Muthashan hielt das Kind in den Armen, als eine meiner Freundinnen kam, um mir zu sagen, ein Hijra bitte darum, den Lobpreis singen zu dürfen. Ich hätte ihn fortgeschickt, aber Muthashan bat mich, Geeta, lass ihn kommen. Ich sagte meiner Freundin, ich sei einverstanden, dann gab Muthashan mir das Kind, trat ans Mikrofon und verkündete: Wir werden jetzt ein Lied hören. Der Hijra trat in unsere Mitte. Alle wurden ganz still. Sogar Gabriel war ruhig. Der Hijra trug einen Sari in leuchtendem Orange mit Goldsaum. Wie sich herausstellte, war er kein schlechter Sänger. Er trug ein wunderschönes Lied zu Gabriels Ehren vor, dann wollte er das Kind küssen, und Muthashan verlangte, dass ich es zuließ. Ich war mit ihm zufrieden, und wir bezahlten ihn. Doch dann trieb er sich weiter zwischen den Gästen herum und fragte die Männer, ob sie ihn mit nach Hause nehmen wollten, und eine ganze Reihe von Leuten fühlte sich gestört. Ich musste ihn bitten, zu gehen. Ich glaube, er hatte getrunken.

Sie beendete die Geschichte in einem Ton, als wollte sie sagen: Siehst du, das erklärt, warum ich so denke.

Ich hielt dagegen. Wenn du es unbedingt wissen willst, Mohini hat nie als Prostituierte gearbeitet.

Muthashi schüttelte den Kopf. Ich meine es nur gut mit dir, Meena. Du musst dir solche Entscheidungen reiflich überlegen. Du bist wie dein Vater. Sehr impulsiv.

Danach standen wir minutenlang schweigend auf dem Fußweg und schauten auf den Fluss. Ich entdeckte auf der anderen Seite eine Schildkröte, aber ich sagte nichts. Sie lag reglos in der Sonne und wartete auf den Monsun, um in frischem Wasser schwimmen zu können.

Es ist schön, dich wieder zu Hause zu haben, sagte Muthashi und machte sich auf den Weg zurück zu den Ghats. Ich kann dich gut gebrauchen. Bei Mrs. Nair haben eben die Wehen eingesetzt. Sie und ihr Mann werden noch in dieser Stunde von Alleppey hierherkommen. Du weißt doch noch, welche Vorbereitungen für eine Geburt zu treffen sind?

Ich wiegte zustimmend den Kopf, ohne sie anzusehen.

Und nun hänge ich wie eine Christbaumkugel mitten im Arabischen Meer, während ein Zyklon über mich hinweggeht. Ich könnte hier sitzen und mir vorstellen, meine Großeltern wären tot. Ich könnte ein hochgradig pathetisches Szenarium für Todesart und Todeszeitpunkt imaginieren. Sie sind meine einzigen Verwandten. Aber zwischen uns fehlt eine Generation, sie können mich und mein Wesen nicht unmittelbar beurteilen. Ich will richtige Eltern. Ich will Informationen aus erster Hand.

Mohini und ich setzen unseren Dialog fort. Der Teil von mir, der mit ihrer Stimme spricht, hilft mir sehr. Sie hat immer nützliche Ratschläge für mich, vor allem deshalb, weil auch sie einen Elternteil verloren hat; allerdings schien ihr dieser Verlust so wenig auszumachen, dass ich es kaum glauben konnte. Ich dachte, dieses Trauma müsste größere Störungen zur Folge haben, und wartete ständig darauf, dass die sich zeigten. Inzwischen hat sie sich immerhin das Vokabular angeeignet, das sie braucht, um mich zu verstehen. Ich nehme das Gespräch wieder auf, das davon handelt, dass meine Mutter für mich wie die Göttin im Allerheiligsten ist.

Du suchst sogar auf dem Trail noch nach deiner Mutter, sagt sie zu mir.

Wie meinst du das?

Du siehst den Trail nicht als Tempel, weil er keine Mauern hat. Aber du gehst auch hier durch verschiedene Räume. Du dringst immer tiefer ins Innere vor.

Das hätte ich nicht gedacht.

Ich weiß.

Ich habe eher den Eindruck, etwas unglaublich Überflüssiges zu tun.

Und was möchtest du stattdessen tun?

Ich weiß nicht. In Afrika sein.

Aber dorthin müsstest du erst gelangen, und genau damit bist du soeben beschäftigt.

Schön.

Meena, was hoffst du, am Ende dieser Reise zu finden?

Die Frau, die meine Eltern getötet hat.

Das ist dir wichtig.

Sieht ganz danach aus.

Du brauchst nicht sarkastisch zu werden, Meena. Was würdest du tun, wenn du sie fändest?

Ich weiß es nicht. Sie nach dem Grund fragen.

Sei ehrlich.

Ich würde sie töten wollen.

Das ist verständlich.

Aber es hätte keinen Sinn, weil meine Eltern schon tot sind.

Tot zu sein und auffindbar zu sein müssen sich gegenseitig nicht ausschließen.

Was würde ich denn dann finden?

Du bist aus deiner Mutter hervorgegangen. Sie hat dich gemacht. Wer immer sie also ist, der bist auch du.

Ich wüsste nicht, wo ich anfangen sollte.

Das brauchst du auch nicht. Du steckst doch schon mittendrin.

Als ich das nächste Mal die Augen aufschlage, ist es vollkommen dunkel. Ich weiß nicht mehr, wo ich bin. Ich bin kühl, feucht und nackt. Dann fällt es mir wieder ein: Verdammt, ich bin unter Wasser. Ich taste im Dunkeln nach meinem Rucksack, ziehe einen meiner Solarbälle heraus und drücke ihn zusammen. Sein sanfter gelber Schein füllt die Insel. Doch draußen ist alles schwarz. Ich wünschte, ich hätte eine Mutter. Wer Mutterliebe erfahren hat, kommt nie in eine solche Situation.

Ich weiß nicht, wie lange ich geschlafen habe. Die Spanne reicht von zwei bis sechs Stunden. Hoffentlich lange genug, dass Geetas Arm vorübergezogen ist. Das Seil ist straff gespannt, und der Polymerstopfen drückt gegen den Sphinkter. Ich betaste die Außenhülle der Insel und stelle fest, dass sie viel härter geworden ist. Das bedeutet, dass ich volle sieben Meter tief abgetaucht sein muss.

Ein silbernes Gitter schießt vorbei. Wahrscheinlich war es ein Fischschwarm. Wenn ich ganz still sitze und zusehe, setzt mein inneres Auge zusammen, was da vorbeischwimmt, und fügt ein, was ich nicht sehen kann. Und wenn ich nun einfach hier unten bliebe und den Blick auf die Tiefsee genösse? Eines Tages würde jemand ein Seil entdecken, an dem in sieben Metern Tiefe eine Kugel hängt, und wenn man sie hochzöge, fände man meinen Körper in der Fötusposition. Als hätte ich mich einfach auf die Straße gelegt.

Etwas Großes zieht vorüber, und ich zucke erschrocken zurück. Dummkopf. Die Hülle kann immer noch aufplatzen, wenn der Druck an einer Stelle zu groß wird, ich muss also verdammt aufpassen. Ich versuche zu rekonstruieren, was ich gesehen habe: einen Delfin, vielleicht auch einen Hai. Ich hatte einen Eindruck von großer Masse. Das war kein Fisch.

Wieder drücke ich meinen Solarball zusammen, aber das Licht wird von den Wänden der Insel reflektiert. Ich lege beide Hände um die Kugel, um den Strahl nach draußen zu lenken. Dann sitze ich still. Wieder schwimmt ein großer Körper vorbei, und diesmal kollidiert er tatsächlich mit meiner Insel und macht eine Delle in die Außenhülle. Ich knie mich in Kampfposition, was mir nicht unlogisch erscheint, sondern notwendig. Wenn dieses Ding noch einmal zurückkommt, muss ich bereit sein. Ich halte den Solarball weiter in die Dunkelheit gerichtet.

Und dann erscheint genau vor meinen Augen ein Handabdruck in der Außenhülle.

Ich schreie vor Schreck.

Der Handabdruck verschwindet ebenso schnell, wie er aufgetaucht ist.

Eine Halluzination in Folge von Sauerstoffmangel. Es kann nicht anders sein. Ich muss an die Oberfläche, denn plötzlich komme ich mir vor wie in einem schwarzen Schoß, in dem es von Geistern nur so wimmelt.

Ich strecke den Arm nach oben und umfasse mit einer Hand den Stopfen, dann nehme ich die zweite Hand dazu und drücke den Sphinkter nach oben. Nun ziehe ich das Seil herunter und damit die Insel hinauf. Schon nach einem Meter tun mir die Arme weh, und ich muss eine Pause einlegen. Ich lockere die Muskeln in Armen und Schultern. Dann hole ich tief Atem, richte den Solarball in meinem Schoß neu aus und fasse abermals nach dem Seil.

Nach sechzig Sekunden wird das Wasser über mir heller. Es sieht blau aus, ein gutes Zeichen, denn das könnte bedeuten, dass die Sonne herausgekommen ist. Ich habe es eilig, denn ich habe das Gefühl, keine Luft zu bekommen, obwohl ich doch atme.

Über meiner Insel öffnet sich ein weißer Kreis. Da ist Luft. Ich muss mich beherrschen, um die Hülle nicht sofort aufzureißen. Stattdessen ziehe ich die Insel hoch, bis sie auf gleicher Ebene mit dem Trail ist und wie eine Blase an der Spitze eines Stabes hängt. Dann, und das ist meine bisher größte Leistung, ziehe ich mich samt meinem Rucksack auf den Trail, während ich mich noch in der Insel befinde wie ein Fötus in der Fruchtblase.

Ich öffne mit meinem Fingernagel die Außenhaut, klettere mitsamt meinem Rucksack hinaus, stelle ihn auf die Schuppe und kauere mich nackt in den Wind. Die Wolken sind fransig, hängen tief über dem Wasser und ziehen schnell vorbei. Ich nehme meinen Sichter heraus, um mich zu vergewissern, dass der Zyklon vorübergezogen ist (es ist tatsächlich so – er hat sich vor der iranischen Küste ausgetobt und hat nur noch die Stärke 1), dann lege ich ihn auf die Schuppe, um die Insel vollends aus dem Meer zu ziehen. Die See ist immer noch unruhig, der Trail hüpft auf und ab, das Scharnier neben mir springt nach oben, und mein Sichter trudelt ins Wasser.

Mir ist sofort klar, dass er verloren ist.

Nachspringen kann ich ihm nicht. Ich muss die Entsalzerflaschen, den Ofen und meine Insel festhalten, denn ohne diese Dinge wäre ich rettungslos dem Tod geweiht.

Ich habe also keinen Sichter mehr.

Ich stoße mein Messer mit der Spitze voraus so fest in die Schuppe, dass es stecken bleibt. Die Böen lassen allmählich nach, Sonnenlichtflecken tanzen auf dem Ozean. Von ferne sehen sie aus wie Oasen.

Ich suche nach meinem Sichter, um eine Liste der Dinge anzufertigen, die ich verloren habe, bevor mir klar wird, dass ich nichts mehr habe, um eine Liste anzulegen.

Ich muss die einzelnen Punkte im Kopf abhaken, geordnet nach der Größe der Bedrohung für das nackte Leben.

1. Die Fähigkeit, auf einer Karte sichtbar zu machen, wo ich bin. Noch habe ich mein Pozit, das mir eine Position anzeigen und die Entfernung zwischen zwei Positionen berechnen kann, z. B. zwischen hier und Nariman Point. Aber es hat nur ein einfaches numerisches Display. Ganze Karten kann man nicht abrufen.
2. Informationen über das Wetter, zum Beispiel aufziehende Wirbelstürme. Nun muss sich zeigen, ob ich als echte Keralitin wirklich alles erahnen kann, was mit dem Meer zu tun hat.
3. Mein Tagebuch der Elemente. Das mir in dieser Situation wie ein Kinderspielzeug vorkommt.
4. Die Verhaltensregeln für Notfälle. Ich muss mich mit dem durchschlagen, was ich mir gemerkt habe und was mir die Seesiedler erzählen.
5. Die Bedienungsanleitungen für meine Geräte. Jetzt bin ich froh, dass ich das Handbuch für die Insel dreimal gelesen habe, während ich unter Wasser war. Die Anleitungen für den Ofen, den Solarteller und alles andere sind verloren.
6. Musik und meine Literatur. Ich habe alles von Unterhaltungswert verloren, die Nabelschnur zur Normalität ist durchtrennt. Kein Mahabharata mehr, keine Gedichte von Kuta Sesay, keine Essays von Reshmi West.

Musik und Literatur sind nicht unmittelbar lebensnotwendig, aber ihr Verlust schmerzt mich am meisten. Nun muss ich andere Wege finden, um nicht den Verstand zu verlieren. Es wird mühsamer werden, mein seelisches Gleichgewicht aufrechtzuerhalten. Ich muss mir eine Mutter erschaffen, sie aufblasen wie eine Sexpuppe und mir von ihr Geschichten erzählen lassen.

ZEHNTES BUCH

MARIAMA

SHIRO

In der Nacht, in der wir endlich zur äthiopischen Grenze aufbrachen, fandest du keinen Schlaf. Du flüstertest mir alle deine Gedanken zu, als wolltest du Wasser in einen Krug gießen.

Ich weiß noch nicht genau, wo wir wohnen werden, sagtest du. Wir müssen in den ersten Tagen in einem Wohnheim übernachten und Addis erkunden, um ein Gespür für die Stadt zu bekommen. Die Piazza-Gegend soll die beste sein, besonders charakteristisch; andererseits gibt es so viele neue Wohnungen ganz in der Nähe, gleich außerhalb der eigentlichen Innenstadt, und die haben Internet und Klimaanlage. Doch ich lese immer wieder, dass man in der Bole Road nach wie vor die besten Wohnungen bekommt. Mein Geld wird für ein paar Monate reichen. Danach muss ich mir Arbeit suchen. Vielleicht in einer der Kunstgalerien oder in einer englischsprachigen Buchhandlung.

Ich hörte dir gerne zu, Yemaya. Deine Stimme war weich und dunkel wie die tiefsten Strömungen des Ozeans. Sie machte mich durstig. Ich schämte mich immer noch für jene Bemerkung, für die du mich geschlagen hattest, und so suchte ich nach einer Möglichkeit, um uns wieder zusammenzuführen, die Wunde zu heilen.

Du sagtest: Ob es mir wohl wirklich gelingt, uns ein Heim zu schaffen? Ich bin erst zwanzig Jahre alt. Und wenn man mich nun diskriminiert? Ich sehe aus wie eine Oromo, und die Oromo und die Amhara haben eine schwierige gemeinsame Geschichte. Vielleicht ändert es etwas, dass ich eine Wolof bin. Ich muss einen

Sprachkurs für Amharisch besuchen. Bis dahin komme ich mit meinem Englisch zurecht. Ich muss auf mich aufpassen.

Ich wollte dich umarmen, aber meine Arme waren nicht lang genug. Dann rolltest du dich auf den Rücken, und ich kletterte auf dich, legte mich auf deine Brust und versuchte, meine Arme so um dich zu schlingen, dass sich die Hände unter dir berührten.

Endlich fielen dir die Augen zu. Du hattest die Arme weit ausgebreitet neben dir liegen, hobst sie aber nicht, um mich an dich zu drücken. Im Schlaf murmeltest du Francis' Namen, und das erregte die Eifersucht des Kreen, aber ich weckte dich nicht. Ich hatte verstanden, dass es jetzt an mir war, mich um dich zu kümmern.

Bei Gallabat überquerten wir die Grenze nach Äthiopien. Ich klebte förmlich an der Seitenwand der Ladepritsche, um mir auch nicht das Geringste entgehen zu lassen. Ich wollte mit meinen eigenen Augen erfassen, was dieses Äthiopien für ein Land war und worin es sich von all den anderen Ländern unterschied, die ich gesehen hatte, aber es war spät nachts, und ich war zu schläfrig, um sinnvolle Erkenntnisse zu gewinnen. Ich schlief von Gallabat bis Shihedi – von Shihedi ist mir nur der mattgelbe Schein der Laternen im Gedächtnis geblieben, der mich aus dem Schlaf holte – und von Shihedi wieder bis nach Gonder.

Du machtest kaum ein Auge zu. Mein Körper spürte das, weil jeder mit den Rhythmen des anderen inzwischen so vertraut war. Als die Laster endlich auf einen staubigen Parkplatz fuhren, hattest du dich bereits aufgesetzt und starrtest ins Leere. Dann sahst du mich an und sagtest: Wir sind da, meine Kleine.

Äthiopien!

Ja, sagtest du. Du warst nicht so aufgeregt, wie ich erwartet hätte.

Ich erklärte mir das damit, dass wir schließlich noch nicht in

Addis waren. Wir wollten zuerst in Gonder übernachten, dann würden wir nach Lalibela fahren und erst danach in die Hauptstadt. Unsere lange Reise war nahezu beendet. Ich wünschte mir, sie wäre ganz vorüber, doch zugleich wollte ich sie bis zum letzten Moment auskosten.

Es war fast Morgen. Einige der Fahrer blieben zurück, sie waren noch angespannt von der nächtlichen Fahrt und wollten sich auf der Straße etwas zu essen besorgen und sich dann wie üblich auf der Ladepritsche schlafen legen. Muhammed beschloss jedoch, für die Nacht ein Hotelzimmer zu nehmen, damit sein Bein sich erholen konnte, und du sagtest, auch wir würden im Hotel schlafen. Nach so vielen Wochen auf dem Laster hätten wir es verdient, uns einmal verwöhnen zu lassen.

Du nahmst meine Hand, und wir verließen zusammen mit Muhammed den Parkplatz und gingen in Richtung Stadtzentrum. Wir kamen nur langsam voran, weil Muhammed noch seine Krücken brauchte. Er sagte, er kenne auf der Piazza ein Hotel mit einem schönen Dachrestaurant, vielleicht bekämen wir dort schon etwas zu essen.

Ich umklammerte deine Hand. Das eigentümlich Äthiopische, das ich vom Laster aus so eifrig gesucht hatte, war hier klarer zu erkennen. Ich sah Frauen in Kleidern aus dünnen weißen Stoffen mit breitem buntem Saum. Viele von ihnen sahen anders aus als wir – die Gesichter waren heller, eher gelblich wie Senf. Nasen und Lippen waren schmal. Oft hatten sie sich große dunkelblaue Kreuze auf die Stirn oder kleine blaue Kreuze entlang der Kinnlinie tätowieren lassen. Sie lächelten nicht. Ich malte mir aus, wie ich als erwachsene Frau aussehen würde, und dachte: Das ist meine Zukunft, majestätisch und stark.

Muhammed war sichtlich froh, wieder auf heimischem Boden zu sein. Er deutete auf dies und das und erzählte voller Stolz von seiner Heimat. Die Schlacht von Adua, bei der die Äthiopier die

Italiener zurückgeschlagen hatten, erwähnte er mindestens dreimal. Damit nicht genug, seien sie als einziges afrikanisches Volk nie besiegt und auch niemals kolonisiert worden. Er deutete auf eine dicke Steinmauer an der Straße. Das ist der Königspalast, sagte er. In diesen Mauern herrschten einst Äthiopiens große Könige.

Haben wir Zeit, ihn zu besichtigen?, fragtest du.

Gewiss, antwortete Muhammed. Wir bleiben den ganzen Tag hier und brechen erst morgen früh wieder auf.

Doch vorher musst du schlafen, sagte ich zu dir und strich dir über das Gesicht.

Du lachtest. Ich hatte dich überrascht. Woher weißt du das? Bist du jetzt diejenige, die sich um mich sorgt?

Ich nickte und vergrub mein Gesicht an deiner Seite.

Im Restaurant mussten wir eine halbe Stunde auf einer weiß gepolsterten Bank warten, bis uns die Empfangsdame einen Platz anwies. Doch dann führte sie uns an einen schönen Tisch aus Korbgeflecht, über den ein fleckenloses weißes Tischtuch gebreitet war. Der Kellner lehnte Muhammeds Krücken an eine Säule, und wir gaben unsere Bestellung auf. Wieder traten wir auf wie eine kleine Familie, nur war diesmal Muhammed und nicht Francis »der Mann«. Ich weiß noch, dass du froh warst, weil das Restaurant »Karten« akzeptierte, sodass du kein »Geld wechseln« musstest. (Was das alles bedeutete, verstand ich erst Jahre später.) Das Essen kam schnell: eine Schale mit Früchten und Joghurt, ein Teller mit einem Stapel zäher Brotscheiben, die seitlich gebogen waren, und ein Smoothie mit vier Streifen in Grün, Gelb, Rosa und Weiß.

Muhammed tat so, als wäre er von meiner Menüwahl schwer beeindruckt, und erklärte mir, was ich da eigentlich bestellt hatte: In der Obstschale waren Papaya-, Wassermelonen- und Mangostücke; das zähe Brot hieß Pfannkuchen und war mit warmem Guavengelee gefüllt; und für das Smoothie hatte man Avocado-,

Mango-, Guaven- und Bananenpüree übereinandergeschichtet. Du gabst mit einem Löffel von jedem Gericht eine kleine Menge auf meinen Teller, und für das Smoothie bekam ich einen Strohhalm. Ich hatte so ein Ding noch nie benützt, deshalb saugte ich zu fest, und der Saft kam mir aus der Nase. Muhammed lachte, aber es war kein hämisches Lachen. Und dann putzte er mir die Nase ab.

Nach dem Frühstück sah ich, dass du kaum noch die Füße heben konntest. Ich musste dafür sorgen, dass du in ein Bett kamst. Als wir unseren Schlüssel hatten, führte ich dich an der Hand durch den Gang und in unser Zimmer. Es war riesengroß und prächtig eingerichtet, und alles blitzte und funkelte, wie ich es noch nie erlebt hatte. Das Bad war sauber und hatte eine Dusche und eine Toilette mit Wasserspülung. An einer Wand hing ein schönes Bild von einer Frau mit dunkelblauen Kreuzen im Gesicht, und an der Wand gegenüber hing ein schwarzes Rechteck. Ich hielt es zunächst für einen leeren Rahmen, aber später sagtest du mir, es sei ein Flachbildschirm für Satellitenfernsehen. Ich wollte am liebsten sofort alles untersuchen und ausprobieren, aber du legtest dich auf das Bett und batest mich, leise zu sein, du wolltest schlafen. Also setzte ich mich in einen großen weichen Sessel und sah dir beim Schlafen zu. Diesmal sagtest du Francis' Namen nur einmal. Das war ein Fortschritt.

Ich dachte immer noch darüber nach, was ich tun könnte, um unsere Beziehung so vollkommen zu machen, dass wir wieder heil würden. Wir waren fast so weit, aber noch nicht ganz. Und nach dem zuckerhaltigen Frühstück war auch ich bald eingeschlafen.

Ich schlief sogar noch länger als du. Ich hörte nicht einmal, dass du eine Dusche nahmst. Als ich erwachte, hattest du dir nur weiße Handtücher um den Körper gewickelt, und die bedeckten nicht alles!

Ich hielt mir kichernd die Augen zu.

Was gibt es da zu kichern, meine Kleine?

Nichts, sagte ich.

Hast du noch nie eine nackte Frau gesehen?

Ich schüttelte den Kopf.

Du warst wie aufgedreht, in Hochstimmung und redetest wie ein Wasserfall. In Marokko, sagtest du, gibt es Gemeinschaftsbäder, Hamam genannt, dort baden alle Frauen miteinander. Das ist eine sehr menschliche Sitte. Jede Gesellschaft sollte solche Bäder haben, denn dann wüssten die Mädchen, wie erwachsene Frauen aussehen und wie stolz sie auf ihren Körper sind. Und sie würden lernen, ebenfalls auf ihren Körper stolz zu sein, anstatt Angst davor zu haben.

Mir war nie in den Sinn gekommen, dass ich vor meinem Körper Angst haben könnte. Dass er Angst empfinden konnte, war mir klar – das Kreen winselte auch dann, wenn ich ihm keine Aufmerksamkeit schenkte –, nicht aber, dass ich mich vor ihm fürchten sollte.

Ich habe keine Angst!, sagte ich.

Du sahst mich mit schmalen Augen an. Ich hielt mich ganz still. Ich verstand, dass du mich auf die Probe stellen wolltest.

Du nahmst die beiden Handtücher ab und standest nackt vor mir. Ich glotzte dich an wie eine mondsüchtige Ziege. Du warst groß, mit breiten Schultern, schmalen, muskulösen Armen und hohen tropfenförmigen Brüsten. Die Brustwarzen waren dunkler als die übrige Haut. Deine Taille war hoch angesetzt, und die Hüften flossen herab wie die Falten eines Kleides.

So sieht der Körper einer erwachsenen Frau aus, sagtest du. Dann drehtest du dich um und klatschtest dir selbst auf das Hinterteil. Ich war so sprachlos, dass ich nicht einmal kicherte. Vielleicht war ich auch von religiöser Scheu erfasst und ahnte bereits, was ich inzwischen weiß!

Du bist hübsch, sagte ich.

Darauf sagtest du lächelnd: Danke, meine Kleine.

Und mit einem Mal wusste ich, was ich tun musste, um die Wunden wirklich zu heilen.

Ich stemmte mich aus dem Sessel hoch und zog das schlichte Hemd aus, das man mir in der Klinik gegeben hatte. Dann kletterte ich auf das Bett und legte mich auf den Rücken.

Du sahst mich nicht an. Das war nicht die Reaktion, die ich erreichen wollte. Ich musste noch deutlicher werden.

Komm her, sagte ich.

Wieso?, fragtest du.

Ich möchte dir etwas schenken, sagte ich.

Du sahst mich immer noch nicht an, setztest dich aber auf die Bettkante. Was?, fragtest du.

Ich richtete mich auf, nahm deine Hand, legte sie über die Stelle zwischen meinen Beinen und sank wieder zurück.

Meinen goldenen Kern, sagte ich, obwohl ich damals noch nicht verstand, was das bedeutete. Ich wusste nur, dass du diejenige sein musstest, der ich ihn schenkte.

Deine Hand berührte nur leicht meine Haut, aber du nahmst sie nicht weg.

Du weißt nicht, was du da sagst, Mariama.

Doch, beharrte ich. Ich will, dass du ihn bekommst. Niemand sonst soll ihn haben.

Du bist noch zu jung, sagtest du. Es wäre Unrecht, dieses Geschenk anzunehmen, sogar für mich.

Doch deine Stimme wurde bereits leiser.

Nein, sagte ich. Ich will es jetzt.

Das klang wie ein Befehl. Das Kreen sprach aus mir. Es schien, als wäre ich die Ältere und du das Kind.

Das kann nicht das Mittel zur Heilung sein, sagtest du zu dir selbst.

Doch, das ist es, beteuerte ich. Wir können nur zusammen wieder heil werden.

Wie kannst du das wissen?, sagtest du. Wie kannst du das wissen?

Deine Hand wurde schwerer, und dann krümmtest du einen Finger und schobst ihn in mich hinein. Ich war noch jung, deshalb dachte ich, du kämst nicht weiter. Doch dein Finger drehte und wand sich und schuf Platz, und als er noch tiefer eindrang, blieb mir die Luft weg. Es brannte wie eine Pfefferschote. Deine Schultern hoben und senkten sich zehnmal, und ich versuchte, im Gleichklang mit dir zu atmen. Wir wussten beide, dass wir warten und bis zehn zählen mussten, um es Wirklichkeit werden zu lassen.

Dann zogst du den Finger zurück, drehtest mich auf die Seite und umarmtest mich von hinten. Und in meinem Inneren leckte das Kreen an der neuen Flamme.

Am späten Nachmittag machten wir uns auf den Weg zum Königspalast. Meine Hand lag in der deinen. Du warst noch aufgedrehter und wilder als zuvor, als würde jetzt, da wir wieder heil waren, elektrischer Strom durch unser beider Körper fließen.

Als wir die Piazza überquerten, sahen wir eine Frau, die in einer Eisenpfanne mit einem roten Eintopf rührte. Du sprachst sie an und redetest mit vielen Gesten auf sie ein. Dein Lachen war so schrill und hysterisch, wie ich es noch nie von dir gehört hatte.

Dann drehtest du dich zu mir um und sagtest: Sie gibt uns von ihrem Shiro! Das ist eine scharfe Bohnenpaste. Jetzt bekommst du eine erste Kostprobe vom wahren Äthiopien.

Die Frau wickelte einen schwammigen Brotfladen, der mit einer roten Sauce getränkt war, in braunes Papier und reichte ihn mir.

Ich griff zu und aß. Weich und säuerlich, herzhaft und würzig.

Schmeckt es dir?

Ich nickte eifrig. Es schmeckte wie das, was wir eben in dem Hotelzimmer getan hatten.

Du gabst der Frau einen Geldschein, und wir setzten unseren Weg fort. Du konntest nicht aufhören zu reden: Wenn dir Shiro schmeckt, wird es dir nicht schwerfallen, dich einzugewöhnen. In Dakar gab es ein äthiopisches Restaurant, das ich oft mit meinen Freunden besuchte. Ein ganzer Kreis von Tänzern und Künstlern kam dorthin, um am Nachmittag Kaffee zu trinken und am Abend den Honigwein, den man hier Tej nennt, merk dir das. Dort saßen wir stundenlang, machten Musik oder redeten über Politik. So lernte ich die Tänze, die Musik und den Jazz Äthiopiens kennen. Einige von uns wollten nach Lagos oder Johannesburg, aber die meisten redeten von Addis, wo die Präsidentin Hindi spricht und bei Staatsempfängen traditionelle amharische Gewänder trägt. Eine ganze Truppe von Frauen tut nichts anderes, als aus der besten Baumwolle der Welt Stoffe für ihre Kleider zu spinnen, drei Meisterstickerinnen sind zuständig für die Säume. Und nachdem sie zur Präsidentin gewählt war, wurden bei allen Modeschauen in Dubai und Mumbai amharische Gewänder gezeigt.

Wir hatten den Eingang des Königspalastes erreicht. Du bezahltest für uns beide. Wir gingen den Kiesweg entlang, unter blühenden Hyazinthenbäumen, die aus den Trümmern gewachsen waren. Vögel hatten Nester auf den Säulen gebaut. Wir durchwanderten leere Bankettsäle, wo jeder Schritt ein Echo erzeugte und die Eidechsen in die Ecken huschten, und kamen in einen großen Saal mit gewölbter Decke, aber die Decke war eingestürzt, und so konnte man direkt in den Himmel schauen. Türen und Treppen führten ins Leere, und durch diamantförmige Löcher sah man in weiter Ferne andere Burgen.

Schweigend wanderten wir durch die Ruinen. Yemaya, ich glaube, ich war in meinem ganzen Leben noch nie so glücklich gewesen, nicht einmal in Ouagadougou. Was wir in diesem Hotelzimmer getan hatten, es hatte gewirkt. Wir waren wieder heil.

Wir kehrten ins Hotel zurück und setzten uns zu Muhammed, der alleine zu Abend aß.

Hört mal, sagte er sichtlich begeistert, es sieht so aus, als kämen wir gerade rechtzeitig zu Timkat nach Lalibela.

Keiner von uns wusste, was Timkat war.

Es ist der höchste Feiertag in der äthiopischen Kirche, sagte er. In Lalibela werden die größten Feiern abgehalten. Das Fest ist auf der ganzen Welt berühmt.

Ist das gut oder schlecht?, fragtest du.

Für uns macht es zusätzliche Probleme. Wo stellt man die Laster ab, wo bekommt man zu essen, wo kann man schlafen?, war Muhammeds Antwort. Für die Christen ist es ein sehr heiliger Tag. Sie halten Massentaufen mit Wasserschläuchen ab. Ich werde mir den Spaß gönnen und mir das ansehen.

Und wir erklärten, wir würden mit ihm gehen.

TAUFE

Am nächsten Tag warst du sehr still, so still, wie du zuvor aufgedreht gewesen warst. Für mich war das eine Enttäuschung, denn ich dachte, wenn wir erst Äthiopien erreicht hätten und wieder heil geworden wären, würde sich deine Stimmung bessern und dann die ganze Zeit so bleiben. Ich war so unglaublich naiv!

Ich breitete die Landkarte auf meinem Schoß aus und verfolgte unsere Route. Wir fuhren nach Süden um den Tana-See herum, einen gigantischen Klecks mitten im Land. Muhammed zeigte mir auch den See selbst, der tief unter uns lag. Zuerst war ich verwirrt – ich konnte das andere Ufer nicht sehen –, und so fragte ich Muhammed, ob dies der Ozean sei, ob wir womöglich ganz Afrika durchquert und die andere Seite erreicht hätten. Er sagte, Nein, das ist ein Irrtum, aber verständlich. Der See ist wirklich so groß, als wäre er ein Ozean.

Ich ging zu dir, um dir zu erzählen, was ich eben über den Tana-See erfahren hatte.

Ich weiß, sagtest du.

Glaubst du, man kann es wagen, darin zu schwimmen?

Ich weiß eigentlich gar nichts mehr, lautete deine Antwort.

Was sollte ich damit anfangen! Ich merkte immerhin, dass du noch in dich gekehrt warst, und bedrängte dich nicht weiter.

An jenem Tag fiel es mir schwer, auf dem Laster das Gleichgewicht zu halten. Die Straße führte in unzähligen Windungen bergauf und bergab durch eine Landschaft, wie ich sie noch nie gesehen hatte. Ich hatte nicht geahnt, dass ein Land so hügelig sein konnte, und die Buckel waren auch wie kahl geschoren. Und immer wieder sah ich himmelhoch aufragende und in unermessliche Tiefen stürzende Felswände. Heute weiß ich natürlich, dass wir am äußersten Rand des Großen Afrikanischen Grabenbruchs entlangfuhren.

Wir kamen durch eine kleine Stadt mit Namen Debre Tabor, hielten aber dort nur kurz an, um zu tanken und eine Kleinigkeit zu essen, denn Muhammed wollte die Nacht durchfahren. Ich zerrte an deiner Hand und bettelte: Lass uns nachsehen, ob es hier indische Süßigkeiten gibt. Du nicktest, standest auf, wir stiegen vom Laster und gingen in die Stadt. Es dämmerte bereits. Ohne uns abgesprochen zu haben, betraten wir den modernsten Laden, den wir finden konnten. Wie sich herausstellte, war das Angebot an indischen Süßigkeiten riesig – die größte Auswahl, die ich bis dahin gesehen hatte. Sie waren nicht einmal verpackt, sondern lagen in Sirup eingelegt in Metallschalen oder waren in Wachspapier gewickelt.

Der Verkäufer erklärte, in Debre Tabor gebe es eine größere indische Gemeinde, und eine der Familien stelle die Süßigkeiten her und verkaufe sie an die Supermärkte. Äthiopische Süßigkeiten waren offenbar nicht nach jedermanns Geschmack, und die indischen füllten die Marktlücke.

Können wir von jeder Sorte ein Stück nehmen?, fragte ich.

Ich muss erst nachsehen, wie viel Geld ich habe, sagtest du und kramtest in deiner Tasche. Doch dann streifte mich dein Blick, und ich bot wohl ein Bild des Jammers, denn du versichertest mir: Natürlich können wir von jeder Sorte ein Stück kaufen.

Wir verließen den Laden mit einer gelben Plastiktüte voller Süßigkeiten. Und als wir an jenem Abend wieder unterwegs waren, schaltetest du dein Sirius ein, um nachzusehen, was wir da aßen. Ich glaube, das war die Nacht, in der du mich zu den Gulab Jamun bekehrtest, Yemaya. Sie schmecken frittiert am besten, deshalb kann man sie nicht verpacken. Frisch waren sie wie der Himmel auf Erden, sodass ich mich schließlich deiner Meinung anschloss.

Die Fahrt nach Lalibela bekam ich nur im Traum mit: Es ging in vielen Windungen wie auf einer Himmelsstraße einen Berghang hinauf. Als ich erwachte, parkten wir auf einem Platz am Rand eines Abgrunds. Die Ebene lag tausend Meter unter uns, eine Entfernung, die mein Gehirn nicht zu fassen vermochte. Ich hatte die Wahrheit geträumt: Wir waren am Himmelstor angelangt.

Du warst schon unterwegs gewesen und sagtest, ich solle im Führerhaus nachsehen, dabei hatte ich noch nicht einmal gefrühstückt. Auf dem Vordersitz lag eine Plastiktüte mit einem kleinen weißen Kleid aus dünnem Baumwollstoff mit tiefblauem Saum und einem eingestickten blauen Kreuz auf der Vorderseite.

Du wolltest, dass ich es anprobiere, und hieltest deine Decke in die Höhe, damit ich mich dahinter umziehen konnte. Ich legte mein altes Hemd ab und schlüpfte voller Begeisterung in dieses neue Gewand. Du knietest vor mir nieder und zeigtest mir, wie ich die zugehörige Schärpe um die Taille und dann das zugehörige Kopftuch um mein Haar binden sollte. Als du damit fertig warst, riefst du Muhammed, damit er mich begutachtete. Er meinte, ich sähe aus wie eine kleine amharische Schäferin. Du hattest Tränen in den Augen. Im Rückblick, Yemaya, weiß ich auch, warum.

Wir beide machten uns allein auf den Weg in die Stadt. Was für ein Spektakel! Die Stadt selbst schien aus einer anderen Welt zu stammen, ein Dorf aus runden Hütten, die hoch über dieser gewaltigen Ebene am Hang klebten. Und der ganze Hang war wie ein einziger Ameisenhaufen. Wir zwei gingen unter zwischen den Tausenden von Menschen, die zu Timkat in die Stadt gekommen waren. Man konnte sich drehen und wenden, wie man wollte, überall waren Menschen, Familien mit ihren Eseln, Horden von

Kindern, die frei herumliefen. Fast alle waren weiß gekleidet, viele Frauen trugen ähnliche Kleider wie ich.

Wir ließen uns mit der Menge treiben, denn der Strom hatte offenbar eine bestimmte Richtung. Du warst wieder sehr still, schienst aber mit dir im Reinen. Heute weiß ich, woran das lag: Du bereitetest dich auf das Kommende vor. Die Sonne brach durch die Wolken und fiel auf die Scharen von weiß Gekleideten, auf die Ströme von Pilgern, die sich von Sims zu Sims und weiter in die uralte, aus dem Fels gehauene Stadt, in die Gräben und in die Kirchen ergossen.

Du hobst mich hoch und setztest mich auf deine Schultern. Ich legte die Beine um deinen Körper, und als ich dich auf beide Wangen küsste, schmeckte ich deine Tränen und wusste, du warst ebenso glücklich wie ich. Von hier aus konnte ich abermals sehen, welche Höhen wir erklommen hatten. Der Rest der Welt war unendlich weit entfernt! Felsen und Steilhänge zeichneten sich nur undeutlich in wässrigen Pastellfarben ab. Das Atmen fiel mir schwer, denn die Luft war so dünn, dass ich kaum genug davon in die Lungen bekam.

Wir bogen um eine Ecke im Labyrinth der Gassen. Eine Reihe von Jugendlichen kam uns Schritt um Schritt entgegen. Ihre Gesichter leuchteten wie Gold, und alle waren sie weiß gekleidet. Sie gingen vornübergebeugt und hatten die Hände zur Schale geformt, als wollten sie Wasser auffangen.

Du drehtest den Kopf und schautest zu mir hoch. Tatsächlich, die Tränen strömten dir über das Gesicht. Sie singen für dich!, sagtest du. Ein Lied an Maria!

Mit jedem Schritt, den diese jungen Leute auf uns zukamen, machtest du einen Schritt rückwärts. Es war wie ein Spiel. Als wollten wir sie führen. Dann drehtest du dich um, und ich schaute zurück, um mich zu vergewissern, dass sie uns auch weiterhin folgten. Zwar beherrschte ich ihre Sprache nicht, aber ich konnte ihnen winken. Und sie kamen tatsächlich mit. Es war, wie du gesagt hattest. Sie priesen mich. Sie riefen meinen Namen.

Wir stiegen in eine Felsspalte hinab, und wo sie sich weitete, wogten die weiß Gekleideten in hellen Scharen. Eine Prozession von Priestern kam durch die Engstelle auf uns zu. In den Händen trugen sie edelsteinbesetzte Kreuze, Schirme mit Fransen und Wasserschläuche. Der Gesang der Jugendlichen schwoll an und vermischte sich mit dem Gesang der Priester, und dann regnete Wasser auf uns herab. Die Menge drängte vorwärts, um den Segen zu empfangen. Wir wurden einfach mitgeschwemmt, hochgehoben und auf einen Priester zugetragen, der mit weit geöffnetem Mund in unablässigem Gebet einen Wasserschlauch hin und her bewegte. Der Strahl traf mich voll auf die Stirn. Das Wasser war eiskalt, ich schrie vor Lachen, mein Gehirn war wie betäubt. Ich war getauft.

Gleich darauf merkte ich, dass ich nicht mehr auf deinen Schultern saß! Eines meiner Beine hing zu Boden, das andere lag über der Schulter eines halbwüchsigen Jungen, der mich verwirrt ansah.

Ich rief deinen Namen. Ich kletterte über die Köpfe der Umstehenden hinweg, doch das machte sie wütend. Ich verlor das Gleichgewicht und stürzte. Eine dicke Frau packte mich um die Taille, schleppte mich wie einen Sack Mehl an den Rand der Menge und setzte mich an einer Stelle ab, wo ich nicht mehr niedergetrampelt werden konnte. Nachdem sie in strengem Ton ein paar Worte in einer Sprache gesprochen hatte, die ich nicht verstand, kehrte sie in den Strom zurück. Ich war allein.

Ich rief deinen Namen. Wieder und wieder drehte ich mich im Kreis. Aber du bliebst verschwunden.

ELFTES
BUCH

MEENA

DIE UNTIEFEN

Ich befrage meine Ratgeber wegen des Handabdrucks, den ich unter Wasser gesehen hatte.

Ihre Antworten erscheinen vor meinem geistigen Auge wie Glotti-Texte.

MUTHASHI: Du hast also während eines Zyklons unter Wasser gehangen. Das ist eine Stresssituation. Und du warst vollkommen abgeschirmt von allen sensorischen Reizen. Es wäre ein Wunder, wenn du nicht halluziniert hättest. Du hattest doch schon vorher Halluzinationen: Denk nur an das barfüßige Mädchen, die nackte Frau.

MOHINI: Betrachte es als einen der Räume. Einen Raum, der dich schockiert und ängstigt, aber doch nur einer von vielen, durch die du gehen musst.

MUTHASHI: Es gibt fünf Stufen der Halluzination. Zunächst erkennt die halluzinierende Person die Irrealität ihrer Wahrnehmungen, glaubt jedoch in zunehmendem Maße daran, dass sie real sind. Schließlich verschmilzt die wahrgenommene mit der echten Realität, und die Person vermag die beiden nicht mehr voneinander zu unterscheiden.

Und wenn eine der Halluzinationen gefährlich und doch real ist und ich mich nicht dagegen wehre?

MUTHASHI: Das Risiko ist wohl vorhanden. In der Regel ist es besser, sich zur Wehr zu setzen. Du wirst von Fall zu Fall herausfinden müssen, ob eine Bedrohung real ist.

Aber Muthashi, woran macht man denn überhaupt fest, ob etwas real ist? Du definierst Realität im wissenschaftlichen Sinn als das, was beobachtbar, vorhersehbar, wiederholbar oder falsifizierbar ist. Aber für viele Phänomene gilt das alles nicht. Besonders wenn es sich um gelebte Erfahrungen handelt.

DILIP: Verdammt, Mädchen, du bist vielleicht tiefgründig.

Dilip, halt deine Klappe, du Arschficker. Ich wünschte, du wärst zehntausendmal schlauer, als du tatsächlich bist.

Nach zwei Nächten kommt mir der Verlust meines Sichters wie ein Segen vor.

Wollte ich nicht meinem Umfeld entfliehen, um mich selbst zu finden?

Es gibt nun nichts mehr, worauf ich zurückgreifen könnte. Nichts, was mich aus der Welt herausholt, in der ich gerade bin. Ich muss lernen, anstelle von Worten die Sterne zu lesen. Ich muss ihnen gestatten, mir ins Bewusstsein zu schreiben, wofür sie stehen. Genau das hat Mohini immer wieder versucht, mir begreiflich zu machen: Ich gehe durch verschiedene Räume. Zwar tue ich das schon, seit ich den Trail betreten habe, aber erst jetzt erkenne ich es ganz klar und kann zielgerichtet und bewusst vorwärtsschreiten. Mein Sichter hat mich nur abgelenkt.

Mein Pozit sagt mir, dass heute der 1. November ist. An Land hätte ich vielleicht Diwali gefeiert oder, genauer gesagt, Diwali als rassistisches nordindisches Fest verachtet, während Mohini es gefeiert und spöttisch erklärt hätte, kulturelle Phänomene dürften doch um Himmels willen mehrere Bedeutungsschichten haben. Ich wäre also äußerlich widerstrebend mit ihr in den Tempel gegangen, um Kerzen anzuzünden, und hätte es insgeheim genossen. Alles war nur Theater. Ich liebte es, sie zu begleiten. Ich liebte es, mit ihr gesehen zu werden.

Ich kann mich immer weniger an das erinnern, was vorher war. Früher reiste mein Geist durch denselben Raum und dieselbe Zeit wie mein Körper. Heute hüpft mein Geist nur über die Oberfläche des Raumes, in dem sich mein Körper bewegt. Wie ein Steinchen auf dem Wasser.

Als es hell wird, leuchtet das Wasser in hellem Türkis. Vielleicht bin ich über einem Riff. Aber meines Wissens ist die nächste Küste die von Oman, und das liegt einige hundert Kilometer weiter nördlich, wenn ich meiner laminierten Karte glauben kann. Unter meinen Füßen schießen Schwärme von Fischen in psychedelischen Farben im Zickzack hin und her. Ich hole zum ersten Mal mein Angelzeug heraus. Leinen, Köder und mehrere Teile eines meterlangen Stabes, die zusammengeschraubt werden müssen. Am Ende befindet sich ein Haken. Erst nach einigen Versuchen finde ich heraus, wie man den Stab am besten hält, um dann schnell und gezielt zuzustoßen. Dabei schaffe ich es jedes Mal, mir einen Muskel zu zerren, von dessen Existenz ich bis dahin nichts gewusst hatte. Aber bald habe ich drei kleine Fische gefangen, die alle ungiftig aussehen.

Ich schneide ihnen mit meinem Filetiermesser die Köpfe ab, schlitze sie auf, säubere sie und lege sie zum Braten auf meinen Solarteller. Nachdem das Fett ausgetreten ist, streue ich Gewürze darüber.

Als die Sonne über den Horizont steigt, sitze ich mit untergeschlagenen Beinen beim Essen. Dies ist die schwierigste Zeit –

zwischen Tagesanbruch und Vormittag pflegte ich bisher zu lesen. Nun schließe ich die Augen und versetze mich lange Zeit in meinen Gedanken an gewisse Orte, die ich kenne. Muthashis Klinik. Das angebaute Wohnhaus, in dem ich aufwuchs. Die Universität in Mumbai. Kochi. Kodaikanal. Madurai. Anschließend mache ich die Augen wieder auf, starre die Außenhülle meiner Insel an und sehe dabei zu, wie sie für mich atmet.

Ich spreche mit Mohini, die meine Stimmungen kennt, auch die manischen Phasen. Ich hatte von jeher die Gabe, ganz normal zu erscheinen, selbst wenn in meinem Inneren der Wahnsinn tobt, und auch das war ihr nicht fremd. Diese Gabe habe ich oft missbraucht. Wenn ich mit jemandem sprach, den ich als geistig beschränkt einschätzte, konnte ich in aller Seelenruhe die absurdesten Ansichten vertreten. Mohini regte sich darüber jedes Mal schrecklich auf. Sie war der Meinung, Menschen zu demütigen, die weniger intelligent waren als ich, sei nichts, worauf man stolz sein könne. Als wir länger zusammen waren, sah ich das ein, und mit der Zeit ließ ich es bleiben.

Mohini allerdings war intelligent. Sie war sogar genial. Wir spielten oft ein Spiel, das wir »Ablenkung« nannten. Es ging folgendermaßen: Wir stürzten uns in eine hitzige Diskussion über Religion, Politik oder Literatur, und dann steuerte eine von uns die andere (während sie noch redete) unversehens in Richtung Bett. Die Gesteuerte musste weiterreden, während sich die andere in erotischer Absicht an ihrem Körper zu schaffen machte. Während ich etwa die Haltung des indischen Kongresses gegenüber der afrikanischen Mittelschicht als selbstgerecht geißelte – diese wird im Grunde genommen als niedere Kaste angesehen, auch wenn man das höflicherweise nicht ausspricht –, strich Mohini mit den Fingern über meine Lippen und streifte mit ihren Lippen meine Brüste. Wenn ich zu reden aufhörte, hatte ich »verloren«. Mohini setzte natürlich ihre Attacken fort, indem sie mich beispielsweise fragte, wieso ich den durchaus vorhandenen und ständig wachsenden Einfluss der afrikanischen Fundamentalisten einfach ignoriere, und ich musste mich verteidigen. Bei diesem Spiel gab es nichts zu gewinnen. Früher oder später gab eine von uns auf, und wir hüpften ins Bett. Wir trieben es auch auf dem Tisch oder an der Wand, jede Fläche war uns recht. Einmal sagte ich zu ihr: Dein Körper ist mein Schrein. Ihm bringe ich meine Pujas dar. Ihm diene ich.

Solche Beteuerungen waren für sie nichts Besonderes. Sie war es gewohnt, vergöttert zu werden. Als ich sie kennenlernte, hatte sie bereits viele Verehrer, doch sie erinnerte mich immer wieder daran, dass das auch für mich galt. Ich wusste nicht mehr, wie ich an jenem ersten Abend ausgesehen hatte, aber sie konnte es mir in allen Einzelheiten beschreiben. Als Erstes hatte sie meinen außergewöhnlichen Mund bemerkt, der wie eine Kaurimuschel geformt war. Sie wusste auch noch, dass ich ein hautenges rotes Trägerhemd, enge Jeans und braune Soldatenstiefel getragen, mir ein dickes Bündel Goldketten um den Hals gewickelt und rote und goldene Punkte auf die Stirn gemalt hatte. Sie hatte mich für eine Hindu gehalten. Irgendwie bin ich das auch. Aber ich gestand ihr, dass mir die farbigen Pasten und Pulver, die ich mit dem Daumen auf meine Stirn aufzutragen pflegte, zur Identifikation dienten: von der Kultur her eine Hindu, obwohl mir Gott an sich nicht viel bedeutete, außer dort, wo er sich in den Menschen manifestierte, die ich liebte, oder in der Leere, die sie hinterließen. Für mich, die ich weder Mutter noch Vater hatte, gab es nur diese Möglichkeit. Ich hatte aus der Präsenz der Abwesenheit eine Religion gemacht.

Am späteren Vormittag ist das Wasser ringsum amethystblau geworden. Ich kann weit in die Tiefe sehen, entdecke jedoch in dem violetten Geglitzer kein Leben. Keine Fische, keine Algen, keine Tangwälder. Als ich anhalte, um mich schlafen zu legen, bemerke ich aus dem rechten Augenwinkel eine flüchtige Bewegung. Ich drehe mich um und sehe gerade noch, wie sich eine kleine Gestalt mit den Füßen voran ins Meer gleiten lässt. Wieder ist mir die kleine nackte Frau erschienen.

Siehst du, Mohini, das ist es, was ich meine, wenn ich von meiner Religion spreche.

Du hast recht, antwortest du, Präsenz und Abwesenheit sind ein und dasselbe.

ERINNERUNGEN

Um der Gegenwart zu entfliehen, erzähle ich mir selbst Geschichten aus meinem Leben.

Das dauert mehrere Nächte, doch die sind inzwischen nicht mehr so leicht auseinanderzuhalten, sondern verschmelzen zu einer Meganacht. Ich schwelge ausgiebig in Erinnerungen an vergangene Affären, die ich mir in allen Einzelheiten vergegenwärtige – jedem Geliebten, ob Mann oder Frau, widme ich eine Nacht. Diese Meganacht bezeichne ich als »Reise in die Vergangenheit«.

Die Reise beginnt überhaupt nur, weil ich an die erste Frau denken muss, mit der ich geschlafen habe. Ajantha war achtzehn, ich vierzehn. Sie war meine Tutorin an der D. K. Soman International. Die Szene hätte aus einem Lesbencomic stammen können. Eines Abends saßen wir uns bei einem unserer Treffen in der Schule im Schneidersitz gegenüber, und sie beugte sich vor, als wollte sie mir etwas ins Ohr flüstern, saugte aber stattdessen an meinem Ohrläppchen. Ich weiß noch genau, dass meine Vagina ein hörbares Geräusch machte, eine Art Schmatzen, weil meine Schamlippen so anschwollen, dass sie sich voneinander lösten. Ajantha hörte es auch und legte mir die flache Hand auf die Hose. So nahmen die Dinge ihren Lauf.

Als die Sache herauskam, wurde sie von der Schule verwiesen. Aber sie hatte mich angesteckt, und auch ich entwickelte eine gewisse Neigung, Grenzen zu überschreiten, mich nicht um Normen zu scheren und den äußeren Anschein zu missachten, eine Neigung, die durch meine Kindheit und meine Außenseiterrolle als

Waise bereits angelegt war. Und die außerdem in der Luft lag, denn Indien erlebte in dieser Zeit die dritte oder vierte kulturelle Revolution des Jahrhunderts. Schon Zwanzigjährige empfanden das Verhalten der Teenager als schockierend, und den Teenagern drängte sich beim Anblick von Kleinkindern die Frage auf, was für einen Cocktail aus traditionellen, radikalen und übernommenen Verhaltensweisen sie ihnen eines Tages servieren würden. Mohini und ihre Mutter Seeta standen an vorderster Front, um Mohinis Transsexualität wurde kein großes Aufhebens gemacht, und obwohl die Familie der unteren Mittelschicht angehörte, wurden schon im Kindesalter entsprechende Maßnahmen eingeleitet. Doch das war noch nicht alles. Mit einem Mal wollte ein ganz beachtlicher Teil der Weltbevölkerung seine Rassenzugehörigkeit verändern und strebte eine Genbehandlung an. Als ich am College war, schlief ich mit einem Mann, der sich einer solchen Behandlung unterzog, um vom Anglo zum Desi zu werden. Rafael alias Rahul. Eine Fehlentscheidung.

Neben ihm hatte ich am College eine ganze Reihe von weiteren Liebhabern. Nachdem ich es mit knapper Not geschafft hatte, den Wunschtraum meiner indischen Großeltern zu erfüllen und am IIT-Bombay aufgenommen zu werden, stellte ich schon nach kurzer Zeit fest, was ich bereits vorher gewusst hatte: Ich wollte nicht Ingenieurin mit Schwerpunkt Biotreibstoffe werden, eine ziemlich vage Berufsbezeichnung, mit der ich meine Großeltern ruhiggestellt hatte. Also krempelte ich die Ärmel hoch und machte mich daran, mich systematisch selbst zu zerstören. Ich probierte Liebhaber aus wie verschiedene Geschmacksnoten. Ich ritt auf der Welle einer neuen sexuellen Revolution. Alle bekannten Geschlechtskrankheiten konnten entweder durch Impfungen verhindert oder dank der Breitband-Nanobiotika, die auf den Markt gekommen waren, als ich fünfzehn war, geheilt werden. Auch die Empfängnisverhütung funktionierte perfekt, ein Triumph der internationalen Gesundheitsvorsorge in den 2040er-Jahren. Schon in der Pubertät wurden Jungen wie Mädchen über das Aadhaar entsprechend geschützt, und dieser Schutz musste eigens aufgehoben werden, wenn man schwanger werden wollte.

Ich lief in der kleinen Gruppe der Dissidenten am IIT-Bombay mit und hatte bis zum Ende des Semesters mit jedem geschlafen, auch mit denen, die eigentlich nicht wollten, was ich als besondere Herausforderung betrachtet hatte. Ich studierte den Sex. Ob Mann, Frau oder Trans war mir egal. Haut war für mich gleich Haut. Ich war ein stilles, schüchternes Mädchen, das nicht gerne redete, diese Schwäche aber durch ihre Fähigkeiten auf fleischlichem Gebiet ausglich. Sexuelle Triumphe waren wie Trophäen, die ich in einer Ecke aufbaute, um mich daran zu ergötzen. Rebekah hatte ein Loch in die Wand neben ihrem Bett geschlagen. Krishna verteilte gerne Ohrfeigen. Munny grinste wie Elvis, wenn er kam. Sonali kreischte so laut, dass schon einmal jemand die Campuspolizei gerufen hatte. Ying stieg in ein Ledergeschirr, das an der Decke hing, und ich kniete mich unter sie und leckte an ihr wie an einer Honigwabe. Mukesh und Thomas waren zwar beide schwul, aber scharf darauf, abwechselnd eine Frau zu ficken. Bilal musste man eine Augenbinde verpassen und ihm die Luft abschnüren. Ahmed war nach dem Orgasmus kitzlig. Kiran wollte, dass ich beim Ficken auf Malayalam Schweinkram redete. Diesen Fetisch übernahm ich und verlangte das Gleiche von all meinen neuen Liebhabern. Auf diese Weise bekam ich im Lauf von drei Monaten schmutzige Ausdrücke auf Kantonesisch, Tamilisch, Bengalisch, Urdu, Gujaratisch, Französisch, Koreanisch, Russisch, Portugiesisch, Japanisch, Maya, Arabisch und Zulu zu hören.

Im zweiten Semester bekam ich dann die Quittung. Munny und Ying wurden ein Paar und wollten nichts mehr mit mir zu tun haben. Krishna ohrfeigte mich fester, als mir lieb war, und ich warf ihn raus. Ahmed entwickelte religiöse Schuldgefühle und rief mich nicht mehr zurück.

Ajantha, meine erste Yoni-Liebe, hatte sich an einer anderen Schule eingeschrieben, nachdem sie von der Soman International geflogen war, doch mittlerweile war sie zwei Jahrgänge über mir am IIT-Bombay gelandet. Sie vermied zwar jeden Kontakt mit mir, aber ich war immer noch in sie verliebt. Eines Abends entdeckte ich sie auf der Fashion Street in Gesellschaft eines jungen Mannes und rief ihren Namen. Sie sah mich zwar, tat aber so, als hätte sie mich nicht bemerkt, worauf ich, mein letzter und größter Akt der Selbstzerstörung, mitten auf der Straße zu schreien anfing und so lange mit den Fäusten auf den Asphalt trommelte, bis die Leute zusammenliefen. Unter ihnen war auch die Angestellte einer Apotheke. Sie zog mich ins Haus und bemühte sich stundenlang um mich, bis ich mich wieder beruhigt hatte.

Neun Jahre danach erkannte sie mich wieder.

Ich habe Kilometer 1610 und damit die Mitte des Trails erreicht. Von jetzt an wird alles leichter. Es geht sozusagen nur noch bergab. Und zur Feier des Tages liegt auf dem Trail ein Klumpen, der sich als menschlicher Leichnam entpuppt.

DER CHOR

Mohini spricht weiterhin zu mir, ebenso wie Muthashi und Muthashan. Andere Stimmen schließen sich an. Sie sitzen alle im Kreis in meinem Kopf und geben mir Ratschläge oder kommentieren, was es zu sehen gibt.

Ajantha ist dabei, auch Ameem und Padma (seltsamerweise fehlt Rana) sowie Navid und Mohsen und die zwei kleinen Mädchen vom Marine Drive, die mich nach Koliwada schickten, außerdem eine Reihe von Menschen aus meinem Leben, die ich respektiere, und andere, die ich nicht respektiere, aber für sexy halte, wie Anwar, Dilip und Rafael alias Rahul. Sie sind die komischen Figuren in diesem Drama.

Jeder sagt etwas anderes über den Körper, den ich auf dem Trail gefunden habe. Ein Mensch war es sicherlich. Ich habe keine Ahnung, wie schnell ein Leichnam verwest, aber ich halte es für möglich, dass das Mädchen noch nicht lange tot war. Bis dahin hat sich kein Vogel an ihr zu schaffen gemacht. Ihr Gesicht war nach Süden gerichtet, von mir weg, und ich schaute es nicht an, sondern ging schnell weiter. Beim ersten Mal dachte ich, vielleicht hätte ich stehen bleiben, die Todesursache feststellen oder sie ins Meer stoßen sollen, um anderen Reisenden den Anblick und die Verzweiflungsattacke zu ersparen, der ich wie durch ein Wunder entgangen war, weil ich zwei Kilometer entfernt war.

Die Muthashi in meinem Kopf beharrt auch diesmal auf einer Stresshalluzination.

MUTHASHI: Zugegeben, das ist unheimlicher als alle deine bisherigen Erscheinungen, aber du musst bedenken, dass du seit fast acht Wochen auf dem Trail unterwegs bist. Du leidest mit Sicherheit unter dem Ganzfeld-Effekt. Anhaltende sensorische Deprivation führt zu Halluzinationen, die auch bedrohlich sein können.

ANWAR: Geliebte Schlampe!

ÄLTERES MÄDCHEN: Meine Amma sagt, dass auf dem Trail andauernd Menschen ums Leben kommen. Entweder weil ihnen das Essen ausgeht oder weil sie ihre Wasserfilter verlieren.

JÜNGERES MÄDCHEN: Oder sie bleiben einfach liegen, weil sie nicht mehr leben wollen.

DILIP: Hast du je darüber nachgedacht, wie es ist ... *nicht zu leben?*

AJANTHA: Du hast mit einigen Siegern gefickt.

Ajantha, das ist mir bewusst. Aber ich möchte von dir wissen, ob du den Leichnam für real hältst.

AJANTHA: Hast du ihn berührt?

Nur mit dem Fuß.

AJANTHA: War er fest?

Ich denke schon. Sah aus wie eine Desi. Sie trug einen goldenen Sari.

AJANTHA: Traust du deinen Sinnen?

Nicht wirklich. Muthashi kommt mir immer wieder mit ihrem Ganzfeld-Effekt. Und ich habe noch andere Dinge gesehen, die ich nicht erklären kann. Zum Beispiel die kleine nackte Frau und den Handabdruck, als ich unter Wasser war. Das sind Halluzinationen wie aus dem Lehrbuch. Und dass jemand auf dem Trail einen Sari tragen sollte, ist bizarr. Ich kann mit den Dingern nicht einmal an Land richtig gehen.

ANWAR: Fünfzig Prozent …

AMEEM: Ich würde sagen, es war am ehesten eine Reisende von einer anderen Seesiedlung, die einfach Pech hatte. Vielleicht hat sie ihren Filter verloren und wusste nicht, ob sie weiter vorwärts kriechen sollte in der Hoffnung, eine andere Seesiedlung zu finden, oder zurück zu einer, in der sie schon war, auch wenn die Kilometer entfernt war. Sie hatte sich wohl für vorwärts entschieden, weil sie wusste, dass sie sonst keine Chance hatte.

Aber sie konnte doch genau wie ich die Schiffe sehen, die den Trail kreuzen. Sie hätte einem von ihnen winken und einen neuen Filter eintauschen können.

PADMA: Vielleicht war sie auf der Flucht vor dem Gesetz. Hast du noch genügend Fisch?

Ich habe alles aufgegessen, was du mir gegeben hast.

PADMA: Zwiebeln halten sich gut auf See. Ich hätte dir Zwiebeln mitgeben sollen.

Zu essen habe ich genug.

PADMA: Du brauchst eine Mutter.

Fahr zur Hölle.

AMMA: Molay, ich bin bei dir.

Ich bleibe stehen.

Und frage »Was?« ins Leere hinein.

Wieder ertönt die Stimme in meinem Kopf.

AMMA: Ja, Molay, ich bin hier. Und dein Vater auch.

Ich atme ein paarmal tief durch.

Das ist das erste Mal überhaupt, dass ich diese Stimme höre.

Ich darf jetzt nichts Falsches sagen, sonst könnte ich sie verscheuchen. Womöglich kommt sie dann niemals wieder. Also sage ich nichts.

Ich gehe einfach weiter, ohne zu hoffen. Hoffnung kann ich mir nicht leisten.

Dann bemerke ich, dass sich die Wunden unter meiner Brust wieder entzündet haben, also bleibe ich stehen und erneuere den Verband.

Ich weiß nicht mehr, welchen Wochentag wir haben. Als ich nachrechnen will, bleibe ich da hängen, wo ich angefangen habe, Nächte anstelle von Tagen zu markieren. Entweder ist heute Sonntag oder Montagnacht.

Der Mond nimmt zu. So viel weiß ich.

Nachdem ich die Hälfte der Strecke hinter mir habe, breche ich mit meiner bisherigen Regel, nicht weiter als zwei Tage vorauszudenken, und beginne mir auszumalen, was mich wohl am Ende des Trails erwartet. Wird er einfach mitten im Wasser aufhören oder führt er bis in einen Hafen? Wird mich dort die Polizei in Empfang nehmen oder eine Flottille von fröhlichen Dschibutiern? Kann man vor Dschibuti überhaupt bis zur Küste schwimmen, oder wird man gegen einen Wellenbrecher geschmettert?

Ich breche noch eine andere Regel und beschäftige mich mit Selbstmord. Nicht dass ich mich wirklich umbringen wollte. Ich spiele nur beim Gehen mit solchen Gedanken. Und das tue ich auf unbeschwerte, ja komische Weise. Ich hatte gar nicht gewusst, dass ich so erfinderisch bin. Mein Bewusstsein teilt die verschiedenen Todesarten in Kategorien ein und verleiht sogar Preise für Superlative. Am schrecklichsten (Medinawurm). Am Lustigsten (Heroin).

Das alles erzähle ich der Mohini in meinem Kopf in unserer ganz eigenen Sprache. Wir konnten an einem Tag ein Gespräch beginnen, und wenn wir es vier Tage später auf ein Stichwort hin wieder aufnahmen, wussten wir beide genau, wo wir aufgehört haben. Als ob wir außerhalb der Zeit existierten. Als ob Teile von uns auf anderen Existenzebenen mit anderen Organen Gespräche führten; als ob sich nicht bloß Haut und Hirn, sondern auch Leber, Nasen und Kniescheiben über irgendwelche Themen miteinander unterhielten.

Nun erzähle ich ihr, dass ich mir überlegt habe, wie es wäre, nicht zu existieren.

Sie sagt: Wenn du das wissen willst, brauchst du nur vor einen Zug zu laufen.

Dass du mir das eines Tages vorhalten würdest, war zu erwarten.

Es hat nicht funktioniert.

Nein. Ich hatte Glück. Man hat mich von den Schienen gezogen.

Immerhin hast du es versucht.

Was willst du damit sagen?

Die Tat spaltet deine Seele. Der Teil von dir, der es versucht hat, verfolgt dich jetzt.

Ich fühle mich aber heil und gesund.

Ach wirklich?, fragt sie. Wurdest du nicht als Erstes von einem barfüßigen Mädchen verfolgt?

ZWÖLFTES BUCH

MARIAMA

RAUS AUS ÄTHIOPIEN

Yemaya, du wirst es mir vielleicht nicht glauben, doch obwohl ich noch ein Kind war, begriff ich sofort, was geschehen war. Lalibela war *tatsächlich* das Tor zum Himmel, und im Augenblick der Taufe hattest du die Schwelle überschritten, warst in Glückseligkeit zerflossen und eingegangen in die Geisterwelt – welches religiöse Bild man auch verwenden will, du hattest es getan! Und natürlich war ich nicht mit dir gegangen, weil ich noch nicht bereit war. Ich musste dich erst besser verstehen. Bevor wir Lalibela erreichten, war ich stolz und störrisch gewesen und hatte – das war das Schlimmste – Besitzansprüche an dich gestellt. Aber du gehörst niemandem, du kommst und gehst, wie du willst, und nur deshalb bist du zu einer so tiefen Liebe fähig. Über die Jahre habe ich dich inzwischen verstehen gelernt. Du hast mir nichts vorenthalten. Du hast mir deinen goldenen Kern sofort offenbart. Aber ich war noch nicht bereit dafür.

Natürlich entwickelte ich im Lauf der Zeit auch zu anderen Menschen Zuneigung. So empfand ich Dankbarkeit gegenüber Muhammed, der noch bei den Lastwagen war, als ich aus Lalibela zurückkam, mich fragte, was geschehen war und, als ich sagte, du seiest verschwunden, einen Fluch ausstieß (was mich erschreckte!) und den Kopf schüttelte. Anders als ich verstand er nicht, was geschehen war. Dennoch nahm er mich mit nach Addis und brachte mich schließlich nach Hawassa in das Waisenhaus, wie er es mir ganz zu Anfang versprochen hatte. Ich war schon zu alt, um adoptiert zu werden, und darüber war ich froh, denn immerhin hatte ich eine lange Reise hinter mir, und Äthiopien war für mich die verheißene Heimat. Ich wollte nirgendwo anders hin. Muhammed kehrte zu seiner Frau und seinen Töchtern Fatima und Rahel zurück und besuchte mich einmal im Monat, bis ich zwölf Jahre alt wurde, dann erklärte er mir, das schicke sich jetzt nicht mehr. Wie ich hörte, starb er einige Jahre später an einem Hirntumor.

Auch den Nonnen in meinem Waisenhaus, dem Kinderheim der Barmherzigen Schwestern in Hawassa, war ich zugetan. Mein Benehmen war immer gut. Als die Nonnen bemerkten, dass ich die Arbeiten, die man mir auftrug, stets still und zuverlässig erledigte – insgeheim tat ich dies alles nur für dich –, übertrugen sie mir die Obhut über die Bibliothek. Was für ein buntes Sammelsurium an Büchern! Billige amharische Comics, Wörterbücher für Hindi und Mandarin und harte quadratische Bilderbücher aus Japan, in denen hellhäutige Kinder mit Katzen spielten. Meine Aufgabe war es, den Bestand am Computer zu verwalten. Mit Unterstützung der Nonnen, anderer Lehrer und freiwilliger Helfer erweiterte ich meine Grundkenntnisse im Amharischen, die Francis mir vermittelt hatte. Anfangs war es schwierig – die anderen Kinder verspotteten mich als Ghana-Gorilla, doch sie ließen mich in Ruhe, als ich es ihnen mit der Stimme des Kreen befahl.

Das Kreen wurde ich nicht los. Ich hatte mich auf unserer Odyssee durch die Sahara daran gewöhnt, und nachdem ich nun an meinem Ziel angelangt war und einen festen, sicheren Wohnsitz hatte, nistete es sich auf Dauer in meiner Brust ein. Ein wenig schmerzte es immer, gewiss, aber es war nur ein leises Ziehen. Und es gab mir Kraft, wenn ich sie brauchte.

In den Jahren, in denen ich mich um die Bibliothek kümmerte, beschäftigte ich mich außer mit Amharisch auch noch mit weiteren Sprachen und ihren Schriften. Keine war wie die andere. Mandarin sah aus wie zehntausend winzige Häuser, Hindi wie kringelige Weinreben an einem Spalier. Amharisch, meine Wahl-Muttersprache, erinnerte dagegen an Wüstenbäume, die ihre kahlen Äste in den Himmel reckten.

In der Schule trug man uns häufig auf, Hymnen und Psalmen zu verfassen. Mit der Zeit gelang mir das immer besser; einmal gewann ich sogar in der Gruppe der Zehn- bis Zwölfjährigen einen Preis in einem staatlichen Wettbewerb und durfte mein Gedicht vor fünfhundert Zuhörern in einem Auditorium in Addis vorlesen. Der Bildungsminister saß hinter mir, und Millionen von Menschen im ganzen Land hatten ihre Radios, Computer und Fernsehgeräte eingeschaltet, um erstmalig die neuen panäthiopischen Festspiele mitzuerleben, die künftig jedes Jahr stattfinden sollten. Mein Preisgeld betrug zehntausend Birr, und die Nonnen halfen mir, damit ein Sparkonto anzulegen. Nachdem ich den Preis gewonnen hatte, verfasste ich auch weiterhin Gedichte an Jesus, an Maria oder an Gott – aber stets verbarg sich darin ein goldener Kern; anders ausgedrückt, ich pries immer nur dich.

Es gab also niemanden, den ich so liebte wie dich.

Aber ich will ganz ehrlich sein, Yemaya, denn du kannst in meinem Herzen lesen wie in einem offenen Buch. Ich weiß, dass du mich die ganze Zeit beobachtet hast. Ich war jung, erst zwanzig Jahre alt, so alt wie du, als du in den Himmel aufstiegst. Ich studierte mithilfe eines Stipendiums der chinesischen Regierung politische Wissenschaften an der Universität und war in einer neuen anti-indischen Partei namens ARAP aktiv. Verstehst du? Ich hatte nie vergessen, was du einst zu mir gesagt hattest. *Du wirst eine gute Ausbildung erhalten und eine von denen werden, die sich zur Wehr setzen.*

Ohne es selbst zu merken, hatte ich begonnen, andernorts nach Trost und nach einem Sinn für mein Leben zu suchen. Ich schäme mich, es zuzugeben, aber ich hegte damals den leisen Verdacht, du seist nur eine Mädchenschwärmerei gewesen. Das Seltsame war, dass Gabriel in Addis genauso unvermittelt auf der Bildfläche erschien wie du einst in Dakar, und das auch noch an Timkat. Deshalb ließ ich mich täuschen.

Ich stand an jenem Tag oben an der Treppe der Universitätsbibliothek und wartete auf den Beginn einer Studentendemonstration. Solche Demonstrationen hielten wir im Vorfeld der ersten Wahl, in der die ARAP möglicherweise eine Chance hatte, weil die UN energisch auf Wahltransparenz pochte, an jedem Wochenende ab. Die Vereinten Nationen waren auf die Hilfe Äthiopiens als Stabilitätsmacht in der Region nicht mehr angewiesen, seit man in Somalia mit der Ölförderung, im Sudan mit der Erzeugung von Sonnenenergie und in Kenia mit der Produktion von Hydroelektrizität begonnen hatte. Wir wollten die herrschende panäthiopische Partei stürzen, die sich zwar das Verdienst erworben hatte, Äthiopien geeint zu haben, sodass 2025 die Revolutionäre Demokratische Front der Äthiopischen Völker gestürzt werden konnte, aber die allzu freundschaftlichen Beziehungen der alten Partei zu ausländischen Investoren beibehielt.

Der Demonstrationszug sollte von der Bibliothek zum Sidist Kilo marschieren, dort den Kreisel einmal umrunden und dabei den Verkehr aufhalten. Danach sollte es über die Entoto Avenue zum Arat Kilo gehen; auch diesen Platz wollten wir umrunden und bis zum Meskel Square vorrücken. (Wir rechneten damit, dass unterwegs, aber besonders am Meskel, die Menschen in Scharen zu uns stoßen würden.) Schließlich war geplant, über die Bole Road zur Embassy Row zu ziehen, wo sich die indische Botschaft hinter hohen Eisenzäunen verschanzt hatte, geschützt durch eine Laser-Alarmanlage und dicke, mit Glasscherben bewehrte Mauern. Es war ein Protestmarsch gegen die indischen Bauern, die in den 2010er-Jahren Land zu billigen Preisen von unserer Regierung gekauft hatten, aber nicht etwa, um Nahrungsmittel für Äthiopier anzubauen, sondern um die Inder zu versorgen. Aktivisten hatten Bilder von Schiffen ins Netz gestellt, die voll beladen mit Getreide von der Stadt Dschibuti ablegten, während äthiopische Kinder immer noch auf internationale Hilfe warteten und dabei verhungerten. Der Hass gegen die Ausländer war landesweit, ja in ganz Nordafrika auf dem Vormarsch. Deshalb war es umso bemerkenswerter, dass ich an jenem Tag, als ich oben an der Treppe zur Bibliothek stand und auf meine Kommilitonen wartete, in der Ferne einen jungen Inder erblickte, der so zielstrebig auf mich zusteuerte, als würde ihn ein Gott zu mir führen. Er trug ein handgemaltes Transparent mit der Aufschrift RAUS AUS ÄTHIOPIEN.

Am Fuß der Treppe blieb er stehen und schaute zu mir auf. Ich wusste inzwischen, dass ich die Fähigkeit besaß, andere Menschen verstummen und jäh innehalten zu lassen. Wahrscheinlich lag es daran, dass mir das Kreen aus den Augen schaute, selbst wenn es nicht mit meiner Stimme sprach. Auch dieser junge Inder war stehen geblieben, aber er erwiderte meinen Blick so unerschrocken, als wüsste er, dass er über eine Kraft verfügte, die der meinen ebenbürtig war, die Kraft der Freude. Er glänzte wie Gold. Ich weiß nicht, wie ich es sonst beschreiben soll. Er sagte:

Salaam-nesh! – Yikerta? – Meuche … Meutash?

Ich antwortete auf Amharisch: Ich bin vor etwa zehn Minuten gekommen. Ich bin zu früh.

Ishi, ishi, sagte er. *Ke Hend naw … yemeta … Hend neng.*

Das ist nicht zu übersehen, sagte ich auf Hindi. Man hört es an deinem Akzent.

Er schien erleichtert, nicht mehr Amharisch sprechen zu müssen. Ist hier der Sammelplatz für die Demonstranten?, fragte er.

Ja, bestätigte ich. Wie hast du davon erfahren?

Über den Newsfeed für Studenten, sagte er.

Studierst du hier?

Nein, sagte er. Er war inzwischen ein paar Stufen heraufgestiegen, ohne den Blickkontakt zu unterbrechen. Ich studiere an der medizinischen Fakultät und arbeite als Assistenzarzt am Krankenhaus unserer Lieben Frau von Entoto.

Mir entging nicht, dass er mir gefallen wollte, meine Anerkennung suchte, obwohl er es – das sah ich auf den ersten Blick – im Allgemeinen nicht nötig hatte, sich dafür besonders anzustrengen. Seine Haut war von einem dunklen Goldton, die dichten Augenbrauen wirkten wie aufgemalt, das glänzend schwarze Haar war zu einem unordentlichen Pferdeschweif zusammengebunden, und er hatte die lang gezogenen, rundlichen Ohrläppchen eines Buddha. Da stand er nun, trat von einem Fuß auf den anderen und wartete darauf, dass ich etwas sagte.

Woher kommst du genau?, fragte ich. Delhi? Mumbai?

Keralam, antwortete er. Es liegt tief im Süden und ist Gottes eigenes Land.

Warum ist es Gottes eigenes Land?

Er hatte nicht damit gerechnet, dass ich die Aussage hinterfragte, und stoppelte sich hastig eine Erklärung zusammen. Nun ja, die Briten haben es so genannt. Aber sie hatten recht. Keralam ist sehr schön. Üppig grün, farbenprächtig, berühmt für seine Gewürze und seine Flüsse.

Er sah mir an, dass er mich nicht überzeugt hatte.

Für mich ist Äthiopien Gottes eigenes Land, sagte ich.

Das musst du mir begründen!, rief er so eifrig wie ein kleiner Junge.

Weil hier die menschliche Zivilisation ihren Anfang genommen hat, sagte ich. Im Norden dieses Landes ist Dinkenesh zu Hause.

Du meinst Lucy, verbesserte er mich.

Sie heißt Dinkenesh. Das bedeutet: »Du bist wunderbar.«

Akzeptiert, sagte er. Vielleicht können wir sie einmal zusammen besuchen?

Ich musste ein wenig lächeln.

Dann fragte er mich, ob er näher treten dürfe.

Ich nickte und setzte mich auf die Treppe.

Er stieg die letzten Stufen herauf und ließ sich neben mir nieder.

»Raus aus Äthiopien«?, fragte ich. Ziemlich dreist.

Ich dachte, es würde unserem Anliegen Legitimität verleihen, verteidigte er sich.

Und du glaubst, das hätten wir nötig?

So war das nicht gemeint, sagte er. (Oh, Yemaya, er gab sich solche Mühe, mich zu beeindrucken, seine guten Absichten überzeugend darzulegen, sich nicht zu blamieren.) Er fuhr fort: Ich meinte, in den Augen der indischen Regierung. Die Inder sind so arrogant geworden. Sie meinen, nur weil wir die bevölkerungsreichste Nation der Erde sind, hätten wir das Recht, so viel Land zusammenzuraffen, wie wir brauchen, um alle unsere Menschen zu ernähren.

Ich nickte. Es war ein schöner, klarer Tag in der Trockenzeit. Überall in der Stadt hatten die Hyazinthenbäume ausgetrieben.

Und was studierst du?, fragte er mich.

Politische Wissenschaften, sagte ich. Und nebenbei ein wenig Religion.

Religion und Kultur sind doch in Äthiopien ein und dasselbe, nicht wahr?

Das ändert sich gerade. Ist es in Indien nicht auch so?

Auch das ändert sich gerade, konterte er.

Was bist du?

Mutter katholisch, Vater Hindu, antwortete er. Deshalb heiße ich Ramachandran Gabriel. Ich praktiziere keine Religion, feiere aber alle Feste!

Er lachte über sich selbst. Dann wollte er wissen: Und wie ist es bei dir?

Das war für mich von jeher eine schwierige Frage gewesen, Yemaya, denn meine Religion warst du. Die Zeit, in der du auf dieser Erde wandeltest, war für mich der Inbegriff von Wahrheit und Vollkommenheit gewesen. Aber wie sollte ich das diesem Fremden erklären? Du warst *mein* goldener Kern, mein Semena Werk, meine wahre Religion – und niemand sonst wusste davon, denn ich hatte bis dahin niemanden für würdig befunden, es zu erfahren.

Also sagte ich stattdessen: Ich bin Religionsstudentin.

(Was ja auch stimmte.)

Er verstand die Botschaft und ließ das Thema fallen.

Danke, dass du Hindi mit mir sprichst, sagte er. Mein Amharisch ist immer noch katastrophal schlecht.

Wie lange bist du schon hier?

Erst zwei Wochen, sagte er. Ich habe vor Kurzem das Medizinstudium abgeschlossen. Danach kommt die Ayurveda-Ausbildung. Aber vorher wollte ich die Welt sehen. Ich wollte helfen. Irgendwie. Wo immer ich konnte.

Und deshalb trägst du ein Transparent mit der Aufschrift RAUS AUS ÄTHIOPIEN durch die Straßen von Addis Abeba.

Glaubst du, die Leute werden verstehen, was es bedeutet?

Wer es verstehen will, wird es verstehen. Auf jeden Fall die indischen Nationalisten in Indien.

Glaubst du, die ARAP hat eine Chance, die Wahl zu gewinnen?

Klar doch. Solange Somalia sich ruhig verhält und die Äthiopische Volkspartei keinen Ernstfall aus dem Boden stampft, der erfordert, dass das Kriegsrecht zum Einsatz kommt.

Die Äthiopische Volkspartei könnte einen Ernstfall aus dem Boden stampfen, der mit Somalia zu tun hat, bemerkte er.

Ich warf ihm einen »Blick« zu.

Als Nächstes versuchte er, meine ethnische Zugehörigkeit zu erraten. Er sagte: Du siehst aus wie eine Oromo, aber dein Haar frisierst du wie eine Tigray, und du trägst ein Kleid im alten amharischen Stil.

(Er hatte recht. Ich war eine der Aktivistinnen, die eine Rückkehr zu einheimischer äthiopischer Kleidung forderten, was eine Neubesinnung auf traditionelle Gewänder bedeutete – weiße Baumwolle mit bunt bestickten Säumen, genau wie das Kleid, das du mir in Lalibela gekauft hattest. Als ich herausgewachsen war, trug ich es als Kopftuch. Siehst du diesen Stoffstreifen? Das ist der letzte Rest davon!)

Ich verriet ihm nicht, was ich »war«, ich schüttelte nur jedes Mal den Kopf, wenn er falsch geraten hatte. Nein, ich war keine Tigray, keine Amharin und auch keine Oromo. Ich war weder Somali noch Harari, weder Eritreerin noch Dinka. Es kam mir entgegen, dass ich ein Rätsel für ihn blieb. Ich selbst fühlte mich ohnehin keinem Stamm zugehörig; ich gehörte dir, nur das war für mich von Bedeutung.

Wir verloren uns den ganzen Tag nicht mehr aus den Augen. Bei der Demonstration gingen wir nebeneinander. Wir stimmten Sprechchöre an und hörten, wie sie sich durch die Menge verbreiteten. Als wir zur indischen Botschaft kamen, wurden wir bereits erwartet; man hatte Diener ans Tor gestellt, die uns Laddus anboten. Darauf waren wir nicht gefasst! Wir wussten nicht, ob wir die süßen Kugeln essen (die Äthiopier sind ein sehr höfliches Volk) oder sie an die stuckverzierten Wände der Botschaft werfen sollten. Schließlich lehnten wir sie ab und riefen dann ein paar Stunden lang unsere Parolen. Die Medien kamen. Meldungen und Fotos von dem Ereignis gingen um die Welt. Sogar Al Jazeera berichtete über uns. Gabriels Transparent RAUS AUS ÄTHIOPIEN erschien auf der Titelseite der *Times of India*.

Als sich die Menge endlich verlief, war die Dunkelheit hereingebrochen. Die Organisatoren schüttelten einzelnen Demonstranten die Hand, klopften ihnen auf den Rücken und küssten sie auf die Wange. Alles war gut verlaufen. Wir schlenderten in die Stadt zurück. Gabriel fragte mich: Kann man hier irgendwo Meeresfrüchte bekommen? In Keralam sind sie wie Muttermilch. Ich vermisse das Meer.

Eine tiefe Sehnsucht stieg in mir auf. Ich hatte schon so lange nicht mehr an das Meer gedacht, den Ort, den du deine Heimat nennst.

Ich auch, seufzte ich.

Warst du denn schon einmal am Meer?, fragte er.

O ja.

(Ich sah, wie er diese Information abspeicherte, um später besser bestimmen zu können, woher ich kam.)

Doch jetzt fragte er noch einmal: Gibt es denn nun Meeresfrüchte in Addis?

Auf jeden Fall gibt es Fisch, sagte ich. Komm mit, ich weiß, wo wir hingehen.

Das Restaurant wäre für ihn als Ferenji schwer zu finden gewesen. Nur Einheimische kannten es. Man führte uns an einen traditionellen Mesob, einen geflochtenen Tisch von der Form eines Kelchs, über dem eine bauchige goldene Lampe hing. Er war der einzige Ferenji im Lokal und zog einige Blicke auf sich. Ich bestellte für jeden von uns einen ganzen gegrillten Tilapia aus dem Ziway-See. Als das Essen kam, rollte er einen Ärmel zurück, beugte sich vor und stützte den linken Arm auf das Knie. Essen war für ihn eine ernste Angelegenheit. Er drehte den Fisch erst einmal, dann zweimal um wie ein Hund, der seinen Leckerbissen beschnuppert, bevor er daranging, das weiße Fleisch von den Gräten zu lösen. Er hatte geschickte Hände mit langen, kräftigen Fingern.

Nachdem er mit einigen Bissen den ersten Hunger gestillt hatte, fragte er mich, ob es mich womöglich in Verruf brächte, allein mit einem Ausländer gesehen zu werden. Er hatte gelesen, dass äthiopische Frauen, die sich mit Ferenjis in der Öffentlichkeit zeigten, für Prostituierte gehalten würden. Ich erklärte ihm, die Haltung gegenüber Frauen hätte sich vor allem in Addis drastisch geändert, und außerdem sei es mir egal, was die Leute von mir dachten. Spontan fügte ich hinzu: Ich bin von jeher so leichten Fußes über die Erde gegangen, als schwebte ich.

Neunundneunzig von hundert Leuten hätten diese Bemerkung einfach ignoriert, weil sie für die Alltagssprache und besonders für ein Gespräch zwischen zwei Beinahe-Fremden zu ausgefallen war. Nicht so Gabriel. Er nickte nur, als wüsste er, was ich meinte.

Dies war der Moment, Yemaya, in dem ich Vertrauen zu ihm fasste.

Als von dem Fisch nur noch zwei Haufen fettiger Gräten übrig waren, bestellte ich Buna-Kaffee. Ich wollte ihn schwarz. Ihn fragte ich nach seinen Wünschen; er entschied sich für einen Macchiato.

Du magst Sahne und Zucker, stellte ich fest.

Wie jeder indische Mann, der auf sich hält, lautete seine Antwort.

Daraufhin bat ich ihn, mir mehr über sich zu erzählen. Über sein Land. Darüber, wie es in Indien zugeht. Ich fragte ihn nach seiner Meinung zu Eritrea (»Lasst sie laufen«). Wie viele Sprachen er spreche (fünf: Malayalam, Hindi, Tamil, Kannada und Englisch). Wie alt er sei (einundzwanzig, ein Jahr älter als ich). Wie er Äthiopien finde (»faszinierend«). Wo in Äthiopien er sonst gewesen sei (bisher nur in Ambo, auf einem Ausflug mit den anderen Assistenzärzten, um in den heißen Quellen zu baden). Welcher Kaste er angehöre (die Mutter durch ihren Vater Brahmanin; der Vater Kshatriya). Welche Musik er gerne höre.

Er mochte äthiopischen Jazz. Aus Indien hatte er in einer Seekiste echte Vinylplatten und einen Plattenspieler mitgebracht. Hier graste er nun die Geschäfte nach Platten aus der Zeit des äthiopischen Kaisers Haile Selassie ab. Die meisten Scheiben waren bereits von ausländischen Händlern aufgekauft worden, die sie dann im Ausland für riesige Summen an Sammler weiterverhökerten, aber bislang war er sechsmal fündig geworden. Er plante für die anderen indischen Assistenzärzte und deren äthiopische Kollegen eine Plattenparty in seiner Wohnung, bei der er Chaat servieren wollte, Essen aus indischen Garküchen. Dazu lud er mich ein. Und ich nahm an.

Siehst du, wie gut ich mich eingelebt hatte, Yemaya? Für mich war das alles wie ein Spiel. Dieser Gabriel konnte mich niemals so gut kennen wie einst du, dachte ich; warum sollte ich ihm die Freude nicht machen? Mir und auch ihm. Ich wollte ihm eine ganz normale junge Äthiopierin vorspielen, elternlos, aber glücklich, und voller Ehrgeiz. Ausländische Gelehrte aus der ganzen Welt interessierten sich für die noch in den Kinderschuhen steckende äthiopische Demokratie nach der EPRDF. Man hatte mir sogar ein Forschungsstipendium angeboten, ich hätte das Land ohne Weiteres verlassen können, aber ich hatte abgelehnt und mich lieber an der Universität von Addis Abeba eingeschrieben. Ich fühlte mich zu Äthiopien gehörig und wollte bleiben, aber ich muss zugeben, dass ich das Land in Wahrheit deshalb nicht zu verlassen wagte, weil du ja hättest zurückkommen können und ich dich nicht verpassen wollte.

Obwohl ich also anfing, mein Herz an Gabriel zu verlieren, glaube ich nicht, dass er mich jemals wirklich kannte. Er beobachtete mich nicht so aufmerksam wie du, deshalb sah er auch nicht alles, was ich tat. Ich denke da an die Zeit – du hast es sicher mitbekommen –, als ich den Mann tötete, der meine Nachbarin vergewaltigte. Ich hatte gerade zu studieren angefangen und war auf dem Weg in meine kleine Wohnung in der Nähe des Tewodros Square, als ich hinter einer der anderen Türen einen erstickten Schrei hörte. Mit wild pochendem Herzen schlich ich auf Zehenspitzen durch den Korridor, um festzustellen, aus welcher Wohnung die Laute kamen. Ich hörte, wie ein Mann zurückbrüllte.

Das war in dieser Stadt ganz alltäglich – ein Stadtbewohner holt seine Frau aus dem Dorf in die Stadt, und sie erlebt die Hölle auf Erden. Je länger ich dem Streit lauschte, desto leichter wurde mir ums Herz, desto freier fühlte ich mich. Als sich die Stimme der Frau zu einem lang gezogenen spitzen Ton emporschwang, warf ich mich mit der Schulter gegen die Tür. Sie sprang auf, als hätte sich die Materie in nichts aufgelöst. Ich stand in der Küche und sah als Erstes im Ausguss eine Schere liegen, mit der Fleisch von den Knochen geschabt worden war. Ich ging ins Wohnzimmer und weiter ins Schlafzimmer, und da war alles genau so, wie ich es bereits gesehen hatte, bevor ich um die Ecke kam. Ein Mann drückte eine Frau mit beiden Händen gegen die Wand, und sie wehrte sich und versuchte, unter ihm herauszukriechen. Seine Hosen waren heruntergelassen, ihr Rock hochgeschoben. Er sah mich nicht kommen und drehte sich viel zu langsam um. Er trug ein schwarz-weiß kariertes Hemd. Er war ahnungslos. Mich auf ihn zu stürzen und ihm die Schere in die Kehle zu stoßen war eins. Ich hielt die Schere fest, während er immer wieder daran zerrte, aber ich war stärker und entschlossener, und schließlich zog ich sie heraus und stieß noch einmal zu. Seine Hände sanken herab, sein Körper erschlaffte. Ich hatte ihm Einhalt geboten! In diesem Augenblick glaubte ich, zu allem fähig zu sein. Ich konnte jedes Wettrennen gewinnen. Ich konnte von Oromia bis zu den Sämen-Bergen fliegen. Ich konnte auf Berggipfeln landen, ich konnte die Bundeslade, das Wahre Kreuz Jesu oder Dinkeneshs Grab finden. Alle drei an einem Tag. In diesem Moment wusste ich, wo sie waren.

Dann hörte ich Vogelgezwitscher. Ruf und Gegenruf.

Nhoo-nhoo? Nho-no-no.

Nhoo-nhoo? Nho-no-no.

Mir fiel wieder ein, dass ich auf dem Nachhauseweg vom Theater Reis hatte kaufen wollen. Hatte ich daran gedacht? Ja, ich erinnerte mich. Indischer Jasmin-Reis, extra lang, weiß. Er lag in meinem Rucksack. Wo hatte ich meinen Rucksack zuletzt gesehen? Er stand im Korridor.

In diesem Moment zerfiel das leise Summen in meinem Hinterkopf in seine Bestandteile und wurde zum rhythmischen Auf und Ab menschlichen Weinens.

Ich wandte mich der Frau zu, die in der Ecke kauerte und die Hände vor das Gesicht geschlagen hatte.

Er wollte Ihnen wehtun, sagte ich. Es war keine Frage.

Die Frau schluchzte weiter, als hätte ich nichts gesagt. Jetzt erkannte ich sie. Ich hatte sie schon im Fahrstuhl gesehen. Sie trug immer ein senffarbenes Umschlagtuch über ihrer westlichen Kleidung.

Ich warf die Schere in ihre Richtung. Sie hinterließ eine Blutspur auf den Fliesen und blieb vor ihren Füßen liegen.

Sagen Sie, es war Notwehr, befahl ich. Er hat die Hosen unten. Man wird Ihnen glauben.

Damit ging ich aus dem Schlafzimmer und in die Küche, um mir die Hände zu waschen. Dann säuberte ich das Becken so lange mit der Spülbrause, bis nur noch klares Wasser durch den Abfluss rann. Erst jetzt bemerkte ich die Orangenschalen und den durchweichten Knoblauch. Sie war dabei gewesen, das Essen vorzubereiten. Ich überlegte, ob ich die Reste entsorgen sollte, entschied mich dann aber, es sein zu lassen. Ich verließ die Wohnung, zog die Tür hinter mir zu, bis sie einschnappte, und hob meinen Rucksack vom Boden auf.

Dann ging ich in meine eigene Wohnung. Ich war ganz entspannt, der Schweiß auf meiner Haut war kühl. Ich legte mich auf meine Couch und zog eine Decke über mich. Unten auf der Straße polterten die Busse vorbei, ich konnte es spüren. Seit meiner Kindheit konnte ich nur einschlafen, wenn unter mir der Boden zitterte wie damals unser Laster auf den Wüstenpisten. Ich fiel in tiefen

Schlaf. Im Traum praktizierte ich Gursha mit dem Mann, den ich getötet hatte, wir steckten uns gegenseitig die Bissen in den Mund. Er trug immer noch das schwarz-weiß karierte Hemd. Er hielt mir ein in Injera gewickeltes Stück Kifo hin, beides in rote Berbere-Sauce getaucht, das schwammige Brot mit magerem Rindfleisch schmeckte köstlich. Ich fütterte ihn meinerseits. Er lachte, und seine Augen blitzten, doch seine Zähne waren ganz rot von der Sauce.

MEDHANE ALEM

Gabriels Wohnung lag in einem Hochhaus in Medhane Alem. Da sie nur drei Straßenzüge von dem neuen Einkaufszentrum mit 3-D-Multiplexkino entfernt war, ging ich dort vor der Plattenparty in ein Café mit Namen New Sheba im obersten Stockwerk, wo ich aus den Fenstern auf das Dach der Kathedrale schauen konnte. Tief unter mir schlenderten Frauen in weißen Gewändern auf dem Gelände herum. Von hier oben waren sie klein wie Ameisen. Ich bestellte mir einen Fruchtsaft und las ein wenig über Kerala nach. Meine Vorurteile gegen Indien als Ganzes schob ich zunächst beiseite. Ich erfuhr, dass Kerala die einzige frei gewählte kommunistische Regierung hatte, und das seit Jahrzehnten. Dass es ein feuchtes grünes Land war, noch feuchter und grüner als Senegal oder Kamerun. Dass jeder dort lesen und schreiben konnte. Dass die Kommunalparlamente und das staatliche Parlament mehr als zur Hälfte aus Frauen bestanden. Dass Schwule und Lesben unter dem Schutz der Regierung in Freiheit leben konnten. All das nahm mich für Gabriel ein. Ich rief mir noch einmal ins Bewusstsein, dass ich nichts gegen das indische Volk, sondern nur etwas gegen die indische Regierung und noch unmittelbarer gegen die äthiopische Regierung einzuwenden hatte. Mit Gabriel oder seinen Freunden, die ich bald kennenlernen sollte, hatte ich kein Problem.

Ich wollte nicht zu spät kommen. Ich wusste nicht, wie es die Inder mit der Pünktlichkeit hielten; deshalb zog ich es vor, mich an den Gepflogenheiten des Westens zu orientieren. Die Wohnung lag in einem vornehmen, modernen Hochhaus mit brauner Glasfassade und Bronzepfeilern im Afrika-Nouveau-Stil. Ein Mann in granatroter Uniform bewachte die Eingangstür. Er begrüßte mich auf Amharisch und holte mir den Fahrstuhl herunter. Auf seine Frage, ob ich als Hausangestellte für eine Familie im Gebäude arbeite, erklärte ich, ich wolle nur einen Freund besuchen. Ishi, sagte er. Offenbar hatte er sich bereits eine Meinung über mich gebildet: eine Hausangestellte, die nicht zugeben wollte, eine Hausangestellte zu sein.

Ich fuhr mit dem Fahrstuhl in den zwölften Stock. Gabriels Wohnung lag am Ende des Flurs. Als er die Tür öffnete, schlug mir eine Wolke von köstlichen Düften entgegen. Er trug ein weißes Leinenhemd und hatte sich einen blauen Dhoti um die Hüften gewickelt. Beides stand ihm sehr gut. Aus der Küche rief eine Frauenstimme auf Hindi: Ist da jemand?

Gabriel antwortete: Es ist Mariama von der Demonstration!

Oooh, Mariama! Die möchte ich kennenlernen!

Eine Frau kam aus der Küche. Sie war sehr groß, fast größer als Gabriel, von üppiger Figur und königlicher Haltung, wie die Statue einer klassischen Hindu-Tänzerin. Sie trug einen dunkelrosa Salwar Kamiz, und der Schal wehte hinter ihr her, als hätte sie Flügel. Als sie mir die Hand reichte, klirrte an ihrem Handgelenk ein Dutzend goldener Armreifen wie Glöckchen im Wind.

Meena Mehta, stellte sie sich vor. Ich freue mich, dass du gekommen bist. Rama hat mir schon viel von dir erzählt.

Ich schüttelte ihr die Hand und fragte: Rama?

Sie nennt mich Ramachandran, obwohl das der Name meines Vaters ist, erklärte er. Aber besonders in Äthiopien verwende ich den Namen Gabriel, um weniger aufzufallen.

O ja, du fällst überhaupt nicht auf, sagte ich.

Meena lachte laut, und Gabriels goldenes Gesicht färbte sich dunkel. Ich bereute schon, den Scherz gemacht zu haben. Äthiopier haben wenig Sinn für Humor, und vielleicht gilt das ja auch für Inder.

Meena sagte: Bitte entschuldige mich, die Pakoras brutzeln vor sich hin. Sie drehte sich um, und das lange, seidige Haar wogte ihr über den Rücken wie ein Wasserfall.

Gabriel fragte, ob ich etwas trinken wolle. Ich bat um Wasser, und er brachte mir eine Flasche Nordi, das teure Wasser aus Norwegen, und einen Eisbehälter aus geschliffenem Kristallglas. Dann forderte er mich auf, mich auf die wunderschönen bestickten Kissen zu setzen, die stapelweise auf dem Boden lagen. Es waren teure Kissen, und ich sah, dass sie alle aus demselben Teil des Women's Market in Shamanade nördlich des Sidist Kilo stammten. Der Dummkopf hatte sie sich wohl von diesen Frauen aufschwatzen lassen. Wie hatte er sie wohl alle nach Hause geschafft? War man in Indien etwa nicht gewohnt zu feilschen? Oder konnte er bei Frauen nicht Nein sagen? Wahrscheinlich hatte er eine sehr dominante Mutter.

Er erkundigte sich nach meinem Befinden, und ich versicherte ihm, es gehe mir gut. Als er anfing, mir von all den Dingen zu erzählen, über die er seit unserem letzten Treffen nachgedacht hatte, wirkte er ziemlich nervös. Er schaffte es kaum, einen Gedanken zu Ende zu führen, bevor er zum nächsten überging. Doch wir waren sofort wieder miteinander vertraut. Zuerst erkundigte er sich nach dem Namen des Restaurants, in das ich ihn geführt hatte; es müsse ein Zauberschloss sein, er habe dort das bisher beste Essen in Äthiopien bekommen, und der Tilapia, den wir verzehrt hatten, habe im Traum zu ihm gesprochen. Dann fragte er, ob ich die Ansichten Worknesh Gebremariams, des Stellvertretenden Vorsitzenden der ARAP, teile. Der Mann vertrat die Meinung, alle Ausländer, auch Studenten und andere sogenannte »goodwill ambassadors«, sollten vorübergehend das Land verlassen. Schließlich wollte er wissen, warum es Äthiopien genau wie Indien so schwergefallen sei, mit dem religiösen und ethnischen Pluralismus fertigzuwerden. Oder vergleiche er womöglich die Situation in zwei Ländern, die in Wirklichkeit grundverschieden seien? Indien würde auch Karma Bhooma – das Land der Erfahrung – genannt, weil in Indien alles, was unter der Sonne geschehen könne, bereits geschehen sei. *Er* habe allerdings das Gefühl, das wahre Karma Bhooma sei Äthiopien.

Warum?, fragte ich.

Weil hier die Menschheit entstanden ist, lautete die Antwort. Wie du schon sagtest, ist Dinkenesh einst auf diesem Boden gewandelt. Du hast mich überzeugt.

Er sprach mit einer Leidenschaft, die fast überhitzt wirkte. Dabei trank er äthiopischen Tej aus einem Glas mit dünnem Stiel.

Dieses Land ist der Schoß der Erde, fuhr er fort. Der Große Afrikanische Grabenbruch gleicht den geöffneten Beinen der Muttergöttin.

Meena hatte von der Küche aus mitgehört und protestierte gegen diesen Vergleich. Er schaute verlegen in sein Glas.

Mir hatte das Bild gefallen. Ich lächelte ihm zu und fragte, ob er Dinkenesh inzwischen besucht hätte.

Nein, sagte er, richtete sich auf und sah mich eindringlich an. Nimmst du mich mit, wenn du zu ihr gehst?

Ich versprach es. Weißt du, Yemaya, ich hatte Dinkenesh bereits viele Male besucht. Das erste Mal sah ich sie bei einem Ausflug mit den anderen Schülern, die den landesweiten Gedichtwettbewerb gewonnen hatten. Ich war elf Jahre alt. Unser Führer hieß Elyas und konnte sehr anschaulich erzählen. Er hüpfte auf und ab, wedelte mit den Armen und imitierte verschiedene Stimmen, um uns zum Lachen zu bringen. Als wir den Raum betraten, wo Dinkenesh ausgestellt war, befand ich mich ganz hinten in der Gruppe. Elyas sagte, Dinkenesh sei von einem Team französischer, britischer und amerikanischer Wissenschaftler gefunden worden. Sie hätten ihre Grabstätte immer und immer wieder verfehlt und nur durch einen ganz unwahrscheinlichen Zufall die Stelle entdeckt, wo ein Armknochen aus der Erde ragte. Elyas spielte ihre Verwunderung mit französischem, britischem und amerikanischem Akzent nach und brachte uns alle zum Kichern.

MON DIEU!

BLIMEY, OLD CHAP!

WELL, I'LL BE DAMNED!

Endlich schlurfte die Gruppe weiter in den nächsten Raum, aber ich blieb zurück, um Dinkenesh ganz für mich allein zu haben. Ich hatte jedes Wort behalten, das du einst über sie gesagt hast. Das war also unsere Ururgroßmutter. Ich schaute von unten in die Löcher in ihrem Schädel. Und sie erinnerten mich an etwas, woran ich seit einer Ewigkeit nicht mehr gedacht hatte: an das Mädchen mit den schwarzen Flügeln, das auf der Straße gelegen hatte. Ich hatte mit ihr gesprochen, nachdem ich vom Laster geschleudert worden war, und hinterher hatte ich erfahren, dass sie nur ein Leichnam gewesen war. Vielleicht würde auch dieses Mädchen eines Tages, in Millionen von Jahren, entdeckt werden. Vielleicht würde man ihre Gebeine und ihre Kleidung konservieren, ihr Skelett rekonstruieren und es in einen Glaskasten stellen. Dann würde sie mich ebenso mit schief gelegtem Kopf ansehen wie damals, als sie mich fragte: Wer bist du?

Elyas bemerkte, dass ich nicht nachgekommen war, und rief nach mir. Du darfst nicht zu lange stehen bleiben, warnte er, sonst hypnotisiert sie dich! Dann rennst du in die Wüste und kommst nie mehr zurück!

Die anderen Kinder lachten. Ich schlich beschämt zur Gruppe zurück.

Seither war ich noch viele Male bei ihr gewesen. Sooft ich aus irgendeinem Grund nach Addis kam – sei es, um mit den Nonnen gute Werke zu tun, eines meiner Gedichte vorzulesen oder mich an der Universität vorzustellen –, schaute ich vorbei, um ihr Guten Tag zu sagen. Ich beobachtete die Touristen, wenn sie vor ihr standen, und belauschte sie. Vor allem kamen Chinesen, Inder und Südafrikaner. Auch einige Amerikaner waren darunter, ich hörte es an ihrer eckigen Aussprache des Englischen, jedes Morphem stand bei ihnen im rechten Winkel zum vorhergehenden. Sie sagten Dinge wie:

Ich hätte sie mir größer vorgestellt.

Lucy in the Sky with Diamonds.

Seht nur, wie weit ihre Hände herunterhängen.

Wie einer von den Blues Brothers, wenn er die Straße runtergeht.

Ich hörte ihnen so lange zu, bis sie bemerkten, dass ich in der Ecke stand und sie mit den Augen des Kreen beobachtete. Dann wurden sie nervös, entschuldigten sich und gingen rasch weiter.

Ich war als Erste von Gabriels Gästen zur Plattenparty gekommen. Doch nun ging immer wieder die Klingel. Außer mir waren nur zwei Äthiopier eingeladen, zwei Männer namens Dawit und Haile; alle anderen waren Inder. Wir Äthiopier gluckten zusammen. Alle sprachen Englisch, ich allerdings besser als die beiden anderen, und sie wirkten bald isoliert und ungeduldig, während die Inder munter drauflosschwatzten. Englisch war die Lingua franca für die Inder, die Dutzende von Sprachen beherrschten. Jeder Inder war so stolz auf das mit seiner eigenen Sprache verbundene kulturelle Erbe, dass er niemals bereit gewesen wäre, irgendeine andere indische Sprache als Lingua franca für Indien zu akzeptieren. Folglich musste Englisch diese Rolle übernehmen.

Meena stellte sieben dampfende Platten und einen Stapel Keramikteller auf den Tisch. Ich beobachtete die Tischmanieren der Inder, um nichts falsch zu machen. Sie löffelten zuerst etwas von dem Chaat auf ihre Teller, dann beugten sie sich weit vor und aßen mit voller Konzentration – wie Gabriel, als er den Tilapia verzehrte – oder lehnten sich in die Kissen zurück. Als ich sah, dass auch sie nur die rechte Hand benützten, war ich erleichtert. Sie kneteten die Speisen in glockenförmige Klöße und neigten dann den Kopf, um den Weg von der Hand in den Mund zu verkürzen.

Meena sah, dass meine Glocken auseinanderfielen, und sagte: Du musst mehr Sauce nehmen, damit es zusammenhält. Dadurch wurden auch einige von den anderen Indern auf meine Schwierigkeiten aufmerksam und schauten auf. Ich ärgerte mich, weil ich mich bloßgestellt fühlte, zwang mich aber, freundlich Danke zu sagen, um nicht als unhöflicher Gast zu erscheinen.

Einer von Gabriels indischen Freunden forderte ihn auf, zum Essen doch Musik aufzulegen. Gabriel sagte: Natürlich, ließ sofort seinen Teller stehen, stand auf, ging zu der Ecke, wo der Plattenspieler stand, und hockte sich davor. Für mich war das ein Zeichen, dass er ein guter Gastgeber und ein guter Mensch war. Als er sich aufrichtete, schallte eine Stimme aus den Lautsprechern. Ich erkannte Bezunesh Bekele. Er war bereits in die Musik vertieft und ging langsamer als zuvor an seinen Platz zurück. Sein Blick war nach innen gerichtet, er nahm seine Umgebung nicht mehr wahr. Auch beim Essen ließ er sich jetzt mehr Zeit.

Ich beobachtete ihn aus dem Augenwinkel. Mir entging nichts. Heute in reiferem Alter weiß ich, Yemaya, wie töricht ich war; doch für die Zwanzigjährige war er ein so wundersames Rätsel! Ich registrierte, wie sein Schlüsselbein sich wie eine Welle unter seiner Haut abzeichnete. Wie breit seine Schultern waren, wie stramm seine Waden. Er hatte große Füße. Von meinem Platz auf den Kissen aus konnte ich seine Zehen sehen. Jede einzelne war deutlich gegliedert. Der Mann war sein Leben lang barfuß gegangen.

Meena wiederum beobachtete mich. Sobald ich ihren Blick erwiderte, schaute sie auf ihren Teller hinab. Sie hatte etwas an sich, das mir missfiel und meinen Argwohn erregte. Eine schöne Frau, arrogant und leidenschaftlich und unverkennbar gewohnt, ihren Willen durchzusetzen. Sie war wohlhabend, wahrscheinlich eine Brahmanin. Ihr Vater hatte sie vergöttert, mit ihrer Mutter hatte sie Kämpfe ausgefochten. Entbehrungen irgendwelcher Art hatte sie nie kennengelernt. Etwas wie das Kreen hatte sie nie erlebt.

Zweck dieser Plattenparty war es nicht allein, äthiopische Musik zu genießen und zu würdigen, die Inder sollten sich auch zu ihrem Leben in diesem Land äußern. Ich merkte, dass meine Meinung gefragt war. Gabriel war sicher, dass die anderen von meinen lakonischen Kommentaren beeindruckt sein würden. Er lächelte bei jeder meiner Bemerkungen so anerkennend, als hätte ich mich vor aller Welt ausgezeichnet. Seine Freunde schauten zwischen ihm und mir hin und her und grinsten vielsagend.

Daraufhin setzte sich Meena in Szene. Sie gab kämpferische Ansichten zum Besten oder ließ mit lautem Klappern einen Servierlöffel fallen, ohne sich dafür zu entschuldigen. Ich spürte eine gewisse Schadenfreude, weil ich den Verdacht hegte, dass sie in Gabriel verliebt war. Der jedoch hatte nur Augen für mich.

Vergib mir, Yemaya, ich wusste nicht, was ich tat.

DREIZEHNTES BUCH

MEENA

SEMENA WERK

Ich höre einen Schuss und sehe eine Wasserfontäne aufspritzen. Dann ertönt von ferne eine Stimme. Mein Glotti kann sie gerade noch aufnehmen.

ENGLISCH: Wer bist du?

Eine Frauenstimme, nicht unbedingt freundlich. »Durga«, rufe ich zurück.

ENGLISCH: Was willst du?

Ich schalte um auf den Science-Fiction-Klassiker. »Ich komme in Frieden«, rufe ich.

ENGLISCH: Bleib, wo du bist. Rahel, du bewachst die andere Seite.

Ich halte den Kopf schief, um Fügsamkeit zu demonstrieren. Diese Leute haben Feuerwaffen, Mohini. Ich will sie nicht reizen. Ich spüre dumpfe Schläge auf den Schuppen, und schließlich fällt ein Schatten über meinen Körper. Die Frau dreht sich zu ihrer Gefährtin um und ruft.

OROMIFA: Sie ist nicht die, die wir gesehen haben. Sie ist viel kräftiger.

Falls die beiden jemals ihre Waffen herunternehmen, muss ich sie fragen, wovon sie eigentlich reden.

Wieder wendet sie sich an mich.

ENGLISCH: Welche Sprachen sprichst du?

»Ich spreche Englisch«, antworte ich, »Hindi, Malayalam und ein bisschen Marathi.«

Sie wechselt ins Hindi. »Du kannst jetzt aufstehen«, sagt sie. »Keine hastigen Bewegungen. Hände über den Kopf.«

Ich erhebe mich und schaue sie an. Als Erstes bemerke ich, dass sie eine Betäubungspistole in der Hand hält. Wahrscheinlich mit irgendeinem Beruhigungsmittel geladen. Woher ich das weiß? Actionfilme. Genau das ist es: Ich bin in einen Actionfilm geraten. Die Frau trägt ein großartiges Kostüm, einen zerschlissenen blauen Overall. Ihr Haar ist kurz geschoren. Ihre Haut ist so dunkel wie die meine, aber nicht mit rötlichen, sondern mit gelblichen Untertönen.

Auch sie versucht, mich einer Rasse zuzuordnen. »Inderin?«, fragt sie.

Ich denke daran zu nicken, anstatt den Kopf zu schütteln. Dann fällt mir die Sprache wieder ein: *Oromifa*. Das ist eine der äthiopischen Sprachen. Mist.

Sie deutet mit ihrer Betäubungspistole nach vorn. »Du gehst voraus«, befiehlt sie.

Nun entdecke ich Rahel, ihre Gefährtin, zwanzig Schuppen weiter. Sie hat kurzes, geglättetes Haar, trägt ebenfalls einen blauen Overall, hält ein Gewehr in Händen und steht lässig zur Seite geneigt. Ein Wunder, dass ihr nicht auch noch eine Zigarette aus dem Mundwinkel hängt. Die Kostümbildner haben ganze Arbeit geleistet. Die beiden sehen aus wie zwei Phoolan Devis. Sie geleiten mich zu ihrem Set, das am Trail vertäut ist und aussieht wie ein Schlauchboot mit einer wetterfesten Überdachung. Ich hatte es bis dahin nicht einmal bemerkt. Wahrscheinlich befand ich mich zu sehr in meinem eigenen Kopf und war vertieft in die Gespräche mit dir, Mohini. Im Inneren sehe ich eine Konsole. Und über dem Stoffdach ragt eine sechs Meter hohe Antenne in den Himmel.

»Lass bitte deinen Rucksack fallen«, sagt Rahel.

Ich gehorche. »Würdet ihr mir verraten, was ihr mit mir vorhabt?«

»Nein.«

»Wollt ihr mich ausrauben?«

Sie geben keine Antwort.

Hinter mir zeigt die Betäubungspistole wie ein Finger auf meine Wirbelsäule. Trotz oder vielleicht gerade wegen der Gefahr reagiere ich mit Trotz und Aufsässigkeit. Das wird alles gefilmt, und ich muss die Rolle der bösen Heldin spielen.

Endlich schaut Rahel zu ihrer Gefährtin auf. »Nichts«, sagt sie. »Eine einfache Rucksacktouristin.«

»Bist du wirklich eine Rucksacktouristin?«, fragt die andere Frau.

»Willst du mir nicht zuerst sagen, wie du heißt?«

»Fatima.«

Damit sind die Zugehörigkeiten zu allen Gruppierungen geklärt: Äthiopierin, Oromo, Muslima. »Schön, Fatima. Ja. Ich bin eine Rucksacktouristin.«

»Woher kommst du?«

»Südindien.«

»Und du unternimmst eine Vergnügungsreise?«

Ich möchte erklären, dass ich mich auf einer Pilgerfahrt zu der Stadt befinde, wo eine verdammte Äthiopierin einst meine Eltern ermordete.

»Als Vergnügungsreise würde ich es nicht bezeichnen.«

»Und wie dann?«

»Im Moment als reine Zeitverschwendung, wenn ich ehrlich bin.«

»Was weißt du über Äthiopien?«

Das hört sich nach einer Falle an. »Eine schwierige Frage.«

»Äthiopische Politik?«

»Ich weiß, dass die ARAP bei der letzten Wahl geschlagen wurde.«

»Die Wahl war manipuliert. Wie alle anderen seit Haile Selassie«, erklärt Fatima.

»Das tut mir leid«, sage ich. Und weiß sofort, dass es die falsche Antwort war. Rahel und Fatima wechseln einen Blick und verdrehen die Augen. Aber ich habe es satt, die Hände über dem Kopf zu halten, und so fahre ich mit meinem Text fort und hoffe, dass er gut ankommt. »Meine Eltern lebten in Äthiopien. Ich wurde dort geboren.«

»Und was haben deine Eltern dort gemacht? Ackerbau betrieben, um indische Mäuler zu füttern?«

»Sie waren Ärzte«, sage ich. »Sie arbeiteten in einer Klinik in der Nähe von Megenagna.«

Der Name zeigt Wirkung. Ihre Schultern sacken nach unten. Ich habe ihn aus den Zeitungsartikeln und bin froh, dass ich ihn behalten habe.

Rahel sagt zu Fatima:

OROMIFA: Das Krankenhaus unserer Lieben Frau in Entoto.

Ein paar Sekunden herrscht Schweigen, dann sagt Fatima: »Du kannst die Hände herunternehmen.«

»Danke«, sage ich, aber ich bin nicht wirklich dankbar.

Die beiden Frauen sind verlegen geworden. Keine richtet mehr ihre Waffe auf mich. Sie schauen zum Schlauchboot.

Damit ist der erste Spannungsbogen zu Ende, ich muss einen neuen aufbauen. Der Regisseur wird sich über mein Improvisationstalent freuen.

»Was ist da drin?«, frage ich.

Rahel sieht Fatima an. Offenbar ist sie diejenige, die für die Weitergabe von Informationen zuständig ist.

»Semena Werk«, sagt sie, und mein Glotti übersetzt:

AMHARISCH: Goldener Kern

Der Heldin ist die Phrase natürlich bekannt, doch sie wusste bisher nicht, was sie bedeutete.

»Das verstehe ich nicht«, sage ich.

»So heißt unser Radioprogramm. Wir senden von hier.«

Die indische Fraktion von Semena Werk unterhält also einen Piratensender auf dem offenen Meer, Mohini! Was für ein Thema für einen Film. »Wieso?«

»In Äthiopien verboten. In Indien unerwünscht.«

»Was kümmert euch Indien?«

»Im Moment sind ziemlich viele von unseren Landsleuten dort«, antwortet Rahel.

Fatima setzt sich auf den Rand des Schlauchboots. »Die Indo-Äthiopier bekommen ihre Nachrichten von uns.«

»Und wo bekommt ihr die Nachrichten her?«

»Von Kontaktleuten vor Ort. Du hast doch bestimmt schon von Semena Werk gehört?«

Jetzt kommt die große Enthüllung. »Die haben versucht, mich umzubringen.«

Fatima wirft den Kopf in den Nacken und lacht. Darauf war ich nicht gefasst. »Alle Inder glauben, dass alle Äthiopier sie umbringen wollen.« Sie legt den Kopf schief, sieht mich abschätzig an. Eine ausgezeichnete Dialogpartnerin. »Semena Werk ist der

Kern eines amharischen Gedichts. Wir verehren die poetische Form ebenso wie dein Volk. Was immer du also bei Semena Werk suchst, du musst tiefer graben. Anfangs siehst du lediglich ein Spiegelbild deiner eigenen Vorurteile.«

Darauf habe ich keinen Text mehr und bleibe deshalb stumm. Von der Konsole kommt ein Piepsen. Rahel klettert in das Schlauchboot und verschwindet unter der Plane.

»Du warst also noch nie in Äthiopien«, sagt Fatima.

»Nein«, antworte ich. »Aber ich will hinreisen. Nachdem ich Dschibuti erreicht habe.«

»Warum fährst du nicht mit deinen Eltern hin?«

»Weil sie tot sind.«

»Das tut mir leid.«

»Danke.«

Einen Augenblick lang herrscht Schweigen.

»Sind sie in Indien gestorben?«

»Nein, in Äthiopien.«

Jetzt ist es so weit. Die liebe Fatima muss mit der Tatsache zurechtkommen, dass ein geschätzter Landsmann von ihr meine Eltern ermordet hat.

»Waren deine Eltern A. R. Gabriel und Meenakshi Mehta?«

Die Kamera schwenkt auf mein verblüfftes Gesicht.

»Du bist also das Baby.«

Die Heldin bringt kein Wort heraus.

Fatima dreht sich um.

OROMIFA: Rahel! Rate mal, wen wir hier haben?

Aus der Dunkelheit unter der Plane ertönt eine Stimme.

OROMIFA: Wen denn?
OROMIFA: Das Wahlbaby.

OROMIFA: Wovon redest du?

OROMIFA: Von der Wahl 2040, als die beiden Ärzte getötet wurden.

Rahels Gesicht taucht aus den Schatten auf. »Du bist das Baby?«, fragt sie.

Die Heldin findet die Sprache wieder. »Bin ich etwa so was wie eine Berühmtheit?«

»Zumindest bist du bekannt«, sagt Fatima.

»Ich weiß noch, wie es passiert ist«, sagt Rahel. »Ich war in Nairobi ... weißt du noch, Fatima? ... und habe es im Internet gesehen. Schrecklich.«

»Die indischen Medien haben sich darauf gestürzt«, sagt Fatima. »Indische Krankenschwestern, die indisches Blut vor der Brutalität der Äthiopier retten, das war eine tolle Story.«

»Zu der Story gehört auch, dass die äthiopischen Polizeibeamten sich nicht die Mühe machten, die Mörderin zu verfolgen, weil sie die Inder hassten«, bemerke ich.

»Glaubst du das etwa?«

Ich zucke die Achseln, weiche einen Schritt zurück. »Ich weiß nicht genug, um etwas glauben zu können.«

»Wahrscheinlich ist sie nach Dschibuti gegangen«, sagt Rahel. »Hast du vor, nach ihr zu suchen?«

Ich zeige der Kamera ein heroisches Gesicht. »So ist es.«

Fatima ist wieder aufgestanden. Obwohl ich den Blick abwende, spüre ich, dass sie mich ansieht.

»Sie hat nicht im Namen der ARAP gehandelt«, sagt sie. »Sie war geistig verwirrt. Sie war nicht einmal Äthiopierin, sondern stammte irgendwo aus Westafrika.«

In mir löst sich etwas, und ich kann lachen. »Das wusste ich nicht.«

Ich schaue am Trail entlang nach Südwesten. Heute ist es windstill, und die See ist glatt. »Welches westafrikanische Land? Ich muss wissen, wen ich jetzt hassen soll.«

Fatima verlagert ihr Gewicht und spuckt in den Ozean wie einst Clint Eastwood. »Such dir eins aus.«

Ich nicke. Der Rat der »Weisen Afrikaner« ist weise.

»Du solltest deinen Weg fortsetzen«, sagt sie. »Aber nimm dich in Acht. Wir wurden vor drei Nächten überfallen.«

»Habt ihr deshalb die Waffen auf mich gerichtet?«

»Wir dachten, du könntest die Diebin sein, aber du bist viel kräftiger, als sie es war.«

»Sie?«

»So viel konnten wir erkennen.«

»Vielleicht war es Bloody Mary.«

Fatimas Blick verändert sich. Im Geiste sehe ich die Kameraobjektive für eine Nahaufnahme ausfahren. »Was weißt du über Bloody Mary?«

»Nur Gerüchte.«

»Vielleicht steckt mehr dahinter. Bloody Mary könnte unsere Diebin sein. Kein Mythos, sondern einfach nur ein Schmarotzer.«

»Was hat sie gestohlen?«

»Getrocknete Mangoringe.«

»Auf die hätte ich auch Lust.«

»Was kannst du uns dafür geben?«

»Einen Zungenschaber.«

Herzliches Lachen von allen dreien. Das Geschäft wird abgeschlossen. Und die Kamera schwenkt nach oben, um mich und das endlose Band des Trails vor mir aus der Vogelperspektive zu filmen. Bevor das Ende in Sicht kommt, wechselt die Szene.

DIE MEERENGE

Ich bin bei Kilometer 2020. Ich habe keine Karte, doch ich erinnere mich, dass der Trail irgendwann in den tonnenförmigen Golf von Aden einmündet. Weder der Jemen im Norden noch Somalia im Süden kommen so nahe heran, dass ich sie sehen könnte. Aber das Meer wird enger.

Ich setze unser Gespräch da fort, wo wir beim letzten Mal aufgehört hatten. Mohini, ich wurde von einem barfüßigen Mädchen verfolgt, das ist richtig. Aber die Halluzination, das Gespenst oder was immer es war, ist wieder verschwunden. Auf den Trail ist sie nicht mitgekommen.

Weil du ihr gesagt hast, dass sie weggehen soll. Du hast sie gebannt.

Hm. Daran kann ich mich nicht erinnern.

Und was ist mit dem Leichnam, den du auf dem Trail gesehen hast?, fragt sie.

Was soll damit sein? Er hat mich nicht verfolgt.

Hast du dich nicht gefragt, wer die Frau war?

Sie trug einen goldenen Sari.

Warum hast du dir ihr Gesicht nicht angesehen?

Weil mir das respektlos vorgekommen wäre.

Warum hast du sie nicht im Meer bestattet?

Weil mir das nicht zustand.

Wie könnte sie deiner Meinung nach dorthin gekommen sein?

Ich weiß es nicht. Vielleicht war sie von einer Seesiedlung in der näheren Umgebung geflohen. Oder es war ein ungewöhnlich grausames Todesurteil. Vielleicht hat ihr Ehemann sie mit verbundenen Augen in einem Boot hier herausgebracht und sie dann ohne Nahrung und Wasser ausgesetzt.

Indien ist weit weg.

In Oman und im Jemen leben viele Inder. Verdammt, auch in Afrika leben haufenweise Inder. Sie könnten von Dschibuti gekommen sein, und dann hat er gesagt: »Nun lauf nach Hause, du Schlampe.«

Ich war noch nie in Dschibuti. Soll angeblich eine schöne Stadt sein.

Ja. Ich freue mich schon darauf. Und nicht bloß, weil ich nach vier Monaten zum ersten Mal wieder Land sehen werde, sondern, ach, ich weiß auch nicht. Ich habe Afrika gehasst, solange ich denken kann, weil meine Eltern dort getötet wurden, aber seit Neuestem liebe ich es, weil ich den Dingen auf den Grund gehen will. Dschibuti wird zu einem glitzernden, magischen Ort, dabei ist es nur das Vorzimmer, die Schwelle zu Äthiopien, und dort wird die Magie noch stärker sein.

Was für eine Magie?

Es ist der letzte Raum. Der ultimative Raum. Ich kann den physischen Ort aufsuchen, an dem meine Eltern ermordet wurden, ich kann ihn mir ansehen, dann ist alles gut, und ich kann meinen Weg fortsetzen. Das Leben geht weiter.

Für die Frau im goldenen Sari ging es nicht weiter.

Das ist mir klar.

(Du sagst nichts.)

Hör mal, Mohini, sie sah genauso aus wie du.

(Du sagst nichts.)

Sie sah genauso aus wie du, als ich fortging und du mir keine Antwort gabst. Du lagst ganz schlaff auf dem Bett, und dein Kopf hing über die Kante. Und deine Augen waren halb geschlossen, als wärst du sehr müde.

Du sagst nichts, aber das brauchst du auch nicht, denn in diesem Augenblick sehe ich wieder einen Leichnam auf dem Trail liegen, und es ist derselbe wie zuvor. Es ist der deine.

Wieder eine Folge der sensorischen Deprivation: Was ich in meinem Kopf sehe, wird Realität. Ich steige über den Körper hinweg und gehe weiter. Räume sind nichts als Räume.

TEAM VIERZEHN

Die fünf Wunden auf meiner Brust sind immer noch nicht verheilt. Aber das liegt nicht daran, dass ich keine Medikamente eingenommen hätte. Es liegt daran, dass ich angefangen habe, daran herumzufingern. Sie offen zu halten ist zu einem Ritual geworden, ein tägliches Säen und Ernten. Ich zupfe den Schorf ab, sie bluten, ich lege einen Verband auf, dann gehe ich schlafen. Wenn ich aufwache, hat sich neuer Schorf gebildet. Eine immerwährende Freizeitbeschäftigung.

Bei Sonnenuntergang kommt von Süden her ein Boot in Sicht. Es ist auf Abfangkurs. Diesmal habe ich nicht das Gefühl, mich an einem Filmset zu befinden. Diesmal ist es eher wie ein Traum.

Ein wunderschöner Mann mit nacktem Oberkörper steht am Bug und winkt mir zu. Ich winke zurück. Das Boot wird langsamer, als es sich dem Trail nähert, und ich sehe zwei weitere Personen darin, einen Mann und eine Frau. Eine strahlende Dreifaltigkeit. Die Frau hat den Fuß auf die Steuerbordreling gestellt, ihr langes Haar weht im Wind. Der zweite Mann hat zwei Kleinkameras an den Handflächen und bewegt die Hände sachte hin und her, als würde er bei einem Schönheitswettbewerb dem Publikum zuwinken.

Der erste Mann sagt:

ENGLISCH: Sprechen Sie Englisch? Oder Französisch?

»Die Sprache ist beliebig«, antworte ich auf Englisch. »Ich habe ein Glotti.«

TAHITISCH: Oh, was für ein Glück. Dann brauche ich nur ein Zehntel meines Intellekts einzusetzen. Ich grüße dich, Reisende. Hast du Appetit auf Kokosmilch? Wir waren eben auf Soqotra und haben unsere Vorräte aufgefüllt.

Das scheint mir nun wirklich nicht ganz real zu sein. Aber es ist ein weiterer Raum, ähnlich wie der Piratensender, durch den ich gehen muss.

»Na klar«, sage ich. »So etwas kann mein Ofen nicht herstellen.«

Das Boot schiebt sich an den Trail heran, und die beiden Männer vertäuen es mit einem Magnetanker. Dann reicht mir die Frau einen Becher mit Kokosmilch. Alle drei sehen wie gebannt zu, wie ich trinke.

TAHITISCH: Sieh nur, was sie für große Augen hat.
TAHITISCH: Idiot! Sie kann dich doch verstehen.

»Ich habe große Augen?«

»Du siehst aus, als hättest du zu wenig Fleisch auf den Rippen«, sagt die muskulöse Göttin.

»Ich habe einen weiten Weg zurückgelegt.«

»Kommst du von Mumbai?«

»Ja.«

»Toll! Dürfen wir dir ein wenig Gesellschaft leisten?«

»Nur zu.«

Ihre Gesichter hellen sich auf, und sie klettern auf den Trail. Sie balancieren sehr geschickt auf den Schuppen. Ich setze mich mit untergeschlagenen Beinen auf den Trail, und die drei setzen sich mir genauso gegenüber, die Frau in der Mitte. Ich komme mir vor, als hätte ich drei lebensgroße Actionfiguren vor mir.

»Ich heiße Milton«, sagt der erste Mann.

»Ich heiße Aish«, sagt die Frau.

»Ich heiße Greg«, sagt der zweite Mann.

»Durga«, sage ich.

»Dürfen wir dich filmen?«, fragt Greg, der Mann mit den zwei Kameras.

»Wozu denn?«

»Wir drehen eine Dokumentation über unser Projekt.«

»Toll. Und was ist das für ein Projekt?«

Aish nickt Greg zu, und der schaltet die Kameras aus und faltet die Hände im Schoß.

»Wir halten Ausschau nach der Welle«, sagt Aish.

Ich warte auf weitere Erklärungen, aber die kommen nicht. »Nur nach einer?«

»Die Zeichen sind eindeutig. Der Kipppunkt ist nahe. Jeden Tag könnte eine andere Zeitbombe losgehen: der Kollaps des westantarktischen Eisschilds. Der Kollaps von La Palma. Ein Erdbeben irgendwo in der Welt, das einen Tsunami von unvorstellbaren Ausmaßen auslöst.«

»Und diese Welle wollt ihr sehen.«

»Wir wollen sie nicht bloß sehen. Wir wollen auf ihr reiten.«

Milton streckt mir die Hand hin. »Nordi Team Nummer Vierzehn, Arabisches Meer. Freut mich, dich kennenzulernen.«

Mit der Erwähnung von etwas so Konkretem wie Nordi, dem norwegischen Tafelwasser, bekommt der Traum einen Anflug von Realität. Der Hersteller mischt inzwischen Zutaten bei, die bewirken, dass sich das Wasser im gesamten Magen-Darm-Trakt erst eiskalt und dann warm anfühlt. Mohini konnte das Zeug nicht trinken, sie bekam Ausschlag davon.

»Und ihr wollt alle auf dieser Welle reiten?«

»Nein«, sagt Aish. »Nur Milton. Greg ist unser Kameramann. Ich bin der Kapitän von Team Vierzehn. Die anderen Teams sind überall auf der Welt verteilt.«

»Im Nordpazifik, im Südpazifik, im Nordatlantik, im Südatlantik, im West- und Ostindischen Ozean und im Mittelmeer«, zählt Greg auf. »Und dann gibt es noch die armen Teufel, die vor Antarktika frieren müssen.«

»Wobei die durchaus die Sieger werden könnten«, mahnt Milton.

»Wenn der Gletscher einbricht? Darauf kannst du wetten«, sagt Aish.

»Du musst es dir so vorstellen.« Milton packt mich am Arm. Ich mag solche Vertraulichkeiten nicht, wir kennen uns ja kaum. »Zuerst hörst du ein Donnergrollen, das nicht mehr aufhört. Es wird nur immer lauter und lauter. Dann gerät das Wasser in Bewegung, und die Oberfläche beginnt zu zittern, obwohl es nicht regnet und auch kein Wind weht. Schließlich verhallt der Donner, das Zittern hört auf, und du hörst und spürst nichts mehr. Und nun erscheint die Welle.«

Greg hat wieder zu filmen begonnen. »Das ist schön, wunderschön«, sagt er und bewegt die Hände hin und her.

»Richte die Dinger bloß nicht auf mich«, warne ich ihn.

»Nein, natürlich nicht«, murmelt er, ohne mich anzusehen.

»Woher wisst ihr, wann und wo es geschieht?«, frage ich.

»Das wissen wir eben nicht«, sagt Aish, die nun selbst aus einem Becher Kokosmilch trinkt. Wo ist der auf einmal hergekommen? Ich habe offenbar Erinnerungslücken. »Aber wir können auf das Erdbebenwarnsystem am Meeresboden zugreifen. Aus gewissen prädiktiven Faktoren lässt sich schließen, wann und wo ein größeres Erdbeben stattfinden wird. Dann berechnen wir, wo das Wasser aufwallen wird, und rasen wie die Verrückten an die betreffende Stelle, um die Welle zu erwischen.«

Milton erhebt sich, stellt sich breitbeinig auf seine Schuppe und schaut nach Westen. Wir alle blicken zu ihm auf. Greg hält die Hände so vor Miltons Arsch, dass er aussieht wie ein mittelalterlicher Hirte, der das Jesuskind verehrt.

»Ich habe es in einem Traum gesehen«, sagt Milton. »Das Epizentrum liegt vor der Küste Keralas, unterhalb des Subkontinents wölbt sich der Meeresboden, immer neues Wasser wird verdrängt, eine Mauer türmt sich auf, höher und immer höher, bis sie tausend Meter erreicht, und wir jagen unser wackeres kleines Boot mitten hinein. Aish rollt mit schier übermenschlicher Geschwindigkeit das Schleppseil aus. Ich lasse los und gleite hinab, immer weiter hinab an der Vorderseite der großen Welle. Ich gleite über Wasser und Riffe, ganze Inseln versinken unter meinen Füßen, es ist ein einziger langer Ritt mit Schallgeschwindigkeit, bis ich endlich in Karatschi, Mogadishu oder sonst einem Hafen, der angesichts dieser Welle noch standhält, an Land geschleudert werde.«

Aish wischt sich die Tränen aus den Augen. Greg würde das auch tun, aber er hat keine Hand frei, weil er immer noch seine Kameras bewegt. »Schön«, sagt er. »Das war wunderschön, Milt.«

»Was ist daran schön?«, frage ich. »Wenn so viele Menschen ertrinken? So redet nur ein Arschloch.«

Es ist, als hätte ich eine Waffe gezogen. Alle drei fahren übertrieben hastig, aber synchron zurück.

»Wie kannst du so etwas sagen?«, fragt Greg.

»Es ist eine erhabene Mission«, beteuert Aish.

»Die Welle ist das Schicksal«, sagt Milton. Er wirkt am tiefsten gekränkt.

»Wenn das wirklich euer Ziel ist, dann wünsche ich euch viel Glück«, sage ich.

Milton richtet sich auf und streicht sich über die nackte Brust, als wollte er Falten glätten. »Dafür danke ich dir«, sagt er forsch.

Damit springen alle drei zurück ins Boot, lösen die Magnetanker und entfernen sich, ohne sich noch einmal umzusehen. Erst jetzt fällt mir auf, dass ich nicht einmal ein Surfbrett gesehen habe.

Vielleicht ist es Performance-Kunst, sagt Mohini in ihrem goldenen Sari.

VIERZEHNTES BUCH

MARIAMA

DU BIST WUNDERBAR

Ich wurde Gabriels Fremdenführerin für Äthiopien. Aber nicht in dem Sinne, dass er sich wie ein zahlender Kunde benommen hätte. Einmal bot er mir an, zum Dank das Essen für mich zu bezahlen, aber ich wollte nicht in seiner Schuld stehen, und so lehnte ich ab. Ich war mit ihm zusammen, weil ich es so wollte, weil ich ihn gernhatte und weil ich mich darüber freute, dass auch er mich gernhatte. Daraufhin steckte er sein Geld wieder weg.

Einmal fragte ich ihn: Was halten denn deine Freunde davon, dass du so viel mit einer Äthiopierin zusammen bist?

Die Frage schien ihn aus der Fassung zu bringen, und er schaute so lange zum Himmel, als wollte er mich mehrere Tage auf eine Antwort warten lassen.

Aber ich beobachtete sein Gesicht, und nach einer Minute brach das ganze Gedankengebäude in seinem Kopf zusammen, und er sagte nur: Mariama, es ist mir gleichgültig, was sie davon halten.

Und da ließ ich das Thema fallen.

Bald nach der Plattenparty machten wir einen Ausflug, um Dinkenesh zu besuchen. Wir gingen von der Universität aus die Entoto Avenue hinunter. Das National Museum lag rechts von uns, etwas abseits der Straße. Es hatte einen imposanten Innenhof mit mehreren Reihen blühender Hyazinthbäume. Eine Frau in blauem Overall kontrollierte unsere Eintrittskarten. Gabriel bestaunte mit offenem Mund das erste Exponat gleich hinter der Tür, einen prächtigen goldenen Thron, auf dem ein Königsmantel und eine Krone lagen. Es sollte die Besucher beeindrucken, aber ich nahm ihn bei der Hand und führte ihn die Treppe hinunter in das abgedunkelte Untergeschoss. Die hier ausgestellten Stücke waren weniger spektakulär, aber sehr viel bedeutsamer: Knochenfragmente und Schädel, ähnlich wie die Reliquien von Heiligen. Schweigend lasen wir alle Schilder, bevor wir zur nächsten Station weitergingen. Hier unten waren wir ganz allein.

Ich ließ ihm Zeit. Weißt du, Yemaya, es war wie an jenem Tag, als du und ich den Königspalast von Gonder besichtigten. Wir brauchten nicht zu reden. Wir schlenderten wie durch einen steinernen Garten und waren glücklich.

Als wir endlich den Raum betraten, in dem uns Dinkenesh, auf ewig im Schritt verharrend, entgegenkam, legte Gabriel die Handflächen aneinander, verneigte sich vor ihr und sagte: Namaste, Amma.

Lange standen wir nebeneinander und sahen sie an.

Ich spürte das Vibrieren der Stromgeneratoren unter unseren Füßen und wusste, dass ich in diesem Raum schlafen könnte. Ich bräuchte mich bloß mit Gabriel, diesem Fremden, der mir so vertraut erschien, in Dinkeneshs Schatten auf den Boden zu legen und seine Hand zu halten.

Dann kam ein Äthiopier in den Raum. Er trug ein Namensschild, auf dem ADAM stand, und hatte ein Gesicht wie eine Ziege. Er fragte: Kann ich Ihnen helfen? Brauchen Sie einen Führer? Kann ich Ihnen etwas über Dinkenesh erzählen?

Ich lehnte dankend ab. Gabriel wollte den Äthiopier nicht beleidigen, aber ich sah ihm an, dass auch er ihn gern fortgeschickt hätte.

Aber Sie wissen ja gar nicht, was Sie da sehen, rief der Mann. Ich kann es Ihnen erklären. Für nur hundert Birr bekommen Sie eine Führung von mir.

Ich spürte, wie der Zorn in mir hochkroch. Mir brauchte niemand zu erklären, was ich sah. Und so sagte ich noch einmal, diesmal mit der Stimme des Kreen: Nein, danke.

Er zuckte zusammen, als hätte ich ihn geschlagen, und wich zurück. Als er schon halb aus der Tür war, deutete er mit der Hand auf Dinkenesh und sagte: Sie müssen wissen, dass sie das nicht wirklich ist. Es ist nur eine Nachbildung. Sie besteht aus Gips.

Er hielt inne, dann fügte er hinzu: Aber ich kann verstehen, dass Sie sich haben täuschen lassen.

Damit ließ er uns allein.

DER GOLDENE KERN

Eines Tages bat ich Gabriel, ins Delhi Café an der Taitu Street zu kommen – ein Sammelpunkt für im Ausland lebende Inder, bei dem ich sicher war, dass er ihn kannte. Es war einer jener wolkenlosen, trockenen Abende, wie sie für Addis typisch sind, und der Himmel war ebenso violett wie die Hyazinthbäume. Als er kam, verließen wir das Café und stiegen eine steile, gewundene Straße hinauf, bis wir ein Asphaltplateau erreichten, auf dem, flankiert von würdevollen Fahnenreihen, eine weitläufige Villa im italienischen Stil stand.

Das Sheraton?, fragte er belustigt.

Ich bejahte mit einem vorwurfsvollen Unterton, der ihn zum Schweigen brachte.

Du musst nämlich wissen, Yemaya, dass auch das Sheraton einer meiner heiligen Orte war. Dort habe ich übernachtet, als ich den Gedichtwettbewerb gewann. Ein Mädchen mit Namen Tigist hatte mit mir das Zimmer geteilt, und man hatte uns aufgetragen, Dankeskarten an die chinesischen Firmen zu schreiben, die unsere Reise finanziert hatten. Dies war das erste Mal, dass ich ganz konkret einen Blick in die Zukunft werfen konnte und sah, wie der Rest der modernen Welt lebte. Es gab kein Fernsehgerät, wie ich es aus dem Waisenhaus kannte; stattdessen wurde auf mein Kommando die ganze Wand zu einem Bildschirm. Am ersten Abend unseres Aufenthalts blieben Tigist und ich bis vier Uhr morgens wach und sahen uns, mit dem Rücken an die Kopfteile unserer Betten gelehnt, Sendungen aus der ganzen Welt an. Wir hatten uns aus den Kissen »Häuser« gebaut, und wenn wir miteinander sprechen wollten, öffneten wir ein »Fenster«.

Ich war damals sehr leicht zu beeindrucken und konnte mich noch Jahre später an jede einzelne Sendung erinnern. Wir sahen eine Wiederholung von *Durga X* über eine Frau, die in Kalkutta gegen Schwerverbrecher kämpfte und sie tötete, indem sie ihnen den Kopf um hundertachtzig Grad nach hinten drehte. Wir sahen einen Dokumentarfilm über eine Mexikanerin mit Namen Inés Ramírez, die, von jeder medizinischen Hilfe zu weit entfernt, ihr Baby allein zur Welt brachte, indem sie mit einem schmutzigen Küchenmesser einen Kaiserschnitt an sich durchführte. Wir sahen eine Doppelfolge von *Extreme Weather!*, in der all die Naturkatastrophen auf der ganzen Welt dokumentiert wurden. Die erste Folge handelte nur vom westantarktischen Eisschild. Wissenschaftler erklärten, eines Tages könnte die Sedimentschicht darunter wegbrechen und einen gewaltigen Eisrutsch auslösen, oder das Eis könnte schmelzen und zu einem Anstieg der Meere um bis zu vier Meter führen, wodurch die ganze Welt überschwemmt würde. Mir erschien das gar nicht so viel, Yemaya, aber die nächste Folge handelte von den versunkenen Orten weltweit, den Inseln und Dörfern, die bereits bei einem Anstieg von einem halben Meter untergegangen waren. Man sah gespenstisch blaue Aufnahmen von Gehsteigen, Einkaufszentren, Bürogebäuden, Wohnhäusern, Lebensmittelläden und Spielplätzen – alles war verlassen und wurde allmählich von Fischen, Korallen und dünnen Seespinnen in Besitz genommen. Die Sendung erzählte auch von Menschen, die sich zum Bleiben entschlossen hatten, während ihre Häuser langsam im Meer versanken, und im Lauf von Monaten oder Jahren ganz unbeeindruckt zuerst ins obere Stockwerk und dann aufs Dach zogen. Als Beispiel schilderte der Moderator die Geschichte eines Paares, das auf einem Atoll im Südpazifik lebte. Julia und Julio Legazpi-Sanchez hatten die Aufmerksamkeit der Medien auf sich gezogen und führten nun gegen Honorar ein Videotagebuch, in dem sie dokumentierten, wie sie von Tag zu Tag auf immer höheres Gelände wechselten. Eines Tages kam keine Nachricht mehr. Die Produzenten fuhren mit Schnellbooten zu dem Haus, und als sie sahen, dass es bereits zehn Zentimeter unter Wasser lag, befürchteten sie das Schlimmste. Taucher wurden ausgeschickt, um im Schlafzimmer nachzusehen, aber die beiden waren nicht dort. Wo waren sie geblieben? Das war bis zu jenem Tag ein ungelöstes Rätsel.

Als ich spürte, wie mir die Lider schwer wurden, rief ich nach Tigist, aber sie antwortete nicht. Mit einem Mal fürchtete ich, sie wäre tot und die Betreuer würden mir die Schuld geben. Doch dann kroch ich auf dem Bett so weit nach vorne, dass ich in ihre Kissenhöhle spähen konnte, und sah, dass sie tief und fest schlief. Ich flüsterte *Aus*, wie es auf der Karte auf dem Nachttisch stand, und die Wand wurde schwarz.

Am nächsten Morgen waren wir beide sehr müde. Die Betreuer schimpften uns aus und steckten uns am nächsten Abend früh ins Bett, damit wir für die Lesung am nächsten Tag ausgeruht wären.

Als ich in Addis mit dem Studium anfing, suchte ich einmal in der Woche das Sheraton auf, um dort im Park allein spazieren zu gehen. Das Hotelpersonal hatte sich bald an mich gewöhnt. Der Barkeeper nickte mir zu, wenn ich durch die Halle ging, wo die Diplomaten saßen, teuren Wein aus Joburg tranken und ins Leere starrten, während die Newsfeeds in ihre Köpfe strömten. Im Laufe der Zeit wurde alles, was mich zu Anfang überwältigt hatte – die Marmorwände, die majestätischen Säulen, der blitzende Springbrunnen, das Reflexionsbecken, der Laubengang – zum vertrauten Inventar meiner zweiten Heimat. Ich kaufte mir überteuertes norwegisches Tafelwasser an der Bar und stellte mich an die Tür zum Ballsaal in der Hoffnung, eine Hochzeitsfeier miterleben zu können. Oder ich setzte mich ans Reflexionsbecken und hielt die Hand ins Wasser. Dabei stellte ich mir vor, dies sei dein Palast, und wenn ich ihm einen Besuch abstattete, besuchte ich dich.

Deshalb war es von großer Bedeutung, dass ich Gabriel dorthin mitnahm. Heute sehe ich ein, dass ich zu gierig war. Ich wollte zu viel. Einerseits wollte ich über der Erde schweben, um dir näher zu sein, andererseits wollte ich mich an die Erde binden, um bei Gabriel sein zu können.

Ich führte ihn in den Laubengang, von dem aus man das somalische Viertel überblickte. Wir redeten miteinander. Die Sterne gingen auf. Die Frau vom Sicherheitsdienst kam auf ihrer Runde vorbei und wollte uns zum Gehen auffordern, doch dann erkannte sie mich und entschuldigte sich.

Haben Sie heute einen Freund mitgebracht?, fragte sie.

Ja, sagte ich, und das Blut schoss mir in die Wangen.

Das freut mich, sagte sie. Es klang beifällig, liebevoll, als wäre sie meine Tante, die mich von Kindheit an betreut hatte.

Gabriel erzählte mir von seinem Leben. Bis dahin hatte ich nur eine sehr skizzenhafte Vorstellung davon gehabt, doch nun erstellte er ein umfassendes buntes Wandgemälde und zeigte mir sogar den Gips und die Grundierung unter den Farben. Mein erster Eindruck erwies sich als richtig: Er würde immer genügend Liebe bekommen, denn er hatte das uneingeschränkte Selbstvertrauen eines einzigen Sohnes. Dennoch, oder seltsamerweise gerade deshalb, war er ständig auf der Suche nach Bestätigung, denn seine Eltern (vor allem seine Mutter, wie ich feststellte) hatten ihm eingeimpft, durch seine Herkunft und seine Stellung habe er die moralische Pflicht, sich für die Verbesserung der Welt einzusetzen. Die Mutter war eine berühmte ayurvedische Ärztin, die auch in westlicher Medizin ausgebildet war, und viele von Gabriels Kindheitserinnerungen handelten davon, dass er im Arbeitszimmer seiner Mutter auf dem Teppich gelegen und Bücher gelesen hatte.

Rede ich nicht zu viel?, fragte er. Wahrscheinlich langweile ich dich.

Ganz und gar nicht, beteuerte ich. Deine Geschichten klingen wie Musik in meinen Ohren.

Er lächelte. Dann sagte er: Ich habe das Gefühl, ich kann dir alles erzählen, und du verstehst Dinge, die sonst niemand versteht. Ich hasse es, wie mein Land dein Land behandelt, und ich wünschte, ich könnte einen Weg finden, um dem ein Ende zu machen.

Ich legte meine Hand auf die seine. Es ist nicht deine Schuld, sagte ich.

Er nickte. Meine Mutter meint, ich hätte ein allzu ausgeprägtes Gerechtigkeitsgefühl. Ich werde leicht wütend, und dann bringe ich mich in Schwierigkeiten. Sie erinnert mich immer wieder an die Geschichte mit der Schlange.

Was ist das für eine Geschichte?, fragte ich.

Gabriel schaute auf meine Hand und legte seine zweite Hand obendrauf. Dann begann er zu erzählen: Als ich in der Grundschule war, brachte die Lehrerin eine Schlange mit ins Klassenzimmer, sie sollte unser Haustier sein, und wir sollten uns alle um sie kümmern. Doch einer meiner Klassenkameraden reizte die Schlange, und sie schnappte nach ihm. Sie war nicht gefährlich, sie biss ihn auch nicht, sie erschreckte ihn nur. Ich sagte: Die Schlange hat sich bloß gewehrt. Der Junge verbot mir den Mund und lief weinend nach Hause. Der Vater des Jungen beklagte sich, die Lehrerin musste die Schlange aus dem Klassenzimmer entfernen, und sie setzte sie in der Wildnis aus. Doch der Junge und seine Freunde hatten sie offenbar wiedergefunden. Als ich am nächsten Tag nach Hause ging, saßen sie im Kreis um die Schlange herum, und einer nach dem anderen drangsalierte das Tier. Einer zog sogar ein Messer und schnitt hinein wie in eine Gurke, aber er schnitt nicht ganz durch. Ich begann, mit Steinen zu werfen, und brüllte, sie sollten aufhören, aber sie beachteten mich nicht. Dass ich zusah, stachelte sie zu immer noch schlimmeren Quälereien an.

Gabriel hielt inne und wischte sich über die tränennassen Wangen, dann legte er seine Hand wieder auf meine. Diesmal fragte er nicht mehr, ob er zu viel redete. Zwischen uns war eine neue, wortlose Vertrautheit entstanden. Ich kümmerte mich um ihn, wie ich mich einst um dich gekümmert hatte.

Wir hatten der Schlange einen Namen gegeben, das Sanskrit-Wort für *stark*, fuhr er fort. Stark war sie tatsächlich, aber nicht auf die Art, wie wir gedacht hatten.

Wie heißt dieses Wort?

Saha, antwortete er.

Und ich erinnerte mich, Yemaya! *Saha!* Das Wort hatte ich vor langer Zeit gehört, als ich noch ein Kind war und mich auf dem Laster unter der Plane versteckte. Damals kannte ich dich noch nicht, und Francis und Muhammed wussten nicht einmal, dass ich dort war, das wusste nur der Vollmond, der auf das rauschende Meer und die tosende Brandung schien, und das Meer schenkte mir ein Wort, um mich zu beruhigen, und dieses Wort hieß *Saha!*

In diesem Moment wusste ich, das war das Zeichen, auf das ich warten sollte, das Zeichen, von dem du damals auf dem Laster gesprochen hattest, als wir auf dem Weg nach Agadez waren und du mich zum ersten Mal berührtest. Du sagtest, ich sollte »das« niemals leichtfertig verschenken. Ich war stets überzeugt gewesen, dass meine Jungfräulichkeit dir gehörte, Yemaya, aber vielleicht hatte ich dich falsch verstanden – vielleicht hattest du schon immer gewollt, dass ich als reife, erwachsene Frau mit einem Mann zusammenkomme; vielleicht hattest du mich in jenem Hotelzimmer in Gonder vor all den Jahren nur darauf vorbereitet. Ja, das musste dieses Zeichen sein!

Ich hatte Mühe, vor Gabriel zu verbergen, welches Licht mir

aufgegangen war. Ich war froh um die Dunkelheit! Jetzt brannten auch mir die Tränen in den Augen!

Ich führte seine Hand zu meinem Mund und küsste sie, und dann sagte ich ihm das, was ich jetzt dir sage:

Als ich noch klein war, lief ich von zu Hause fort. Ich versteckte mich auf einem Lastwagen, der mit einem ganzen Konvoi nach Osten fuhr. Als wir in Dakar anhielten, tauchte eine schöne Frau auf und wollte bei uns bleiben. Sie nahm sich meiner an. Sie gab mir zu essen, beschaffte mir Kleidung, lehrte mich lesen und erzählte mir Geschichten von ihrer Namenspatronin, die eine Göttin war. Aber diese Göttin war nicht nur ihre Namenspatronin. In Wirklichkeit war sie selbst die Göttin. Nachdem wir die Wüste wohlbehalten durchquert hatten, kehrte sie in den Himmel zurück.

Gabriel nickte, und ich las in seinen Augen, dass er mir glaubte und mir vertraute.

Wie war ihr Name?, fragte er.

Yemaya, sagte ich.

Was für ein schönes Wort. Wie sah sie aus?

Ich kann mich nur noch schwach erinnern. Es gibt keine Fotos von ihr. Ich trage nur ein Bild und ein Gefühl in meinem Herzen. Aber ihr Haar war gewellt, als hätte sie europäisches Blut in den Adern. Sie band es mit einem Kopftuch zurück. Und sie hatte große, strahlende Augen. Augen wie die deinen.

Sprich weiter, bat er. Ich möchte dem Klang deiner Stimme lauschen.

Ich habe nie nach ihr gesucht, fuhr ich fort. Ich wusste, dass ich sie nicht finden würde. Sie würde erst zu mir zurückkehren, wenn ich bereit wäre. Deshalb führe ich nun dieses Leben. Aber ich habe nicht das Gefühl, als gehörte es zu mir. Es ist mir nur geliehen.

Warum bist du überhaupt von zu Hause fortgelaufen?, wollte er wissen.

Das war die eine Frage, vor der ich mich gefürchtet hatte, Yemaya. Dreizehn Jahre lang hatte sie mir niemand gestellt. Doch in dieser Nacht hatte ich das Zeichen erhalten und wusste, alles würde gut. In dieser Nacht durfte ich mit den alten Gewohnheiten brechen und wieder frei atmen.

Wir waren Haratin, und das bedeutet, wir waren Sklaven, sagte ich. Meine Mutter und ich dienten im Haushalt eines Brahmanen. Der Mann schickte mich immer wieder fort, um mit meiner Mutter zusammen sein zu können. Wir flüchteten, als ich noch klein war, und suchten Unterschlupf in einem der Slums. Aber irgendwie spürte er uns auf. Ich war am Strand gewesen, und als ich das ummauerte Grundstück betrat, wo meine Mutter ein Heim für uns geschaffen hatte, war er da. Er trug wie alle Männer in Mauretanien ein himmelblaues Gewand. Meine Mutter sah mich an, obwohl sie auf dem Rücken lag und ich hinter ihr stand, sah sie mich an und sagte: Keine Sorge, mir wird nichts geschehen.

Plötzlich lag ich in Gabriels Armen. So hatte mich noch niemand gehalten. Ich war noch Jungfrau. Aber ich sagte mir: Du hast das Zeichen erhalten. Es ist gut.

Ich rannte weg, murmelte ich, ohne den Kopf von seiner Brust zu lösen. Das hatte sie mir eingeschärft, falls ihr etwas zustieße. Sie wollte nicht, dass man mich jemals wieder zur Sklavin machte.

Er drückte mich noch fester an sich. Sein Körper war warm und hart.

So viele Jahre hatte ich *Yemaya, Yemaya, Yemaya* gesagt, um mich zu beruhigen. Nun formte ich das Wort im Dunkeln stumm an seiner Brust. Es entstand tief in meiner Kehle, berührte meine Lippen und verließ mich durch meinen geöffneten Mund. Und dann probierte ich einen neuen Namen: *Gabriel, Gabriel, Gabriel.* Er fühlte sich nicht ganz richtig an, nicht so wie der deine. Aber für dieses Leben auf dieser Erde war er gut genug.

FÜNFZEHNTES BUCH

MEENA

DIE KOMMUNE

Mohini, wie komme ich hierher?

Die Leichen sind inzwischen zur Routine geworden. Jedes Mal bist es du in deinem goldenen Sari, und dein Kopf hängt über die Trailkante. Niemals wird der Leichnam lebendig, setzt sich auf oder fängt an zu sprechen. Deine Stimme höre ich nur in meinem Kopf.

Wir reden darüber, wie ich mit dreiundzwanzig Jahren nach Thrissur zog und eine Stelle im Frauenzentrum annahm, wo ich mit Opfern häuslicher Gewalt arbeitete. Es war hart. In den meisten Fällen hätte ich die gewalttätigen Männer am liebsten ausfindig gemacht und ihnen stellvertretend für meine Schützlinge die Scheiße aus dem Leib geprügelt. Du weißt, wie ich bin. Zu dir bin ich aufrichtig. Du bist gütig und verständnisvoll.

Du sagst: Du schleppst eine schwere Last mit dir herum.

Ich stimme zu: Das ist wahr.

Ich knie mich an die Trailkante, leere meinen Rucksack aus und verfahre mit dem Inhalt wie einst Jesus mit den Schafen und den Böcken. Ich lege zwei Stapel an. Die Trennung läuft so:

Stapel 1: Unterwäsche, BH, Sonnenbrille, Entsalzerflaschen, Zahnbürste, Zahnpasta, Zungenschaber, Ofen, Solarteller, Filetiermesser, Angelzeug, Bestrahlungspinsel, Reiseapotheke, Schwamm für die Menses, Spezialwindel, Rettungsinsel, Seile.

Stapel 2: Mitter, Geldbörse, Sandalen, Seifenkonzentrat, Proteinriegel, Suppenwürfel, Solarbälle, Gaskapseln, Treibanker, laminierte Karte, Pozit, Leuchtraketen, Bild von Rana, Kompass, breitkrempiger Hut, Sonnenkappe, Kapuzenjacke, T-Shirt, langärmliges Shirt, Leinenschuhe, Riemensandalen und die Hose, die ich gerade nicht trage.

Den zweiten Stapel fege ich über die Kante, ohne lange zu überlegen. Die verschiedenen Dinge verteilen sich auf dem Wasser. Meine Hose saugt sich voll und bläht sich, als wäre sie lebendig. Die Kapuzenjacke will nicht untergehen, ich muss sie noch einmal heranholen und unter die Oberfläche drücken, bis sie sich nach erbittertem Widerstand in ihr Schicksal fügt und murrend versinkt. Die anderen Gegenstände sträuben sich nicht so sehr. Eines nach dem anderen verschwindet. Danach fühle ich mich erleichtert. Ich habe mir eine Menge Ballast vom Hals geschafft, und mein Rucksack lässt sich künftig leichter tragen. Mein Körper lässt sich jetzt schon leichter tragen. Kein Gramm Fett ist mir geblieben. Meine Brüste sind flach. Meine Knochen treten hervor. Zum ersten Mal in meinem Leben ist das Sitzen mit Schmerzen verbunden, und so lege ich mich zum Essen auf die Seite.

Dein goldener Leichnam erscheint ungefähr alle dreißig Meter wie eine Krümelspur, die mir den Weg weist. Ich betrachte ihn als Teil der Prüfung, die ich bestehen muss. Immer neue Räume tun sich auf. Sie dienen alle irgendeinem Zweck, den ich noch nicht erkennen kann, und wollen mich auf den letzten Raum vorbereiten, den ersten und den letzten, Äthiopien.

Ein Flickenteppich von Flößen, aneinandergebunden und mit Perserteppichen ausgelegt, die an den Ecken nass geworden sind, weil sie ins Wasser hängen. Ein halbes Dutzend Menschen wohnen hier, und alle sehen sie aus wie die Maharishi-Jünger von 1968. Nun erheben sie sich von ihren Sitzsäcken und stolpern mit schweren Augenlidern wie Zombies auf mich zu. Der vorderste trägt eine Batikrobe, die ihm bis zu den Füßen reicht und die Schultern frei lässt.

MARATHI: Wer da?

»Durga«, antworte ich.

MARATHI: Halt, Durga. Bringst du neues Leben oder Zerstörung?

»Beides«, antworte ich.

Er weist auf die Sitzsäcke, und Jünger falten die Hände und verneigen sich vor mir. Nur klappt das nicht so richtig. Einer schaut links von mir ins Leere, der andere schaut über mich hinweg. Das ist kein Film und auch kein Traum. In was für einen Raum bin ich dann geraten? Vielleicht ein Test. »Wir möchten dich bitten, es mit uns zu probieren«, sagt er.

»Wovon sprichst du? Haschisch?«

»Nein, Meerwasser.«

»Meerwasser kann man nicht trinken«, erkläre ich.

»O doch, das kann man durchaus«, widerspricht er. »Die Nieren rebellieren erst bei mehr als fünfhundert Millilitern pro Tag. Wir sind angetreten, den Beweis zu liefern.«

»Wem?«

»Der ganzen Welt. Wir wollen beweisen, dass es Bloody Mary wirklich gibt.«

»Was hat Bloody Mary damit zu tun?«

»Du nennst sie Bloody Mary, wir nennen sie die Mutter der künftigen Menschheit.«

Mohini, das klingt für mich wie vollkommener Schwachsinn.

»Ich habe nicht vor, auf Frischwasser zu verzichten, vielen Dank«, sage ich. »Ich ziehe weiter.«

Der Batikmann versperrt mir erstaunlich flink den Weg.

»Entweder opferst du Bloody Mary deine Entsalzerflaschen oder du erzählst eine Geschichte«, sagt er. »Das ist der Deal.«

Aha, ich hatte also recht, Mohini. Es ist ein Test.

Erzähle ihnen die Geschichte von Parvati, sagst du.

Von Parvati haben sie sicher schon gehört, wende ich ein.

Nein, ich meine Parvati Rai. Deinen ersten Schützling im Frauenzentrum. Weißt du nicht mehr?

Ach so, Parvati Rai.

Ich erkläre dem Batikmann, ich hätte mich für eine Geschichte entschieden, er soll sich wieder auf seinen Sitzsack setzen. Wahrscheinlich bringe ich alles durcheinander, wie es so meine Art ist, aber die Geschichte wird einen Anfang, eine Mitte und ein Ende haben. Ich spüre dich hinter mir, du gibst mir Halt und hörst mir zu.

»Es war einmal eine Sklavin namens Parvati. Sie war in die Sklaverei hineingeboren, natürlich nicht im Sinne eines inneren Wertes oder einer karmischen Wiedergeburt, sondern in die Sklaverei als Gesellschaftsform. Es war nicht ihre Schuld, sondern lag daran, dass die Menschen nicht bestimmen können, wo sie geboren werden, und weil die Energie danach in einem zielgerichteten Strom durch die menschliche Rasse fließt. Der Gradient strebt schließlich stets nach Ausgleich. Wie die verschiedenen Schichten des Ozeans. Richtig?«

Du ermahnst mich: Erzähle einfach aus dem Stegreif. Keine Bange, die Fakten genügen.

»Na schön. Parvatis Mutter starb, als ihre Tochter noch klein war, und so war diese allein im Haus und wuchs als Sklavin der Familie auf. Man bezeichnete sie zwar als Dienerin, aber mit diesem Etikettenschwindel kommt man nur auf dem Land durch. Nach internationaler Definition war sie eine Sklavin, denn sie erhielt keinerlei Schulbildung, bekam nie einen Lohn, von dem sie ein selbstständiges Leben hätte führen können, durfte keine Beziehung eingehen, die ihr geholfen hätte, sich aus ihrer Lage zu befreien, und so weiter. Der Mann, dem sie diente, war gewalttätig, besonders nachdem ihn seine Frau verlassen und ihre drei Töchter mitgenommen hatte. Danach war er allein mit Parvati im Haus und missbrauchte sie oft. Das war ihr ganz normales Leben.«

Meine Stimme beginnt zu zittern, aber ich spüre dich hinter mir, und du gibst mir Kraft. Ich schlucke einmal und hole tief Luft.

»Manchmal dachte Parvati an Selbstmord. Aber sie glaubte fest daran, dass das Leben lebenswert wäre, wenn sie nur ihre Freiheit hätte. Deshalb flüchtete sie in ein anderes Dorf, aber dort nahm sie niemand auf. Nach einer Weile spürte ihr Herr sie über ihr Aadhaar auf. Er demütigte sie in aller Öffentlichkeit, dann warf er sie auf seinen Lastwagen, schnallte sie fest wie ein Gepäckstück und fuhr rasend schnell mit ihr zu seinem Dorf zurück. Auf den holprigen Landstraßen lösten sich die Knoten, Parvati wurde von der Pritsche geschleudert und schlug so hart auf, dass sie sich den Schädel brach. Als sie, aus ihrer Kopfwunde blutend, auf der Straße lag, dachte sie: Warum bleibe ich nicht einfach hier liegen?

Aber noch war sie am Leben. Und was am Leben ist, muss sich irgendwann bewegen, ob es will oder nicht, einfach deshalb, weil es noch Energie in sich hat. Parvati kroch also von der Fahrbahn. Sie war schwach, aber sie bohrte sich die Fingernägel in den Oberarm, riss sich ihr Aadhaar heraus und warf es auf einen Acker. Dann kroch sie weiter, um möglichst viel Abstand zwischen sich und das Gerät zu bringen. Schließlich stand sie auf und wanderte durch die Nacht. Als der Morgen graute, befand sie sich auf einer Landstraße hoch über der Ebene, und als ein Wagen daherkam, hielt sie ihn an. Wie sich herausstellte, war der Fahrer ein Medizinstudent. Er brachte sie ins Krankenhaus. Der Student war mein Vater, Ramachandran Gabriel.«

Und danach?, sagst du. Komm zum Schluss.

»Parvati wurde gesund und begann, anderen Frauen zu helfen. Als ich viele Jahre später ins Frauenzentrum kam, war sie die Leiterin. An meinem ersten Tag erzählte sie mir, wie mein Vater sie von der Straße gerettet hatte. Sie erzählte mir auch, dass sie noch einmal zum Haus ihres alten ›Herrn‹ zurückgegangen war. Sie hatte ihm längst verziehen, aber sie wollte noch einmal vor ihn hintreten, um sich selbst zu beweisen, dass sie nichts zu fürchten hatte. Doch als sie zu dem Haus kam, stand es leer. Der Wind pfiff hindurch wie durch die Gebeine eines Skeletts. Sein Herr war längst fortgezogen.«

»Und was«, fragt der Batikmann, »hat sie dann getan?«

»Sie ging zurück und lebte glücklich und zufrieden«, antworte ich.

Die Jünger falten abermals die Hände und verneigen sich vor mir.

»Du kannst passieren«, sagt der Batikmann.

Daraufhin hole ich meine beiden Entsalzerflaschen aus dem Rucksack, hebe die Arme wie ein Bussard, der seine Flügel ausbreitet, und schleudere sie in den Ozean. Sie fliegen in weitem Bogen nach rechts und nach links und landen genau gleichzeitig im Wasser.

Du hast den Test bestanden, sagst du hinter mir. Jetzt bist du bereit für den nächsten Raum.

MADURAI

Ich trage keine Kleider mehr. Sie waren nur eine weitere Barriere zwischen mir und den Elementen. Ich möchte mit den Elementen verschmelzen, anstatt von ihnen getrennt zu sein.

Der Batikmann meinte, der Körper könne fünfhundert Milliliter Meerwasser pro Tag verkraften. Ich schöpfe eine Mütze voll. Ich bin umgeben vom Wasser des Lebens, wieso hatte ich eigentlich Bedenken? Jeder zweite Gedanke ist eine Erleuchtung für alle Ewigkeit. Dann kippe ich den Inhalt hinunter, wobei ich darauf achte, meine Lippen nicht damit in Berührung zu bringen. Das Salz brennt in der Kehle wie ein ordentlicher Schuss Alkohol. Ich warte, bis es sich setzt und in meine Zellen einsinkt. Ihnen befehle ich, die neue Nahrung aufzunehmen. Sie ist besser als Wasser, eine kräftigende Brühe.

Allmählich erkenne ich, dass der Trail eigentlich in einem gläsernen Tunnel verläuft. Ich brauche nicht zu befürchten, seitlich herunterzufallen. Ich bin nicht einmal in Gefahr zu ertrinken. Das Meer, der Himmel, der Mond – ein freudiges Wiedersehen mit den Bestandteilen aus meinem alten Tagebuch der Elemente – laufen im Hintergrund ab wie ein Film, und das wird so bleiben, bis ich Dschibuti erreiche. Im Geist erblicke ich bereits das Ende des Trails: Es liegt noch vor der Küste, aber ich kann die Lichter der Stadt sehen. Sie ist nicht so riesig oder majestätisch wie Mumbai, aber sie hat sicher eine andere Eigenschaft, die so wesenhaft *afrikanisch* ist, wie die Skyline von Mumbai wesenhaft *indisch* ist. Ich versuche, mir ein Bild davon zu machen, aber ich befürchte, dass alle meine Vorstellungen nur auf Stereotypen beruhen. Violette anstelle von orangeroten Lichtern? Viele niedrige Gebäude im Kolonialstil anstelle der alles überragenden Tiara von Hydra-Corp? Ich weiß gar nichts über Dschibuti, aber aus irgendwelchen unerfindlichen Gründen erwarte ich eine warme, herzliche Atmosphäre. Und freundliche Hände, die mir an Land helfen.

Ich dachte, nach der Kommune würden die Leichen verschwinden. Aber sie tauchen immer wieder auf, und jetzt auch noch in verschiedenen Stellungen, so als würde ich ganz langsam durch ein Daumenkino blättern.

Ich kenne die Geschichte, die sie mir erzählen wollen. Deshalb beginne ich, sie selbst zu erzählen, um ihnen zuvorzukommen.

Mit meinem Leben ging es bergauf, Mohini, als ich nach Madurai kam.

Nach der Affäre mit Ajantha verließ ich das College und kehrte nach Hause zurück, aber bei meinen Großeltern konnte ich nicht bleiben. Sie waren nicht einmal wütend auf mich, dafür waren sie zu traurig. So zog ich zunächst nach Aranmula und lebte dort mit einem geschiedenen Mann zusammen, doch fünf Monate später verließ ich ihn mitten in der Nacht. In Varkala backte ich zwei Wochen lang Brot, dann hatte ich die Touristen satt. Im Kashi Art Café in Kochi arbeitete ich länger, aber auch dort hatte ich irgendwann genug von den Touristen. Und dann bediente ich ein Jahr lang in einem Lokal in Kodaikanal und schrieb nachts, in Decken gehüllt, Gedichte, doch irgendwann hatte ich genug von der Kälte. Eines Tages fragte mich ein Gast, ein sturer, eingebildeter Hindu-Nationalist, nachdem er mein Namensschild gesehen hatte, wann ich zum letzten Mal meine Namenspatronin Meenakshi Devi in Madurai besucht hätte. Ihr Tempel liege unten in der Ebene, ein wahres Juwel, ich brauchte nur den Berg hinabzusteigen.

Ich antwortete: Noch nie.

Er schlug mit der Faust auf den Tisch und rief: Das ist doch unerhört. Wie soll sie Ihnen denn ihren Segen geben? Woher soll sie überhaupt wissen, dass Sie existieren?

Die komplizierte Geschichte hinter meinem Namen behielt ich für mich. Ich erzählte ihm nicht, dass man mich nach meiner Mutter benannt hatte, die mit einem Skalpell ermordet worden war, dass meine Großmutter Katholikin war und dass ich mit Religion eigentlich nichts anfangen konnte. So viel frommer Eifer machte mich sprachlos.

Stattdessen kehrte ich die arme Kellnerin heraus und sagte: Dafür habe ich kein Geld.

Er zog ein dickes Bündel Geldscheine aus der Tasche und hielt mir doch tatsächlich eine Fünfzigtausend-Rupien-Note vor die Nase.

Die schenke ich Ihnen, sagte er. Aber Sie müssen mir versprechen, mit dem Geld Meenakshi Devi aufzusuchen und sie um ihren Segen zu bitten.

Ich war sicher, dass der Schein nicht echt war. Aber für alle Fälle gelobte ich feierlich, ihn so zu verwenden, wie der großzügige Spender es wollte. Daraufhin gab er mir das Geld, ich steckte es in die Tasche und bediente diesen Gast fortan besonders aufmerksam.

Als ich Pause hatte, brachte ich den Schein zur Kasse. Dort stand eine verstaubte Schachtel, in der unter anderem Papiergeld und ein Stift lagen, mit dem man Banknoten auf ihre Echtheit überprüfen konnte.

Der Schein war echt.

Ich verließ das Restaurant, zahlte das Geld auf mein Konto ein, damit ich mit meinem Mitter darauf zugreifen konnte, kehrte in meine Atelierwohnung zurück, stopfte alle meine Sachen in eine Tasche, hielt eine Robo-Rikscha an und ließ mich den Berg hinab nach Madurai fahren. Je tiefer wir kamen, desto mehr erwachte ich zu neuem Leben. Allmählich wurde mir auch warm. Ich hatte vergessen, wie sehr die Kälte mich hatte erstarren lassen, nun hatte ich das Gefühl, mich endlich wieder bewegen zu können.

Ich nahm mir ein Hotelzimmer, dann machte ich einen Spaziergang. Natürlich landete ich vor der Tempelanlage, denn alle Straßen führen dorthin. Reshmi Wests Texte spukten mir im Kopf herum. Zufällig war gerade Freitag, der Tag, der Meenakshi Devi geweiht war. Deshalb waren Zehntausende von Pilgern gekommen.

Die Leichen lagen die ganze Zeit quer vor mir auf dem Trail. Jetzt kommen sie mit dem Kopf voran auf mich zu.

Eine große Menschenmenge wollte um den Teich des Goldenen Lotus herum zu Meenakshi Devi gelangen, die sich auf der anderen Seite der Anlage befand. Ich musste also warten. Und ich bezahlte volle tausend Rupien, um mich in die Schlange einreihen zu dürfen, die am dichtesten an der Göttin vorbeizog. Abermals spürte ich weder Ungeduld noch Verdrossenheit, sondern war so zufrieden wie noch nie in meinem bisherigen Leben. Der Zug bewegte sich von einem Raum zum anderen, vom Tageslicht draußen hinein in die düsteren Korridore, wo nur Leuchtröhren an der Decke und Öllampen an den Wänden Licht spendeten und Ventilatoren die Ausdünstungen von tausend Menschen verteilten. Shiva tut ein Wunder. Shiva tötet einen Eber. Shiva und der Elefant. Aber die eigentliche Attraktion hier ist die weibliche Gottheit, sie wollen wir sehen. Und dann stehe ich vor ihr. Sie ist schwarz, prächtig gekleidet, geschminkt und mit Blüten bestreut.

Ich sah sie an und hatte mit einem Mal das Gefühl, mich für keine meiner Taten verantworten zu müssen, frei zu sein von allen

Familienbanden, aller Geschichte, allen Umständen. Als wäre ich aus jeglichem Zusammenhang herausgelöst und könnte noch einmal als Säugling zur Welt kommen.

Wenig später lernte ich dich kennen, Mohini.

Die Leichen gehen wie Marionetten in den Kopfstand und recken die Füße in die Luft. Die goldenen Saris rutschen ihnen über die Hüften.

Onam 2068 wäre unser zweiter Jahrestag gewesen, und ich plante ein Festmahl.

Als ich an jenem Tag vom Markt kam und meine Tasche auf die Küchentheke stellte, hörte ich, wie in einem anderen Raum Möbel gerückt wurden. Mohini macht wohl Hausputz, dachte ich, oder sie stellt das Schlafzimmer um, wie sie es alle paar Monate einmal tat, »zur Auffrischung«, wie sie zu sagen pflegte. Ich tastete mich mit den Fingern an der Wand entlang und schlich auf Zehenspitzen durch den Korridor. Unser Haus war fast hundert Jahre alt, und die Wände waren mit Gips verputzt, der immer kühl blieb. Wenn der Monsun kam, öffneten wir Fenster und Türen und ließen die feuchte Luft durch alle Zimmer strömen. Wir hatten die Wände in den warmen Farben des Sonnenaufgangs gestrichen, jedes Zimmer in einem anderen Ton, und mit Mandalas, Wandbildern und Versen aus den Veden dekoriert. Auf dem Weg zum Schlafzimmer zog ich zuerst meine Jacke und danach mein Hemd aus und ließ beides auf den Boden fallen. Dann öffnete ich den Reißverschluss meiner Jeans. Ich hörte lautes Atmen, und eine tiefe Liebe zu dir stieg in mir auf, weil du dir so viel Mühe gabst, um unser Heim zu verschönern. Als ich ins Schlafzimmer kam, lagst du in einem goldenen Sari auf unserem Bett. Dein Gesicht war von mir abgewandt. Ich dachte, du schliefst. Ich ging um das Fußende des Bettes herum, trat ganz nahe heran und wollte dich auf die Stirn küssen. In diesem Augenblick stieß die Schlange zu, die auf deinem Körper gelegen hatte.

Deine Augen waren weit offen und müde.

Ich rannte weg.

HOTDOGS ALS ZEUGEN

Die Leichen tauchen nicht mehr auf.

Lange Zeit bin ich wieder allein mit den Elementen. Meer, Himmel, Mond und der Trail in seinem Glastunnel. Er ist durchsichtig, deshalb ist er so schwer zu entdecken. Manchmal glaube ich, über mir seine Umrisse zu sehen. Einmal kriecht sogar die kleine Frau über mich hinweg. Ob ihre Existenz dadurch glaubwürdiger wird, kann ich nicht mit Sicherheit sagen. Ich befrage meine Ratgeber, die nun von der Piratenstation Semena Werk aus senden. Auch meine Mutter und mein Vater schalten sich ein, lebensecht imaginiert. Sie sitzen in Lehnsesseln, die aus Wolken bestehen, und sprechen zu mir.

AMMA: Wenn sie dir etwas antun will, beschützen wir dich, Molay.
APPA: Richtig! Dann kann sie was erleben!
AMMA: Isst du denn auch genug?
APPA: Und pass auf, dass du genügend Schlaf bekommst. Sonst bist du unausstehlich.
AMMA: Heute Abend trinken wir Kamillentee, und ich erzähle dir eine Geschichte.

Die Stimmen sind wie ein Opiumtropf aus all den Sätzen, die ich mein Leben lang so gern gehört hätte.

Seit ich nur noch von Meerwasser und Tang lebe, den ich nicht einmal mehr umwandle, verändert sich mein Körper. Das Blut wird dicker. Das Fleisch ist zäh wie Gummi. Wenn ich mit dem

Finger auf meinen Arm drücke, bleibt eine Delle zurück, ein Grübchen, das erst nach langer Zeit wieder verschwindet. Meine Lippen reißen auf, es bildet sich Schorf, und ich zupfe daran, bis es blutet. Wenn ich mich untertags hinlege, schlafe ich nur schwer ein, und beim Gehen habe ich Mühe, die Augen offen zu halten. Die verschiedenen Bewusstseinsphasen sind nicht mehr klar voneinander getrennt. Perioden geistiger Klarheit und vernebelten Denkens wechseln sich zyklisch ab. Ich verliere viel Energie. Ich möchte ein Kriti singen, aber der Text ist mir entfallen, und außerdem habe ich nicht mehr genug Kraft zum Singen. Ich spüre das Salz auf meinen Stimmbändern.

Ich bin einfach weggegangen, Mohini, ohne zu wissen, ob du lebtest oder tot warst, und alles, was ich jetzt erleide, ist nur die gerechte Strafe dafür.

Am Horizont taucht eine neue Siedlung auf. In einem lichten Moment schicke ich ein Stoßgebet an alle Götter, die mir zuhören, und flehe: Bitte keine Hippies mehr, ich ertrage sie nicht.

Aber es scheint nur einen Bewohner zu geben: Er steht auf einem Kahn, der am Trail vertäut ist. Dort hat er einen Kiosk aufgestellt, eine kleine strohgedeckte Hütte mit einer Bar, alles in leuchtenden tropischen Farben gehalten. Er steht hinter der Theke, hantiert mit einer Metallzange und einem Teller. Von unten steigt Dampf auf. Ich nähere mich dem Kiosk, und nun sehe ich ein Schild mit der Aufschrift HOTDOGS ALS ZEUGEN in fünf verschiedenen Sprachen. Vor der Bar steht ein einzelner Hocker.

Er macht sich immer noch hinter der Theke zu schaffen. Als ich vor ihn hintrete und den Mund aufmache, um Hallo zu sagen, kommt nichts heraus, also klopfe ich nur auf die Bar, und als sein Kopf auftaucht, winke ich mit der Hand.

Bei meinem Anblick stößt er einen Schrei aus. Ich springe zurück. Nach so langer Zeit allein mit Wind und Wellen erschreckt mich die laute Stimme.

»Was hast du denn?«, fragt er auf Hindi.

Wieder versuche ich zu sprechen, aber meine Kehle ist völlig ausgedörrt.

Er sieht, wie ich mich abmühe, um Worte zu formen. »Hier«, sagt er und deutet auf den Hocker »Setz dich. Da liegt ja eine Menge Arbeit vor mir.«

Zuerst holt er mir ein Gewand. Ich hatte vergessen, dass ich nackt war. Ich strecke die Arme in die Höhe, damit er mir die Ärmel überstreifen kann, dann gelingt es mir, den Stoff so über meinen Oberkörper zu ziehen, dass meine Brüste bedeckt sind.

Als Nächstes stellt er ein Glas mit klarem Wasser auf die Theke. Ich sehe es an und kann mich gerade noch umdrehen, bevor sich mein Magen entleert. Das Erbrochene hebt sich dunkelgrün vom Boden des Kahns ab.

»Du meine Güte«, sagt er. »Nein, bleib bloß sitzen. Ich mache das schon. Du bist ja in noch schlimmerer Verfassung, als ich dachte.«

Ich sehe zu, wie er meine Kotze aufwischt.

»Und jetzt wirf noch einen Blick auf das Wasserglas«, befiehlt er.

Ich muss mich dazu zwingen.

»Nur ansehen«, sagt er.

Das schaffe ich.

»Gut«, sagt er. »Die Lage ist nicht hoffnungslos. Du bist doch nicht etwa vor ein paar Hundert Kilometern auf die Lotusesser getroffen? Ich nenne sie so. Was ist passiert? Ist dir keine Geschichte eingefallen, und sie haben deine Entsalzerflaschen einkassiert?«

Ich finde weder einen noch mehrere Gesichtsausdrücke, um ihm mitzuteilen, dass ich durchaus eine Geschichte erzählt und anschließend die Entsalzerflaschen aus freien Stücken weggeworfen habe. Von den Gründen dafür ganz zu schweigen. Ich wünsche mir, eine Zeichensprache zu beherrschen. Vielleicht haben solche Sprachen ein umfassendes Vokabular zur Erklärung von unerklärlichen Dingen und sogar für Motivationen, die dem Sprecher selbst unbekannt sind.

»Zum Sprechen ist es noch zu früh«, sagt er. »Das war nur eine rhetorische Frage. Ich heiße übrigens Subu.«

Ich schüttle den Kopf zum Zeichen, dass ich ihn verstehe. Er ist schon jetzt ein besserer Trail-Engel als Ameem und Padma, denen ich vor zehntausend Jahren begegnet bin.

»Ich betreibe HOTDOGS ALS ZEUGEN aus zweierlei Gründen. Erstens serviere ich Essen. Wie du hier siehst, biete ich neben Meeresfrüchten auch Hotdogs an. Koscher. Mit Vitaminen angereichert. Sieh nicht zu lange hin – wir wollen nicht, dass du dich noch einmal übergibst. Ich habe ein Designerprogramm für den Ofen geschrieben. Es ist zum Patent angemeldet.

Zweitens hatte ich den Eindruck, dass die Wanderer in einer solchen Landschaft einen gründlichen Realitätscheck gebrauchen könnten. Deshalb stelle ich mich als Zeuge zur Verfügung.«

Da haben wir's, denke ich. Ein Jesus-Freak.

»Empirie«, sagt er. »Ich lege Zeugnis ab für die empirische Erfahrung.«

Damit hatte ich nicht gerechnet.

»Sieh dir meine Hand an. Ich bin wirklich.«

Ich schüttle zustimmend den Kopf.

Er stößt mir die Faust gegen die Schulter. »Spürst du das? Du bist auch real.«

Wieder signalisiere ich Zustimmung.

»Gut. Und nun sieh dir noch einmal das Wasser an.«

Ich gehorche und lege zudem beide Hände um das Glas, um zu verhindern, dass das Wasser seitlich herausschwappt.

»Und jetzt berühre es mit den Lippen. Aber noch nicht trinken.«

Auch das tue ich. Und mich überkommt das gleiche Gefühl wie damals, als ich vom Berg in die Ebene hinabfuhr. Was habe ich bloß die ganze Zeit getan?

Ich schlafe an der Theke ein.

Als ich aufwache, ist es heller Nachmittag. Das passt nicht in meinen Tagesplan. Um diese Zeit müsste ich eigentlich schlafen.

Subu liegt in seinem Boot, hat die Hände auf dem Bauch gefaltet und den Hut ins Gesicht gezogen.

Mohini, ich weiß nicht, was ich erwartet hatte, als ich die Wanderung auf dem Trail antrat. Aber dass es so sein würde, hatte ich mir wohl nicht vorgestellt.

Ich lege den Kopf wieder auf die Theke.

Subus Stimme weckt mich.

»Na schön, mal sehen, wie wir uns diesmal mit dem Wasser vertragen.«

Ich hebe den Kopf und sehe, wie er das alte Glas wegwirft. Ich würde ihn gerne daran hindern, aber dazu fehlt mir die Kraft, und so schaue ich tatenlos zu.

Er gießt ein frisches Glas voll und stellt es auf die Theke. »Vorerst nur einen kleinen Schluck«, mahnt er.

Ich nippe. Nach dem salzigen Meerwasser schmeckt es zuckersüß.

»Ganz langsam.«

Ich nehme noch ein Schlückchen. Ich trinke ein Drittel des Wassers. Und dann trinke ich das Glas leer.

Danach lege ich mich zur Ruhe, diesmal in meiner eigenen Insel.

Bei Sonnenuntergang wache ich auf und trinke eine größere Menge.

Bald kann ich flüstern und nach einiger Übung sogar etwas lauter sprechen.

Ich kehre allmählich in die Welt zurück. Dabei hatte ich gar nicht bemerkt, dass ich sie verlassen hatte.

In der dritten Nacht bin ich nach Subus Einschätzung so weit wieder in Form, dass ich einen Hotdog probieren kann.

Wieder versichert er mir, dass die Würstchen koscher sind. Ich erkläre ihm mit einer Geste: Schon gut. Mir ist das egal.

Er klappt die Metallzange ein paarmal auf und zu, dann greift er damit in den Dampfgarer, zieht eine dicke, helle Wurst heraus und steckt sie in ein Brötchen.

»Was möchtest du gerne drauf?«

Ich breite die flachen Hände aus, was ihm hoffentlich so etwas wie »alles« vermittelt. Also häuft er Currysauce, süßen Ketchup, Mango Chutney, Zwiebeln, Tomaten und dickes Dhal auf das Brot und streut Panirkäse darüber. Er macht auch für sich selbst einen Hotdog, und ich warte, bis er damit fertig ist. Schließlich sagt er: »Lass uns essen«, und wir nehmen beide die länglichen Teile, aus denen die Sauce quillt, in beide Hände und beißen hinein. Dabei schauen wir zurück nach Osten in den rosarot und blau leuchtenden Abendhimmel.

»Woher kommst du denn nun?«, fragt er.

Ich deute nach Osten. »Keralam«, flüstere ich.

»Wie heißt du?«

Mir liegt »Durga« auf der Zunge. Aber dieser Name gehört zu einem anderen wahnhaften Ich. Ich bin wie eine Schlange, die sich unentwegt häutet. Bei jeder Haut, die ich abwerfe, denke ich, es ist die letzte, und halte es für ausgeschlossen, dass mir noch einmal eine neue wachsen könnte.

Also sage ich: »Meena. Man hat mich nach meiner Mutter genannt.«

»Lebt sie in Kerala?«

»Nein. Sie ist tot.«

»Das tut mir sehr leid.«

»Danke.«

»Ich wette, deine Wanderung hängt damit zusammen, dass sie tot ist.«

Ein früheres Ich hätte an dieser Bemerkung Anstoß genommen. Ich aber sage nur: »Ja.«

»Du willst nach ihr suchen.«

»Ja.«

»Was hoffst du zu finden?«

Nun, ich hoffe, in Addis auf der Straße irgendeiner alten Oberschwester über den Weg zu laufen, die aufspringt, sobald sie mich erblickt, und ruft: Miss Meenakshi Mehta, sind Sie es wirklich? Obwohl ich sehr viel mehr meinem Vater gleiche, wird sie an mir etwas sehen, was mir selbst verborgen bleibt. Ich hoffe auf einen Beweis dafür, dass meine Mutter existiert hat. Auf ein Zeichen ihrer Liebe zu mir. Auf jemanden, der sie kannte, als sie in Äthiopien lebte. Auf ein verschollenes Tagebuch. Ich hoffe, ihre Wohnung in Addis zu finden. Ihr Lieblingsrestaurant. Ein Foto, auf dem sie einem Patienten lächelnd das Stethoskop an die Brust hält. Eine Kopie ihres Visumantrags. Die Parks, durch die sie mit meinem Vater schlenderte. Das Krankenhaus unserer Lieben Frau von Entoto. Das Zimmer in diesem Krankenhaus, in dem sie starb.

Die Frau, die sie tötete.

Ich antworte: »Den innersten Raum, was immer das sein mag.«

Er ist Hindu. Jedenfalls vom kulturellen Hintergrund her. Er versteht mich. »Hast du noch jemanden zu Hause?«

»Ja«, sage ich. Und dann sage ich: »Nein.«

»Aha.«

»Da war jemand, aber ich habe sie verlassen. Obwohl sie angegriffen worden war.«

»Wer hatte sie angegriffen?«

»Eine Schlange. Sie hat auch mich gebissen.« Ich ziehe mein Gewand hoch und zeigte ihm die fünf verschorften Wunden, die sich inzwischen überlappen und an rote Monde mit den zugehörigen Halbschatten erinnern.

»Wer brachte die Schlange dorthin?«

»Ich weiß es nicht.«

»Wie sah die Schlange aus?«

»Sie war golden.«

»Wie hieß sie?«

»Sunny«, sage ich.

»Aha«, macht er.

Ich starre in den Abendhimmel. Ich zähle bis zehn, dann bis zwanzig und weiter bis hundert. Der Himmel färbt sich rot und danach violett.

»Also«, sagt Subu, »um der empirischen Erfahrung willen, was ist wirklich passiert?«

»Es war der Gewürz-Waala, bei dem ich den Kardamom kaufen wollte«, sage ich. Und er lag auf Mohini wie ein Frosch. Er hatte eine Hand an ihrer Kehle, und ihre Augen waren weit offen und sahen mich müde an.

»Was hast du getan?«

»Wie gesagt, ich bin weggelaufen.«

Ich bleibe noch zwei Tage bei HOTDOGS ALS ZEUGEN. Ich trinke das Wasser, das Subu mir gibt, und esse zu jeder Mahlzeit seine mit Vitaminen angereicherten Hotdogs. Immer »mit allem«.

Als ich mich so weit erholt habe, dass ich weiterziehen kann, kontrolliert er, ob mein Ofen auch richtig funktioniert, dann lädt er sein spezielles Hotdog-Programm darauf. Außerdem gibt er mir zwei Entsalzerflaschen mit. »Verliere sie nicht«, sagt er. »Du willst doch ans Ziel kommen.«

»Das will ich«, sage ich und ich meine es ehrlich.

»Viel Glück«, sagt er. »Aber eine Frage habe ich noch.«

»Raus damit.«

»Wenn in deinem Bett keine Schlange war, woher kommen dann die Bisse auf deiner Brust?«

Mein Verstand zimmert sich eine Erklärung zusammen: »Da war durchaus eine Schlange. Sunny hatte sie als Waffe verwendet.«

»Wie viele Zähne hat eine Schlange?«

»Zwei.«

»Und warum hast du dann nur fünf Bisse auf deiner Brust und nicht sechs? Kannst du mir das sagen?«

SECHZEHNTES BUCH

MARIAMA

AWARA

An jenem Abend klebten Gabriel und ich förmlich aneinander. Es war, als hätten wir Magnete in den Händen. Und nicht nur in einer Hand, sondern in beiden, sodass wir manchmal kaum noch vorwärts kamen! Vor dem Sheraton stiegen wir in die Elektrobahn nach Medhane Alem. Wir saßen auf dem Oberdeck, schweigend, die Gesichter den Sternen zugewandt. Unsere Hände suchten sich tastend im Dunkeln, bis sie schließlich alle vier zur Ruhe kamen.

Als wir seine Wohnung erreichten, wurde er nervös. Er schaltete das Deckenlicht ein, aber das war eine grelle Neonröhre, die alles ausleuchtete. Dann versperrte er die Tür hinter uns und erklärte: Ich muss das ganz bewusst tun, weil ich immer vergesse, die Tür abzuschließen. Amma sagt, ich bin zu vertrauensselig. Er entschuldigte sich für die Unordnung, obwohl es für mich durchaus ordentlich aussah. Dann standen wir beide da und wussten nicht, was wir tun sollten.

Das Kreen selbst flüsterte mir schließlich ins Ohr: Schalte das Licht wieder aus.

Also griff ich hinter mich und drehte den Lichtschalter. Dann hob ich im Dunkeln die Hand zu seinem Gesicht, fand die Wölbung seines Unterkiefers, als würde ich es auswendig kennen, und öffnete den Mund, um ihn zu küssen.

Seine Nervosität verschwand mit einem Schlag. Ich konnte spüren, wie sie aus seinem Körper abfloss. Er neigte sich über mich, nahm meinen Kopf in seine beiden Hände und vergrub seine Finger in meinem Haar. Als wir uns voneinander lösten und nur noch unsere Stirnen sich berührten, wussten wir wieder, was zu tun war.

Ich sorge für besseres Licht, sagte er, aber er konnte im Dunkeln nicht sehen. Deshalb schaltete er sein Sirius ein, und wir lachten beide. Ich legte meine Hand auf seinen Hinterkopf und presste meine Lippen auf seine Schläfe. Unsere Körper waren unzertrennlich. Er wollte, dass ich mich auf dieselbe Couch setzte, auf der er bei der Jazz-Plattenparty gesessen hatte. Aber jetzt war ich alleine hier. Mit ihm.

Sein Sirius spendete so viel Licht, dass er Streichhölzer finden und Kerzen anzünden konnte. In ihrem Schein entdeckte ich Bilder von seinen Eltern auf dem Tisch. Seine Mutter hatte ein schönes, strenges Gesicht, sie trug eine große, eckige Brille und hatte das grau melierte Haar tief im Nacken zu einem Knoten gebunden; sein Vater wirkte gutmütig und arglos, er ließ die Schultern nach vorne hängen und lächelte so schüchtern wie ein Schuljunge.

Schließlich waren zwölf goldene Lichter überall im Raum verteilt. Als Gabriel sah, dass ich aufstehen wollte, bat er mich zu warten und verschwand im hinteren Raum, seinem Schlafzimmer. Alsbald fiel auch aus dieser Tür ein goldener Schein.

Erst jetzt wurde mir bewusst, dass leise Musik eingesetzt hatte, eine Musik so sanft und geisterhaft, wie ich sie noch nie gehört hatte. Hohe Töne einer Sitar vor dumpfen Orgelklängen, eine Frauenstimme, die eine Tonleiter hinauf- und hinabglitt, uralt und doch vertraut. Gabriel kam aus dem Schlafzimmer, legte sein Sirius auf den Tisch und reichte mir seine Hand.

Yemaya, wo steht geschrieben, dass Jungfrauen scheu sein müssen? Und wer behauptet, dass sie unerfahren sind? Gabriel entkleidete mich und ich entkleidete ihn, als hätten wir schon seit Ewigkeiten das Bett miteinander geteilt und würden es auch in alle Ewigkeit weiterhin tun. Ich strich mit den Händen über seine Kehle wie ein Töpfer, der den Ton glättet, dann ging ich tiefer, eine

Hand am Rücken, die andere über dem Solarplexus. Ich hatte ihn für viel größer gehalten, als ich es war, doch ohne Kleider schien kein Unterschied mehr zu bestehen.

Er legte mich wie ein Kind auf die pfauenblauen Laken und deckte mich mit seinem Körper zu. Und dann drang er in mich ein, dort, wo du bereits gewesen warst, und fügte mir den unvermeidlichen Schmerz zu, ein Brennen wie von Cayennepfeffer, wie ich es von deinem Finger in Erinnerung hatte, nur war sein Glied dicker und heißer. Als er sah, wie sich mein Gesicht verzerrte, bewegte er sich ganz langsam und bedeckte mein Gesicht mit Küssen. Und als ich meinen Körper zwang, ihn aufzunehmen, zerfloss das Cayenne-Brennen und wurde mild wie Honig.

Das Kreen verließ seine Höhle in meinem Solarplexus und kroch zu ihm hinab.

So vollendete Gabriel, was du begonnen hattest.

IM VORFELD DER WAHLEN

Am Morgen wurde ich davon wach, dass ein Sonnenstrahl auf uns fiel und uns wärmte. Gabriel schlief wie ein Kind. Sein schwarzes Haar lag offen um seinen Kopf. Im Sonnenlicht konnte ich sehen, dass es einen rötlichen Schimmer hatte. Einzelne Strähnen bewegten sich, als wären sie elektrisch geladen.

Es war ein vollkommener Moment, den ich um keinen Preis zerstören wollte. Wir würden uns ja bald wiedersehen. Später würde ich ihm eine Nachricht schicken. Aber jetzt, oh, ich war wie verwandelt, am liebsten wäre ich in der Schöpfung aufgegangen! Gabriel wachte nicht auf, als ich mich ankleidete und die Wohnung verließ. Nicht einmal der herablassende Blick des Portiers konnte meine Stimmung trüben. Draußen durchwehte Eukalyptusrauch das blaue Gewölbe über Addis, ein würzig-scharfer Duft, den ich bis heute vermisse. Ich fuhr nicht mit dem Zug. Ich wollte nur noch zu Fuß gehen. Plakate von ARAP und der Äthiopischen Volkspartei fielen mir ins Auge, Studenten demonstrierten auf den Straßen, aber ich schloss mich ihnen nicht an. Dabei hatten sich nicht etwa meine Überzeugungen geändert. Ich hatte einfach nur einen weiteren Blick, ich hatte das Glück entdeckt, einen ganzen neuen Garten voller Gefühle, den ich erkunden wollte. Die Bewegung konnte eine Weile ohne mich auskommen.

Mach dir nichts vor, ermahnte ich mich, dein Verhältnis zu Gabriel ist nun mit Sicherheit ein anderes geworden. Aber ich war mir ebenso sicher, dass ich ihn wiedersehen wollte. Ich ließ einen Tag vergehen, damit sich der Überschwang etwas legte, dann stellte ich mich auf den Arat Kilo neben einen Laternenpfahl und schickte ihm eine Botschaft auf Amharisch. Sie lautete: »Hallo! Der Himmel ist voller Eukalyptusrauch.« Das würde ihn hoffentlich dazu ermutigen, sich die Übersetzung auf seinem Glotti genauer anzusehen und so viel daraus zu lernen, dass er mir auf Amharisch antworten konnte, der Sprache seiner neuen Heimat.

Doch an diesem Abend kam keine Antwort mehr. Auch am nächsten Morgen nicht.

Ich fand eine Erklärung. Du lernst einen neuen Menschen mit seinen besonderen Sitten und Gebräuchen kennen! Er ist *anders*, er ist ein Rätsel, ein kompliziertes Puzzle, du musst ihm Zeit lassen. War nicht auch Yemaya höchstselbst hin und wieder launisch gewesen? Du musst Geduld haben. Vielleicht hatte ihn auch abgestoßen, dass ich ihn auf Amharisch kontaktiert hatte? Das war plump und aufdringlich gewesen.

Also schickte ich später am Tag eine zweite Nachricht, diesmal auf Hindi. »Ich grüße dich, mein Freund, und hoffe, es geht dir gut.«

Wieder blieb ich ohne Antwort.

Und nun, Yemaya, begann sich das Kreen in mir zu regen.

Doch ich scharrte die Asche jener Nacht noch einmal zusammen: die Sterne, die Kerzen, die Sitar, die Küsse, mit denen er mein Gesicht bedeckt hatte. So viel Schönheit kann nicht einfach verschwinden, sonst bräche das Universum auseinander.

Aus den Stunden wurden Tage. Das Kreen hatte sich schon früher bemerkbar gemacht, doch nun wurde es in seinem Nest so richtig unruhig.

Ich begann, in der Cloud nach Gabriel zu suchen, doch sein Aadhaar war nur begrenzt zugänglich, und er war nicht allzu aktiv. Für mich passte das zu ihm. Er war kein Mensch, der ein öffentliches Profil pflegte. So musste ich mich mit alten Fotos begnügen, die von anderen aufgenommen worden waren. Gabriel auf der Universität, als Präsident der Society for Bioethics. Gabriel auf der höheren Schule, rückwärts laufend, in einem roten Kricket-Pullover. Gabriel als Halbwüchsiger, nicht lange nach dem Zwischenfall mit der Schlange, wie ich mir vorstellte, in der braun-khakifarbenen Uniform seiner neuen Privatschule in Madurai.

Mit der Zeit gab ich mir die Schuld. Ich hätte an jenem Morgen nicht einfach weggehen dürfen, ohne Abschied. Ich hatte mich davongeschlichen wie ein Dieb – ich hatte es nur gut gemeint, aber vielleicht sah er darin einen unverzeihlichen Affront? Ich wusste nicht, wie die Inder dachten. Ich wusste nicht, was sie erwarteten. Ich war vollkommen unerfahren.

Also schickte ich ihm, wieder auf Hindi, noch eine weitere Nachricht: »Es tut mir sehr leid, dass ich fortgegangen bin. Wollen wir uns bald wieder einmal treffen?«

Und auch diesmal kam nichts zurück.

Aus Tagen wurden Wochen. Immer wieder sagte ich mir vor: Es handelt sich um ein Missverständnis, es gibt sicherlich irgendeine Erklärung. Ich ertappte mich dabei, dass ich mich an seinen Lieblingsorten herumdrückte oder an Orten, wo seine Freunde oder andere Medizinstudenten häufig zu finden waren. Doch er blieb wie vom Erdboden verschluckt. Das Kreen raubte mir den Schlaf. Ich hatte kaum noch Appetit, weil es so viel Raum einnahm.

Eines Tages kam mir die Erleuchtung: In seiner Familie war etwas geschehen. Vielleicht war sein geliebter Vater krank geworden, oder seine geniale Mutter hatte sich ein Bein gebrochen, und er hatte Addis so plötzlich verlassen müssen, dass er mich nicht mehr benachrichtigen konnte. So musste es sein, entschied ich, und deshalb schickte ich ihm eine neue Nachricht: »Ich hoffe, dir und allen deinen Lieben geht es gut.« Als ich abermals keine Antwort bekam, nahm ich das als Bestätigung dafür, dass ich die

Situation richtig eingeschätzt hatte. Eine andere Möglichkeit kam schließlich nicht infrage, nicht bei diesem liebenswürdigen Goldjungen, der geweint hatte, weil man einer Schlange Unrecht getan hatte.

Während der nächsten Monate stürzte ich mich wieder in den Wahlkampf. Ich machte telefonisch und persönlich Werbung für die ARAP, entwarf Plakate und betreute Infostände. Ich fuhr mit dem Zug nach Süden zu einem Protestcamp am Stausee von Koka Gidib, der vor Kurzem von einer indischen Baufirma übernommen worden war. Wir bildeten eine Menschenkette und setzten uns untergehakt auf die Straße, um einen Traktor aufzuhalten. Auch diesmal war Al Jazeera vor Ort. Auch diesmal gingen die Bilder um die Welt. Ich schickte eines davon an Gabriel, um ihn daran zu erinnern, dass wir uns auf jenem Marsch durch Addis kennengelernt hatten, doch wieder blieb eine Antwort aus.

Der arme Junge, dachte ich. Hoffentlich geht es ihm und seiner ganzen Familie gut.

Dann erfuhren wir von einem neuen technischen Unfug: Ein indischer Konzern plante, ein Wellenkraftwerk quer über das ganze Arabische Meer zu bauen. Angeblich sollte die Energie Dschibuti zugutekommen. Aber welche Vorteile versprach man sich insgeheim für Indien? Und welche Nachteile, über die man die Bevölkerung gewiss nicht ausreichend aufklären würde, hatte Dschibuti zu erwarten? Man wollte metallischen Wasserstoff verwenden, jene geheimnisvolle Substanz, an die ich mich von unserer Reise furch Afrika erinnerte, Yemaya. Im Rückblick verstand ich die ganze Situation und auch das moralische Dilemma, in dem Muhammed damals steckte, sehr viel besser! Metallischer Wasserstoff war notorisch instabil, er war von indischen Bauunternehmern eingesetzt worden, bevor man angemessene Sicherheitsüberprüfungen durchgeführt hatte, und hatte in Afrika zu etlichen Todesfällen geführt. Am spektakulärsten war ein Unfall im Jahre 2035, bei dem die Substanz in einer Anlage in Zambia aus dem Sicherheitsbehälter entwichen war und zweihundert Arbeiter getötet hatte. Wenn metallischer Wasserstoff schon an Land solche Katastrophen auslösen konnte, was würde er dann erst im Ozean anrichten?

Oh, wie ich mich danach sehnte, mit Gabriel über solche Themen zu sprechen! Er verkörperte für mich Indiens menschliches Antlitz. Ich war überzeugt, in einem liebevollen, aber kompromisslosen Zwiegespräch mit ihm Antworten auf alle Fragen finden und sogar das Problem des Weltfriedens lösen zu können. Ich machte uns zu Helden zweier sich befehdender Kulturen. Ich wollte sein Land verstehen lernen, und so begann ich, alles über Indien zu lesen, was ich finden konnte; ich besuchte sogar ein Seminar zum Thema »Die indische Mentalität«. Ich sah mir Streams von indischen Tänzen an: Bharatanatyam, Theyyattam und Mohiniyattam. Ich suchte mir ein Sprachlernprogramm für Gabriels Muttersprache Malayali und prägte mir ein paar Phrasen ein, um ihn bei seiner Rückkehr damit zu überraschen. Ich lernte sogar *Ich liebe dich* zu sagen, um für den entscheidenden Moment gerüstet zu sein.

Es war sonderbar: Indien war in mein Land einmarschiert und hatte es unterworfen, doch je mehr ich über diese Nation las, Yemaya, desto mehr war ein Teil von mir mit diesem Vorgehen einverstanden! So selbstverständlich ich mich als junges Mädchen mit der äthiopischen Kultur identifiziert hatte, so bedenkenlos wandte ich mich nun von ihr ab. Während ich nach wie vor daran glaubte, dass man gegen die Macht der Starken über die Schwachen kämpfen müsse, wuchs in mir nun die Überzeugung, eine kulturelle Identität sei so willkürlich wie die andere. Vielleicht war ich tatsächlich Inderin. Vielleicht war ich dabei, meine Rassenzugehörigkeit zu wechseln, ähnlich wie die Transsexuellen, die mithilfe von kostspieligen Behandlungen ihren Körper so zu verändern suchten, dass er ihre Seele widerspiegelte. Vielleicht war ich im Begriff, mich ganz allmählich in eine Inderin zu verwandeln.

Ich vertraute mich Dr. Kebede an, der Studienberaterin für ARAP-Aktivisten auf dem Campus. Sie war sehr unzufrieden mit mir.

Mariama, ich beobachte Sie schon eine ganze Weile, sagte sie. Ich mache mir Sorgen um Sie. Sie haben keine Familie. Wer kümmert sich um Sie? Haben Sie echte Freunde? Sind Sie mit jemandem zusammen?

Ich habe einen indischen Mann kennengelernt, sagte ich.

Einen indischen Mann? Wissen Sie, wie die Inder über die Äthiopier denken? Inder können sehr rassistisch sein. Besonders wenn sie reich sind. Sie betrachten die Afrikaner als minderwertig.

Der nicht, beteuerte ich. Er ist anders.

Ist es etwas Ernstes?, fragte sie.

Ja, sagte ich, obwohl ich Gabriel seit Monaten weder gesehen noch von ihm gehört hatte.

Hat er seinen Eltern schon von Ihnen erzählt?

Das weiß ich nicht.

Das ist der Augenblick der Wahrheit, sagte sie. Selbst die fortschrittlichsten Inder haben Eltern, die in der Vergangenheit verhaftet sind, und sie schaffen es nicht, sich ihnen gegenüber zu behaupten. Wann haben Sie ihn zum letzten Mal gesehen?

Ich antwortete nicht.

Aha, ich verstehe, triumphierte Dr. Kebede. Was ist es dann, eine Affäre? Wachen Sie auf, Mariama. Höchste Zeit, erwachsen zu werden. Es gibt Wichtigeres zu tun auf der Welt.

Ich wurde ganz still, und das Kreen wurde sehr laut.

Dr. Kebede sah mich erschrocken an und hob die Stimme, wie um sich gegen eine unsichtbare Bedrohung zur Wehr zu setzen. Sie sagte: Ich will ganz offen mit Ihnen reden. Ich erlebe das nicht zum ersten Mal. Es passiert viel zu oft. Sie tun so, als würden sie uns als ebenbürtig betrachten, aber in Wirklichkeit beuten sie uns nur aus. Sie brauchen Energie. Sie holen sie sich von uns. Ich will sie aus dem Land haben, Mariama. Sie müssen das auch wollen. Deshalb müssen Sie diesen Unsinn vergessen.

Ich verließ den Raum, denn das Kreen tobte so sehr, dass ich fürchtete, es könnte gewalttätig werden, und dazu war ich noch nicht bereit.

Ich wollte der verbitterten alten Dame nicht glauben. Ich glaubte immer noch an die Liebe. Gabriel hatte mir von der Schlange erzählt, und ich hatte ihm von meiner Mutter erzählt, das musste doch Gewicht haben.

Obwohl ich überzeugt war, dass Gabriel sich außer Landes befand, trieb ich mich wieder an den Orten herum, an denen er einst zu finden gewesen war. Die Schulferien begannen, die Regenzeit kam. Ich trank Buna in Megenagna und beobachtete den Eingang des Krankenhauses unserer Lieben Frau von Entoto. Unter irgendeinem Vorwand schlenderte ich über die Medhane Alem zu dem Hochhaus, in dem Gabriels Wohnung lag. Als ich den Portier fragte, ob Gabriel noch hier wohne, sagte er Nein, er sei vor Weihnachten ausgezogen.

Aha, zurück nach Indien?, sagte ich traurig, aber schicksalsergeben.

Doch er verneinte. Gabriel sei weiter in den Osten der Stadt gezogen, in eine der moderneren Siedlungen.

Das Kreen schnappte nach dieser Information und schlang sie hinunter.

Ich bedankte mich bei dem Portier und machte mich auf den Weg nach Osten.

SIEBZEHNTES BUCH

MEENA

»Was willst du damit andeuten?«, frage ich Subu.

»Eine Schlange hat zwei Zähne. Wenn die Schlange dich gebissen hat, müsstest du sechs Wunden haben.«

Er will nach mir greifen. Ich schlage seine Hand beiseite.

»Meena«, mahnt er.

»Fass mich nicht an.«

Er dreht sich um und geht zu seinem Kiosk zurück. Dort setzt er sich auf den Barhocker vor der Theke und hebt beide Hände. »Versprochen.«

Ich drehe mich ebenfalls um und will auf ihn zugehen, aber ich rutsche ab, und weil der Trail in Wirklichkeit nicht in einem Glastunnel verläuft, falle ich ins Meer. Ich schreie auf das Wasser ein. Ich schlage mit den Fäusten auf den Trail und werfe das Gewand ab, weil es mich in die Tiefe ziehen will. Dann schwinge ich mich hinauf, bis ich auf den Füßen stehe. Ich bin zurück, aber triefend nass.

»Meena«, sagt er noch einmal.

»Fass mich nicht an«, warne ich ihn.

»Versprochen«, wiederholt er.

Ich mache einen Schritt auf ihn zu.

»Ich hatte es doch versprochen«, beteuert er.

Als ich Sunny und Mohini erblickte, ging ich um das Bett herum und setzte mich auf den Stuhl, der neben dem Glasschrank steht. Mohini starrte mich, wie gelähmt vor Entsetzen, mit weit aufgerissenen Augen an. Sunny stieß sich mit beiden Händen ab und zog seinen Penis aus ihr heraus. Ein weißer Schleimfaden hing daran, und als das Ding zur Seite schwenkte, blieb es an seinem Schenkel kleben. Er versteckte sein dichtes schwarzes Brusthaar hinter einem Kissen. Mohini zog ihren Sari herunter, drehte sich auf den Bauch und stemmte sich auf die Knie hoch.

»Meena«, sagte sie.

Ich trug nur noch meinen BH, und der Reißverschluss meiner Jeans stand offen. »Ja«, sagte ich. »Hier bin ich.«

Mohini sah das Lächeln in meinen Mundwinkeln und erwiderte es mit einem Anflug von Erleichterung. »Meena, hast du es gewusst?«

Draußen vor dem Fenster schraubte sich das Lied der Wachtel in die Höhe, und ich beschrieb mit dem Finger eine Spirale, wie um den Tönen zu folgen, als wäre das eine Antwort auf ihre Frage.

»Du bist mir nicht böse?«

Ich wiegte wie ein braves indisches Mädchen den Kopf. Ich fühlte mich stark, so voller Leben, als bestünde mein Herz aus Menthol.

»Das ist toll, Meena, ich liebe dich. Hör mal, Sunny ...«

»Ich gehe schon.« Sunny war bereits aus dem Bett gestiegen und schlüpfte in seine Kleider. »Ich bin schon weg.«

»Das ist wahrscheinlich am besten«, sagte Mohini und schaute von ihm zu mir und wieder zurück. »Aber, Sunny ... Meena ... Ich finde, wir sollten uns irgendwann zusammensetzen und über die Sache reden. Ich möchte wirklich nicht, dass jemand sich verletzt fühlt.«

Mohini zog ihren BH-Träger hoch. Sonny wiegte den Kopf und schloss den Reißverschluss seiner Hose. Wir sahen beide zu, wie er seine restlichen Sachen einsammelte und zur Wohnungstür gehen wollte, es sich dann anders überlegte und der Hintertür zustrebte. Bevor er verschwand, hob er zum Abschied die Hand. Mohini und ich winkten zurück.

Mohini stieg aus dem Bett und ging auf mich zu. Ich erhob mich, und sie griff nach meiner Hand und drückte sie fest. Noch konnten wir uns nicht in die Augen sehen. Wir schauten beide auf den Fußboden. Sie holte tief Luft und sagte: »Weißt du eigentlich, wie sehr ich dich liebe, Meena?«

»Ja«, sagte ich. Sie liebte mich, deshalb würde alles gut werden, obwohl meine Welt gerade im Wasser versank und in Flammen aufging, um anschließend neu zu erstehen. Ich konnte sie immer noch nicht ansehen, also drückte ich meine Wange an die ihre und kniff die Augen zu, und in der Dunkelheit hinter meinen Lidern nahm ihr Gesicht wieder Gestalt an. Ihre Haut glänzte feucht nach den Anstrengungen beim Sex.

Eine tiefe Ruhe überkam mich.

Ohne die Augen zu öffnen, packte ich sie an den Schultern, schwenkte sie herum und stieß sie gegen den Glasschrank.

Der Glaseinsatz zerbrach von oben bis unten. Draußen begann ein Hund zu bellen.

Ich packte sie an der Kehle und stieß sie mit dem Kopf in die Scherben. Sie stand unter Schock. Wieder stieß ich ihren Kopf nach hinten, dabei geriet meine Hand in ihren Mund, sie biss zu, und ich spürte ihren Speichel auf meiner Haut. Inzwischen war alles Glas aus dem Rahmen gefallen, und ich schmetterte ihren Kopf gegen das Holzbord. Sie wich zurück und versuchte, sich aus meinem Griff zu befreien.

Ich warf sie auf das Bett. Auf den Laken breitete sich ein Fächer aus Blut aus, und um ihren Kopf entstand ein Glorienschein. Wieder packte ich sie an der Kehle. Ihre Lippen formten meinen Namen. Sie grub die Fingernägel in meinen Bauch. Ihre Augen quollen aus den Höhlen. Sie wollte mich wegstoßen, aber ihre Kräfte schwanden zusehends. Ich spürte einen stechenden Schmerz über dem Solarplexus und fuhr zurück. Sie hatte mit ihren Fingernägeln die Haut aufgerissen. Ich zog die Haut straff, aus der Wunde quoll Blut und rann an mir hinab. Ich war außer mir vor Wut.

Ich schmetterte ihr die Faust ins Gesicht.

Sie regte sich nicht mehr.

Als ich mit dem Kiosk fertig bin, schwimmen nur noch Trümmer im Wasser. Subu hatte sich in Sicherheit gebracht. Er saß ein paar Schuppen entfernt und sah alles mit an.

Ich weiß nicht, wie ich ihn entschädigen soll. Ich will es nicht einmal.

Ich versuche, meinen Weg nach Westen fortzusetzen, aber ich habe verlernt, die Balance zu halten. Auf Schritt und Tritt findet sich eine Gelegenheit zum Sterben. Der Ozean ist so viel größer als ich. Die Masse bleibt Sieger. Ich sollte mich ergeben. Ich möchte seitlich wegkippen oder mich einfach hinlegen und mich nicht mehr bewegen.

Aber der animalische Überlebenswille treibt mich weiter. Ich gehe auf die Knie, um meinen Schwerpunkt weiter nach unten zu bringen. Ich stelle mir eine Linie vor, die genau in der Mitte über den Trail führt, und konzentriere mich darauf, meine Hände dorthin zu legen. An den festen Untergrund geschmiegt, krieche ich vorwärts.

Mohini spricht nicht mehr zu mir. Auch sonst keiner von meinen Ratgebern. Ich lausche, aber sie sind alle verstummt.

Nur die kleine Frau ist noch da. Ich sehe sie schon von Weitem. Sie weicht vor mir zurück, aber jedes Mal ein bisschen weniger. Selbst aus dieser Entfernung kann ich sehen, dass sie ihr Gewicht überhaupt nicht verlagert. Sie ist auf dem Trail zu Hause. Ich bilde mir ein, es ist dieselbe Frau, die ich in den Ozean springen sah, nachdem das Schiff vorbeigefahren war, dieselbe Frau, die über den Glastunnel kroch, sie ist auch Bloody Mary und die Diebin der Mangoringe. Sie vereinigt alle Erscheinungsformen in sich. Sie taucht auch nicht mit Unterbrechungen auf wie die Leichen. Sie ist eine kontinuierliche Vision.

Irgendwann lässt sie Dinge zurück. Eines Abends liegt mitten auf einer Schuppe eine Meeresschnecke. Ich lasse sie, wo sie ist. Am nächsten Abend schiebt sich ein Seestern von A nach B, er lebt noch. Wie ist er hier heraufgekommen? Ich stoße ihn ins Wasser und hoffe, dass er die lange Reise in die Tiefe übersteht. Als am nächsten Tag die Sonne untergeht, finde ich braunen Seetang, kreisförmig angeordnet. Sie beobachtet mich aus sicherer Entfernung, während ich das Gebilde begutachte. Ich spüre, dass sie Anerkennung sucht. Also würdige ich das sorgfältige, kunstvolle Arrangement ausgiebig, bevor ich quer durch den Kreis auf sie zukrieche.

Diesmal weicht sie nicht zurück, sondern lässt mich näher kommen. Sie wendet den Blick nicht von mir, scheint zutiefst verängstigt. Sie ist nackt, und ihre Haut ist von der Sonne verbrannt. Sie kommt mir bekannt vor. Ihre Arme hängen vom Schlüsselbein schief herab. Eine alte Frau mit dem Körper eines unterernährten Kindes. Salzstreifen ziehen sich über ihre Beine. Ich möchte mich eigentlich hinlegen, doch stattdessen komme ich ein klein wenig näher und sehe, dass sie ein zusammengeknülltes Stück weißen Stoff in der Faust hält.

Zwei Schuppen vor ihr halte ich an.

»So sehen wir uns wieder«, sage ich.

Sie fällt auf die Knie und sagt:

HASSANIYYA: Yemaya, bist du es wirklich?

ACHTZEHNTES BUCH

MARIAMA

DIE ZWEITE FLUCHT

Gabriel fand ich an diesem Tag nicht.

Doch das neue Wissen ließ das Kreen anschwellen wie einen Tumor. Manchmal wurde der Schmerz unerträglich. Auf der Straße und im Bus sahen die Menschen mich merkwürdig an, oft mit Mitleid im Blick. Ich hatte den Verdacht, sie sähen das Kreen in mir.

Für die Dauer der Regenzeit war die Universität geschlossen. Ich schlief den ganzen Tag über und sah mir abends die Nachrichten an. Die ARAP wie die Äthiopische Volkspartei bereiteten sich auf die Wahlen im August vor. Normalerweise wurden sie im Mai abgehalten, aber die Äthiopische Volkspartei hatte den Termin hinausgeschoben, damit die Unterstützung der Gegenseite durch die Studenten geringer ausfiele, jedenfalls ging so das Gerücht.

Ich konnte mich darüber nicht ereifern. Das Kreen ließ nicht zu, dass ich mich mit anderen Dingen beschäftigte.

Ich verließ meine Wohnung am Tewodros Square nur noch, um mir in der Nähe etwas zu essen zu besorgen. Ich aß jeden Tag das Gleiche: Reis und Laddus von einem Inder an der Ecke. Er war mir sympathisch, weil er mich nicht so mitleidig ansah wie alle anderen. Und die Laddus aus Milch und Zucker waren das Einzige, wonach mein Körper verlangte. Heute weiß ich, warum: Sie erinnerten mich an dich, Yemaya.

Am Wahltag ging ich hinunter, um mir wie an jedem Tag eine Schale Reis und ein paar Laddus zu holen. Der Platz war voll mit

Medienteams, Demonstranten und Menschen, die zu ihren Wahllokalen strömten. Es war ein beeindruckendes Spektakel. Sechs Monate zuvor hätte ich mitdemonstriert. Doch jetzt hatte mich der Kampfgeist verlassen. Ich liebte weder Äthiopien noch Indien, und es war mir ziemlich egal, wer die Wahl gewann. Mir war nur das Kreen geblieben, und ich wusste nicht, wie ich es wieder loswerden sollte.

Dann entdeckte ich auf der anderen Seite in der Menge einen goldenen jungen Mann mit einem schönen, fein geschnittenen Gesicht und breiten Schultern. Mein Gabriel, gesund und munter. Er war allein und in OP-Kleidung. Nun trat er auf die Straße, hielt den Bus an und stieg ein. Der Bus fuhr südwärts die Churchill Avenue hinunter.

Es war also wahr. Er war in der Stadt. Mir wurde klar, dass er wahrscheinlich die ganze Zeit über hier gewesen war.

Ich bezahlte meine Laddus, setzte mich auf eine Bank an der Straße und aß sie. Ich ahnte bereits, dass ich für längere Zeit keine Gelegenheit mehr zum Essen finden würde.

Als ich fertig war, mir die Finger abgewischt und die Serviette weggeworfen hatte, trat ich auf die Straße und rief ein Robo-Taxi. Das gelbe Fahrzeug glitt heran, hielt an, und die Tür schwang auf. Ich stieg ein, setzte mich und gab auf die Frage der weichen mechanischen Stimme als Fahrziel das Krankenhaus unserer Lieben Frau von Entoto an. Die Stimme wies mich an, meinen Mitter an den Bildschirm zu halten. Meine Kontodaten wurden eingescannt, dann glitt die Tür zu, und der Wagen fädelte sich in den Verkehr auf der Churchill Avenue ein.

Vor dem Fenster entfaltete sich das große äthiopische Spektakel. Wir glitten durch das Ferenji-Viertel, deshalb standen in den Schaufenstern hellhäutige Puppen in den neuesten und verrücktesten Kreationen der persischen Modeschöpfer, in Kleidern aus Jade mit Puffärmeln. Dann überholten wir eine Bande von Straßenjungen mit löchrigen Schuhen. Ein Priester schien ins Nichts zu reden, hielt aber in Wirklichkeit Zwiesprache mit den Stimmen aus seinem Mobiltelefon. Zwei Frauen vom Land in amharischen Kleidern vermieden es, in den Müll auf der Straße zu treten. Ein streunender Hund schaute in unerschütterlichem Optimismus schwanzwedelnd zu einem Ladenbesitzer empor. Auf hohen Grundstücksmauern glitzerten die einbetonierten Glasscherben. Dann hatten wir das Ferenji-Viertel hinter uns und fuhren vorbei an Ethiopia Airlines, dem Ethiopia National Theatre und Ethiopia Telekom. Der Wagen bremste ab und bog nach links auf die Ras Mekonnen ein. Wir ließen uns durch den Kreisverkehr auf dem Meskel Square katapultieren, vorbei an einer Gruppe von Mädchen, die vor der Ethiopia Tourist Commission Fußball spielte. Bei ihrem Anblick schwoll das Kreen noch weiter an und brannte wie Feuer. Ich legte eine Hand auf meinen Solarplexus, um den Schmerz zu lindern, mit der anderen Hand umklammerte ich den Türgriff. Die mechanische Stimme fragte mich, ob alles in Ordnung sei. Ich sagte Ja, aber ich wolle möglichst schnell ins Krankenhaus. Es klickte, und der Wagen beschleunigte.

Wir rasten die Ras Mekonnen entlang, bis sie zur Haile Gebre Selassie Road wurde. Die Gebäude lichteten sich. Die Menschenmassen ebenfalls. Wir näherten uns den östlichen Vororten. Der Schweiß, der mir bei der jüngsten Attacke des Kreen ausgebrochen war, kühlte allmählich ab, und ich trocknete mir die Hand am Sitzpolster ab.

Der Wagen erreichte Megenagna und bog nach dem Kreisverkehr rechts ab, um das Krankenhausgelände von hinten zu erreichen. Wir kamen sanft zum Stehen. Ein leiser Glockenton war zu hören, dann teilte mir die Stimme mit, ich hätte mein Ziel erreicht. Ich stieg aus dem Wagen und blieb vor dem Krankenhaus stehen.

Das Kreen wurde unruhig. Es wusste, dass wir angekommen waren.

Wie sollte ich Gabriel ausfindig machen? Ich schaute zum Empfang. Eine Inderin saß hinter der Theke. Mir war sofort klar, dass in diesem Haus Äthiopier allenfalls als Hausmeister angestellt wurden. Es war ein indisches Krankenhaus. Meine alten Vorurteile flammten wieder auf. Das Kreen fraß sie, schwoll an und gewann neue Kräfte.

Die Angestellte am Empfang musterte mich prüfend. Ich zwang mich, Ruhe zu bewahren, und fragte, wo ich Gabriel finden könnte.

Sie meinen Dr. A. R. Gabriel?, fragte sie in vorwurfsvollem Ton.

Ich nickte verschämt.

Haben Sie einen Termin?, fragte sie.

Nein, sagte ich. Aber er kennt mich. Und es ist ein Notfall.

Sie sah mich an – genauer gesagt, sah sie dem Kreen ins Antlitz! – und hatte daraufhin den gleichen mitleidigen Blick, den ich von den Leuten auf der Straße zur Genüge kannte. Dann sagte sie: Ich glaube, er ist im zweiten Stock auf der Entbindungsstation. Ich piepe ihn an. Setzen Sie sich.

Ich setzte mich. Doch nachdem sie ihn angepiept hatte, gab ich an, ich müsse zur Toilette; danach kam ich nicht mehr zurück.

Im zweiten Stock befand sich an der Wand ein Wegweiser durch die Stationen. Ein Pfeil wies mich zur Entbindungsstation. Ich ging durch viele Korridore, alle weiß, alle hell erleuchtet, alle mit sehr glatten Böden. Wieder kam ich zu einer Empfangstheke, hinter der zwei Inderinnen saßen. Sie sahen aus wie Krankenschwestern. Ich konnte nicht einfach wortlos an ihnen vorübergehen, und so fragte ich nach Dr. A. R. Gabriel. Die linke wollte wissen, ob ich einen Termin hätte. Ich wiederholte meine Erklärung. Die rechte Schwester stand auf, schaute den Gang entlang und kam wieder zurück.

Kamala hat ihn eben von unten angepiept, raunte sie ihrer Kollegin zu. Glaubst du, er ist in einer Behandlung?

Die linke lachte. Mal sehen, es ist vier Uhr, sagte sie. Zeit für Dr. Mehtas Teepause.

Dann lachten sie beide.

Das Kreen schlug von innen seine Zähne in meine Brust. Ich krümmte mich.

Die linke Schwester kam um die Empfangstheke herum und fragte, ob ich einen Rollstuhl brauche. Ich lehnte ab, es gehe gleich vorüber. Dabei hörte ich mich wimmern wie ein Kätzchen. Sie riet mir, tief durchzuatmen, und das tat ich.

Die beiden halfen mir zu einem Stuhl und versprachen, dass Dr. Gabriel bald bei mir sein würde. Wieder fragte ich nach der Toilette, und sie wiesen mir den Weg. Die Toilette lag gleich um die Ecke, aber ich ging natürlich einfach weiter. Am Ende des Korridors bog ich links ab.

An einer Tür hing ein Schild mit der Aufschrift: A. R. GABRIEL, K. L. MITRA, S. J. ANDREWS. M. MEHTA, ÄRZTE FÜR ALLGEMEINMEDIZIN. Aber durch das Fenster sah ich, dass niemand im Zimmer war. Ein alter Amhare in weißem Kittel kam den Gang entlang, und ich fragte ihn nach Dr. Gabriel. Er sagte, zuletzt hätte er ihn im Umkleideraum gesehen, beim Teetrinken, und deutete mit der Hand auf einen anderen Gang. Ich stürzte an ihm vorbei, ohne mich zu bedanken. Mein Kopf war wie ein Schlangennest, und die Schlangen drängten durch meine Augen nach draußen.

Wie damals, als ich in die Wohnung meiner Nachbarin einbrach, konnte ich ein paar Sekunden in die Zukunft blicken und über dem Boden schweben. Im Geiste sah ich Gabriel im Umkleideraum, Gabriel, der nie daran dachte, die Tür abzuschließen, und hörte schweres Atmen. Ich kam an einer Schwesternstation vorbei. Auf dem Tisch stand ein Korb mit Skalpellen, einzeln verpackt, gebrauchsfertig. Ich nahm eines heraus. Das Kreen zappelte wild und schnappte von innen nach mir. Ich stieß die Tür auf, und das Universum zeigte sich großzügig. Vor mir stand Gabriel, die

Hosen hingen ihm um die Knie, und er stieß sein Glied in das Hinterteil einer nackten Frau.

Die Welt versank in absoluter Stille.

Die beiden lösten sich voneinander, waren jedoch noch durch einen Schleimfaden verbunden. Ich stürzte mich zuerst auf Meena, die niemals das Kreen gespürt hatte und immer nur geliebt und verehrt worden war. Ich bewegte mich rasend schnell, jenseits der Zeit, außerhalb der Zeit. Ich packte sie unter dem Kinn und stieß sie mit dem Kopf nach hinten gegen den Schrank, dann beschrieb ich mit dem Skalpell einen Bogen durch ihre Kehle, führte den Schnitt, ohne abzusetzen, in kalligrafischem Schwung nach unten fort und durchtrennte das Gewebe über ihrem Solarplexus bis hinunter zu ihrer feuchten Scham. Sie sank zu Boden und saß da, die Hände an der Kehle, wie um das Blut aufzuhalten. Ich wandte mich Gabriel zu, der wie versteinert dastand und das Kreen anstarrte. Er setzte zum Sprechen an, doch das Kreen ließ ihn nicht zu Wort kommen. Ich stopfte ihm die Faust in den Mund, bog ihm dabei den Kopf zurück und zog die gleiche Linie wie bei Meena über seine Kehle. Er landete einen Hieb in meinem Gesicht und stieß mich zurück, doch dann kippte er zur Seite und fiel zu Boden.

Vor meinen Augen sprudelte schwarzes Sodawasser, genau wie vor vielen Jahren, als ich vom Laster gestürzt und auf dem Sand aufgeschlagen war. Hören konnte ich nichts. Ich war schlagartig taub geworden. Aber ich beobachtete die beiden. Meena bemühte sich, eine Hand an die Kehle gedrückt, die Beine unter sich zu bringen, während Gabriel versuchte, kriechend zu ihr zu gelangen. Doch nach etwa einer Minute erschlafften sie beide wie damals der Mann im karierten Hemd und regten sich nicht mehr.

Diesmal blieb die Hochstimmung aus.

Das Universum hatte mir die Erlaubnis zum Töten gegeben. Ich hatte gehofft, ich hätte das Kreen nun ein für alle Mal zum Schweigen gebracht. Doch es warf sich abermals von innen gegen mich, sogar mit noch größerer Wucht. Ich griff Halt suchend nach der Theke, das Skalpell fiel zu Boden, aber ich hörte es nicht klirren, denn ich konnte immer noch nicht hören. Das Kreen war zu enormer Größe angeschwollen, ein Monstrum, das mich von innen her auffressen wollte. Es war weder mein Freund noch mein Beschützer und war beides auch noch nie gewesen.

Und dann kam mir jäh die Erleuchtung, wie ich mich von ihm befreien konnte.

Oh, Yemaya.

Du hattest mich die ganze Zeit geführt. Und ich hatte alles, was ich brauchte. Ich musste nur noch handeln.

Ich hob das Skalpell wieder auf und wischte es mit einem Handtuch ab, um es sicher halten zu können. Dann kniete ich mich zwischen Gabriel und Meena auf den Boden und schloss die Augen. Im Schein der Neonröhren rief ich mir die Sendung im Sheraton vor all den Jahren ins Gedächtnis, jene Inés Ramirez, die einen Kaiserschnitt an sich selbst durchgeführt und überlebt hatte. Nur wollte ich kein Baby zur Welt bringen, sondern einen Dämon.

Ich setzte die Klinge oberhalb meines Schamhügels an und stieß sie so tief hinein, dass ich in meinen Eingeweiden ein Jucken spürte. Dann schnitt ich quer über meinen Unterleib. Ich war wie im Rausch, sodass ich kaum Schmerzen empfand. Ich wusste ja, dass du mich beschützt. Der Schnitt war so breit wie meine Hand, als die Wunde aufquoll wie eine Traube, die aus der Schale platzt; Fleisch, weißes Fett und schillernde Faszien schossen hervor. Ich steckte meinen Finger, dann die ganze Hand in die Öffnung, das Blut diente mir als Gleitmittel. Du führtest mir die Hand, als ich weiter in die Tiefe vordrang. Ich ertastete ein Muskelband, fasste darunter und spürte das Zucken, die Umrisse des Kreens hinter einer gummiartigen Wand. Ich spreizte die Muskeln mit einer

Hand, mit der anderen führte ich das Messer, um die letzte Barriere zu durchtrennen.

Dann griff ich hinein, zog das Kreen heraus und warf es auf den Boden. Es sah aus wie eine rote Eidechse. Sein Mund war zu einem stummen Schrei geöffnet. Ein zweiter Fleischklumpen folgte ihm. Er war durch eine verdrehte Schnur mit mir verbunden. Ich durchtrennte sie.

So sah er also aus, der Dämon, die Ausgeburt der Seeschlange, an der ich mich vor all den Jahren verschluckt hatte. Ich hatte mich von ihr befreit. Jetzt konnte sie jemand anderen quälen, und ich wusste auch schon, wen. Ich hob das Kreen vom Boden auf und legte es in den Schoß von Dr. Meena Mehta, unter den Blutstrom, der ihrem Körper entquoll.

Nun würde sie erfahren, was es mit dem Kreen auf sich hat.

Ich war in Hochstimmung, aber ich wusste auch, dass ich keine Zeit verlieren durfte. Noch war mein Sieg nicht vollkommen. Noch konnte ich ertappt werden. Du hattest mich vorerst vor den Schmerzen bewahrt, aber ich konnte nicht erwarten, dass das so blieb. Ich riss Schubladen auf, fand Stapel von Einwegkitteln und band mir einen davon um den Leib. Es war ein schlampiger, nicht sehr fest sitzender Verband, und das Blut lief mir die Beine hinab. Die ersten Schmerzen kündigten sich an. In einer anderen Schublade fand ich Dinge wie Schachteln mit Nanobiotika, Stammzellenstrips und Tuben mit chirurgischem Klebstoff und stopfte alles in meine Tasche. Mit mehreren Einwegkitteln säuberte ich meine blutüberströmten Arme und Beine, so gut es eben ging. An einem Haken neben der Tür hing Straßenkleidung; ich griff mir ein weites rotes T-Shirt, das über meinen Notverband passte, schwarze Jeans, die mir drei Nummern zu groß waren, und einen braunen Gürtel, um sie zusammenzuhalten.

Dann warf ich einen letzten Blick auf die beiden Liebenden. Sie bewegten sich nicht, aber das Kreen kratzte an Dr. Meena Mehta und wollte in sie hineinkriechen. Mich würde es nicht länger belästigen.

Ich öffnete die Tür und schaute nach beiden Seiten den Gang entlang. Niemand war zu sehen. Ich befand mich in einem alten, verlassenen Flügel der Klinik. Von jetzt an musste ich jeden Schritt sorgfältig planen. Ich hatte mich in ein Abenteuer gestürzt und war geläutert daraus hervorgegangen, befreit vom Kreen und anderen schädlichen Einflüssen. Niemand außer dir würde verstehen, was ich getan hatte. Ich musste das Land verlassen.

Ich verließ das Krankenhaus durch einen Hinterausgang und gelangte auf einen sonnenbeschienenen asphaltierten Parkplatz. Allmählich kehrte mein Gehör zurück. Ich nahm meinen Mitter ab und warf ihn in einen Abfluss. Mein Bargeld war nicht blutig geworden, damit konnte ich verschiedene Fahrten bezahlen. Als Erstes hielt ich ein privates Taxi an, um nicht von einer Überwachungskamera erfasst zu werden, und wollte zum Busbahnhof Autobus Terra im Westen der Stadt gebracht werden. Von dort fuhren täglich Busse in jeden Winkel des Landes. Ich hätte auch die Bahn nehmen können, aber Busse waren billiger, sie wurden von privaten Unternehmern geführt, und ich konnte eher davon ausgehen, dass sie nicht überwacht wurden.

Der Wagen verlangte eine Anzahlung, also gab ich ein paar Banknoten ein, und er fuhr los, vorbei an Menschenmassen, die sich überall in der Stadt vor Bildschirmen drängten und auf die Wahlergebnisse warteten. Erstaunlicherweise war die Äthiopische Volkspartei dabei, einen Erdrutschsieg einzufahren, obwohl die Umfragen von Al Jazeera einen deutlichen Sieg für die ARAP vorhergesagt hatten. Ich hatte kein gutes Gefühl. Das würde in Gewalt enden.

Am Busbahnhof angekommen, kehrte ich endgültig in meinen Körper zurück. Ich konnte wieder hören, und alles war laut. Mein Bauch brannte, als stünde er in Flammen. Ich hinkte aus dem

Wagen, ohne die neugierigen Blicke zu beachten, kaufte mir eine Fahrkarte nach Assaita und wankte, mich mühsam aufrecht haltend, in eine Kabine in der Damentoilette. Dort rollte ich mein T-Shirt hoch und löste den Kittel, mit dem ich die Wunde verbunden hatte. Die Schmerzen waren so stark, dass ich fürchtete, das Bewusstsein zu verlieren.

Ich zwang mich, ein paarmal tief durchzuatmen. Nachdem du mich bis hierher gebracht hattest, würdest du mich jetzt nicht im Stich lassen. Ich musste Vertrauen haben.

Ich lehnte mich mit dem Rücken an die Wand, machte meinen Bauch so flach wie möglich und drückte mit einer Hand die beiden Wundränder zusammen. Mit der anderen Hand schälte ich einen Stammzellenstrip aus der Hülle und legte ihn über die Wunde. Einen zweiten drückte ich obendrauf, und zur Sicherheit heftete ich drei weitere Streifen senkrecht darüber. Laut Anweisung auf der Verpackung sollte ich alles mit Mullbinden fixieren, aber solche hatte ich nicht mitgenommen, also hob ich den blutigen Kittel wieder vom Boden auf und band ihn mir um die Hüften. Infektion. Ich musste mich vor einer Infektion schützen. Fürs Erste schluckte ich ohne Wasser vier Breitband-Nanobiotika. Aber bald würde ich qualifizierte ärztliche Hilfe brauchen.

Die Grenze zu Dschibuti war nur 250 Kilometer entfernt. Ein paar Stunden Fahrt auf ebenen, befestigten Straßen konnte ich doch sicherlich durchhalten. Ich bestieg den Bus, ließ mich auf einen der hinteren Sitze sinken und warf einen Blick auf den Bildschirm an der Decke. Die Äthiopische Volkspartei hatte einen klaren Sieg errungen. Dann schaute ich aus dem Fenster und sah junge Frauen und Männer mit Steinen in der Hand laut schreiend über die Straße laufen. Wahrscheinlich waren sie auf dem Weg zum Meskel Square oder zum Präsidentenpalast. Oh, Yemaya, die Szenen, die nun folgen würden, liefen wie ein Film vor mir ab. All die hehren Anstrengungen von uns Studenten waren vergebens gewesen.

So ist der Lauf der Welt, dachte ich bei mir.

Die Schmerzen wurden stärker und drohten mich zu verbrennen. Es war die letzte Prüfung, aber ich wusste, du warst bei mir. Ich würde ausharren und auf das Zeichen warten.

NEUNZEHNTES BUCH

MEENA

EIN FALSCHER OZEAN

HASSANIYYA: Yemaya, bist du es wirklich?

Ich erinnere mich an den Namen, den mir die Seeleute gaben, und sage: »Ja.«

Die kleine Frau streckt die Arme nach mir aus, dann zieht sie eine Hand wieder zurück und drückt sie an ihre Brust.

»Du bist es«, sagt sie. »Verzeih mir. Ich habe vergessen, wie viele Sprachen du sprichst. Ich komme mir wieder vor wie ein kleines Mädchen. Du hast mich immer ›meine Kleine‹ genannt. Ich hätte dir so vieles zu sagen. Dabei spreche ich schon seit Jahren zu dir, tief in meinem Inneren, dort, wo du bist, wo einst das Kreen war. Aber Haut ist und bleibt Haut. Sie ist durch nichts zu ersetzen. Jetzt stehst du in Fleisch und Blut vor mir. Du bist so schön in deiner Nacktheit, so schön wie damals in jenem Hotelzimmer. Wo warst du denn die ganze Zeit? Was hast du gemacht?«

Genau hinter ihr geht die Sonne unter, und darüber steigt die Venus empor. Ich starre den Stern an. Ich bin immer noch in diesem Universum. Ich weiß nicht, für wen diese Frau mich hält, aber ich gebe die einzige Antwort, die ich zu geben habe.

»Ich habe jemanden verletzt«, sage ich.

»Jemanden verletzt?«, fragt sie zurück. »Wen denn?«

»Jemanden, den ich liebte.«

»Sicherlich hat derjenige dich zuerst verletzt.«

Ich wende die Augen von der Venus ab und richte sie auf sie.

»Oh, Yemaya, ich weiß, wie man sich dabei fühlt«, sagt sie. »Bleib bei mir. Ich werde dir alles erzählen.«

Und so warte ich, bis sie weiterspricht.

Monate später war ich in Dschibuti. Ich schrubbte in einem Kloster die Böden und wartete immer noch auf ein Zeichen, als eine Nonne mir ein altmodisches Faltblatt gab.

<u>HYDRACORP</u>
sucht
gesunde und kräftige Männer und Frauen
für den Bau
einer meerestechnischen Anlage:
den Transarabischen Lineargenerator

Und da fiel mir das Wellenkraftwerk aus der Zeit meiner Studentenproteste wieder ein.

Im Hafen von Dschibuti wurde eine Einführungsveranstaltung für Interessenten abgehalten. Ich ging hin. Eine große Menschenmenge hatte sich versammelt. Eine wunderschöne Frau in einem eleganten silbernen Kostüm breitete die Arme weit aus, und zwischen ihren Händen erschien das Holo einer Seeschlange, die das gesamte Arabische Meer überspannte. Natürlich war es keine echte Seeschlange, Yemaya. Es war der Trail. Doch sobald ich ihn sah, erinnerte ich mich an deine Geschichte aus der Klinik vor all den Jahren und wusste, dies war definitiv das Zeichen. Der Trail war der Ort, an dem du dich mir offenbaren würdest.

Kann ich hingehen?, fragte ich.

Natürlich, sagtest du. *Ich erwarte dich dort.*

Zehn Jahre später wurde ich dem Schiff zugewiesen, das die letzten Schuppen an Ort und Stelle brachte. Mitten in der Nacht, als die gesamte Besatzung schlief, schlüpfte ich im Mondschein aus einer Luke und schwamm zum Trail. Er war nur einen Kilometer von da entfernt, wo unser Schiff Anker geworfen hatte. Ich zog mich hinauf. Zuerst kroch ich auf allen vieren, dann ging ich aufrecht, und als der Morgen kam, war ich schon weit, weit weg.

Die Nacht ist vorüber, die Sterne sind über mir vorbeigezogen. Im Osten wird der Himmel hell, und in diesem Licht sehe ich, dass der Mund der kleinen Frau die Form einer Kaurimuschel hat. Genau wie der meine.

Das also ist meine Mutter.

Ich bin so müde. Nach all den Mühen und Strapazen habe ich nun den letzten Raum erreicht, und er wird niemals etwas anderes sein als die Hütte hinter Betonmauern, wo ihre eigene Mutter gerade vergewaltigt wird und ihr versichert, alles würde gut, immer wieder, für alle Zeit. Damals war ihr Leben zu Ende. Es gibt nichts, was ein anderer Mensch ihr noch sagen könnte. Ich bringe nicht die Energie auf, es zu versuchen, auch wenn ich mein Leben als blutiges Baby begann und immer wieder in Menschen hineinkriechen wollte, die nicht meine Mutter sind.

Auch mir hat kein Mensch mehr etwas zu sagen.

So sage ich nur: »Ich danke dir für die Geschichte, meine Kleine.«

Und sie fragt, ob sie mein Gesicht berühren darf.

Ich erlaube es ihr.

Sie kriecht auf mich zu und streckt die Hand aus. Ihre Haut ist wie Leder, sie stinkt nach Schweiß und säuerlichem Salzwasser. Sie schlingt ihre Arme um meinen Kopf, als wüsste sie nicht mehr, wie man jemanden umarmt. Ich denke bei mir: Meine Mutter umarmt mich gerade. Das sollte mir guttun. Aber es tut mir nicht gut. Sie presst meinen Kopf noch fester an ihre Brust, und meine Arme hängen schlaff an den Seiten herab. Als ich die Augen öffne, ist alles schwarz. Sie drückt immer weiter zu. Ich sehe schon Sterne. Sie will mich verschlingen.

Ich stoße sie von mir.

Sie sieht mich entsetzt an, krümmt sich zusammen und schaukelt hin und her. »Bist du mir jetzt böse, Yemaya?«

»Nein«, sage ich. »Ich bekam nur keine Luft mehr.«

»Verzeih mir«, sagt sie, richtet sich auf und streckt wieder die Arme nach mir aus. »Ich wollte doch nur wieder mit dir zusammen sein, heil und ganz, so wie früher.« Dann legt sie sich mit einem scheuen Blick zurück und spreizt ihre Beine. Ihre Yoni ist nackt und weich, die Yoni einer alten Frau.

Ich wende den Blick ab. Ich richte ihn auf das Meer. Ich versuche mir vorzustellen, was die Göttin tun würde. Ich versuche mir vorzustellen, was uns heil machen könnte.

Ich krieche auf sie zu, lege mich neben sie, drehe sie zu mir und umarme sie, wie Yemaya sie angeblich einst umarmte. Sie ist zerbrechlich. Ihr Körper dehnt sich aus und fällt wieder zusammen. Ich atme ihren Geruch ein und entdecke unter dem Seewasser den schwachen Veilchenduft aus einem Traum, der mein ganzes Leben lang immer wiederkehrte, an den ich mich aber bis jetzt nicht erinnern konnte.

Dann schlafen wir eine Weile und träumen gemeinsam diesen Traum.

Als wir im Morgengrauen erwachen, hängen die Wolken graugrün und golden über uns.

Sie dreht sich zu mir, nimmt mein Gesicht in ihre Hände und sagt: »Ich bin dein, Yemaya, wie ich es immer war. Nimm mich.«

DSCHIBUTI

Es fängt zu regnen an.

So also geht der Trail für mich zu Ende. Regen am Ende des Trails, Regen am Ende der Welt. Ich denke wieder an das Messer, die Klinge mit der unendlich feinen Schneide, die alles durchtrennen kann, Handflächen, Saris, Salwar Kameez, Früchte, das Metall von Eisenbahnzügen, Menschen. Hier ist die Welt für mich bereits in zwei Teile gespalten: in Himmel und Meer. Doch im Regen verschwimmen sie zu einem Kontinuum. Ebenso wie der Trail. Ich frage mich, wo die echte Yemaya jetzt ist. Ich frage mich, wie sie wirklich hieß. Vielleicht ging sie, schwach und labil, wie sie war, tatsächlich für ein paar Monate nach Addis, trieb sich in den Slums herum und spielte die Künstlerin. Als sie dann erkannte, dass sie weder Talent noch Berufsaussichten hatte, zog sie weiter in das nächste, übernächste und überübernächste Fantasieparadies, denn nach Hause konnte sie nie mehr zurück. Allmählich kommen von Westen her Visionen von Afrika auf mich zu. Die Flottillen waren ein naiver Wunschtraum, aber in irgendeiner Form wird man mir doch gewiss einen Empfang bereiten. Wer wäre jemals so weit gelaufen? Wer sonst hätte sich vom Festlandssockel in die Arme des Meeres gestürzt? Ich möchte aus ganz praktischen Gründen eine Heldin sein: Ich will, dass sich jemand um mich kümmert, dass jemand für ein Bett und warmes Essen sorgt. Ich habe Bilder von Dschibuti gesehen. Die souveräne Nation Dschibuti. Kolonialarchitektur. Cafés und schäumende Brandung. Eine musikalische Tradition, von der ich keine Ahnung habe, die aber zweifellos existiert. Ein kleiner Knotenpunkt, an dem die Straßen der Welt zusammenlaufen. Eine Landzunge. Eine Fortsetzung des Planeten, auf dem gesunde Männer und Frauen leben, die sauber gewaschen, in Anzug und Kostüm auf festem Boden zur Arbeit gehen und sich an einem Kiosk einen Imbiss mitnehmen. Ich erwache wie aus einem Traum und erinnere mich allmählich wieder, wie echte Nahrung schmeckt. Warme Speisen von unterschiedlicher Konsistenz. Reis mit scharfer Sauce. Knusprige Pappadams. Getränke, die eiskalt oder kochend heiß sind. Zucker. Essigfrüchte. In den kommenden Stunden ist Vorsicht geboten. Ich darf keine Energie verschwenden. Zum Laufen reicht meine Kraft nicht mehr, aber kriechen kann ich noch. Ich bleibe immer auf der Mittellinie und ich gestatte mir nicht, an etwas anderes als an Essen zu denken. Ich muss es bis an Land schaffen. Ich muss sehen, ob das Leben weitergeht, nachdem ich meine Mutter auf die Wellen legte und sie versinken ließ, nachdem ich zusah, wie sich ihr Kopf in der Strömung nach hinten bog und ihr kleiner Körper sich drehte, bis ich ihn aus dem Blick verlor. Danach schloss ich die Augen und beobachtete sie von innen heraus. Ich sah, wie sie die warmen oberen Wasserschichten passierte und die Grenze zu Kälte und Dunkelheit überschritt, wie sie dem Gefälle nach unten folgte und von Strömungen zu den tiefsten Teilen der Welt getragen wurde, bis ihr Körper an einer Stelle zur Ruhe kam, wo der Himmel immer schwarz und der Mond immer neu ist.

Erst zwei Kilometer vorher erkenne ich, dass ich das Ende der Welt erreicht habe. Ich sehe kein Land, aber ich krieche weiter, denn das ist definitiv die letzte und grausamste Halluzination. Sie wird noch verschärft durch den Regen, der die Grenze zwischen Meer und Luft verschwimmen lässt. Ich werde durch diesen Schleier gehen wie durch alle anderen. Obwohl ich meine Mutter bereits gefunden und wieder verloren habe, wird mein weiteres

Leben nur aus solchen Schleiern bestehen, durch die ich immer und immer wieder gehen muss. Inzwischen weiß ich, es gibt immer noch einen Raum. Ich krieche bis ans Ende.

Mitten im Meer hören die Schuppen auf.

Kein Land in Sicht. Es muss eine Katastrophe gegeben haben, der Trail ist auseinandergebrochen, in die Tiefe gesunken und nicht wieder aufgetaucht. Ich gerate in Panik und lasse die Hände hektisch durchs Wasser gleiten, doch dann ertaste ich unter der Oberfläche zwei Ankertaue wie die, gegen die ich ganz zu Anfang in der Back Bay gestoßen war. Kein Zweifel, der Trail ist hier zu Ende.

Ich krame mein Pozit heraus. Die Küste ist nur einen Kilometer entfernt. Eigentlich müsste ich das Land sehen können. Doch dann blitzt in der Ferne eine Flotte von Luftkissenbooten auf, sie drehen sich hierhin und dorthin und schwimmen dicht über dem Wasser durch die Luft wie ein Schwarm Fische. Und da kommt mir die Erkenntnis: Die souveräne Nation Dschibuti ist nirgendwo zu sehen, weil es die souveräne Nation Dschibuti nicht mehr gibt.

EPILOG

Ich nähere mich einem der Kochfeuer am Strand, und ein junges Mädchen erblickt mich in meiner Reisekleidung, springt auf und bietet mir an, mich mitzunehmen. Sie trägt einen Hijab und schlichte Jeansshorts mit aufgestickten Blumen an den Taschen, und sie hat ein Luftkissenboot, das, wie sie mir beteuert, sehr sicher und sehr bequem ist. Sie ist ganz in ihrem Element. Hier ist für sie das Herz der Welt, vor wie nach der großen Welle, die hier nicht so verheerend zuschlug wie im Osten. Zugeschlagen hat sie dennoch. Die Welt veränderte sich, als Yemaya an Land ging.

Ich zeige ihr die Adresse, die ich mir auf die Hand geschrieben habe, und sie nickt und bedeutet mir, ihr zu folgen. Mir erscheint das alles zu einfach. Dieser Teil müsste schwieriger sein. Ich hatte Widerstand erwartet oder Probleme anderer Art, doch nun geht alles ganz schnell. Wir steigen in das Luftkissenboot, und sie fährt mich hinaus ins Watt, an Wasserläufen entlang, vorbei an Häusern auf Betonpfeilern. Über uns schauen Männer in himmelblauen Gewändern von ihren Veranden herab und rufen hinter dem Mädchen her, und es kontert mit schlagfertigen Bemerkungen und erntet Gelächter. Ich mag sie. Ich würde gern sein wie sie.

Viel zu früh wird das Boot langsamer und legt an einer Betontreppe an, die vom Wasser zu einem quadratischen Haus hinaufführt. Rundherum läuft eine schmale Veranda, gerade breit genug für einen Hocker, auf dem man sitzen und nach allen Richtungen schauen kann. An die Wände hat jemand mit weißer Kreide Mondsicheln und Fische gezeichnet.

Ich möchte das Mädchen bitten, bei mir zu bleiben, ich möchte es anflehen, in ihrem Luftkissenboot am Fuß der Treppe zu warten für den Fall, dass etwas schiefgeht, für den Fall, dass ich mich anders besinne. Stattdessen bezahle ich sie in Rupien und sehe ihr nach, als sie davonfährt. Und mich allein am Fuß der Betontreppe zurücklässt.

Mir bleibt nichts übrig, als hinaufzusteigen.

Wie konnte dieser Augenblick so schnell kommen?

Immer wieder schweifen meine Gedanken ab. Sie möchten der Gegenwart ausweichen und sich an einen anderen Ort flüchten. Nichts ist so, wie ich erwartet hatte: nicht der Beton, nicht das Meer, nicht die weißen Kreidezeichnungen. Ich werde unsicher. Ich zwinge mich, auf meine Füße zu schauen und fünfzehn Schritte zu machen. Doch als ich hoch genug bin, um auf die Veranda zu schauen, liegt nur eine Hündin vor der Tür. Sie hebt den Kopf und klopft einmal mit dem Schwanz auf den Boden. Vielleicht ist es der falsche Name oder das falsche Haus. Ich hoffe es sogar. Am liebsten würde ich abheben und in den Himmel entschweben. Aber ich muss hierbleiben. Jetzt muss ich präsent sein.

Ein kleines Mädchen kommt an die Tür. Sie trägt ein sauberes weißes Kleid und ist barfuß. Schüchtern drückt sie sich mit dem Rücken gegen den Türrahmen, steckt den Finger in den Mund und sieht mich an.

In meinem Hassaniyya fühle ich mich nicht sicher, aber ich habe auf meinen Reisen auch etwas Französisch gelernt, und so versuche ich es damit. Ich frage, ob ihre Mutter zu Hause ist. Sie sagt Nein, sie wäre in der Schule. Das Mädchen ist niedlich, aber ich merke, dass es meine Kleidung, mein Benehmen, meine Nervosität verwirrend findet. Das versetzt mich in Panik. Natürlich störe ich. Es war vermessen, hierherzukommen und es war noch vermessener, zu glauben, ich sei hier willkommen. Ich entschuldige mich und will die Treppe wieder hinuntersteigen.

Doch dann erscheint eine alte Frau an der Tür. Sie trägt ein Kleid in der Farbe junger Blätter.

Sie erkennt meinen Kaurimuschelmund.

Sie legt dem kleinen Mädchen die Hand auf die Schulter und schließt die Augen, und ich weiß, dass ich gefunden habe, was ich suchte. Die Tat ist vollbracht, es gibt kein Zurück mehr, deshalb sage ich nichts, ich warte nur ab, lausche der Brandung, den Stimmen der Männer, dem Geschrei der Kinder, dem Gelächter der Frauen auf den Wasserstraßen.

Endlich öffnet sie die Augen, nickt mir zu und sagt zu dem kleinen Mädchen:

HASSANIYYA: Du musst unseren Gast hereinbitten, Saha.

DANKSAGUNG

Mein aufrichtiger Dank gilt Deepti Gupta, Nebeyou Zewdie Tesema, Dr. Stefan Gary und Dr. Jennifer Bishop für ihre fachliche Unterstützung bei diesem Manuskript; und R. Subramanian, Umair Kazi, Sisay Gebre-Egziabher und Aatish Salvi für ihre nützlichen Erkenntnisse. Dank auch meinen Erstlesern Stefani Nellen, Kat Howard, Jay O'Berski, Byron Woods und Dr. Beckett Sterner für ihre warmen, aufmunternden Kommentare.

Dieses Buch wäre ohne das Reisestipendium der Mary-Elvira-Stevens-Stiftung für ehemalige Studentinnen des Wellesley College nie geschrieben worden. Ich bin dem Stipendienkomitee überaus dankbar für das Vertrauen, das man mir entgegenbrachte. Ebenso gilt mein Dank dem Durham Arts Council und dem Vermont Studio Center. Tief empfundenen Dank auch allen, die mich auf meinen Reisen unterstützten und beherbergten: Sisay Gebre-Egziabher, Samson Challa, Eva Miranda, Jessica Ozberker, Nicole und Joshua Wengerd, Marcy und David Aldacushion und die netten Leute in Mr. Martin's Cozy Place in Äthiopien. Desgleichen Leena PS, Alysha Aggarwal, Chriselle Bayross, Dilna Shelji, Dr. Sarath Chandran, Anuradha und Gautham Sarang, Unny LJ, Bala Prakasam und den überaus fähigen Mitarbeitern des Vijnana-Kalavedi-Kulturzentrums in Indien sowie Eleanor Kleiber in Fiji und den Hunderten von namenlosen Fremden, die ich ins Herz geschlossen habe, besonders den kleinen Mädchen, die mir Glück wünschten.

Besonders würdigen möchte ich meinen großartigen Agenten

Sam Stoloff, der sich vom ersten Tag an für mich und meine Interessen eingesetzt hat. Er hat mich mit Zachary Wagman von Crown Publishing zusammengebracht, einem Verleger, von dem man als Autor nur träumen kann. Dank ihm und Molly Stern, Jacob Lewis, Sarah Bedingfield, Lauren Kuhn, Kayleigh George, Cathy Hennessy, Rachelle Mandik und Emily Burns lässt die Zusammenarbeit mit Crown keine Wünsche offen. Und obwohl ich das Team von Little, Brown UK weniger oft zu sehen bekomme, ist das Verhältnis zu Cheflektorin Antonia Hodgson, Vertriebsleiter Charlie King, Lektoratsassistentin Rhiannon Smith, dem Leiter der Abteilung digitale Medien, Ben Goddard, und der Leiterin der Exportabteilung, Rachael Hum, ungemein befriedigend. Sie alle haben im Umgang mit meinem Werk so viel Sorgfalt, Klugheit und Großzügigkeit bewiesen, dass ich ihnen nur danken kann.

Danken möchte ich auch all jenen, die mich bei meinen allerersten schriftstellerischen Gehversuchen unterstützten. Hier wären Lucy und Don Aquilano, Mary, Andrew und Ginny Beazley, Clare, Donald, Julie und Mary Byrne, Amy Calhoun, Erik und Martin Demaine, Danielle Durchslag, Cynthia Fischer, Mirren Fischer, Jackie Geer, Cecilia Gerard, Jim Haverkamp, Stefan Jacobs, Scott Jennings, John Justice, Sam Kirkpatrick, Jessie Kneeland, Alice Kunce, Jeanne Manzer, Lisa Martin, Ellie Mer, Jenny Nicholson, Cally Owles, Kristin Parker, Michelle Legaspi Sanchez, Laurie Stempler, Beckett Sterner, Sandy Sulzer, Ingrid Swanson, Laura Westman, Prem Yadav, Frances Wiener und Laura Wysong zu erwähnen. Desgleichen geht mein Dank an Arian Aareeyan und seinen Agenten Hanif Yazdi dafür, dass sie mir meine ungewöhnliche Bitte erfüllten.

Bei den Recherchen für diesen Roman waren mir die Sachbücher von Gita Mehta, Michio Kaku, Anand Giridharadas, Susan Casey, Laurence C. Smith, Roz Savage, Nega Mezlekia, Jeffrey Tayler, Kira Salak, Bill Bryson und Thalia Zepatos eine große

Hilfe. Verpflichtet fühle ich mich auch den großartigen Schriftstellern, durch deren Romane ich selbst zum Schreiben geführt wurde: Norman Rush, Ursula K. Le Guin, Mary Renault, Kim Stanley Robinson, Arundhati Roy, Toni Morrison, Donna Tartt und Haruki Murakami. Außerdem ist dieses Buch durchdrungen von Meshell Ndegeocellos Musik wie ein Kalkstein von Wasser. Ihr kann ich nur dafür danken, dass sie so ist, wie sie ist.

Meine ständigen Begleiter in diesem Leben sind Mary Anne, Donald Edward Jr., Julie Elizabeth, Donald Edward III, Clare Siobhan und Mary McMonigal. Sie alle liebe ich mehr, als ich sagen kann. Seit dem Tag meiner Geburt umgeben sie meine Träume einschließlich des Traums von einem kreativen Leben mit einer schützenden Hülle aus bedingungsloser Liebe und Unterstützung. Es ist, wie Julie einmal sagte: So viel Glück kann man sich auf dieser Welt nicht verdienen.